轨范与心源

明代诗学的中古接受研究

陈玉强 主编

社会科学文献出版社
SOCIAL SCIENCES ACADEMIC PRESS (CHINA)

《轨范与心源：明代诗学的中古接受研究》
编委会

主　编：陈玉强
副主编：杨森旺　严志波　陈　璇
　　　　冯梦茜　岳　佳　王梦月
编　委：（按姓氏笔画排序）
　　　　王　炜　王丽君　王梦月　冯梦茜
　　　　孙晓哲　严志波　杨森旺　陈　璇
　　　　陈玉强　岳　佳　周晓琴　赵聪竹
　　　　姚世平

目　　录

前　言 …………………………………………………………… 001

第一章　杨慎的六朝诗学观 …………………………………… 001
 第一节　杨慎论六朝诗歌地位 ………………………………… 001
 第二节　杨慎对六朝诗的评价与接受 ………………………… 010
 第三节　杨慎六朝诗论的影响与局限性 ……………………… 030

第二章　谢榛的六朝诗学观 …………………………………… 039
 第一节　谢榛论六朝诗人 ……………………………………… 039
 第二节　谢榛论六朝诗歌格调 ………………………………… 053
 第三节　谢榛六朝诗歌辨体论 ………………………………… 062
 第四节　谢榛六朝诗歌修辞论 ………………………………… 072

第三章　王世贞的汉魏诗学观 ………………………………… 081
 第一节　王世贞汉魏诗歌辨体论 ……………………………… 081
 第二节　王世贞汉魏诗歌作家作品论 ………………………… 092
 第三节　王世贞汉魏诗学术语论 ……………………………… 109
 第四节　比较视野下王世贞汉魏诗学观的价值及局限 ……… 120

第四章　胡应麟的六朝诗学观 ………………………………… 137
 第一节　《诗薮》六朝诗人论 ………………………………… 137

第二节 《诗薮》六朝诗歌论 ………………………………… 159
第三节 《诗薮》六朝术语论 ………………………………… 177
第四节 《诗薮》六朝诗学观念的比较研究 ………………… 190

第五章 许学夷的六朝诗学观 ………………………………… 214
第一节 《诗源辩体》六朝诗人论 …………………………… 214
第二节 《诗源辩体》六朝诗歌创作论 ……………………… 232
第三节 《诗源辩体》六朝诗歌术语论 ……………………… 243

第六章 袁宏道的六朝诗学观 ………………………………… 251
第一节 袁宏道六朝诗人论 …………………………………… 251
第二节 袁宏道六朝诗史观 …………………………………… 273
第三节 袁宏道对六朝诗学术语的接受与发展 ……………… 296

参考文献 ………………………………………………………… 317

后　　记 ………………………………………………………… 324

前　言

从接受美学的视野来看，明代诗学对中古诗人、诗歌的接受，既是探讨明代诗学特点的一种方式，也是研究中古诗歌后世影响的一种途径。这里所谓的中古，特指汉魏六朝时期。中古属于诗学的转折期，与"人的觉醒"相伴随的是"文学的自觉"，一方面"诗缘情"成为新的共识，另一方面诗人摆脱政治伦理束缚，加强了对格律、丽藻等诗歌形式因素的探讨与实践，推动了近体诗体制的形成。而明代尤其是明中后期，也是诗学的转折期，王阳明心学的兴起为理学压迫下的文人提供了新选择，纵情任性，人性解放，诗写性灵，成为这一时期的新面相。明代文人与中古文人，所属历史语境不同，但"诗写性灵"与"诗缘情"亦有异代共鸣之处。

明代诗学领域的崇尚复古和追求性灵，成为今人理解的一种对立，且多以为后者胜于前者。然而历史的真相或许并非我们臆测中的二元对立，而是更为复杂的多元融合。以"前后七子"为代表的复古派，也有诗写性灵的主张；以"公安三袁"为代表的性灵派，也有崇尚复古的根基。只不过，他们基于不同的旨趣各有侧重而已。明代诗学对中古文学的认识，既有袁宏道所谓"六朝无诗"[①]，也有杨慎所谓"诗之高者，汉魏六朝"[②]，其中的理路何在？又展现了明代诗学的何种审美旨趣？这值得深

---

① （明）袁宏道著，钱伯城笺校《袁宏道集笺校》卷二十一《与李龙湖》，上海古籍出版社，2008，第750页。

② （明）杨慎撰，王大厚笺证《升庵诗话新笺证》附录一"文字之衰"条，中华书局，2008，第1048页。

入探讨。

如果我们把崇尚复古视为向诗歌传统寻求作诗轨范,而把追求性灵视为探寻诗歌的心源依据的话,二者或许并不是对立的:诗歌轨范的形成是诗人群体一代人或数代人探索、认同的结果,作为"有意味的形式",其中折射出诗人群体对某一轨范的情感认同;诗歌心源不仅是诗人个体的性灵,其中也积淀着中华民族的集体无意识。庄子说"通天下一气耳",从心灵史的角度而言,通天下亦一心耳。

正因为轨范与心源密不可分,本书考察六位明代诗论家杨慎、谢榛、王世贞、胡应麟、许学夷、袁宏道,不以所谓的复古派与性灵派为归类标准,而是以齿为序,分别探讨他们对中古文学的接受情况,这或有助于对明代诗学的中古接受问题之研究。明代诗学著述繁多,全面探讨其对中古文学之接受,是一个庞大的课题。本书以管窥豹,在前人的基础上有一些新的探索;由于学识水平有限,也有诸多不尽如人意之处,敬请方家指正。

本书编委会

2021 年 3 月

第一章
杨慎的六朝诗学观

杨慎（1488~1559），字用修，号升庵，新都（今属四川）人，内阁首辅杨廷和之子，明正德六年（1511）廷试第一，授翰林修撰，学识渊博，著述丰硕，是明代有名的才子。嘉靖三年（1524），杨慎因"大礼议"案充军云南永昌卫（今属大理）。杨慎主张向六朝诗歌取法，与贬低六朝的七子派分庭抗礼。杨慎早年创作倾向上偏爱六朝乐府和"齐梁体"诗。戍滇后，杨慎将更多的精力放在对六朝诗歌的挖掘上。由于共同的诗学主张，杨慎结交了众多好友如张含、薛蕙等，从而壮大声势。杨慎"沉酣六朝"[1] 并非一时兴起，而是时代因素和个人经历交织融合产生的必然结果。

第一节 杨慎论六朝诗歌地位

明朝中叶，前七子掀起了声势浩大的文学复古潮流，秦汉之文、盛唐之诗成为众人争相效仿的范本，六朝诗歌因气格不足而被忽视。杨慎不满于此，认为"昧者顾或尊唐而卑六代，是以枝笑干"[2]。盛唐诗歌的繁荣并非一蹴而就，而是在对六朝诗歌体式、韵律的继承中发展起来的。杨慎追根溯源，将六朝诗的诗史地位进行了重新评估。

---

[1] 钱谦益语，见（清）钱谦益《列朝诗集小传》，上海古籍出版社，1983，第354页。
[2] （明）杨慎撰，王大厚笺证《升庵诗话新笺证》附录二《选诗拾遗序》，中华书局，2008，第1172页。

一 尊唐不可卑六代

杨慎之所以认为"尊唐而卑六代"是以枝笑干的行为，正在于他认为六朝诗是唐诗的滥觞。他在《选诗外编序》中指出："其（六朝诗）体裁，实景云、垂拱之先驱，天宝、开元之滥觞也。独可少此乎哉！"①"滥觞"本指河流发源处，后指事物之开端。六朝诗为盛唐诗歌的辉煌做了前期的蓄势和铺垫。杨慎专门编订《五言律祖》《绝句辨体》等书以阐明六朝诗乃五言律诗、绝句产生之源。杨慎《五言律祖序》云："五言肇于风雅，俪律起于汉京。……近日雕龙名家，凌云鸿笔，寻滥觞于景云、垂拱之上，著先鞭于延清、必简之前，远取宋齐梁陈，径造阴何沈范，顾于先律，未有别编。慎犀渠岁暇，喻縻日亲，乃取六朝俪篇，题为《五言律祖》。"②杨慎考察律诗的发展变迁，取六朝俪篇而成书，为学诗者指出律诗之源流。

杨慎认为集句诗同样源起六朝，最早可追溯至傅咸的《七经诗》。他在《升庵诗话》"七经诗集句之始"条指出：

> 晋傅咸作《七经诗》，其《毛诗》一篇略曰："聿修厥德，令终有淑。勉尔遁思，我言维服。盗言孔甘，其何能淑。谗人罔极，有靦面目。"此乃集句诗之始，或谓集句起于王安石，非也。③

集句诗是集他人之句组合成诗，初期多为游戏赋闲之作，后来成为一种独立的诗体。傅咸，字长虞，西晋诗人。傅咸《七经诗》是截取儒家经典语句，采用四言句式创作而成的，自宋以来仅存《孝经诗》《论语诗》《毛诗诗》《周官诗》《左传诗》各两首以及《周易诗》一首。上文所引傅咸《毛诗》一首全部取自《雅》的范围，未改动原句。其他十首的个

---

① （明）杨慎撰，王大厚笺证《升庵诗话新笺证》附录二《选诗外编序》，中华书局，2008，第1171页。
② （明）杨慎撰，王大厚笺证《升庵诗话新笺证》附录二《五言律祖序》，中华书局，2008，第1172页。
③ （明）杨慎撰，王大厚笺证《升庵诗话新笺证》卷一"七经诗集句之始"条，中华书局，2008，第10页。

别句子经过删减提炼、调整语序，但大部分与原句一致。傅咸的《七经诗》多谈论忠君孝亲之事，体现了他的宗经思想，开创了集句诗这种新的诗体。集句诗到了宋代才算真正蓬勃发展起来，前代诗歌的高度繁荣无疑为宋人创作集句诗提供了丰富的素材。王安石的集句诗题材内容广泛，包括咏史、咏物、写景、怀人等，不单局限于游戏之作与调笑功能。此外，王安石所选诗句对近体诗和古体诗都有涉猎，涵盖四言、五言、七言等形式。而且他的集句诗浑然天成，如同己出，具有极高的造诣，受到世人追捧，因而有集句诗之始的误解。杨慎认为晋代傅咸《七经诗》已经符合集句的要求，对前人"集句起于王安石"的观点进行了批驳。

六朝诗歌对后代尤其是盛唐诗歌产生重大影响，除了体现在体裁、韵律的引导发展上，还体现在后世对六朝诗歌典故和词句的运用上。方锡球《去古：杨慎对六朝诗歌与唐诗关系的发现》一文重点分析了唐诗对六朝诗文内容和话语形式的吸收借鉴，一方面是唐人用六朝诗歌"情事""景事""物事"，另一方面是唐人在用语方面与六朝诗歌存在某些一致性。[1]除了指出杜甫"朔风驱胡雁"本于鲍照"秋霜晓驱雁"[2]，唐诗"燕掠平芜去"衍自谢朓诗句[3]，《升庵诗话》中还记载了一些用事于六朝诗的唐诗。如岑参"鸣笳擂鼓拥回军"借鉴谢朓《鼓吹曲》[4]；李白诗"东阳素足女，会稽素舸郎"祖谢灵运《东阳江中赠答》[5]；孟郊"高峰夕驻景，深谷夜先明"是由谢灵运《石门新营所住四面高山回溪石濑修竹茂林诗》翻出[6]；于志宁诗"共倾三雅杯"与刘孝绰诗"同举雅文杯"句法相

---

[1] 方锡球：《去古：杨慎对六朝诗歌与唐诗关系的发现》，《中外文论》2009年第1期。
[2] （明）杨慎撰，王大厚笺证《升庵诗话新笺证》卷二"驱雁"条，中华书局，2008，第104页。
[3] （明）杨慎撰，王大厚笺证《升庵诗话新笺证》卷二"平楚"条，中华书局，2008，第106页。
[4] （明）杨慎撰，王大厚笺证《升庵诗话新笺证》卷二"凝笳叠鼓"条，中华书局，2008，第95页。
[5] （明）杨慎撰，王大厚笺证《升庵诗话新笺证》丁福保本增辑"素女足"条，中华书局，2008，第921页。
[6] （明）杨慎撰，王大厚笺证《升庵诗话新笺证》卷二"晚见朝日"条，中华书局，2008，第101页。

似①；等等。

因此，追溯唐诗"渐成律体"的历程，杨慎认为前七子诗尊盛唐，只抓住了"枝"，而忽视了六朝诗这一"干"。六朝诗虽然"缘情绮靡之说胜，而温柔敦厚之意荒矣"②，但从诗艺论之，实开唐诗之先声。

二 "诗之高者，汉魏六朝"

与七子派宗法盛唐的复古主张不同，杨慎除了从诗体之源的角度审视六朝诗，还提出了"诗之高者，汉魏六朝"③ 的观点。六朝诗常因其辞藻艳丽、风格旖旎而被人看轻，人们认为这种诗风与"诗言志"的诗歌传统不符。然而，杨慎认为六朝诗有其独特的闪光点和尚待挖掘之处。杨慎从辨析文体的角度考察四言诗、五言诗、七言排律、绝句、乐府的发展演变，认为一些六朝诗已经达到很高的创作水平。杨慎以具体诗人诗句为例，高度赞誉六朝诗，认为六朝的四言诗自然古雅，绝句高妙奇丽，五言律诗工整高古，七言排律雄浑工致，古乐府风华秀艳。杨慎的这些评价将六朝诗提到了极高的地位。

（一）六朝四言诗自然古雅

《诗经》确定了四言体式"雅正"的文体风格，其简约的文字中蕴藏着丰富的内涵和情感。四言诗形式整齐划一，节奏鲜明流畅，音韵和谐，但由于句法的特殊要求和字数的严格限制，虽极富诗才者，在四言诗的创作上亦难做到《三百篇》的古雅醇正。

杨慎在《升庵诗话》"四言诗"条举刘勰、钟嵘、刘克庄、叶适之论，阐明四言诗实易成难工。他说刘彦和云"四言正体，雅润为本"④，刘勰在《文心雕龙·明诗》中论述了四言诗的正体地位。又说钟嵘云

---

① （明）杨慎撰，王大厚笺证《升庵诗话新笺证》卷三"三雅杯"条，中华书局，2008，第145页。
② （明）杨慎撰，王大厚笺证《升庵诗话新笺证》附录二《选诗外编序》，中华书局，2008，第1171页。
③ （明）杨慎撰，王大厚笺证《升庵诗话新笺证》附录一"文字之衰"条，中华书局，2008，第1048页。
④ （明）杨慎撰，王大厚笺证《升庵诗话新笺证》卷一"四言诗"条，中华书局，2008，第2页。

"四言文约义广,取效《风》《雅》,便可多得,每苦文繁而意少,故世罕习焉"①,钟嵘在《诗品序》中还说"五言居文词之要,是众作之有滋味者也"②,认为五言诗的创作数量超过四言诗是时代发展的必然结果。南朝萧梁时期,五言诗愈加兴盛,处于诗歌创作的优势地位。学界一般认为,刘勰和钟嵘对待四言诗、五言诗的不同看法,与其诗学思想密切相关。刘勰在宗经思想的指导下看待各种文体,故而推崇以《诗经》为代表的四言诗,具有一定的保守性。钟嵘根据诗歌发展的现实情况将五言诗抬高到"文词之要"的地位,顺应了齐梁文学新变的时代潮流。

刘克庄在《后村诗话》中云"四言尤难,《三百篇》在前故也"③,倡言四言诗的创作之难。叶适在《习学记言》中云"而四言诗,虽文辞巨伯,辄不能工"④,认为某些诗人或许可以创作出文辞华美的诗篇,但却难以在四言诗上有极高造诣。

杨慎认为上述四家之论,皆说明四言诗易于成诗,却难以追步《诗经》的古雅。杨慎还举公孙乘《月赋》、张衡《西京赋》以及汉碑《唐扶颂》中的诗句,认为"其句法意味,真可继《三百篇》矣"⑤。杨慎所举诗句,只是赋中的四言句,并非真正意义上的四言诗,但是从中可以看出杨慎所推崇的正是以自然古雅为特征的四言诗,他把《诗经》作为四言诗的最高典范,认为汉赋中的四言句继承了《诗经》四言诗的句法意味。

随着社会生活的发展变化、内心情感的丰富多样以及文体的自然演变,四言句式也越来越不能满足诗人创作的需要。至中古时期,四言诗日

---

① (明)杨慎撰,王大厚笺证《升庵诗话新笺证》卷一"四言诗"条,中华书局,2008,第3页。
② (南朝梁)钟嵘著,曹旭集注《诗品集注》(增订本),上海古籍出版社,2011,第43页。
③ (明)杨慎撰,王大厚笺证《升庵诗话新笺证》卷一"四言诗"条,中华书局,2008,第3页。
④ (明)杨慎撰,王大厚笺证《升庵诗话新笺证》卷一"四言诗"条,中华书局,2008,第3页。
⑤ (明)杨慎撰,王大厚笺证《升庵诗话新笺证》卷一"四言诗"条,中华书局,2008,第3页。

渐衰微，或篇幅加长，或诗体改变。但是四言诗的这种发展并非直线式下降，在魏晋南北朝时期，仍有不少诗人的四言诗值得细细品味。杨慎在《升庵诗话》"上巳诗"条云："王融《上巳》诗：'粤上斯巳，惟暮之春。'二句古雅。《诗评》：'四言诗，《三百篇》之后，曹植、王融。'"①王融，南朝齐"竟陵八友"之一，在诗歌声律方面的成就尤为突出。杨慎从王融《三月三日曲水诗序》中截取二句评曰"古雅"，并十分认同《诗评》给予王融的极高评价。杨慎在《升庵诗话》"四言诗自然句"条认为江淹"春草碧色，春水绿波。送君南浦，伤如之何"②写得极为自然。杨慎拈出六朝四言诗的古雅自然，主要针对的是明人以罗列文辞为美、以生搬硬造求工的不良风气，对那些学六朝初唐而不得其法者进行批评。

（二）六朝绝句高妙奇丽

绝句，又称截句、绝诗，四句一首，短小精悍。时人认为绝句乃截律诗之句而成，杨慎认为这种说法不够准确，因为早在齐梁年间就出现了七言绝句，比律诗出现的时间要早。杨慎认为绝句起于东晋《四时咏》，特点是"一句一绝"③。所谓"一句一绝"，即一句写一景，看似没有联系，却文气连贯，内容统一。杨慎认为杜甫熟谙多种体裁创作，唯独绝句欠佳，只一首《赠花卿》为其佳作。时人一味崇杜，争相模拟，却不加细分，这种做法于诗坛无益。由于缺乏绝句体裁的优秀鉴本，诗坛出现了"卿自用卿法，吾自用吾法"的现象。为纠正时弊，杨慎特编订《绝句辨体》，分八体以辨之，又有《绝句衍义》以析之，有《唐绝增奇》以"神""妙""能""杂"四品来评选唐诗绝句。

在《绝句辨体》中，杨慎将绝句分为八种，编为八卷，除第五卷外，每卷开篇追溯六朝，如表1-1所示。

---

① （明）杨慎撰，王大厚笺证《升庵诗话新笺证》卷一"上巳诗"条，中华书局，2008，第13页。
② （明）杨慎撰，王大厚笺证《升庵诗话新笺证》卷一"四言诗自然句"条，中华书局，2008，第11页。
③ （明）杨慎撰，王大厚笺证《升庵诗话新笺证》卷五"绝句"条，中华书局，2008，第240页。

表 1-1　八体与六朝诗歌的对应关系

八体	六朝诗歌	出处
四句不对	梁元帝《春别应令》	卷一，第 711 页
前对	梁元帝《别诗》	卷二，第 741 页
后对	江总《怨诗》、魏收《挟瑟歌》	卷三，第 750~751 页
前后皆对	梁简文帝《和萧侍中子显春别》	卷四，第 758 页
散起	无	
四句皆韵	梁武帝《白纻辞》、梁元帝《春别应令》、梁简文帝《春别》、萧子显《春别》、张率《白纻》	卷六，第 770~772 页
仄韵	梁元帝《春别应令》《乌栖曲》《别诗》、萧子显《春别》	卷七，第 779~780 页
换韵	梁简文帝《乌栖曲》、梁元帝《乌栖曲》、萧子显《乌栖曲》、徐陵《乌栖曲》、陈后主《乌栖曲》、江总《乌栖曲》	卷八，第 792~798 页

资料来源：(明)杨慎《绝句辨体》卷一至卷八，王文才、万光治主编《杨升庵丛书》第五册，天地出版社，2002，第 711~798 页。

如表 1-1 所示，杨慎按对句和用韵的方式不同，将绝句划分为八种，除了"散起"之外，其余七体在六朝都已出现。在《升庵诗话》"绝句四句皆对"条，杨慎认为在唐绝中韦应物《登楼寄王卿》和刘长卿《过郑山人所居》二首绝妙。可以看出，杨慎所推崇的绝句不仅要字句皆对，更重要的是意境浑融。在"沐继轩荔枝诗"条，杨慎对明代诗人沐璘学六朝盛唐诗表示认可，因而选录其数首绝句。在"江总怨诗"条，杨慎更是表现出对六朝诗"高妙奇丽"的欣赏："六朝之诗，多是乐府，绝句之体未纯，然高妙奇丽，良不可及。"[①] 王仲镛在点校杨慎《绝句衍义》后记中说："此则入选虽仅一百零四首，而立意甚高，包孕甚广。以为绝句始于六朝，首选梁武帝、江总、魏收诸诗，以溯其源，见未有七律之先，已有绝句之体。以破宋元以来以绝句为截句。"[②] 唐人绝句数以万计，并以其自然清新的风格在诗坛中大放异彩，掩盖了其源出六朝诗的事实。杨

[①] (明)杨慎撰，王大厚笺证《升庵诗话新笺证》卷二"江总怨诗"条，中华书局，2008，第 133 页。
[②] 王文才、万光治主编《杨升庵丛书》第六册，天地出版社，2002，第 261 页。

慎对六朝诗的高度肯定,从体制上揭示了其对唐绝句的轨范意义。

(三) 六朝五言律诗工整高古

杨慎《五言律祖》涵盖晋、宋、齐、梁、陈、隋六朝113位作家,其中对齐梁诗的选取数量相对较多。齐梁诗歌在对句、声律上已初步具备五言律诗的形式,因而唐人五言律诗应溯源到六朝,这也是杨慎以"五言律祖"为名编选六朝诗的旨趣所在。韩士英《五言律祖序》云:"论者谓五言始于汉,律诗始于唐,殆未之考耳。升庵杨子,天才秀逸,博极群书,在滇时尝选六朝之诗,得其体之合律者……题曰《五言律祖》。"①这正是指出五言律诗并非始于唐,而是始于六朝。

江湛若为《五七言律祖》作序云:"诗固其难,谭夫何易,律以和声,学卑乎近,近之而古微,易之而诗亡矣。……厥有《律祖》,奉若彝章。"②《五七言律祖》为江湛若参照《五言律祖》补订而成,与杨慎原著相比已有很大改变,但我们从中可以看到杨慎对五言律诗的态度是弃"卑近",崇"高古"。《升庵诗话》"五言律起句"云:

> 五言律起句最难。六朝人称谢朓工于发端……唐人多以对偶起,虽森严,而乏高古。……余爱柳恽"汀洲采白蘋,日落江南春"、吴均"咸阳春草芳,秦帝卷衣裳"又"春从何处来,拂水复惊梅"、梁元帝"山高巫峡长,垂柳复垂杨"……虽律也,而含古意。皆起句之妙可以为法,何必效晚唐哉?③

杨慎认为五言律起句最难,唐人五言律诗大多起句虽然符合对偶要求,但是不够"高古",他列举六朝柳恽、吴均、梁元帝等人的五言诗句,称其"含古意",视之为五言律诗起句的轨范。

"高古"作为审美范畴,见于司空图《二十四诗品》。这种境界犹如

---

① (明)韩士英:《五言律祖序》,王文才、万光治主编《杨升庵丛书》第五册,天地出版社,2002,第691页。
② (明)江湛若:《五七言律祖序》,王文才、万光治主编《杨升庵丛书》第五册,天地出版社,2002,第693页。
③ (明)杨慎撰,王大厚笺证《升庵诗话新笺证》卷四"五言律起句"条,中华书局,2008,第221页。

异人持花飞升，超脱尘俗，具有一种幽深高远之美。五言律诗除了要符合对仗的基本形式外，还需要蕴含"高古"的意境。杨慎列举了符合他心目中五言律诗起句的典范，并给予六朝诗人谢朓之诗极高赞誉，《升庵诗话》"八咏"条又将沈约《八咏》诗作为唐五言律之祖。从这些论述中均可看出，杨慎将六朝诗视为五言律诗的滥觞。

（四）六朝七言排律雄浑工致

七言律诗的定型虽然始于唐代，但六朝是其萌芽发展阶段。杨慎认为梁简文帝《春情曲》、北魏温子昇《捣衣》、南朝陈后主《听筝》、隋王绩《北山》为"七言律之滥觞"①。七言排律是七律的一种特殊形式，是七律的加长版，少则十句，多则上百句，在对仗、换韵、黏对方面与七律相似，除了首尾两联之外，其余句子都要符合对偶要求。松浦友久在《"七言排律"不盛行的原因——从对偶表现的本质说起》一文中将七言排律的弱点归为"对偶的过剩化"②。

杜甫《清明二首》是唐诗七言排律佳作，王世贞《艺苑卮言》认为七言排律创自杜甫。然而杨慎早已提出七言排律可追溯至六朝，认为七言排律早于七言律诗。杨慎《升庵诗话》"君攸桂楫泛中河③"条云："'黄河曲渚通千里，浊水分流引八川。……'此六朝诗也。七言律未成而先有七言排律矣。雄浑工致，固盛唐老杜之先鞭也。"④ 这首《桂楫泛河中》为南朝梁沈君攸所作，杨慎视之为七言排律中的佳作，并从艺术风格和句法结构两方面进行评定，称赞其"雄浑工致"。司空图在《二十四诗品》中将"雄浑"列为首品，认为其寓有横绝太空之势。在《桂楫泛河中》这首诗中，汹涌澎湃的黄河水奔流千里，分道涌入关中八川，乱石穿空，惊涛拍岸，湍流不息，水汽漫天。水势愈大，人在船中愈寸步难行，衬托出航行之艰难。起笔气势宏大，感情郁勃，笼罩全篇。前五联将

---

① （明）杨慎撰，王大厚笺证《升庵诗话新笺证》卷四"六朝七言律其体不纯"条，中华书局，2008，第227页。
② 〔日〕松浦友久：《"七言排律"不盛行的原因——从对偶表现的本质说起》，黄仁生译，《中国文学研究》2002年第4期。
③ "泛中河"，《乐府诗集》作"泛河中"。
④ （明）杨慎撰，王大厚笺证《升庵诗话新笺证》卷五"君攸桂楫泛中河"条，中华书局，2008，第235页。

黄河水磅礴的气势表现得淋漓尽致，后四联则描写欲渡黄河的千难万险。《桂楫泛河中》的句法结构具有"工致"的特点。该诗平仄合律，对仗工整，声律和谐，章法严谨，充分体现出排律的诗体优点。

杨慎自己也创作七言排律，比如《寄题杨凌泉水木清华堂》《观三塔寺龙女花》《高峣积雨始晴迟简西峃》《长江万里图》，在追求工整对偶之外，不乏雄浑之气。

第二节　杨慎对六朝诗的评价与接受

杨慎《升庵诗话》对六朝诗歌的论述，在明代诗话中，可以算得上最多、最详的。与明代前七子不满齐梁绮靡诗风迥异，杨慎推崇六朝诗，称赞六朝诗人在用字炼句、表现手法等方面所取得的成就，认为六朝诗为后世诗歌提供了新的审美典范。杨慎在诗歌创作中主张向六朝学习，在前七子师法汉魏盛唐之外又探索出一条复古路径。

一　杨慎对六朝诗人诗作的赞誉

杨慎对六朝诗人的评论，涉及56位诗人，相关评论上百条，基本囊括了六朝主要诗人。从所列评语来看，杨慎高度赞扬六朝诗人所取得的成就，重点突出六朝诗人的开创性意义和对后世诗歌的影响。以下选择杨慎所论的部分六朝诗人加以述评。

（一）左思："前无古，后无今"

左思，字太冲，西晋诗人。幼年出身寒微，勤奋好学，在求取仕途期间深受门阀制度的打压，及至中年其诗文充斥着愈加强烈的愤懑不平之气。左思以才华著称，耗费十年写就的《三都赋》一时引得洛阳纸贵。由于作品大多亡佚，现存两篇赋以及包含《咏史》《招隐》在内的十五首诗。虽数量不多，但每首都影响深远。刘勰对左思才学极为赞赏，钟嵘也在《诗品》中将其诗置于上品，肯定其文学成就。自齐梁之后，文学家一直对《咏史》以及"左思风力"的内涵进行着重分析。相较而言，杨慎将关注点放到左思的《招隐》，并从表现形式方面进行评价：

左太冲《招隐诗》："峭蒨青葱间，竹柏得其真。"五言诗用四连绵字，前无古，后无今。①

联绵字又称联绵词，早在先秦时期就已出现，通常由两个字连缀在一起合成文意，不能单独分开，可分为双声、叠韵等形式，也有三字联绵及四字联绵。"峭蒨青葱"四字的中古音声纽均为"清"，故为四字联绵。在王大厚《升庵诗话新笺证》中，对"峭蒨青葱"的解释附引了多家注：李善注"峭蒨，鲜明貌"；孙卿子曰"桃李蒨粲于一时，时至而后杀。至于松柏，经隆冬而不凋，蒙霜雪而不变"；吕延济注"悄（峭）蒨青葱，茂盛美貌"。② 另外，钟嵘评张协"词彩葱蒨，音韵铿锵"，也可看出"葱蒨"一词具有华丽明艳之意。联绵词能够增强诗歌的韵律节奏，使之富有和谐的音乐美感。但由于五言诗字数、格式的限制，四字联绵词入五言诗的情况较少。左思将四字联绵词运用在五言诗中，可以说是为追求效果有意为之，同时也独具创新之妙。

西晋诗歌总体风格特征呈现"结藻清英，流韵绮靡"的特点，作为西晋代表诗人之一，左思的诗歌也必然表现出时代风貌。但是流传下来的《咏史》《招隐》诗却因为莽苍高古而被认为质过其文，在语言形式上受到不少批评。王世贞认为"《咏史》、《招隐》，绰有兼人之语，但不太雕琢"③，批评其缺乏文采。陆时雍更是评价"郁郁涧底松"一诗"村气扑人"，过于口语化。但也有人赞赏其语言形式。胡应麟《诗薮》称左思"造语奇伟，创格新特"④，总体上褒大于贬。许学夷评曰："左太冲虽略见俳偶，却有浑成之气。"⑤ 杨慎则从联绵词的角度出发，发掘左思用语的奇特，指出其在语言上的功力。左思善用叠音词增强诗歌的音乐感和节奏感。比如《咏史》里出现的就有"郁郁""离离""济济""赫赫"

---

① （明）杨慎撰，王大厚笺证《升庵诗话新笺证》卷二"连绵字"条，中华书局，2008，第80页。
② （明）杨慎撰，王大厚笺证《升庵诗话新笺证》卷二"连绵字"条，中华书局，2008，第80页。
③ （明）王世贞著，罗钟鼎校注《艺苑卮言校注》卷三，齐鲁书社，1992，第119页。
④ （明）胡应麟撰《诗薮》，上海古籍出版社，1979，第147页。
⑤ （明）许学夷著，杜维沫校点《诗源辩体》卷五，人民文学出版社，1987，第92页。

"寂寂""寥寥""悠悠""峨峨""蔼蔼""习习""落落"等11个叠音词。

(二)陶渊明：令唐人"瞠乎其后"

陶渊明，字元亮。颜延之、鲍照、沈约都对陶渊明的人格十分推崇，但未充分挖掘陶渊明作品的文学价值。钟嵘在深入解读陶渊明的生平经历和诗歌创作后，冠之以"隐逸诗人之宗"[①]的称号，将其诗置于《诗品》中品。萧统对陶渊明人品和诗品进行了全面解读，在前人的基础上使《陶渊明传》更加详细完备，让陶渊明的形象更加鲜明。此外，他还搜集陶渊明作品编为《陶渊明集》，在序中高度评价陶诗，并将其诗文收入《文选》，极大地增强了陶诗的接受程度。陶诗质朴的语言并不符合南朝追求绮丽的审美风范，萧统之所以仍将其选入《文选》中，是因为陶渊明平淡诗文中所散发的哲思魅力。好的诗文不流于言语的华美，而是由至情所发。景为情而写，理由情而生。离开情的理是"淡乎寡味"的空理，景和理没有浓厚的感情渗透，作品便会失去生命力。然而，萧统虽以超越世俗的眼光窥探到陶诗的艺术价值，但对《闲情赋》一篇却颇有微词，认为这是陶集中的"白璧微瑕"。萧统继承其父萧衍的文学观念，追求"丽而不浮，典而不野"的选文标准，注重文学的实用功能。萧统在《陶渊明集序》中评论陶诗"有助于风教"[②]，这种特点也成为他崇尚陶诗的原因之一。而《闲情赋》主要描写诗人对佳人的追求与幻想，萧统认为其所吟咏的男女爱情有伤风雅，不符合雅正文风，无法起到教化人心的社会作用。唐代诗人发掘了陶渊明田园诗的艺术价值，积极拓展陶诗中的意象，促进了田园诗的繁荣。韦应物、白居易更是一生学陶，不仅推崇陶渊明的性情，而且对其诗文进行广泛的研究和接受。宋代诗人推崇陶渊明平淡的诗风，重新确认了陶渊明的文学地位。但由于受萧统文学观念的影响，唐宋时期批评家对《闲情赋》的探讨并不多，使之没有得到客观的价值评估。明代学者肯定陶诗冲和雅淡的诗风，并就"诗弱于陶"的观

---

① （南朝梁）钟嵘著，曹旭集注《诗品集注》（增订本），上海古籍出版社，2011，第336页。
② （南朝梁）萧统：《陶渊明集序》，逯钦立校注《陶渊明集》，中华书局，1979，第10页。

点进行了持久的争议,唯独《闲情赋》被搁置一旁。

陶渊明《闲情赋》的主题历来众说纷纭,有讽谏说、爱情说、理想人格说、求美悲剧说等。这篇赋通过君子求美的隐喻模式,寄托着诗人的人生理想,凝聚着多种复杂的思想情感。陶诗语言往往平淡自然、旨趣幽深,而《闲情赋》中对爱情的描写与陶集中其他作品风格迥然不同,诗文语言也一改常态。杨慎对此赋评价曰:

> 陶渊明《闲情赋》:"瞬美目以流眄,含言笑而不分。"曲尽丽情,深入冶态。裴铏《传奇》、元氏《会真》,又瞠乎其后矣。[①]

《闲情赋》用大量篇幅塑造了一位绝世佳人的形象,她不仅精通琴艺、素有德名,而且风姿绰约、秀外慧中。"瞬美目以流眄,含言笑而不分"一句,诗人以极其细致的笔触描摹美人顾盼生姿、举止娴雅、内外兼修、超尘脱俗之美。"美人"的形象自屈原《离骚》之后就被赋予一种理想主义色彩,美人迟暮极易引发时光流逝之感,佳人的可望不可得又暗示理想抱负难以实现。杨慎还列举屈原《九歌》、宋玉《招魂》、司马相如《上林赋》、枚乘《菟园赋》中的"美人",认为她们与《闲情赋》中的佳人形象集中体现了"丽情"。"冶"在《说文解字》中解释为"冶,销也",即"铄金",后又有形容过分装饰打扮之意。"冶态"即指艳丽的容貌、妩媚的仪态。陶渊明《闲情赋》中的"丽情""冶态"正体现在以华美艳丽的语言吟咏爱情,透露出诗人的真情实感。这种描写男女之情的华丽之文也对后世产生了深远的影响,比如唐代裴铏的《传奇》、元稹的《会真记》都是"瞠乎其后"的。

萧统和杨慎基于不同的文学观念对陶渊明《闲情赋》提出各自的看法。萧统从文学的教化功用出发,认为《闲情赋》无讽谏之义;而杨慎从艺术审美的角度充分肯定《闲情赋》的文学价值。客观来看,《闲情赋》是一篇描写男女爱情的诗篇,其中寄寓着陶渊明率真自然的本性和

---

① (明)杨慎撰,王大厚笺证《升庵诗话新笺证》丁福保本增辑"古赋形容丽情"条,中华书局,2008,第863页。

对美好理想的追求。它非但不是陶集中的"瑕疵",反而是不可多得的名篇佳作,在文学史上占有重要地位。其用字精雕细琢、用词典雅华美,是陶渊明作品中不可或缺的一篇,因而杨慎对《闲情赋》的评价更为确切。

(三) 谢灵运:唐诗多"自谢诗翻出"

谢灵运,字康乐,以山水诗著称。在刘宋诗人中,杨慎对谢灵运的关注最多,主要体现在通过具体诗句阐发后世诗人对谢灵运诗歌的借鉴。谢灵运的才气和文学成就,自南朝起就受到文学家的肯定。沈约认为谢灵运的文学才能"江左莫逮",但是也指出了其在声律方面的不足。钟嵘称赞谢灵运是"元嘉之雄",将其诗置于上品。谢朓在诗歌创作中经常有意识地借鉴谢灵运诗歌的结构、词句,并经过自己的巧妙构思将其熔铸在诗文中。杨慎指出谢朓诗"远树暧芊芊,生烟纷漠漠"实本谢灵运"披宿莽以迷径,睹生烟而知墟"。① 谢朓作为南齐著名的山水诗人,其诗歌在山水景物描绘、人生感受抒发上受谢灵运影响颇深。齐梁期间,也出现了一些对谢灵运诗歌的批评之声。萧子显认为谢诗情感淡薄,诗体结构疏慢。裴子野主要从政治功用的角度出发否定谢诗。

随着谢集的流传,谢灵运诗歌在隋唐时期得到更加广泛的接受,其山水诗的写景方法对唐代诗人产生了重要影响,杨慎在"石苔可践"条指出:

> 隋王无功诗:"石苔应可践,丛枝幸易攀。清溪归路直,乘月醉歌还。"……古人用意,须三思乃得之。谢灵运诗:"苔滑谁能步,葛弱岂可扪?"此反其意。唐杜审言诗:"攀崖践苔易,迷路出花难。"又顺用无功诗意也。②

杨慎博学多才,尤其注重发掘后世对前人诗句的继承,看到了王绩的《夜还东溪中口号》中"石苔可践"是反其意运用谢诗,杜审言诗又是对

---

① (明)杨慎撰,王大厚笺证《升庵诗话新笺证》卷五"文选生烟字"条,中华书局,2008,第305页。
② (明)杨慎撰,王大厚笺证《升庵诗话新笺证》卷三"石苔可践"条,中华书局,2008,第181页。

王绩诗的顺用。又指出：

> 谢灵运诗："晓闻夕飙急，晚见朝日暾。"此语殊有变互。凡风起必以夕，此云"晓闻夕飙"，即杜子美之"乔木易高风"也。"晚见朝日"，倒景反照也。孟郊诗："南山塞天地，日月石上生。高峰夕驻景，深谷夜先明。"皆自谢诗翻出。①

此句谢诗出自《石门新营所住四面高山回溪石濑修竹茂林诗》，是谢灵运在深山建造新居后所作，由写山中之景到回顾人生，达到以理化情、以景悟道的高度。"晓闻夕飙急"指夜风达旦，深山中的悬崖峭壁挡住日光，山风临近傍晚愈加迅猛。此句从听觉和视觉描绘了晨夕迅速交替的景象，是诗人由山居生活亲身体验而来。杜诗"深山催短景，乔木易高风"出自《向夕》，言风从夕起。孟郊诗"南山塞天地，日月石上生。高峰夕驻景，深谷夜先明"言落日回照。杨慎注意到这些描写山中独特自然景象的诗句皆从谢诗翻出，皆是对山水诗的继承与发展。

　　杜甫称谢灵运为"谢公"，对其诗歌深为推崇，同时也继承发展了谢诗用语与创作技巧。不少批评家已经观察到杜诗用语"自谢诗翻出"的特点，对二人诗句的优劣也各有不同看法。曾季狸《艇斋诗话》指出"老杜'白首凄其'，出谢灵运诗'怀贤亦凄其'"。② 杨慎认为杜诗"落月满屋梁，犹疑照颜色"本于谢诗"明月入绮窗，仿佛想蕙质"。③ 清代贺裳《载酒园诗话》针对升庵此评说道："余以杜虽本于谢，杜语殊胜。'绮窗'、'蕙质'，未免修饰；'屋梁'、'颜色'，自是老气也。"④ 宋人吴聿《观林诗话》云："谢灵运有'薠苹泛沈深，菰蒲冒清浅'，上句双声叠韵，下句叠韵双声。后人如杜少陵'卑枝低结子，接叶暗巢莺'，杜

---

① （明）杨慎撰，王大厚笺证《升庵诗话新笺证》卷二"晚见朝日"条，中华书局，2008，第101页。
② （宋）曾季狸撰《艇斋诗话》"老杜'白首凄其'"条，丁福保辑《历代诗话续编》，中华书局，1983，第313页。
③ 此句出自江淹《潘黄门述哀》，为杨慎误记。
④ （清）贺裳：《载酒园诗话》卷一"三偷"条，郭绍虞编选，富寿荪点校《清诗话续编》，上海古籍出版社，1983，第217页。

荀鹤'胡卢杓酌春浓酒,舴艋舟流夜涨滩',温庭筠'废砌翳薜荔,枯湖无菰蒲','老媪宝藁草,愚夫输逋租',皆出于叠韵,不若灵运之工也。"① 谢诗经常运用双声、叠韵词,语言精工,吴聿认为杜甫虽同用此艺术手法,但是比谢诗稍逊一筹。杨慎也指出谢诗多有运用联绵词的诗句:"谢灵运诗'升长皆丰茸',则纷溶、丰茸一也。"②

宋人论谢灵运往往将其与陶渊明联系在一起,称赞其诗歌的超然旷适。苏轼欣赏陶渊明诗歌的平淡之趣,对谢诗研究不多,这在无意中开启了宋人崇陶抑谢的风气。但杨慎仍发现苏轼在用词上与谢诗有相关之处,在"坡诗"条指出东坡"春事阑珊芳草歇"之"歇"字非凑韵,最早可追溯至谢康乐"芳草今未歇"。③ 明代诗人大多注意到谢灵运在推动古体向律体转变中的作用,肯定其文学地位。李梦阳虽然师法汉魏盛唐,但对谢灵运的文学成就并不否定,甚至称赞其为"六朝之冠",流露出对谢灵运的倾慕之情。胡应麟认为自魏之后格调代降,但他对谢灵运评价颇高,赞赏谢诗词彩华美。许学夷持正变之论,对李梦阳过度推崇谢灵运的态度有所不满,认为谢诗过于雕刻,失去质朴之美。杨慎引敖陶孙之诗评"谢康乐如东海扬帆,风日流丽"④,极其欣赏谢诗文风的流丽自然。

(四) 鲍照:"壮丽豪放,若决江河"

鲍照,字明远,"元嘉三大家"之一。由于身份低微,鲍照生前的文学地位常被认为不如颜、谢。钟嵘认为其诗"贵尚巧似,不避危仄"。随着文学的发展,诗坛对鲍照诗歌的接受越来越广泛。在南北朝诗人中,鲍照在唐代的影响程度可以说位居前列。尤其是盛唐时期,对鲍照的研究与借鉴之盛更是达到顶峰。皎然肯定了鲍照对于边塞诗发展的推动作用,鲍照创作的大量边塞诗受到唐代边塞诗人的普遍推崇。杜甫曾云:"何刘沈

---

① (宋) 吴聿撰《观林诗话》"谢灵运"条,丁福保辑《历代诗话续编》,中华书局,1983,第114页。

② (明) 杨慎撰,王大厚笺证《升庵诗话新笺证》丁福保本增辑"上林赋连绵字"条,中华书局,2008,第843页。

③ (明) 杨慎撰,王大厚笺证《升庵诗话新笺证》卷五"坡诗"条,中华书局,2008,第296页。

④ (明) 杨慎撰,王大厚笺证《升庵诗话新笺证》卷四"敖器之评诗"条,中华书局,2008,第197页。

谢力未工，才兼鲍照愁绝倒。"对鲍照的才能极为赞赏。杜甫转益多师，对六朝诗人接受较多的首先是庾信，其次就是鲍照。在诗歌创作中，杜甫对鲍照的诗歌风格、构思立意、句式用语、意象运用等方面均有继承。秦观在论杜甫时谈到杜诗集各家所长，其中"峻洁"就取法谢灵运、鲍照。

杨慎在《升庵诗话》中也指出杜甫学鲍诗之处：

> 鲍照诗："秋霜晓驱雁，春雨暗成虹。"佳句也。杜子美诗"朔风驱胡雁，惨淡带沙砾"之句本此。①

元嘉时期的文学具有"情必极貌以写物，辞必穷力而追新"② 的特点，这在鲍照的山水诗中尤为明显。"秋霜晓驱雁"出自鲍照《煌煌京洛行》，此句从多种视角进行描写，景物视野开阔，在"秋霜""雁"的意象烘托下，一幅清冷优美的秋景图油然而生。其中，"驱"字生动表现出秋气肃杀中大雁被裹挟前行之艰难。杜甫在《遣兴五首》第一首中同样用此种写法，杨慎指出杜诗师法鲍照诗歌的用字、意象。鲍照善于写奇险之景，对仗工整却又不显呆板。《升庵诗话》云："鲍照诗：'二崤虎口，九折羊肠。'可谓工矣。比之杜工部'高凤'、'聚萤'、'骥子'、'莺歌'之句，则杜觉偏枯矣。"③ "二崤虎口，九折羊肠"以精工的对仗写出地势之险恶，杨慎认为杜甫与之相比则不够流畅自然。清代的方东树在杜甫对鲍照的接受方面有更加深入的研究，指出鲍照的《代出自蓟北门行》豪宕不平，"陈思、杜公皆同"。

在风雨交加、战乱不断的刘宋王朝，极具才华却出身低微的鲍照难以主宰自己的命运。他有傲情，有抱负，有满腔不平需要释放，却无依靠，无寄托，在门阀士族的压迫下步履维艰。对于这位同样身不由己的诗人，杨慎给予更多的审视。他在《升庵诗话》"吹蛊"条指出："鲍照《苦热

---

① （明）杨慎撰，王大厚笺证《升庵诗话新笺证》卷二"驱雁"条，中华书局，2008，第104页。
② （南朝梁）刘勰著，詹锳义证《文心雕龙义证》卷二，上海古籍出版社，1989，第208页。
③ （明）杨慎撰，王大厚笺证《升庵诗话新笺证》卷三"羊肠熊耳"条，中华书局，2008，第155页。

行》:'含沙射流影,吹蛊痛行晖。'南中畜蛊之家,蛊昏夜飞出饮水,光如曳彗,所谓行晖也。《文选》注:'行晖,行旅之晖。'非也。"① 从句意的合理表达出发对鲍诗中的字义做出解释。杨慎引《彦周诗话》"鲍明远《行路难》,壮丽豪放,若决江河,诗中不可比拟,大似贾谊《过秦论》"②,说明鲍照对自然山水的描写通常具有磅礴大气、奇绝雄伟的特点,这在《拟行路难》中更为明显。面对士庶阶级间难以逾越的鸿沟,鲍照渴望用文学才华跻身高位,然而怀有的希望一再被打破,压抑与愤懑于是在诗中倾泻而出。诗人眼中的山水不是风平浪静般的岁月静好,而是充满风噪雨啸的紧张气氛,迸发出一种磅礴之气,透露出诗人对命运不公的呐喊。诗人笔下的悬崖峭壁、深谷险壑、急湍巨浪、奇石怪树都被覆盖上一层悲寒低沉之气,压抑至极就会喷薄而出。

(五) 谢朓:"工于发端,雄压千古"

谢朓,字玄晖,南齐著名山水诗人。谢朓作为永明声律诗的代表人物,注重诗句的声律和谐,尤其擅长开篇起句。沈约对谢朓推崇备至,极其欣赏其才思和文辞。钟嵘在《诗品》中称其"善自发诗端",又说其诗句结尾存在不足,此说后世学者有所争议。但是从后人评论中可以看出,谢朓诗歌善于发端的观点得到普遍认同。王世贞云"玄晖不唯工发端,撰造精丽……"③,在认可其诗发端之工的基础上谈到其诗歌风格。杨慎认为五言诗开篇起句尤为重要,谢朓除了对仗之工外更难能可贵的是达到高古的意境,从而收到先发夺人的效果。他对此评曰:

五言律起句最难。六朝人称谢朓工于发端,如"大江流日夜,客心悲未央",雄压千古矣。唐人多以对偶起,虽森严,而乏高古。④

---

① (明)杨慎撰,王大厚笺证《升庵诗话新笺证》丁福保本增辑"吹蛊"条,中华书局,2008,第876页。
② (明)杨慎撰,王大厚笺证《升庵诗话新笺证》卷二"后山诗话"条,中华书局,2008,第105页。
③ (明)王世贞著,罗钟鼎校注《艺苑卮言校注》,齐鲁书社,1992,第135页。
④ (明)杨慎撰,王大厚笺证《升庵诗话新笺证》卷四"五言律起句"条,中华书局,2008,第221页。

六朝时期政治动荡不安，皇权更迭变化莫测，依附于门阀士族的文人稍有不慎即招致杀身之祸。尤其到齐梁时期，文人愤世嫉俗的狂狷亦被消解，取而代之的是小心翼翼地找准站位、保存性命。丧失了政治抗争能力的诗人转而将大量精力投向诗歌，在诗歌的格律、音韵、对仗上创建新说。首先，杨慎肯定了谢朓五言诗工于发端，许多诗起句符合五律规则的特点。谢朓作为永明体声律论的代表人物之一，其诗歌不乏符合声律论之作。据统计，在清朝王闿运《八代诗选》中，收录谢朓新体诗作28首，其中押平声韵的诗句占百分之八十以上。其次，杨慎认为谢朓比唐人起句多了一种高古的意境。"大江流日夜，客心悲未央"一句出自谢朓的《暂使下都夜发新林至京邑赠西府同僚》。日夜奔腾不息的江流引起诗人的忧思，然而这种愁绪与浩然的山水相比又是何其微不足道。起句视野开阔，气势恢宏，为全诗奠定了雄浑的感情基调。作为"竟陵八友"之一，谢朓以善于描写山水闻名，此诗起句情景相融，一种苍茫的意境油然而生。杨慎以"雄压千古"之语赞之，可以看出他对谢朓这首五言诗极为推崇。

　　何良俊在《四友斋丛说》中论道："夫五言之道，唯工惟精……如谢吏部诗'大江流日夜，客心悲未央'。"① 何良俊是明代金陵六朝派的代表人物之一，对杨慎的诗论十分欣赏。他同样认为，谢朓此诗起句正体现了五言诗的精工之道。杨慎对谢朓的接受不仅影响到金陵六朝派人士，也引起了后世学者的一些探讨。清代宋征璧评论谢朓此句"五律起句，亦殊警策"②，诗句言简意赅，可为五言诗起句的典范。方东树亦云："昔人称小谢工于发端，此是一大法门。"③ 方东树是清代著名文学评论家，一生勤学不辍，其晚年著作《昭昧詹言》集中展示了他的诗学思想。他认为起句对于诗文的谋篇布局起着至关重要的作用，谢朓起句高远，颇有深意，其他诗人很难模仿。颜延之在起句上下了很深的功夫，却显得"客气可憎"；刘桢诗歌语言亲切自然，起句却又常常平白如话，失去韵味。

---

① （明）何良俊撰《四友斋丛说》卷二十四"夫五言之道"条，中华书局，1959，第217页。
② （清）宋征璧：《抱真堂诗话》"谢朓工于发端"条，郭绍虞编选，富寿荪点校《清诗话续编》，上海古籍出版社，1983，第124页。
③ （清）方东树著，汪绍楹校点《昭昧詹言》卷七"小谢"条，人民文学出版社，1961，第187页。

方东树认为,谢朓起句能够摆脱这两种弊端,兼顾"工整"和"高远"之美。他认同杨慎的极高赞语,评论上述起句"兴象千古"。

(六) 魏收:"缘情绮靡,渐入唐调"

魏收,字伯起,初仕北魏,后入北齐,与温子昇、邢邵并称"北地三才子",以赋见长,诗歌多为闺怨、咏物诗。魏收作为北朝作家,认为南朝宫体诗"雅道沦缺",但在创作中又对之大量接受。胡应麟云:"魏收'临风想玄度,对酒思公荣','尺书征建业,折简召长安',不事华藻,而风骨泠然。"① 杨慎称:"'临风想元度,对酒思公荣。'诚秀句也,惜不见全篇。"② 魏收多学任昉之作,受南朝绮丽文风影响很深,讲究对仗与辞藻。杨慎对魏收《挟瑟歌》评曰:

"春风宛转入曲房,兼送小苑百花香。白马金鞍去未返,红妆玉箸下成行。"此诗缘情绮靡,渐入唐调。李太白、王少伯、崔国辅诸家皆效法之。③

这是一首典型的闺怨诗,描写了闺中少妇思念远方丈夫的场景。诗歌前两句写景,多情的春风温柔地吹入屋内,携带着小苑中各种各样的花香,描绘出一派生机美好的景象。"白马金鞍"借指丈夫,他昔日心怀抱负乘马离去。"红妆"代指闺中少妇。离别的场景似乎还历历在目,可是却一年年未闻归期,闺中少妇面对此情此景不禁双泪长流。春天的到来极易引起人对青春时光消逝的惋惜,万物复苏的生机又更加衬托出闺中少妇的孤寂与无以消解的愁思。此诗运用了以乐景衬哀情的手法,弥漫着一种淡淡的伤感。除了这首《挟瑟歌》,魏收的《椌歌行》《永世乐》等作品都极尽描绘之能事,追求文辞绮丽、对仗工整。杨慎评点此诗"缘情绮靡,渐入唐调",正是看出了魏收受南朝宫体诗的影响。

---

① (明) 胡应麟撰《诗薮》,上海古籍出版社,1979,第 155 页。
② (明) 杨慎撰,王大厚笺证《升庵诗话新笺证》卷三"魏收赠裴伯茂诗"条,中华书局,2008,第 115 页。
③ (明) 杨慎撰,王大厚笺证《升庵诗话新笺证》卷二"魏收挟瑟歌"条,中华书局,2008,第 114 页。

魏收《挟瑟歌》除第二句外，每句第五字均为动词，且对仗工整，令人读来明快流畅。这首闺中少妇思念远方征夫的闺怨诗，将春日的美好景象与内心的孤寂形成强烈反差，在情感表达、审美艺术上达到了较高的水平，而李白《长门怨》、王昌龄《西宫春怨》、崔国辅《白纻辞二首》都受到了此诗的影响。李白《长门怨》"桂殿长愁不记春，黄金四屋起秋尘。夜悬明镜青天上，独照长门宫里人"写宫人常年被困深宫，已经记不清春天的样子，抒发的是愁怨与孤寂凄凉之情。王昌龄《西宫春怨》"西宫夜静百花香，欲卷珠帘春恨长。斜抱云和深见月，朦胧树色隐昭阳"描写的是失宠妃子无心欣赏百花之香，只得独守空闺望月长叹。崔国辅《白纻辞二首》"洛阳梨花落如霰，河阳桃叶生复齐。坐惜玉楼春欲尽，红绵粉絮裹妆啼""董贤女弟在椒风，窈窕繁华贵后宫。璧带金釭皆翡翠，一朝零落变成空"同样是宫怨诗，昔日的荣华与今日的荒凉形成鲜明对比。

（七）庾信："为梁之冠绝，启唐之先鞭"

庾信年少得志，后遭遇侯景之乱和江陵之祸，前后期的人生境遇迥然不同。后人对庾信被掳仕周的经历也褒贬各异，但无论如何，都不能磨灭他在诗歌史上的贡献。受时代环境和个人审美的影响，对庾信其人其诗的评价历来不一。入北方后，庾信诗文受到王室的喜爱与模仿，宇文逌更是对庾信诗文赞誉不绝。然而隋朝史家王通持儒家正统诗学观对齐梁诗文极力排斥，庾信也成为他重点批评的对象。从隋朝史家对其颇有微词到盛唐诗家对其包容肯定、宋代诗家对其清新沉稳诗风再接受、金元时期王若虚对其全面否定，直至明代，对庾信其人其诗的评价依旧在肯定与贬抑的交替中前进。

杨慎在正视历代评价的基础上，更加系统、深入地挖掘出庾信诗歌的诗学成就，在《升庵诗话》中高度称赞他"为梁之冠绝，启唐之先鞭"[①]。杨慎认为庾信是梁代成就最高的诗人，对唐代文学有重要的开启之功。庾信诗歌体裁丰富多样并融合南北两地之长，具有巨大的文学艺

---

① （明）杨慎撰，王大厚笺证《升庵诗话新笺证》卷三"庾信诗"条，中华书局，2008，第149页。

术成就。自屈仕北朝后，庾信于乱世流离之中对人生的悲苦体味愈深，这悲苦包含妻母幼子相继去世的伤痛、国破被掳的屈辱、孑然一身的凄苦孤独以及政治上的如履薄冰。这种人生变故使庾信从宫闱细物中走出来，将眼光触及更深远的人世社会，同时这些强烈的思想感情蕴藏在诗文里，使其晚期的诗文更加成熟且有更强的生命力。杨慎《升庵诗话》在"清新庾开府"条列举了庾信30余首诗，论其风格"清新"，可见对庾信极为推崇与欣赏。

唐代诗人多有学"庾信体"者，如初唐四杰"源出子山"，太白得其清丽，少陵得其纵横。杜甫以"清新庾开府"赞李白，又称"庾信文章老更成"，在风格、句法、意象上对庾信多有借鉴。杨慎认为"独子美能发其妙"，杜甫看到了庾信诗歌"老成"的艺术特色。庾信在诗歌声律、对仗、用韵、炼字琢句等方面愈加成熟，对唐律的定型发挥了重要作用。李调元认为"庾子山诗对仗最工，乃六朝而后转五古为五律之始"①。杨慎《五言律祖》中选取的多首庾信之诗已基本符合唐律规则。胡应麟对此认为，杨慎《五言律祖》中所选六朝诗大多存在"失粘、上尾"的缺陷，并不完全符合唐律要求，而庾信的《舟中夜月诗》"真唐律也"②。许学夷也指出，"梁简文、庾信诸子，乃七言律之始"③，"风格多有近初唐者"④，从诗歌体制、风格方面阐述了庾信对唐诗的影响。

杨慎评论庾信的《咏桂》《重别周尚书》二诗，"唐人绝句，皆效仿之"⑤，点明了庾信对后世尤其是唐代诗歌的重要影响。其中《咏桂》非庾信作，《艺文类聚》卷八十九载为范云诗。《重别周尚书》是庾信滞留北方时所作的一首送别诗，与诗人同时被俘的同僚大多已被遣送回国，自己却归国无望，诗人内心沉痛不已。诗句"阳关万里道，不见一人归。惟有河边雁，秋来南向飞"，借南飞秋雁含蓄地表示自己对故国家乡的思念，

---

① （清）李调元著，詹杭伦、沈时蓉校正《雨村诗话校正》卷上"庾子山诗对仗最工"条，巴蜀书社，2006，第10页。
② （明）胡应麟撰《诗薮》，上海古籍出版社，1979，第61页。
③ （明）许学夷著，杜维沫校点《诗源辩体》，人民文学出版社，1987，"凡例"第3页。
④ （明）许学夷著，杜维沫校点《诗源辩体》卷十一，人民文学出版社，1987，第135页。
⑤ （明）杨慎撰，王大厚笺证《升庵诗话新笺证》卷三"清新庾开府"条，中华书局，2008，第151页。

意境苍凉，情感深挚。唐代绝句中有不少受此诗影响，如刘禹锡《秋风引》"何处秋风至？萧萧送雁群"，宋之问《题大庾岭北驿》"阳月南飞雁，传闻至此回"，韦庄《章台夜思》"乡书不可寄，秋雁又南回"等。

二 杨慎对六朝诗歌特点的评价与接受

杨慎受到六朝诗学的影响，认为六朝诗以情为主、藻绘风致的创作特点值得后世借鉴，主张诗歌创作"发诸性情，而协于律吕"[①]；同时要做到执正驭奇，避免因循守旧、陈陈相因。另外，杨慎指出六朝诗被后人诟病的一个根本原因是诗歌中"温柔敦厚"教义的缺失。

（一）杨慎对六朝诗"缘情"的评价与接受

魏晋时期，政局动荡不安的社会环境催生了人的觉醒以及文学自觉，在继承"诗言志"的基础上，陆机"诗缘情而绮靡"说应运而生。此处的情更多地指向人的"七情"，即个人由心而生的独特感受。"绮靡"即语言浮艳、华丽。萧子显《南齐书》中谈及文章时说"盖情性之风标，神明之律吕也"[②]。杨慎继承发展此说，认为"情缘物而动，物感情而迁，是发诸性情，而协于律吕，非先协律吕，而后发性情也"[③]。人的内心情感随事物的变化而波动，此时的物已经被赋予人的心理色彩，由情所生再协以律吕，最后发而成诗。杨慎较萧子显更突出地揭示"情"在诗歌创作过程中的首要地位。声律美是诗歌体式的重要特征，但是声律的格式也可能限制情感的自由抒发。当二者发生冲突的时候，诗人可以突破声律的限制，从情感体验中表现自我。

杨慎的这一观点与李东阳等"格调派"形成鲜明对比，他们在艺术构思中对于情感、声律的侧重迥然不同。李东阳论诗极其重视声律，主张以声辨体，将声律视为诗文之别的标准。《沧洲诗集序》云："所谓有异

[①]（明）杨慎撰，王大厚笺证《升庵诗话新笺证》附录二《李前渠诗引》，中华书局，2008，第1193页。
[②]（南朝梁）萧子显撰《南齐书》卷五十二，中华书局，1972，第907页。
[③]（明）杨慎撰，王大厚笺证《升庵诗话新笺证》附录二《李前渠诗引》，中华书局，2008，第1193页。

于文者，以其有声律讽咏，能使人反复讽咏，以畅达情思，感发志气。"①声律包含音韵、格律等方面内容。李东阳对声律的过度关注难免产生因律害义的弊端。

杨慎云："诗之为教，邈矣玄哉！婴儿赤子，则怀嬉戏抃跃之心；玄鹤苍鸾，亦合歌舞节奏之应。况乎毓精二五，出类百千，六情静于中，万物荡于外。"②"邈"即远之义。孔子所提倡的诗歌教化功用，已经很遥远。婴儿因内心喜悦而手舞足蹈，玄鹤、苍鸾伴随音乐起舞，这些都是内心朴素情感的呈现方式。杨慎引李仲蒙评语曰："叙物以言情，谓之赋，情物尽也；索物以托情，谓之比，情附物也；触物以起情，谓之兴，物动情也。"③人之情是创作之源，失去情感的文字也就缺少灵魂与生命力。廖可斌在《复古派与明代文学思潮》一书中指出："就复古派所强调的'情'这一方面而言，除杨慎等稍有涉及外，其他人对情本身的合理性还没有作深入思考。"④杨慎在六朝人那里发现了对"情"的高度关注以及反映到文学上的大量实践，同时以此作为自己诗歌创作的标准。

在"缘情绮靡"这一说法的历代接受中产生过不少误解，需要注意的是，杨慎对"情"的推崇并不是走向"诗言志"说的对立面，而主要针对的是"止取穷理，不取艳词"的理性诗。只有真情自然流露，依据真切的生命体验而作，才为真诗，否则就成了寡淡无味的"假诗"。而六朝诗人对情感的流露与细致描摹为后世提供了重要借鉴。这种真情包括男女之情，如陶渊明《闲情赋》"瞬美目以流眄，含言笑而不分"表现的是"曲尽丽情"。杨慎推崇庾信诗歌的情之真。庾信早期创作的诗歌基调自信昂扬、清新俊逸，后期的诗歌渐趋"老成"，但从始至终，庾信都以真性情驾驭文学才华，任气而行，锻就"凌云健笔意纵横"之文风，从而达到文情与文采的统一。《升庵诗话》列举"缘情"之诗有多处，而无一

---

① （明）李东阳撰，周寅宾校点《李东阳集·文稿》卷二《沧洲诗集序》，岳麓书社，2008，第443页。
② （明）杨慎撰，王大厚笺证《升庵诗话新笺证》附录二《李前渠诗引》，中华书局，2008，第1192~1193页。
③ （明）杨慎撰，王大厚笺证《升庵诗话新笺证》卷四"赋比兴"条，中华书局，2008，第186页。
④ 廖可斌：《复古派与明代文学思潮》，文津出版社，1994，第678页。

例外，杨慎强调的都是作诗需要保持真性情，追求思想的自由，反对抒情的功利化。

（二）杨慎对六朝诗"绮丽风致"的评价与接受

崇尚藻绘，追求诗歌的华丽雕饰，是齐梁诗歌的特点之一。杨慎在六朝诗人中对齐梁诗人及作品的关注最多，这与其好"丽"的创作思想有密切联系。自建安至南朝，诗文"丽"化的趋向一直在延续，曹丕主张"诗赋欲丽"，把"丽"作为诗赋有别于其他文体的特征；陆机强调诗"缘情"的同时又强调诗"绮靡"的特征。六朝诗声色大开，注重诗句之丽与情思之丽，把"丽"这一审美范式推向极致，使之成为概括六朝诗基本面貌的术语。

杨慎称赞六朝诗"高妙奇丽"，并多次用"丽""绮"评说六朝诗，如评萧纲《枫叶》诗"情景婉丽"、鲍照《行路难》"壮丽豪放"、庾信诗"绮而有质"。谢灵运山水诗长于精工，辞藻富艳，杨慎对其诗尤为欣赏，并特意引钟嵘《诗品》所述"名章迥句，处处间起；丽曲新声，络绎奔发"[①] 以评之。

杨慎认为，齐梁诗人中，庾信的诗可以算得上最高典范。杜甫评庾信诗"清新""老成"，杨慎认为子美道尽了庾信诗的真谛，即将两种风格融合为一，从而形成独特的诗歌美学特色：绮而有质，艳而有骨，清而不薄，新而不尖。杨慎认为"绮多伤质，艳多无骨；清易近薄，新易近尖"[②]。如果形式过于华丽，则容易伤其本质，丽而无骨；如果过于清平则会显得轻薄无味，缺乏余韵与厚重感。作诗最难能可贵的是使两者达到一种中和的境界，杨慎列举了多首庾信的诗为证，如"水影摇丛竹，林香动落梅""涧底百重花，山根一片雨"，认为庾信诗无论是锤词炼句、运用典故还是创造意境，均"流丽而不浊滞"。

明朝中期，受理学和俗文化的冲击，对诗歌"丽"的追求已经弱化。然而，杨慎取法六朝，形成了"秾丽婉至"的诗风，这在其被贬云南期间

[①] （南朝梁）钟嵘著，曹旭集注《诗品集注》（增订本），上海古籍出版社，2011，第201页。

[②] （明）杨慎撰，王大厚笺证《升庵诗话新笺证》卷三"庾信诗"条，中华书局，2008，第149页。

创作的诗歌中有所体现，或在典雅清丽中流露出世事沉浮变幻不定的飘零之感，或以丽景诉哀情，希望能重获赏识。薛君采谓其"穷极词章之绮丽，牢笼载籍之精华"①。杨慎增损梁简文帝《对烛赋》而作《华烛引》，又作《又别拟制一篇》，皆取法六朝"丽"诗。张含评杨慎这两首诗云："此二篇者，幽情发乎藻绘，天机荡于灵聪，宛焉永明、大同之声调，不杂垂拱、景云以后之语言。"② 在吸取借鉴六朝诗文的同时，杨慎注重融入真情实感，比他前期拟齐梁之作多了一份人生积淀后的厚重。

  杨慎少时多习齐梁风流之作，追求语言的丰丽华美，但并非仅限于此，他其实更注重发掘其中具有意蕴、风致的诗文进行学习。魏晋时期，玄学思想抬头，士人们对自由生命的追求愈加迫切，在生活中追求逍遥自适的人生态度，展现在文学作品中即富有"风致"。此时"风致"一词也被用于人物品藻，《世说新语》常用"风致"来点评人物的内在洒脱气质。杨慎在《词品》中云"江左词人多风致，而僧亦如此，不独惠休之《碧云》也"③，称宋武帝"一代英雄，而复风致如此"④。相比于汉代对诗人满腹经纶的推崇，六朝更看重人物的风骨神韵。杨慎曾云："大率六朝人诗，风华情致。"⑤ 杨慎《升庵诗话》论刘禹锡为元和以后的第一诗人，对其未被他人选录以及时人不甚了解的《梦丝瀑》《咏砚》《观舞》等作予以辑录，并称这些诗"宛有六朝风致，尤可喜也"。在《词品》中又赞许隋炀帝《夜饮朝眠曲》"二词风致婉丽"。⑥ 可见，"六朝风致"同样代表了杨慎的一种诗歌审美标准，即诗文在声调韵律、意境塑造、情韵趣味上具有六朝风范。

---

① （明）陈文烛：《杨升庵先生文集序》，（明）杨慎：《升庵文集》，王文才、万光治主编《杨升庵丛书》第三册，天地出版社，2002，第6页。
② （明）杨慎：《升庵文集》卷十三《又别拟制一篇》张含跋，王文才、万光治主编《杨升庵丛书》第三册，天地出版社，2002，第254页。
③ （明）杨慎：《词品》卷一"僧法云三洲歌"条，王文才、万光治主编《杨升庵丛书》第六册，天地出版社，2002，第329页。
④ （明）杨慎：《词品》卷一"宋武帝丁都护歌"条，王文才、万光治主编《杨升庵丛书》第六册，天地出版社，2002，第337页。
⑤ （明）杨慎：《词品》卷一"王筠楚妃吟"条，王文才、万光治主编《杨升庵丛书》第六册，天地出版社，2002，第336页。
⑥ （明）杨慎：《词品》卷一"隋炀帝词"条，王文才、万光治主编《杨升庵丛书》第六册，天地出版社，2002，第330页。

（三）杨慎对六朝诗尚奇的评价与接受

"奇"作为古代文论中一个重要的理论范畴，历时悠久，在每个历史时期呈现出不同的审美特点。从周文化辐射下对"奇"的消极态度到《孙子兵法》中对"奇"的批判性肯定，再到《老子》《庄子》对"奇"审美表现的探讨，"奇"逐渐从战争领域转入文学领域。针对六朝形式主义之风与齐梁浮艳诡奇之弊，刘勰提出以奇正为美的观点。钟嵘则放弃"奇""正"对立的角度，继续深入发掘"奇"的美学意义。

杨慎在衢州断桥旁的石碑上见到一首残诗，记录下来并评曰："'薄烟幂远郊，遥峰没归翼。'可谓奇绝。盖六朝人语，唐人罕及也。"[1] 六朝诗文注重在字句磨炼上用力，常常能出奇字、奇句，给人耳目一新之感。杨慎认为，东晋庾阐《扬都赋》"涛声动地，浪势粘天"本自奇语，后人韩愈、黄庭坚在诗中皆借用"粘"字使语句出奇。诗人以丰富的想象，用"粘"字使句法生新，体现了对传统诗意的超越性，达到了奇特的艺术效果。另外，评庾信诗"秋风驱乱萤"句亦奇甚。一个"乱"字既表现出秋风之肃杀，也同样显示出诗人内心之低沉，字奇使得句奇，通过巧妙的构思获得新奇之美。吴均的险诨诗句，曾为沈约所笑，但杨慎有不同看法，他说："吴均诗'秋风泷白水，雁足印黄沙'，为沈约所笑。唐人以此类为险诨句。传奇诗多有之。沈青箱'夜月琉璃水，春风卵色天'是也。韩退之'水作青罗带，山如碧玉篸'，杜牧诗'钱塘鹦鹉绿，吴岫鹧鸪斑'，东坡诗'山为翠浪涌，水作玉虹流'，大家亦时有之也。"[2] 吴均此句在陈旧中显新奇，在古朴中见奇美，打破旧有的范式，产生陌生化的艺术效果，正是此诗句法奇崛之处。在沈约看来，吴均诗过于"奇"而更接近于"险"。此外，也可以看出，对"奇""险"的评定并不是一成不变的，诗句出奇在当时看来是"险诨"，随着时代的发展也会被更多人接受，彰显奇险的艺术魅力。

"奇"的审美体验来自对传统的突破和原有事物的改变。杨慎曾云：

---

[1] （明）杨慎撰，王大厚笺证《升庵诗话新笺证》卷十一"衢州断碑诗"条，中华书局，2008，第659页。

[2] （明）杨慎撰，王大厚笺证《升庵诗话新笺证》卷十一"险诨句"条，中华书局，2008，第687页。

"盖不变则不新，不新则不奇，学者喜其新而谨其变，爱其奇而不戾于古可也。"① 文学创作要打破常规思维，切忌拘泥古人诗句，只有务去陈言、求新求变才能有所创新，获得新奇的审美感受。在《升庵诗话》中，杨慎举了数例因变求奇的诗句，如唐代张说"塞上绵应折，江南草可结"改自南朝江总《折杨柳》"塞北寒胶折，江南杨柳结"，稍微改变了几个字，不妨双美。② 在"夺胎换骨"条指出唐代陈陶诗"'可怜无定河边骨，犹是春闺梦里人'一变而妙，真夺胎换骨矣"③。这些诗句因为推陈出新，富有变化之美，增添活力，从而获得恒久的艺术魅力。

但是杨慎同样也指出，文学创作要符合文学创作规律，需要执正驭奇，使诗文文质炳焕，避免文辞出现过于"奇"的偏颇。他在"元次山好奇"条云"文章好奇，自是一病，好奇之过，反不奇矣"④。文章贵在创新，奇在能够彰显文章的魅力而不使语句生涩难懂，如果刻意求奇，穿凿附会，只能适得其反。《升庵集》云："奇者工于难，命之曰复奥，庄周、御寇是也，而郄模、刘辉亦诡而晦。"⑤ 文章写作能够驾驭"奇"是一件很难的事，庄子、列御寇奇在意境、妙想，诗文能达到超凡脱俗的境界，郄模、刘辉用意太过则陷入新奇诡谲的怪圈。所以，诗文之"奇"在于突破常规而不失自然顺畅，不拘一格而能够清新脱俗，而非生搬硬套、一味求险。

（四）杨慎论六朝诗"温柔敦厚之意荒"

杨慎曾收集汉魏六朝诗歌二百余首，将《文选》未涉及之作编订为《选诗外编》。在《选诗外编序》中，杨慎指出六代之作"缘情绮靡之

---

① （明）杨慎：《升庵遗集》卷二十三《饰雄集序》，王文才、万光治主编《杨升庵丛书》第三册，天地出版社，2002，第1066页。
② （明）杨慎撰，王大厚笺证《升庵诗话新笺证》卷九"张说诗"条，中华书局，2008，第492~493页。
③ （明）杨慎撰，王大厚笺证《升庵诗话新笺证》卷五"夺胎换骨"条，中华书局，2008，第254页。
④ （明）杨慎撰，王大厚笺证《升庵诗话新笺证》卷十"元次山好奇"条，中华书局，2008，第537页。
⑤ （明）杨慎撰《升庵集》卷五十二《论文》，《景印文渊阁四库全书》第1270册，（台北）台湾商务印书馆，1986，第441页。

说胜，而温柔敦厚之意荒"①。六朝诗之"丽"并非"雅丽"，而是走上了浮靡艳丽、矫揉失真的偏路，成为六朝诗文被后人诟病的一个根本原因。

"温柔敦厚"本指人应持谦和有礼、宽而有度的君子风范，后来用在诗歌审美取向上，强调诗歌的情感表达方式应该含蓄蕴藉、温而不厉、含而不露，具有中和之美。这种诗教观诞生于周王朝诗乐礼"三位一体"的政治土壤中，更根植于中国人的民族特性中。中西方不同的地理环境造就了不同的民族特性，海洋文化与商业经济培养了西方人敢于与自然斗争、积极创造与探索等外向型心态，而广袤的平原和农耕经济则孕育出中国人安贫、保守、克制的民族特质。中西诗学与这两种不同的民族特质密切相关。内敛型心态使中国人趋向注重对内心价值的审视，在艺术创作上追求含蓄之美，不着一字而尽得风流，于曲径通幽处发掘奥妙。

杨慎评韦应物《萤火诗》"此二诗绝佳，予爱之。比之杜子美，则杜似太露"②，强调诗歌的意味深长、含蓄隽永。在"沈氏竹火笼诗"条，他认为南朝女诗人沈满愿《竹火笼》一诗含蓄蕴藉，"上薄《风》、《雅》，下掩唐人"；同样是嘲讽那些禁不住诱惑改其志向的士人，李清照"所以嵇中散，至死薄殷周"一句与之相比则太浅露。③ 不注重诗歌语言的艺术技巧就容易浅露直白，了然无趣，只有将情感经过艺术的处理才能产生言尽而意无穷的趣味。宗懔《荆州泊》一诗"有《国风》之意，怨而不怒，艳而不淫"④。宗懔是南朝梁大臣，在整个齐梁浮靡诗风中，此诗能在情感表达方面达到中和之美，实为难得。

"温柔敦厚"的诗教风格在儒家阐释的《诗经》中得到完美体现，主张既要义正、辞直，又要含而不露。及至六朝，儒家规范受到严重挑战，

---

① （明）杨慎：《升庵文集》卷二《选诗外编序》，王文才、万光治主编《杨升庵丛书》第三册，天地出版社，2002，第105页。
② （明）杨慎撰，王大厚笺证《升庵诗话新笺证》卷二"韦应物萤火诗"条，中华书局，2008，第127页。
③ （明）杨慎撰，王大厚笺证《升庵诗话新笺证》卷三"沈氏竹火笼诗"条，中华书局，2008，第162页。
④ （明）杨慎撰，王大厚笺证《升庵诗话新笺证》卷三"宗懔荆州泊"条，中华书局，2008，第170页。

寒士饱读诗书而无用武之地，上层贵族生活更是骄奢闲适，更多地关注身心愉悦和身边琐碎之物。诗人不再以政治抱负、锐意进取作为生活重心，在文学上过于追求形式的华美，论定才华的标准也转移到文采方面，从而导致诗文内容空洞单调，缺乏思想深度，偏离了"温柔敦厚"的诗之教义。所以杨慎认为六朝诗"不足以影响大雅"[1]，但从诗艺而言，则是唐诗之滥觞，"君子或有取焉。是亦可以观矣"[2]。

第三节　杨慎六朝诗论的影响与局限性

明人往往从儒家传统角度看待六朝诗歌，认为其不合正统，其文学价值则常常被忽略。杨慎一生醉心六朝，对六朝诗歌的价值进行了多角度检视。第一，从"艺"的角度阐明六朝诗文之美美在声律、文辞等形式；第二，明确六朝诗歌对唐诗的开启意义，包括六朝诗歌在体裁体式上对唐诗发展的重大作用，唐诗在用字、句式、意象上对六朝诗歌的借鉴，六朝人文精神对唐人的影响等方面。

一　阐明六朝诗歌的价值

（一）回归对六朝诗歌"艺"的关注

在文学批评领域，明代文学评论家常常站在正统文学观的立场上对六朝文学的形式化加以斥责。明代前七子主张学习汉魏盛唐诗文，以此来重振诗坛风力。李梦阳、何景明等人从"格以代降"的角度论述六朝格卑气弱，六朝诗文的声辞泛滥也成为其抨击的焦点。李梦阳认为六朝诗风浮靡是由于地域上偏安一隅，无法拥有汉唐诗歌恢宏的气象。何景明认为，从晋到六朝，诗人越来越多，诗风却越来越浮靡。徐祯卿更是严厉批判六朝由于新声涌现，自《诗经》以来的古风荡然无存。然而杨慎认为，抛开文学的教化功能和社会作用，六朝文学具有独立的审美价值，而这种形

---

[1] （明）杨慎撰，王大厚笺证《升庵诗话新笺证》附录二《选诗外编序》，中华书局，2008，第1171页。

[2] （明）杨慎撰，王大厚笺证《升庵诗话新笺证》附录二《选诗外编序》，中华书局，2008，第1171页。

式美是其必不可少的构成部分。在论六朝诗歌特点时,杨慎与前七子的认识差异正是基于不同的诗学理念。杨慎指出:"以艺论之,杜陵诗宗也,固已赏夫人之清新俊逸,而戒后生之指点流传。"① 他认为杜甫是从"艺"的角度来看待六朝诗歌的开山者的,这值得后人借鉴。杨慎对陶渊明、鲍照、谢朓、庾信等六朝诗人诗文的评价也正是从这个角度出发的。

宗白华在《艺境》中说:"艺术的目的并不是在实用,乃是在纯洁的精神的快乐,艺术的起源并不是理性知识的构造,乃是一个民族精神或一个天才底自然冲动的创作。"② 政治的混乱动荡造成了六朝士人苦难的人生底色,也促进了他们性情风采的彰显,以及对"艺"的高度追求。这种追求是六朝士人倾泻人生痛苦的一种方式,它摆脱了政治的束缚,成为精神的寄托。受时代影响,人们对艺术美的看法也有所转变:在人物品鉴方面注重人物的言谈举止、风神姿貌,在音乐领域出现了与两汉正统音乐美学相对立的"声无哀乐论",在绘画领域涌现了"传神写照""以形写神"的美学主张。

从"艺"的角度延伸,抒发自我性情正是这种文学之美的集中体现。袁济喜在《六朝美学》中指出:"六朝美学审美主体论的中心范畴是情感论。它突出了情感在创作中的中介作用,将审美和艺术看作情感的活动,形成以缘情为中心的艺术创造理论。"③ 杨慎认为,六朝文学把形式美和缘情说联系在一起,促进了文学的独立发展,也对后世文学起着积极作用。

(二) 阐明六朝诗歌对唐诗的开启意义

针对李梦阳、何景明等复古派成员独尊盛唐的诗学观念,杨慎提出"一代有一代之文学"的观点,认为六朝诗歌不应该被忽略,显示出较为通达的诗学观念。盛唐诗歌的辉煌并不是一蹴而就的,而是立足于前代基础形成并发展的,这也是文学发展的必然规律。为发掘六朝诗文之文学价值,杨慎编纂辑录了众多诗作,其中所编《五言律祖》《绝句辨体》《词

---

① (明)杨慎:《升庵文集》卷二《选诗外编序》,王文才、万光治主编《杨升庵丛书》第三册,天地出版社,2002,第105页。
② 宗白华:《艺境》,商务印书馆,2011,第9页。
③ 袁济喜:《六朝美学》,北京大学出版社,1999,第22页。

品》更是彰显出六朝诗歌在体裁上对唐诗发展的重大作用。五言律诗、七言律诗在唐朝已完备并成熟，其对仗、声律、题材的运用需追溯至六朝。渐渐淡出诗坛的七言排律也可追溯至南朝梁沈君攸，而梁武帝、江总、魏收诸诗更是已见绝句之体。另外，后世词曲在创作上也与六朝诗歌有千丝万缕的联系：一是词牌取材于六朝诗文，二是模仿六朝诗歌的句式和押韵。

杨慎在广泛阅读前代诗作的基础上，经常用思辨的眼光捕捉诗文之间的潜在联系。在意象选取方面，唐代诗人从六朝诗歌中的众多意象里获得灵感，或直接引用，或加以变动融合成自己的诗句。杨慎喜爱六朝诗文，所以格外注重后世诗歌借用六朝典故、语词之处。在《谢华启秀》（共七卷）中，杨慎辑录了前人名作中的众多新词艳句，内容涵盖经史子集。该书虽然取材广泛博杂，但仍然以六朝文句为主，并在引用的词句后注明典故出处。如"虎牙"出自郭璞的《江赋》，"三翼"出自张协的《七命》，"兰迅"出自谢混的《诫族子诗》，"紫雾"出自郭璞的《登百尺楼赋》，"香苏"出自鲍照的《梦归乡诗》，等等。

如果说唐人对六朝诗文在艺术上的借鉴是有形的，那么其受六朝人文精神的启迪则可以说是无形的。杨慎注意到，从个体生命意识的萌发、人的觉醒到对情感的极度追求，六朝人文精神在个性彰显方面对唐人存在潜移默化的影响。反映在文学创作中，六朝以情为主的创作风格对唐诗同样有开启之功。

二 促进文艺思想的活跃

无论在京城还是云南等地，作为明代文学大家，杨慎周围始终聚集着一批追随者，其关于六朝诗学的观点必然影响周围士人，此外，他与金陵六朝派的交往互动更是壮己声势。杨慎的文学主张虽不足以撼动大局，但足以促使时人对前七子进行反思，对纠正当时诗风起到一定的积极作用。

（一）明代六朝派的形成与发展

马茂军在《论六朝文派》中将历代师法、借鉴六朝诗文的诗人统称为六朝派，认为其与拟秦汉、盛唐的诗派相比，历史更加悠久，可算作中国文学的隐传统。萧统《文选》选录六朝文，李杜师法六朝，欧苏四六文承六朝骈文,以杨慎、李贽、陈维崧为代表的明清文人模拟六朝,近代章太炎、周作人将推崇六朝视为对精神自由的追求,他们都可视为六朝派。其中甚至包括对六朝诗文有过不少批评之语甚至要革六朝命的诗人群体,他们其实也在无形中受到六朝诗文的影响,如初唐四杰、中唐古文运动者。

正德、嘉靖年间,前七子师法汉魏、盛唐的复古思潮正盛,以杨慎为代表的创作群体主张学习六朝,促进了明代六朝派的形成与发展。杨慎在求学期间转益多师,曾学李白、杜甫、李贺、苏轼,及第之后,学习六朝的倾向更加明显,入翰林院期间大力学习齐梁体。此时,杨慎周围有一批交游甚厚、赠答唱和的文人,包括薛蕙、张含、方豪等人。其学六朝的风尚对京城诗坛产生了一定影响。但杨慎等人还无明显的立派意识,也没有固定的成员和旗帜鲜明的口号,并非一个确切的诗派。

嘉靖三年杨慎谪戍西南边陲后,对六朝的研究更是不遗余力,许多重要的文学主张也都是在这个时期提出来的。其间,除了有王廷表、李元阳等杨门六学士外,还有一大批名士常伴他左右,谈论诗文。明代诗学流派众多,门派各立,但往往各执一端,不容异己。杨慎虽然钟情六朝,但十分注重博学,摒弃了狭隘的诗学观。

(二)对金陵六朝派和晚清汉魏六朝派的影响

南京是六朝古都,江南士子受秀丽山川和江左诗风影响,明代金陵文坛习六朝之风愈盛。其代表人物有朱应登、朱曰藩、金大舆、顾璘、文伯仁、何良俊等人,他们被称为金陵六朝派。其中大都为吴中人士,有不少人少时即学习六朝,也有中晚年转而学之的。在对六朝诗文的态度上,他们与杨慎极为相近,认为六朝文学并非"靡靡之音",而是自有一种华艳绮丽的审美风范。由于远离北方朝政中心,金陵文人们并未将儒家政治理想放在首要位置,而是更注重追求身心的舒适,推崇六朝风致。而其习六朝风气的兴盛,与杨慎也有一定的关系。

杨慎作为习六朝风气的先行者,其诗学观念不可避免地影响到了金陵文士。杨慎虽谪居云南,但并未囿于一地,与川贵、金陵地区习好六朝的士人常有来往,对金陵六朝派的文学创作也颇多肯定。朱应登、朱曰藩父子为金陵六朝派的发起者,其诗文取材《文选》、乐府,辞采华美流丽。

《静志居诗话》卷十二云："升之诗仿北地，子价则法用修。"① 朱曰藩（字子价）除了师法杨慎，还多次通过书信的方式向杨慎求教探讨诗歌。他在《寄升庵书》一文中称赞杨慎的文章是"正脉"，表达了自己对杨慎的仰慕之情。杨慎在次年的回信中也将其引为平生知己，对其尊崇六朝的诗学观念予以肯定。何良俊是金陵六朝派的又一代表诗人，以拟作六朝诗闻名。在诗学观念上，何良俊同样受到杨慎的影响，甚至将杨慎的多篇诗论附录在自己的文中。他在《四友斋丛说》中论述了大量的六朝诗人，极为肯定沈约、柳恽、王筠等诗人的文学创作，其中格外喜爱大小谢。何良俊不认可对齐梁文学"诗道沦丧"的评价，认为齐梁诗歌虽"风骨"不足，但气象犹存。

  金陵文士诗宗六朝，其中有不少是杨慎的仰慕者，常常集会赋诗、交游唱和。他们曾将众人集会所作的《人日草堂诗》寄给杨慎，以表达敬仰之情。朱曰藩《人日草堂诗引》中说："斋南向，先生像在壁间，诸君不肯背之坐，各东西席如侍侧之礼。"② 朱曰藩将杨慎画像挂在斋房，以礼虔奉，集会者以观杨慎画像为荣。杨慎为一代文学大家，喜提携勉励后人，通过诗文往来对金陵六朝派文士的文学创作起到一定的激励作用。《列朝诗集小传》记载："用修评定其诗，得七十四首，比于唐人箧中之集。"③ 杨慎从朱曰藩等人创作的诗文中甄选出 74 首，分别加以评论。他认为与那些学杜不得其要者相比，朱氏等人学习领悟到了六朝精髓，避免了蹈袭之弊。嘉靖年间，黄姬水因避乱暂居吴中，与朱曰藩、何良俊结下深厚的友谊。他也十分推崇杨慎，其诗《读杨太史用修选朱客部子价诗》就叙述了杨慎评选诗文这件事。他将杨慎比作慧眼识珠的张华、桓谭，把朱曰藩比作左思、扬雄。左思《三都赋》受到张华的引荐从而名动京城，扬雄《太玄经》因桓谭的称赞而代代相传。黄姬水认为，杨慎评选诗文使好友佳作获得赏识，也有利于引导学诗者走向创作正途。

  杨慎及金陵士人的交游促成了师法六朝小高峰，而晚清时期以王闿运

---

① （清）朱彝尊著，姚祖恩编，黄君坦校点《静志居诗话》卷十二"朱曰藩"条，人民文学出版社，1990，第 355 页。
② （清）陈田辑撰《明诗纪事》己签卷八，上海古籍出版社，1993，第 1992 页。
③ （清）钱谦益：《列朝诗集小传》，上海古籍出版社，1983，第 449 页。

为首的汉魏六朝派则再次提升了六朝诗歌的文学地位。王闿运以汉魏六朝诗为师法对象，在诗学观念上与杨慎有颇多相似之处。他认同"一代成一代之风"，却极为推崇六朝绮丽之美，希望能用淳雅的语言恢复诗歌艺术形式。在诗歌本质论上，王闿运认为诗主性情，在创作过程中要注意"情不可放，言不可肆"。

三 欲求新变却深受时代的局限

在明代复古潮流盛行的时代背景下，杨慎的六朝诗学观是对前七子的有力抨击。杨慎虽不满时风而求新变，但具有不彻底性，其诗学主张仍跳不出环境束缚。杨慎深受时代的局限表现在两个方面：一是"情"与"礼"的矛盾，二是"师古"与"师心"的矛盾。

（一）性其情而不违礼

明初统治者为加强中央集权，在经济上实行"重本抑末"政策，在文化上固定以四书五经为科考范围，理学盛行，致使个人情感受到严重压制。直到中期，受外部环境以及商品经济发展影响，市民阶层越来越活跃，对张扬个体情感的要求愈加强烈，被理性主义笼罩的士人思想随之也有所改变，文学抒情性要求提升。情本思想在杨慎论诗的过程中被放在重要的位置，而且"诗缘情"的观点贯穿六朝诗论始终。但是，杨慎认为"情"应受到理性规范，作诗要持性情之正，做到约情合性。

杨慎虽情钟六朝，但亦提到六代之作"不足以影响大雅"，这也是在师法六朝中需要注意的问题。杨慎云："至李、何二子一出，变而学杜，壮乎伟矣。然正变云扰，而剽袭雷同；比兴渐微，而风骚稍远。唐子应德，箴其偏焉。嘉靖初，稍稍厌弃，更为六朝之调、初唐之体，蔚乎盛矣，而纤艳不逞，阐缓无当，作非神解，传同耳食。"[①] 可见，一味模拟六朝、初唐之"纤艳"之作也是杨慎所不取的。前七子将"诗贵情思"作为高举复古旗帜、扭转文坛时风的一个重要主张，但同时又强调"视古修辞，宁失诸理"。杨慎一方面肯定前七子为推动诗文发展所做出的努力，另一方面也指出时人受此影响只知学杜、剽袭成风的弊端。

---

① （明）杨慎撰，王大厚笺证《升庵诗话新笺证》卷四"胡唐论诗"条，中华书局，2008，第215~216页。

杨慎《书品序》云："今人不及古人，而高谈欺世，乃曰吾道在心，六经犹赘也。以此号于人曰，作字欲好，即为放心，趋简安陋者，靡然从之，是苍籀上世，道已丧矣。"① 杨慎在这里强调六经的载道责任，以纠正学书法只学其形者。又云"必也，区别裁正浮伪之体，而上亲《风》、《雅》"② "《三百篇》皆约情合性而归之道德也"③，《风》《雅》是诗之正体，符合"发乎情，止乎礼义"的儒家传统。"情"注重个人内心感悟，"礼"强调社会理性约束。情感的自由表达是人存在的基本要求，然而个人不能脱离社会而存在，如果诗文情感不受约束失去尺度，就容易走入卑靡浮艳的极端。

无论如何，杨慎的诗学观点都无法也不可能脱离时代环境和儒家传统观念的影响。杨慎一方面对六朝人个人情感的表达极为欣赏，大量学习模拟齐梁诗；另一方面又认为诗文创作要符合道德标准，要合乎礼义，抒情应有所节制，达到含蓄蕴藉之美。

（二）徘徊于复古与师心之间

安史之乱后，中国古代社会各方面发生了翻天覆地的变化，文学上古优于今的观念愈加强烈，文人难以开辟新的文学道路，只能借复古寻求诗歌发展。中国古典诗歌审美理想所具有的封闭性和稳定性也使诗人难以逾越复古的思路重拾文化自信心。然而，杨慎生活的明代中晚期是一个社会急剧变革的时期，各种矛盾高度集中，整体处于多元化、多变化的阶段。文学同样处于求变的阶段，董其昌云："时文之变而师古也，自北地始也；理学之变而师心也，自东越始也。"④ 但是复古派所做的种种努力并未将明王朝恢复成理想的"汉唐盛世"，廖可斌在《复古派与明代文学思潮》中指出复古失败有其深刻的原因："醉心于古典审美理想，不能辩证地评价古典文学领域中发生的种种变化，将之一律视为卑俗凡近，加以排

---

① （明）杨慎：《升庵文集》卷二《书品序》，王文才、万光治主编《杨升庵丛书》第三册，天地出版社，2002，第108~109页。
② （明）杨慎撰，王大厚笺证《升庵诗话新笺证》卷四"杜少陵论诗"条，中华书局，2008，第193页。
③ （明）杨慎撰，王大厚笺证《升庵诗话新笺证》卷四"诗史"条，中华书局，2008，第212页。
④ （明）董其昌撰《容台文集》卷一《合刻罗文庄公集序》，明崇祯三年董庭刻本。

斥，没有从中探寻新的文学样式的雏形，这是复古派的失误。"① 前后七子等复古派成员大多数是政府官员，他们积极参与社会现实，在政治斗争中肩负着士人的重任。文学复古活动承担着他们的政治希冀，所以并非简单、纯粹的文学复古运动。

杨慎身处明代复古潮流中，其诗学理论也打上了时代的烙印，有明显的师古倾向。由于时代环境和个人经历，杨慎将关注点放在对六朝价值的挖掘上，与前后七子在宗法对象上相异。但是杨慎的诗学主张并非单纯"师古"，也十分侧重于"师心"，并为后来的"性灵说"提供了思想契机。杨慎曾云："诗之为教，邈矣玄哉！婴儿赤子，则怀嬉戏抃跃之心；玄鹤苍鸾，亦合歌舞节奏之应。"② 主张作诗要如婴儿般怀有赤子之心，保持纯真自然。杨慎认为程朱理学使人的思想僵化，陆王心学虚无不实，在思想上强调二者的调和。杨慎的性情说在焦竑的文学主张上有一定体现。焦竑是明中晚期学者，他年少成名时杨慎已去世多年，但他在学术上多受杨慎启发。他不遗余力搜集杨慎遗稿，经过整理勘误，编纂《国史经籍志》一书。焦竑对程朱理学统一思想的方式也表现出强烈的不满，他认为诗本是"性灵所寄"，要尊重自我个性，避免伪情，但这并不意味着性情可以放任不管、不受拘束，在创作上要做到"温柔敦厚"，合于诗道，避免浅率直露。

杨慎对李贽"童心说"、袁宏道"性灵说"也产生了一定的影响。在杨慎去世十八年后，李贽调任云南，其间与杨慎的学生交往甚密。李贽对杨慎的事迹更加了解，也十分钦佩杨慎的文学才能及直言进谏的无畏精神。他在为杨慎所立的传中称赞其才学卓绝，是同李白、苏轼一样的文豪，肯定杨慎敢于批评程朱理学的精神，认为其抒发性情的诗学思想不落窠臼。杨慎不满程朱理学禁锢士人思想，在《文公著书》《性情说》等多篇文章中指责朱熹曲解古诗、穿凿附会。针对朱熹将王安石誉为名臣的做法，杨慎批评朱熹论人不公，李贽的用词则更为激烈，痛斥朱子言谈是欺名盗世的"伪道学"。在诗歌创作上，杨慎强调情感流露要合于《诗经》

---

① 廖可斌：《复古派与明代文学思潮》，文津出版社，1994，第684页。
② （明）杨慎撰，王大厚笺证《升庵诗话新笺证》附录二《李前渠诗引》，中华书局，2008，第1192页。

之正，遵守儒家伦理规范，但李贽对孔子大加挞伐，直言要冲破儒家礼义的牢笼，去假存真、不受约束，二者又有所不同。袁宏道同样十分推崇杨慎，认为论及学问渊博，继苏轼四百年后当推杨慎。袁宏道主张诗歌创作要任性而发，保持个人才情本性，杨慎的性情说为其提供了理论来源。

杨慎早年极富政治热情，但"大礼议"事件使之身份一落千丈，其政治心态发生了极大改变，诗学观念也不似复古派成员带有强烈的政治目的。综观《升庵诗话》，其内容往往是对某一诗人诗句的具体剖析，而且多是随心所记，没有系统化的理论，所以不能简单地将杨慎归为复古派。杨慎与复古派在摆脱理学的束缚、促进文学抒情性上具有一致性，但复古派往往在师法对象上比较单一。杨慎论诗强调抒情的多元性，反对一味模拟、因循守旧的诗风，其观点具有不容忽视的诗学理论价值，更具开放性和包容性。

第二章
谢榛的六朝诗学观

谢榛（1495~1575），字茂秦，自号四溟山人，又号脱屣老人，山东临清人，是明代嘉靖、隆庆、万历年间著名的诗人和诗歌理论家。其右目失明，终生布衣，与李攀龙、王世贞等人结社，被推为社长。谢榛是后七子中的关键人物，其诗学理论及诗歌创作在一定程度上促进了明代诗歌的发展。谢榛《四溟诗话》对先秦、汉、魏、晋、南北朝、唐、宋、元、明等各个时代的诗作进行鉴赏，可谓自成一家，在六朝诗论中虽着墨不多但却视角独到。谢榛将美学理论直接运用到六朝诗歌批评中，总结出六朝诗工丽韵严的审美品格，同时对六朝绮靡淫丽的诗歌风格提出批评。在谢榛看来，六朝诗歌直接影响了唐代的诗学风尚。在谢榛的诗歌发展观中，六朝诗是中国诗史中的关键一环。因此，研究谢榛的六朝诗观，有助于认识谢榛等后七子成员对诗歌发展历程的看法，有助于把握明人对中古诗歌的总体评价。

第一节 谢榛论六朝诗人

一 论两晋诗人

（一）论陆机

陆机，西晋文学家，字士衡，吴郡华亭人。由于受到西晋文坛名将张华的提携和赏识，陆机在当时名声大噪。虽然后代的诗论家中不乏贬抑陆机者，但在初唐之前，陆机总体上是受推崇的。然自唐代以来，六朝诗

"绮丽不足珍"的观点日益突出，陆机诗作被视为六朝形式主义诗风的典型受到批评，这种倾向一直延续到明代。谢榛在《四溟诗话》卷一中说道：

> 陆机《文赋》曰："诗缘情而绮靡，赋体物而浏亮。"夫"绮靡"重六朝之弊，"浏亮"非两汉之体。徐昌谷曰："'诗缘情而绮靡。'则陆生之所知，固魏诗之查秽耳。"①

谢榛对陆机的评价不脱复古派否定形式主义的樊篱，在诗歌本体的认识上与陆机发生分歧，他赞同前七子之一的徐祯卿的观点，认为"绮靡"的诗歌是"查秽"。《文赋》中第一次出现"诗缘情而绮靡"这样的诗论，它的出现同时也标志着"缘情说"在诗歌理论史上正式兴起。但陆机落脚于"绮靡"，助长六朝浮艳绮靡的诗风，难怪谢榛在评价中指出"'绮靡'重六朝之弊"，可谓切中肯綮。

谢榛还从诗法角度对陆机的诗句做出点评。第一，在诗歌的繁简方面，《四溟诗话》卷二言：

> 诗有简而妙者……亦有简而弗佳者，若鲍泉"夕鸟飞向月"，不如曹孟德"月明星稀，乌鹊南飞"。……陆机"三荆欢同株"，不如许浑"荆树有花兄弟乐"。②

所谓文"贵乎达"，繁简则各有当，谢榛源于此提出诗歌有简而妙者，也有简逊于繁者，并以陆机和许浑的诗句进行比较，同是借荆树喻兄弟相连，谢榛认为陆机的五言句属常人语，虽短小精干，但在整体意境上却远不如许浑的这句七言诗。

第二，谢榛强调诗歌需点化，《四溟诗话》卷二云：

---

① （明）谢榛、（清）王夫之著，宛平、舒芜校点《四溟诗话　姜斋诗话》，人民文学出版社，1961，第18页。
② （明）谢榛、（清）王夫之著，宛平、舒芜校点《四溟诗话　姜斋诗话》，人民文学出版社，1961，第33页。

> 淮南王曰:"王孙游兮不归,春草生兮萋萋。"陆机曰:"芳草久已茂,佳人竟不归。"……诗人往往沿袭淮南之语,而无新意。孟迟曰:"蘼芜亦是王孙草,莫送春香入客衣。"此作点化而有余味。①

诗家有脱胎换骨之法,谢榛认为诗歌创作可以用古人意而点化之,使其更加精工而有余味。同是客游未归,春草自生,"春香入客衣"怨有余悲,相比陆机仅芳草繁茂之象而言,孟迟的《闺情》略胜一筹。

在诗法论中谢榛提出"割爱法",以此对陆机给予高度评价。《诗家直说》:"作诗要割爱。若俱为佳句,间有相妨者,必较重轻而去之。此《文赋》所谓'离之则双美,合之则两伤'。士衡先得之矣。"② 陆机在《文赋》中探讨了一系列关于诗歌的具体审美创作法则,如达意要精当,有相妨者宜割爱置之,提出"虽爱而必捐",谢榛十分认同陆机提出的这些观点。

另外,在诗的远近问题上,谢榛提出:

> 诗贵乎远而近。然思不可偏,偏则不能无弊。陆士衡《文赋》曰:"其始也收视反听,耽思傍讯,精骛八极,心游万仞。"此但写冥搜之状尔。唐刘昭禹诗云:"句向夜深得,心从天外归。"此作祖于士衡,尤知远近相应之法。③

"远而近"之法是谢榛在诗歌构思方面的理论,它强调想象在艺术构思中的重要性。谢榛认为陆机提出的冥搜之态恰恰就是整个想象的过程,从"收视"到"耽思"再到"心游",能纵能收,陆机的构思之论与谢榛的远近之法不谋而合。谢榛还将战场的较量沿用至诗法之中,他说道:

---

① (明)谢榛、(清)王夫之著,宛平、舒芜校点《四溟诗话 姜斋诗话》,人民文学出版社,1961,第37页。
② (明)谢榛著,李庆立、孙慎之笺注《诗家直说笺注》,齐鲁书社,1987,第230页。
③ (明)谢榛、(清)王夫之著,宛平、舒芜校点《四溟诗话 姜斋诗话》,人民文学出版社,1961,第119页。

陆士衡《为周夫人寄车骑》云："昔者得君书，闻君在高平；今者得君书，闻君在京城。"及观刘采春《啰唝曲》云："那年离别日，只道往桐庐；桐庐人不见，今得广州书。"此二绝同意，作者粗直，述者深婉。然将种临敌而不胜女兵，所谓小战则怯是也。①

同是言夫妻离别之久，心中念夫婿行迹未定，谢榛认为陆机的《为周夫人寄车骑》叙事粗直，而刘采春的《啰唝曲》则叙述细腻平淡，更显情深无尽，这好比大将临敌却输于女兵。

关于诗人品行与才学之间的关系，谢榛认为德胜于才：

人非雨露而自泽者，德也；人非金石而自泽者，名也。心非源泉而流不竭者，才也；心非鉴光而照无偏者，神也。非德无以养其心，非才无以充其气。心犹舸也，德犹舵也。鸣世之具，惟舸载之；立身之要，惟舵主之。士衡、士龙有才而恃，灵运、玄晖有才而露。②

谢榛对"德"与"才"的关系有独到的见解，他认为道德品行是一个人安身立命的根基，没有德的支撑，才学的施展就会失去方向。因此，在六朝追求绮靡之风的环境下，陆机过于重辞采重铺排，这样的做法在谢榛看来是有才而自恃。

谢榛对陆机的总体评价是有才而恃。钟嵘《诗品》中说"陆才如海"，可见陆机的才气在钟嵘那里得到了很高的评价。但在《四溟诗话》中，谢榛评论的着眼点主要在其《文赋》，谢氏并没有对这一巧言时代的产物做过多的积极评价，但是对其中一些重要的诗学法则表示了极大的认可；谢榛认为唯有德才兼备，方成大家，而陆机虽才而自恃，难称大家。

（二）论陶渊明

明代文人依旧延续宋人的态度，对陶渊明甚是喜爱。谢榛被陶渊明的

---

① （明）谢榛、（清）王夫之著，宛平、舒芜校点《四溟诗话　姜斋诗话》，人民文学出版社，1961，第113页。
② （明）谢榛、（清）王夫之著，宛平、舒芜校点《四溟诗话　姜斋诗话》，人民文学出版社，1961，第82页。

巨大的人格魅力所折服，认为陶渊明的境界是一般人难以达到的。他在《四溟诗话》中称：

> 陶潜不仕宋，所著诗文，但书甲子；韩偓不仕梁，所著诗文，亦书甲子。偓节行似潜而诗绮靡，盖所养不及尔。薛西原曰："立节行易，养性情难。"①

谢榛从涵养性情的角度对陶氏的气节及陶诗的特点做出了评价，所谓知行合一，文如其人，真性情在陶诗中体现得淋漓尽致。唐代的韩偓虽有与陶氏相似的仕途经历，但其诗风绮靡华丽，与陶渊明"豪华落尽见真淳"的纯朴诗风有所不同，谢榛将其原因归为"盖所养不及尔"，认为韩氏性情涵养不足，由此可以看出性情是谢榛评价诗人的重要维度。谢榛在诗论中反复提到要重自然，重性情，他说："今之学子美者：处富有而言穷愁，遇承平而言干戈；不老曰老，无病曰病。此摹拟太甚，殊非性情之真也。"②

《四溟诗话》卷二言：

> 皇甫湜曰："陶诗切以事情，但不文尔。"湜非知渊明者。渊明最有性情，使加藻饰，无异鲍谢，何以发真趣于偶尔，寄至味于澹然？陈后山亦有是评，盖本于湜。③

皇甫湜批评陶诗文采平淡，谢榛则认为陶渊明"最有性情"，他最欣赏的就是陶诗中呈现出来的自然纯朴的艺术美。谢榛认为陶诗若加藻饰，又何以能在简单中抒发真趣，在平淡中寄托真情呢？

谢榛对陶氏真性情的推崇还体现在一些细微之处，比如陶诗中叠词的

---

① （明）谢榛、（清）王夫之著，宛平、舒芜校点《四溟诗话　姜斋诗话》，人民文学出版社，1961，第8页。
② （明）谢榛、（清）王夫之著，宛平、舒芜校点《四溟诗话　姜斋诗话》，人民文学出版社，1961，第47页。
③ （明）谢榛、（清）王夫之著，宛平、舒芜校点《四溟诗话　姜斋诗话》，人民文学出版社，1961，第41页。

使用。《四溟诗话》卷一言:"六朝惟渊明得之,若'芳草何茫茫,白杨亦萧萧'是也。"① 陶渊明从《诗经》、汉乐府中广泛汲取精华,在诗文中使用了大量叠词,形成自己独特的诗歌特性,这也体现了陶渊明崇尚自然、率性洒脱的真性情。正如顾实评价陶渊明:"向自然界,乐天然美,得悠然安送其一生。此其所以为中国之一大诗人,又且为田园诗人之开山祖也。"② 陶渊明一生入则能仕,出则归隐躬耕;而明代政坛混乱,官场黑暗,谢榛游谒四方,加上身体的缺陷,终生未仕。或因对仕途生活的渴望,或因欲返乡归田而不得的苦闷,对于陶渊明的轻松与惬意,谢榛向往之情溢于言表。

在如何和诗的问题上,谢榛在《四溟诗话》中说:

> 和古人诗,起自苏子瞻。远谪南荒,风土殊恶,神交异代,而陶令可亲,所以饱惠州之饭,和渊明之诗,借以自遣尔。本朝有和唐音者,得一茧而抽万丝,逞独能而敌众妙,专以坡老为口实,则两心异同,识者自当见之。③

从唐至宋,陶渊明高洁的人生志向乃是士人推崇的主流,后人效仿颇多。谢榛认为宋代文豪苏轼"和渊明之诗"与众不同:苏轼一生视渊明为尊,效法其真,仰慕其情,认为陶诗质而实绮;苏轼视渊明为前贤知音,故而被贬后,忆陶而与其心曲共振。针对明代和诗中出现的逞能炫技的倾向,谢榛指出唯有感同身受,和诗才会有真情实感。

谢榛《四溟诗话》中多次提及陶渊明,即便是点评唐人诗句,所选之诗也多与陶氏有关。例如:

> 孙太初《收菊花贮枕》诗云:"呼童收落英,晨起晞清露。满囊

---

① (明)谢榛、(清)王夫之著,宛平、舒芜校点《四溟诗话 姜斋诗话》,人民文学出版社,1961,第6页。
② 顾实编纂《中国文学史大纲》,商务印书馆,1926,第162~163页。
③ (明)谢榛、(清)王夫之著,宛平、舒芜校点《四溟诗话 姜斋诗话》,人民文学出版社,1961,第85页。

剩贮秋，寒香散庭户。夜来梦东篱，枕上得佳句。"……前五句清雅，惜末句殊无深意，若更为"陶潜宛相遇"，则清而纯矣。①

太白能变化为结，令人叵测，奇哉！附群玉诗云："远客坐长夜，雨声孤寺秋。……借问陶渊明：何物可忘忧？无因一酪酊，高枕万情休。"②

葛晓音在《八代诗史》中称陶渊明的田园诗"融兴寄于自然美"③，陶氏对谢榛的影响不仅在诗学技法、审美意境等方面，更在于其逍遥自适的人生旨趣令谢榛折服。"渊明最有性情"道出了谢氏内心的敬仰之情，陶渊明成为谢榛一生效仿和尊崇的范本。

二 论刘宋诗人

（一）论谢灵运

明代复古派对谢诗的态度颇为矛盾：一方面，明代复古派主推盛唐，柔靡的六朝文风是其批判的典型，如李梦阳认为学谢诗等而下之；另一方面，他们也看到了谢诗的美妙玲珑，所谓"玩之有余，即之不得"④。谢榛则从诗人和诗作两个维度对谢灵运及谢诗进行评价：在诗艺方面，谢榛对谢诗的"神功默运"表示赞赏；在人格操守方面，则对谢灵运颇有成见。

谢榛称谢灵运的诗歌"乃是六朝家数"，肯定了谢灵运在六朝诗史上的地位：

谢灵运"池塘生春草"，造语天然，清景可画，有声有色，乃是六朝家数，与夫"青青河畔草"不同。叶少蕴但论天然，非也。又

---

① （明）谢榛、（清）王夫之著，宛平、舒芜校点《四溟诗话　姜斋诗话》，人民文学出版社，1961，第126页。
② （明）谢榛、（清）王夫之著，宛平、舒芜校点《四溟诗话　姜斋诗话》，人民文学出版社，1961，第70页。
③ 葛晓音：《八代诗史》，陕西人民出版社，1989，第148页。
④ （明）黄省曾：《上李崆峒书》，（明）贺复征编《文章辨体汇选》卷二百三十八，《景印文渊阁四库全书》第1405册，（台北）台湾商务印书馆，1986，第65页。

曰："若作'池边'、'庭前'，俱不佳。"非关声色而何？①

在谢榛看来，谢诗遣词造语精工典丽，尤其是对意象的使用可谓独具一格，无论是捕捉自然意象还是构思新象，谢灵运都能做到造语天然，所谓"取象化工"。对于谢灵运名句"池塘生春草"，谢榛从诗艺角度加以分析，认为其有声有色，将景物的萌生与春天的灵动相融，给人以浑然天成的美感，这与谢榛"自然妙者为上"的诗学审美观念不谋而合。

谢榛还从艺术手法方面对谢灵运的诗歌进行了点评：

谢灵运《折杨柳行》："郁郁河边树，青青野田草。"此对起虽有模仿，而不失古调。至于"骚屑出穴风，挥霍见日雪"，此亦对起，用于中则稳帖。②

严羽称赞谢灵运曰："建安之作，全在气象，不可寻枝摘叶。灵运之诗，已是彻首尾成对句矣。"③ 对仗发展到刘宋时期日臻成熟，相比前人的随意和偶然，谢灵运在对仗的使用上更为自觉，形式与内容更加凝练和紧密。谢榛认为形式的模仿并不影响谢灵运延续汉魏质朴的诗风，称其"不失古调"；对仗的巧妙之处就在于它使诗歌整体结构更为紧凑和稳妥，谢榛认为谢灵运《折杨柳行》首联对偶句若运用置于"中"的布局手法会更为"稳帖"。

谢榛从"知人论世"的角度，对谢灵运的操守有所指摘：

谢瞻《从宋公戏马台送孔令》曰："圣心眷佳节，扬銮戾行宫。"谢灵运曰："良辰感圣心，云旗兴暮节。"是时晋帝尚存，二公世臣，

---

① （明）谢榛、（清）王夫之著，宛平、舒芜校点《四溟诗话　姜斋诗话》，人民文学出版社，1961，第46页。
② （明）谢榛、（清）王夫之著，宛平、舒芜校点《四溟诗话　姜斋诗话》，人民文学出版社，1961，第83页。
③ （宋）严羽著，郭绍虞校释《沧浪诗话校释》，人民文学出版社，1983，第158页。

媚裕若此。灵运又曰："韩亡子房奋，秦帝鲁连耻。"何前佞而后忠也？①

由此可以看出谢榛强烈的正统意识，他对谢灵运有意迎合刘裕的做法极为不满，对其所作的谄媚之诗也持贬斥态度。但谢榛如此评价不免过于偏执。谢灵运出自地位优越的世家大族，他们对家族利益的重视远远大于对王朝君主的忠诚，正如丁福林所说："他们主要以保持他们家庭的富裕和家族的利益为目的，对君主的变易、王朝的更迭并不表现出特别的关心，而是以'孝'的借口取代'忠'的传统美德。"② 谢氏"感圣心"也是为保全家族利益。但这也并不能说明谢灵运完全不问外事，刘裕代晋之后压制世家势力，谢灵运即被削封，屈身于低级士族的手下又无力反抗，这对于性格狂傲的谢灵运来说打击无疑是巨大的，诗句"韩亡子房奋，秦帝鲁连耻"正表现出他内心仍志存故国，不甘屈辱。

对谢灵运操守的评价，各家观点不一，但谢灵运不是"以文辞欺人者"，他思想上的矛盾并不影响其诗歌情感的真实性。其为人处世的率真和自然清新的诗风对后世影响深远，可以说，"有才而露"是谢榛对谢灵运的才情和性格较为理性的评价。

（二）论鲍照

鲍照虽然人微位低，仕途偃蹇，但其文学成就并未被埋没，他与谢灵运、颜延之被称为"元嘉三大家"。鲍照对乐府诗的形式创新和内容丰富做出了重要贡献，他也因此被王夫之誉为"乐府狮象"③。谢榛对鲍照的诗歌评语不多，重点指出了鲍照乐府诗的新变对唐代以及后世诗歌产生的深远影响。谢榛云：

> 古乐府云："有所思，乃在大江南。何用问？""遗君双珠玳瑁

---

① （明）谢榛、（清）王夫之著，宛平、舒芜校点《四溟诗话 姜斋诗话》，人民文学出版社，1961，第11页。
② 丁福林：《东晋南朝谢氏文学集团研究》，世界图书出版西安有限公司，2014，第121页。
③ （清）王夫之：《古诗评选》卷一，《船山全书》第14册，岳麓书社，1996，第508页。

簪",此承上三句而言。鲍明远《行路难》因学此句发端云:"奉君金卮之美酒,玳瑁玉匣之雕琴。"顾况《金珰玉珮歌》云:"赠君金珰太霄之玉珮,金锁禹步之流珠。"欧阳永叔《送王原甫》云:"酌君以荆州鱼枕之蕉,赠君以宣城鼠须之管。"黄山谷《送王郎》云:"酌君以蒲城桑落之酒,泛君以湘累秋菊之英。"明远不以古乐府为法,而起语突出,诸公转相效尤,何邪?①

在谢榛看来,顾况、欧阳修、黄庭坚写"赠君""酌君""泛君"的句式源于鲍诗。从诗歌渊源的角度看,谢榛将鲍照推到了"乐府新变第一人"的地位。鲍照对古乐府的改造表现在主题的变换、意境的独创以及对七言乐府的大量创制等方面。谢榛所谓"明远不以古乐府为法"②,表现在许多方面。如《拟行路难》其一:"奉君金卮之美酒,玳瑁玉匣之雕琴。七彩芙蓉之羽帐,九华蒲萄之锦衾。红颜零落岁将暮,寒光宛转时欲沉。愿君裁悲且减思,听我抵节行路吟。不见柏梁铜雀上,宁闻古时清吹音。"首先,在形式上,这是一首完整的七言乐府,不同于前代五言乐府的创作传统;其次,此诗音节多变,时而紧凑时而舒缓,起伏跌宕;最后,在用韵方面,此诗一改乐府句句押韵的形式,变为隔句用韵。这一系列创新正是鲍照不以古乐府为法的结果。

不仅如此,谢榛还注意到鲍诗在结构上的新变,即"起句突出"。《拟行路难》开篇不言存世之难而是连用四个排比,看似毫无关联,读罢方知前半段的铺陈蕴含着强烈的情感。形式和结构的革新使鲍照的乐府诗极具时代特色,所以后代"诸公转相效尤"也就不足为怪了。毋庸置疑,谢榛对鲍照在乐府诗史上的开创性地位是认可的。

除乐府诗外,鲍照创作的其他文体也与前人有所不同,谢榛评价鲍照最著名的抒情小赋《芜城赋》云:

鲍照《芜城赋》曰:"出入三代,五百余载,竟瓜剖而豆分。"

---

① (明)谢榛著,李庆立、孙慎之笺注《诗家直说笺注》,齐鲁书社,1987,第319页。按:汉鼓吹曲辞《有所思》作"何用问遗君?双珠玳瑁簪"。
② (明)谢榛著,李庆立、孙慎之笺注《诗家直说笺注》,齐鲁书社,1987,第319页。

此自我作古之法也。①

此赋开篇描述广陵城的开阔地势，以及昔日热闹繁盛的盛世景象，集中表现了帝王统领天下愿修万世之基的心愿，然一句"出入三代，五百余载，竟瓜剖而豆分"，陡然转折，情感上给人以巨大的落差，回首广陵城昔日的繁华，再看眼前之破败，强烈的对比不能不使人感慨万千。戛然而止，陡然转折，使整篇《芜城赋》掷地有声。对于毕生致力于诗法研究的谢榛而言，他显然看到了鲍照在艺术手法上的独创，故而称之为"自我作古之法"，即不拘泥于旧法，有所创始。

三 论齐、梁、陈诗人

（一）论沈约

沈约是齐梁间的文坛领袖，被誉为"一代辞宗"（《南史·任昉传》），他将"四声说"引入诗歌理论中，对古代诗论的发展以及诗艺水平的提高做出了重要贡献。《梁书·沈约传》言沈约："撰《四声谱》，以为在昔词人，累千载而不寤，而独得胸衿，穷其妙旨，自谓入神之作。"② 谢榛也从声律角度对沈约进行点评，总体评价褒过于贬，《四溟诗话》卷一言：

> 汉人用韵参差，沈约《类谱》，始为严整。《早发定山》，尚用"山""先"二韵。及唐以诗取士，遂为定式；后世因之，不复古矣。……邹国忠曰："不用沈韵，岂得谓之唐诗。"③

汉诗用韵不定，参差不齐，关于这点王力《汉语诗律学》有所提及："汉代用韵较宽。"明代王骥德《曲律》云："古无定韵，诗乐皆以叶成，观《三百篇》可见。自西域梵教入而始有反切，自沈约《类谱》作而始有平

---

① （明）谢榛著，李庆立、孙慎之笺注《诗家直说笺注》，齐鲁书社，1987，第 432~433 页。
② （唐）姚思廉撰《梁书》卷十三，中华书局，1973，第 243 页。
③ （明）谢榛、（清）王夫之著，宛平、舒芜校点《四溟诗话 姜斋诗话》，人民文学出版社，1961，第 9 页。

厌。"① 谢榛从用韵规范的角度，称沈约《类谱》用韵"始为严整"，并称沈约《早发定山》中"山""先"二韵声音相协。后世诗歌因循其迹，赓续沈韵，谢榛引用邹国忠之语，所谓"不用沈韵，岂得谓之唐诗"，称赞沈约的声律论为近体诗的创作提供了重要的理论依据。

但谢榛在"重韵"问题上对沈约有所批评，《四溟诗话》卷一言：

> 陈思王《美人篇》云："珊瑚间木难"，"求贤良独难"。此篇两用"难"字为韵。谢康乐《述祖德》诗云："展季救鲁人"，"励志故绝人"。此亦两用"人"字为韵。魏晋古意犹存，而不泥声韵。沈隐侯《白马篇》云："停镳过上兰"，"轻举出楼兰"。《缓声歌》云："瑶毂信凌空"，"羽辔已腾空"。此二篇亦两用"兰"字、"空"字为韵。夫隐侯始定声韵，为诗家楷式，何乃自重其韵，使人借为口实？所谓"萧何造律，而自犯之"也。②

谢榛以为魏晋古诗"不泥声韵"，故曹植、谢灵运诗中的"重韵"问题不足为病；而沈约作为声韵始定者也不遵循音韵规则，诗中出现了"重韵"，这使谢榛有所困惑。沈约认为一首诗内用韵的字不可相同，但其《白马篇》的韵脚用了两个"兰"字，《缓声歌》的韵脚用了两个"空"字，这的确与其追求的声律范式有所悖逆，故谢榛以"萧何造律，而自犯之"表示对沈约如此作诗的不解和不满。

关于"重韵"问题产生的分歧，吴乔在《围炉诗话》中给出了回答："古人重诗而轻韵，故十九首以下多有重韵之诗；后人重韵而轻诗，见重押者骇为异物耳。"③ 故谢榛所谓作诗不可重韵，是对近体诗的要求，其实六朝之前诗歌中"重韵"现象多见，唐代以后，尤其是宋代始将"重韵"作为大忌。所以沈约作诗"重韵"在当时不算犯大忌，但作为声律首创者要尤其注重诗歌格律工整，岂能含糊其词自犯之？因此谢榛的批评

---

① （明）王骥德著，陈多、叶长海注释《曲律注释》，上海古籍出版社，2012，第97页。
② （明）谢榛、（清）王夫之著，宛平、舒芜校点《四溟诗话 姜斋诗话》，人民文学出版社，1961，第31页。
③ （清）吴乔述《围炉诗话》，中华书局，1985，第13页。

也不无道理。

关于"韵",在谢榛的诗论中首先体现为落笔生韵,以"韵"为落点,讲究诗歌表达的流畅。《四溟诗话》指出:"以韵为主,意到辞工,不假雕饰;或命意得句,以韵发端,浑成无迹。"① 又说:"诗以一句为主。落于某韵,意随字生,岂必先立意哉?"② 谢榛认为诗歌应先情后意。一般而言,任何事物都可能触动诗人情感,或是一阵清风,或是一句哀怨。外在景物固然可以引发诗人灵感,但谢榛更看重诗歌本身的语言属性,他注意到语句中的字词乃至声韵都可以影响诗人创作的心绪,因此"韵"便成为诗人内心的发兴之物。将"韵"看作诗人内在情绪的表现形式,是谢榛对"韵"的独到见解。

基于内在之韵才是诗歌精髓,谢榛以沈约之诗为例,对六朝诗之缺乏神韵提出批评:"班姬托扇以写怨,应场托雁以言怀,皆非徒作。沈约《咏月》曰:'方晖竟户入,圆影隙中来。'刻意形容,殊无远韵。"③ "远韵"原指书法作品所表现的平淡幽远之韵味,谢氏将其置于诗论中,意指诗歌内在的神韵。谢榛认为诗歌妙在含蓄,高在自然,而沈约诗拘于声病,刻意求工,与诗之远韵相差甚远。其实,过于雕琢固不可取,但有意形容未尝不能实现情景入妙,如唐代王维"大漠孤烟直,长河落日圆",如此巧似形容,诗境却韵味深远,因此,沈约的诗病并不全然在于刻意形容,谢榛此言意在指责六朝诗过于追求形式的精工而忽略内在的诗韵。

谢榛在诗论中提到了"神气"之说:"诗无神气,犹绘日月而无光彩。"④ "当以神气为主,全篇浑成,无锭钉之迹,唐人间有此法。"⑤ "神气"一词原指人的精神风貌,用于论诗则指诗歌神韵,即诗歌内在的生命力。

---

① (明)谢榛、(清)王夫之著,宛平、舒芜校点《四溟诗话 姜斋诗话》,人民文学出版社,1961,第13页。
② (明)谢榛、(清)王夫之著,宛平、舒芜校点《四溟诗话 姜斋诗话》,人民文学出版社,1961,第35页。
③ (明)谢榛、(清)王夫之著,宛平、舒芜校点《四溟诗话 姜斋诗话》,人民文学出版社,1961,第25页。
④ (明)谢榛、(清)王夫之著,宛平、舒芜校点《四溟诗话 姜斋诗话》,人民文学出版社,1961,第46页。
⑤ (明)谢榛、(清)王夫之著,宛平、舒芜校点《四溟诗话 姜斋诗话》,人民文学出版社,1961,第51页。

"远韵"就是与"神气"相近的范畴。谢榛认为艺术追求不能忽略神韵，作品若仅仅表现为形式上的工整流畅，则"神气索然"，毫无诗趣可言。

（二）论徐陵、庾信

徐陵，字孝穆，梁、陈时期的重要文学家，其诗绮靡轻艳，历来被看作宫体诗的代表。尽管也有学者对这一说法提出质疑，然而正如王瑶所说："徐陵的诗不但数量少，而且内容也完全没有超出'宫体'的范围。"① 谢榛认为徐陵诗歌不脱"宫体诗"的樊篱，命意浅俗，情词浮靡。谢榛严厉批驳了徐陵诗的功利性指向，《四溟诗话》卷二言：

> 徐陵《杂曲》曰："张星旧在天河上，从来张姓本连天。"盖指张丽华而言。是时陈后主最宠丽华，此奉谀之辞尔。②

谢榛认为徐陵诗歌多具功利性，这首《杂曲》便是奉谀陈后主之作。从谢灵运的有意迎合到徐陵的堂而皇之奉承，谢榛对此等奉谀之作始终持贬斥态度。然而反观梁、陈时代，诗人以宫廷艳丽为创作倾向，宫体诗是特殊环境下风气使然的产物，对徐陵附和之作，不必过分苛责。

在诗歌史上，徐陵、庾信以"徐庾"并称。《四溟诗话》对庾信的评价，着重指出其赋体的诗化倾向，影响深远。

> 屈宋为词赋之祖。荀卿六赋，自创机轴，不可例论。相如善学《楚词》，而驰骋太过；子建骨气渐弱，体制犹存；庾信《春赋》，间多诗语，赋体始大变矣。子美曰："庾信平生最萧瑟，暮年词赋动江关。"托以自寓，非称信也。③

赋体一般有四言、六言句式，到了南北朝，五言、七言句式也开始大量出

---

① 王瑶：《中古文学史论》（典藏版），北京大学出版社，2014，第345页。
② （明）谢榛、（清）王夫之著，宛平、舒芜校点《四溟诗话 姜斋诗话》，人民文学出版社，1961，第38页。
③ （明）谢榛、（清）王夫之著，宛平、舒芜校点《四溟诗话 姜斋诗话》，人民文学出版社，1961，第44页。

现在赋体当中，赋的辞采和形式开始向诗歌化方向发展，庾信《春赋》将诗与赋合二为一，影响甚大。《春赋》咏春光明丽，情采兼具，辞句华美，赋中诗语颇多，如"池中水影悬胜镜，屋里衣香不如花"，"新年鸟声千种啭，二月杨花满路飞"① 等。从徐陵《鸳鸯赋》、梁简文帝萧纲《晚春赋》到唐代骆宾王《荡子从军赋》，句式或长或短，参差不齐，均效庾信之体，故谢榛称庾信《春赋》"赋体始大变"。然赋体之变并非正宗，无论赋论还是诗论，谢榛都讲求"气格"，《四溟诗话》卷一言"诗文以气格为主"，在谢榛看来，庾信《春赋》虽文辞华丽，但格调不高。

谢榛对六朝诗人的评价重点基于品行和诗艺两个层面。谢榛重情，为人侠义，故其对陶诗中流露出的真性情赞誉有加，对徐陵等阿谀奉承者嗤之不屑；同时谢榛也肯定了六朝诗人的诗学成就，认为六朝诗在声律、对仗、用字、起语等艺术手法上逐步成形，为近体诗的形成奠定了坚实的基础。谢榛对六朝诗人的功过论述分明，为后世理论家考察六朝诗人的得失提供了重要参考。然而，尽管谢榛在诗艺层面的探讨较为纯粹，但他未能摆脱"复古"的大旗，他对六朝的时代风尚和审美追求认识不足，不乏偏见之处。

第二节　谢榛论六朝诗歌格调

在明代复古诗学理论中，"格调"是一个总体范畴，以此为中心又出现了许多复杂的范畴。格调一般可以分为两种，其一，如声调、律调、句格、体格等，主要指的是诗歌的声律、音韵、句法、体裁等外在的形式；其二，像风调、气调、意格、骨格等，主要形容诗歌的内在意韵或气度。② 谢榛的格调论主要体现在气格和声律两方面。《四溟诗话》开篇就言"文随世变"，因此在对格调的探析上，谢榛保持一种"通变"的思维。他主张"诗文以气格为主"，对六朝"气弱绮靡"的诗风提出批评，但他又善于从诗歌自律的角度诠释六朝的格调之变，从而丰富了格调论的内涵。

---

① （北周）庾信撰，（清）倪璠注，许逸民校点《庾子山集注》，中华书局，1980，第78、74页。
② 袁震宇、刘明今：《明代文学批评史》，上海古籍出版社，1991，第18页。

一 "时代格调"与"格调之变"

"时代格调"就是不同时代的诗人性情和风貌的总体特征。格调发展到前七子的时代已经被当作审美的重要问题来对待,一方面,体现了他们对于"高古宛亮"的诗歌风格的追求;另一方面,他们将这种理想层面的风格特征与推崇"第一义"的标准联系起来,即尤为注重向盛唐以上诗歌取法,在一定程度上表现出时代格变的总体认知,强调以时代序列来把握格调。后七子继续沿着这个方向阐释格调。

所谓"文变染乎世情,兴废系乎时序"(《文心雕龙·时序》),从文学表现的内容可以观察不同时代的特征。明人在此基础上提出"时代格调"说。李东阳在《怀麓堂诗话》中谈道:"诗必有具眼,亦必有具耳。眼主格,耳主声。……费侍郎廷言尝问作诗,予曰:'试取所未见诗,即能识其时代格调,十不失一,乃为有得。'"① 这是以"格""声"来体认时代的格调。胡应麟在《诗薮》中也提出"体以代变""格以代降"的观点,既指出不同文体的风格差异,又指出各种文体的时代风格的不同。

谢榛也将格调之辨视为确立学古轨范的前提。他说:"诗自苏李五言暨《十九首》,格古调高,句平意远,不尚难字,而自然过人矣。"② 这一论述不难看出他对苏、李之诗及以《古诗十九首》为代表的汉魏诗歌的推崇,以及对汉魏格调系统的认同。另外,在诗歌修改问题上,他说:"唐人改之,自是唐语;宋人改之,自是宋语:格调不同故尔。"③ 之所以有唐调和宋调之分,最主要还是因为唐宋两个时代的差异。唐宋诗人对诗学的审美趣尚的差异,主要就体现在诗歌的格调层面。在学诗的取法主张上,谢榛对时代格调的评判倾向更为明显,《四溟诗话》卷四言:

---

① (明)李东阳著,李庆立校释《怀麓堂诗话校释》,人民文学出版社,2009,第24~25页。
② (明)谢榛、(清)王夫之著,宛平、舒芜校点《四溟诗话 姜斋诗话》,人民文学出版社,1961,第99页。
③ (明)谢榛、(清)王夫之著,宛平、舒芜校点《四溟诗话 姜斋诗话》,人民文学出版社,1961,第40页。

> 予以奇古为骨，平和为体，兼以初唐盛唐诸家，合而为一，高其格调，充其气魄，则不失正宗矣。①

合初唐、盛唐诸家为一体，本为谢榛的学诗之法，从诗歌宗尚的角度看，取法初唐、盛唐方可"高其格调"，这就将初唐、盛唐诗歌纳入诗学取法的时代序列中。

虽然后七子并不反对将初唐诗歌纳入宗尚的目标，但他们认为初唐只是盛唐的旁及者，他们取法的重点还是盛唐诗歌。近体诗尤以盛唐为法，根源在于他们对盛唐格调的推崇。主张诸家合一的谢榛，在初唐、盛唐的取向上仍旧偏重后者，这主要是因为他看重盛唐格调。在谢榛看来，接近于"盛唐"的格调方为高格，才不失正宗。

以谢榛为代表的后七子以格调来划分诗歌的时代特性，旨在明确取法的目标，这一做法本身就具有特殊的意义和价值。在树立审美典范的过程中，时代格调虽然只是被当作学诗取法的一种鉴别工具，但其在极大程度上丰富了格调论的具体内涵，使得诗歌格调的分辨标准更为明确。

谢榛虽主张师法盛唐，但不像李攀龙等人只知复古不懂变通，他认为一代有一代之文，不必都比肩盛唐，因此他反对"点鬼簿"式的复制，反对剽窃和模仿，并批评堆垛古人词句的做法："殊不知文随世变，且有六朝、唐、宋影子，有意于古，而终非古也。"② 谢榛在追求高古的同时仍重视时代气息。

谢榛注意到时代对体格之变的影响，《四溟诗话》卷四云：

> 《孺子歌》："沧浪之水清兮，可以濯我缨。"孟子、屈原，两用此语，各有所寓。……沈约《渡新安江贻游好》诗："愿以潺湲水，沾君缨上尘。"所谓袭故而弥新，意更婉切。③

---

① （明）谢榛、（清）王夫之著，宛平、舒芜校点《四溟诗话 姜斋诗话》，人民文学出版社，1961，第 115 页。
② （明）谢榛、（清）王夫之著，宛平、舒芜校点《四溟诗话 姜斋诗话》，人民文学出版社，1961，第 3 页。
③ （明）谢榛、（清）王夫之著，宛平、舒芜校点《四溟诗话 姜斋诗话》，人民文学出版社，1961，第 113 页。

谢榛认为诗歌仅靠单向传承很难实现自身发展，"袭故"也并非对诗歌题材原封不动照搬，而是会随时代及主体变化产生新的话语形式，即所谓"袭故而弥新"。他以沈约之诗为例，说明时代对诗歌语言和价值取向的重大影响。"新"意的产生势必会引起诗体的变化，谢榛深谙这一发展规律，他说：

> 江淹有《古离别》，梁简文、刘孝威皆有《蜀道难》。及太白作《古离别》、《蜀道难》，乃讽时事，虽用古题，体格变化，若疾雷破山，颠风簸海，非神于诗者不能道也。①

李白以旧题作新诗，二者虽题意相近，但功用价值却大为不同，诗歌内容的变化使得诗体发生重大变化。虽然谢榛的诗格论中依旧贯穿着"格以代降"的观念，但他注重时代对诗歌发展的积极影响，纵然面对众人诛伐的六朝诗，他对沈约的"弥新"之作仍表示赞赏。

谢榛论诗以声律为重心，因而对声律之变颇为关注。他说：

> 诗以汉魏并言，魏不逮汉也。建安之作，率多平仄稳帖，此声律之渐；而后流于六朝，千变万化，至盛唐极矣。②

在谢榛看来，"变"使诗歌得以繁荣，魏晋时期诗平仄调谐，已为声律之渐，至六朝则千变万化，到唐代发展至极。在古律渐变论中，他又说：

> 魏文帝曰："梧桐攀凤翼，云雨散洪池。"曹子建曰："游鱼潜绿水，翔鸟薄天飞。"……陆机曰："逝矣经天日，悲哉带地川。"以上虽为律句，全篇高古。及灵运古律相半，至谢朓全为律矣。③

---

① （明）谢榛、（清）王夫之著，宛平、舒芜校点《四溟诗话　姜斋诗话》，人民文学出版社，1961，第28页。
② （明）谢榛、（清）王夫之著，宛平、舒芜校点《四溟诗话　姜斋诗话》，人民文学出版社，1961，第3页。
③ （明）谢榛、（清）王夫之著，宛平、舒芜校点《四溟诗话　姜斋诗话》，人民文学出版社，1961，第27页。

> 诗至三谢，乃有唐调；香山九老，乃有宋调；胡元诸公，颇有唐调；国朝何大复、李空同，宪章子美，翕然成风。吾不知百年后又何如尔。①

他认为六朝诗坛虽长期被"尚靡"的形式主义诗风所笼罩，但实际上仍处在古、近体过渡的大环境中，六朝诗人对声律的揣摩和运用对唐代格律的兴盛有不可泯灭的作用。在探析声律发展的过程中，谢榛对"三谢"的律句尤为关注，并将其看作唐调的源头之一。他还指出声律的演变导致时代格调的不同："唐人改之，自是唐语；宋人改之，自是宋语：格调不同故尔。"②

二 "六朝气格"与"六朝家数"

"气格"或曰"气象"，出自唐代释皎然"语与兴驱，势逐情起，不由作意，气格自高"③。"气格论"是《四溟诗话》的核心理论，谢榛认为"养气"方可创作。谢榛列举《文则》《冀越记》《鹤林玉露》，说明诗文应以气格为主，即便对于常为后人所诟病的六朝诗歌，谢榛也看到了它因传承而形成的气格。《四溟诗话》关于"气格"的语例有15处，但以朝代命名气格的术语却很少，其中就专门提到了"晋人气格"与"六朝气格"，虽评语不多，但不难看出即便"宗唐"理论笼罩整个文坛，谢榛也并没有忽视六朝诗，相反，他对六朝诗自身的独特性给予了肯定。

谢榛对"气格"极为重视，他将"气"视为作诗手段和学诗路径。

> 诗文以气格为主，繁简勿论。④

---

① （明）谢榛、（清）王夫之著，宛平、舒芜校点《四溟诗话 姜斋诗话》，人民文学出版社，1961，第7页。
② （明）谢榛、（清）王夫之著，宛平、舒芜校点《四溟诗话 姜斋诗话》，人民文学出版社，1961，第40页。
③ （唐）皎然著，李壮鹰校注《诗式校注》，人民文学出版社，2003，第110页。
④ （明）谢榛、（清）王夫之著，宛平、舒芜校点《四溟诗话 姜斋诗话》，人民文学出版社，1961，第4页。

> 自古诗人养气，各有主焉。①

> 作古体不可兼律，非两倍其工，则气格不纯。②

> 《馀师录》曰："文不可无者有四：曰体，曰志，曰气，曰韵。"作诗亦然。体贵正大，志贵高远，气贵雄浑，韵贵隽永。③

谢榛将"气"视作文之必备，他认为"气"首先是指气质、个性、品格等创作主体应具备的要素，所以他对创作主体提出"养气"的要求。

谢榛以气格高下论作品优劣，对汉魏六朝诗歌分别以"气"论之：

> 两汉气纯，魏气平，晋气激，六朝气靡。④

此处"气"是就各代作品的整体风格而言的，"纯""平""激""靡"精准地概括了汉魏六朝各代诗风。在谢榛看来，诗歌进入六朝时期，风格靡丽，与汉代古朴质然之风相去甚远。对此，胡应麟也有论述："晋、宋之交，古今诗道升降之大限乎！魏承汉后，虽浸尚华靡，而淳朴余风，隐约尚在。……士衡、安仁一变，而俳偶愈工，淳朴愈散，汉道尽矣。"⑤ 与谢氏之言颇为相近。此外，谢榛对六朝诗中出现的"气短"现象进行批评，他认为"气"之长短直接影响到诗歌整体风貌，"气"应"浑成"且"悠长"。

---

① （明）谢榛、（清）王夫之著，宛平、舒芜校点《四溟诗话 姜斋诗话》，人民文学出版社，1961，第69页。
② （明）谢榛、（清）王夫之著，宛平、舒芜校点《四溟诗话 姜斋诗话》，人民文学出版社，1961，第118页。
③ （明）谢榛、（清）王夫之著，宛平、舒芜校点《四溟诗话 姜斋诗话》，人民文学出版社，1961，第10页。
④ （明）谢榛原著，李庆立校笺《谢榛全集校笺》，江苏古籍出版社，2003，第1312页。
⑤ （明）胡应麟撰《诗薮》，上海古籍出版社，1979，第143页。

或才思稍窘，但搜字以补其缺，则非浑成气格。①

虽吊古得体，而无浑然气格。②

陈琳曰："骋哉日月远，年命将西倾。"陆机曰："容华夙夜零，体泽坐自捐。兹物苟难停，吾寿安得延。"谢灵运曰："夕虑晓月流，朝忌瞩日驰。"……此皆气短。无名氏曰："人生不满百，常怀千岁忧。昼短苦夜长，何不秉烛游。"此作感慨而气悠长也。③

总体来看，谢榛将气"浑"和气"纯"视为诗歌气象浑厚的表征，对汉诗之淳朴尤为赞赏，在他看来六朝诗"采丽竞繁"必将导致气格颓弱。

"家数"一词源于严羽《沧浪诗话·诗法》："辩家数如辩苍白，方可言诗。"④"家数"当指文学体制。陶明濬《诗说杂记》指出："李、杜、韩、苏、诸大家，皆学古人，皆自有其妙，非特精神不相同，而面目亦有别也。此所谓食古而能化，特家数不足以拘之，而神明变化，方且自成一家数。"⑤谢榛在《四溟诗话》中也说："作诗勿自满。"又补充说："已成家数，有疵易露；家数未成，有疵难评。"⑥可见谢榛所谓"家数"与"自成一家"语义相近。

谢榛《四溟诗话》评谢灵运的"池塘生春草"，称"造语天然，清景可画，有声有色，乃是六朝家数"⑦。此处"六朝家数"意指六朝诗歌的

---

① （明）谢榛、（清）王夫之著，宛平、舒芜校点《四溟诗话 姜斋诗话》，人民文学出版社，1961，第94页。
② （明）谢榛、（清）王夫之著，宛平、舒芜校点《四溟诗话 姜斋诗话》，人民文学出版社，1961，第121页。
③ （明）谢榛、（清）王夫之著，宛平、舒芜校点《四溟诗话 姜斋诗话》，人民文学出版社，1961，第42~43页。
④ （宋）严羽著，郭绍虞校释《沧浪诗话校释》，人民文学出版社，1983，第136页。
⑤ 转引自王先霈、王又平主编《文学批评术语词典》，上海文艺出版社，1999，第86页。
⑥ （明）谢榛、（清）王夫之著，宛平、舒芜校点《四溟诗话 姜斋诗话》，人民文学出版社，1961，第40页。
⑦ （明）谢榛、（清）王夫之著，宛平、舒芜校点《四溟诗话 姜斋诗话》，人民文学出版社，1961，第46页。

艺术风格自成一派。这一术语虽针对谢诗而提出，但绝不仅仅限于谢诗，而是将视角扩大到刘宋诗歌。刘宋时期，诗歌发展呈现出所谓"声色俱开"的局面，相比东晋及以前的诗歌，一方面山水诗在谢灵运笔下开始崛起，另一方面对声色的重视和应用在诗歌中得到体现，诗人在创作中更加注重听觉和视觉的美感。题材的开拓与审美视角的转换都是"六朝家数"的独特之处，谢榛从诗歌发展的角度看到了六朝诗歌的进步意义。

三　"六朝气习"与"留连光景之弊"

谢榛论诗尤其注重时代对诗歌的影响，西晋诗人束皙曾作《补亡诗》，对此谢榛《四溟诗话》言：

> 束皙《补亡诗》，对偶精切，辞语流丽，不脱六朝气习。①

谢榛注意到束皙诗本意是想补《诗经》中的笙诗六篇，虽意欲高古，但辞藻骈俪的晋宋诗风溢于诗篇，如"鱼游清沼，鸟萃平林""四时递谢，八风代扇"，对偶句中雕琢之意甚为明显，毫无《诗经》之高意与古风。正如李庆立所言："束皙《补亡诗》虽欲'遥想既往，存思在昔，补著其文，以缀旧制'，却无法比并古人。"② 正是缘于在艺术鉴赏方面的敏锐视角，谢榛深切地意识到六朝诗歌创作深受尚丽之风的浸染，"辞藻雕琢""语调流丽"都可以称为六朝气习的重要表征。

谢榛认为"六朝气习"不仅体现在诗歌的语言风貌层面，还存在于诗歌创作的手法和路径之中。他认为魏晋南北朝文学存在剽窃作伪的现象，这也是"六朝气习"的表现。《四溟诗话》云：

> 《三国典略》曰："邢邵谓魏收之文剽窃任昉，魏收谓邢邵之赋

---

① （明）谢榛、（清）王夫之著，宛平、舒芜校点《四溟诗话　姜斋诗话》，人民文学出版社，1961，第16页。
② （明）谢榛著，李庆立、孙慎之笺注《诗家直说笺注》，齐鲁书社，1987，第82页。

剽窃沈约。"盖六朝气习如此。近有剽窃何李者，其二子之类欤？①

凡阅古人之诗，辄有采取，或因拙致工，因繁为简，其珠玉归囊，便是自家物，不愈乎六朝蹈袭以成风？②

关于六朝的剽窃之风，后人多有论述，如韩愈《荐士》："齐梁及陈隋，众作等蝉噪。搜春摘花卉，沿袭伤剽盗。"③ 潘德舆《养一斋诗话》卷四："魏、晋、六朝人诗率多前后沿袭。"④ 魏庆之认为："盖当时祖习，共以为然，故未有讥之者耳！"⑤ 他们认为六朝剽窃之风由来已久，时人沿袭而成习气。对此，谢榛表达了相同的看法，即"盖六朝气习如此"。谢榛主张创作求"真"，认为剽窃最为可耻，故而对明代为诗者剽窃何、李的行为表示愤慨，并举六朝剽窃成风的事例予以警告，以纠正文坛蹈袭之风。

针对六朝诗歌内容以及风格存在的弊端，谢榛在《四溟诗话》中予以贬斥：

六朝以来，留连光景之弊……⑥

夫"绮靡"重六朝之弊，"浏亮"非两汉之体。徐昌谷曰："'诗缘情而绮靡。'则陆生之所知，固魏诗之查秽耳。"⑦

---

① （明）谢榛、（清）王夫之著，宛平、舒芜校点《四溟诗话 姜斋诗话》，人民文学出版社，1961，第36页。
② （明）谢榛、（清）王夫之著，宛平、舒芜校点《四溟诗话 姜斋诗话》，人民文学出版社，1961，第92~93页。
③ （唐）韩愈著，汤贵仁选注《韩愈诗选注》，上海古籍出版社，1984，第89页。
④ （清）潘德舆著，朱德慈辑校《养一斋诗话》，中华书局，2010，第65页。
⑤ （宋）魏庆之著，王仲闻点校《诗人玉屑》，中华书局，2007，第262页。
⑥ （明）谢榛、（清）王夫之著，宛平、舒芜校点《四溟诗话 姜斋诗话》，人民文学出版社，1961，第5页。
⑦ （明）谢榛、（清）王夫之著，宛平、舒芜校点《四溟诗话 姜斋诗话》，人民文学出版社，1961，第18页。

六朝以来靡丽浮艳的诗风，忽视诗歌的思想内容，诗歌气象几乎荡然无存。谢榛对此提出严厉批评，并反驳陆机《文赋》"诗缘情而绮靡"一语，他赞同徐祯卿（字昌谷）的话，认为陆机所知者不过是"魏诗之查秽"，这是典型的"七子"口吻。谢榛认为六朝之弊一方面表现为语言风格的"绮靡"，另一方面还体现为思想内容的空洞，这就是所谓"留连光景之弊"。

谢榛从诗格的角度对六朝诗进行分析，对六朝诗的评价扬少弃多。但值得注意的是，谢榛在坚持格调立场的同时，能够加以变通，基于对声律的重视，对六朝诗歌的价值予以有限的肯定，这在七子派中未尝不是一种新态度。

第三节　谢榛六朝诗歌辨体论

中国古典诗歌经历了漫长的演进过程，各种诗体不断衍生。辨体一般分为风格之辨和诗体之辨。《四溟诗话》中有不少关于辨体的表述，谢榛对六朝诗歌的辨体，涉及诗歌的风格以及体式法度等层面，推动了明代的诗歌辨体理论走向成熟。

一　古律之辨

诗体有古体、律诗之分，谢榛对二者的辨析主要体现在以下几个方面。

第一，谢榛认为古、近体"大异而小同"。"异"指诗歌整体风貌及形式的迥异，"同"则指构思方式的共通。他认为，汉魏诗以平直纯正为特点，不同于六朝、唐宋诸体委曲萦心。

> 或曰："子谓作古体、近体概同一法，宁不有误后学邪？"四溟子曰："古体起语比少而赋兴多，贵乎平直，不可立意涵蓄。若一句道尽，余复何言？……汉魏诗纯正，然未有六朝唐宋诸体萦心故尔。若论体制，则大异而小同；及论作手，则大同小异也。未必篇篇从头叙去，如写家书然，毕竟有何警拔？……凡作近体，但命意措词一苦

心,则成章可逼盛唐矣。作古体不可兼律,非两倍其工,则气格不纯。今之作者,譬诸宫女,虽善学古妆,亦不免微有时态。"①

谢榛认为古体诗平直叙事,起语比少而赋兴多,诗意明朗,即所谓"贵乎平直",而今人在学古之时却"恐入于律调",为了避免似律之嫌,便少用对仗,因此在创作时就难免出现"太费点检斗削而后古"的情况,不免气格不纯。

第二,谢榛认为古体、律体各有法度,然皆需"入悟"。他将"建安古调"与"盛唐律髓"相并列,分别视为古体与律体诗歌的轨范。《四溟诗话》卷四有言:

> 诗固有定体,人各有悟性。夫有一字之悟,一篇之悟,或由小以扩乎大,因著以入乎微,虽小大不同,至于浑化则一也。或学力未全,而骤欲大之,若登高台而摘星,则廓然无着手处。若能用小而大之之法,当如行深洞中,扪壁尽处,豁然见天,则心有所主,而夺盛唐律髓,追建安古调,殊不难矣。②

谢榛认为学诗要从诗之定体入手,通过"悟"实现"追""夺"古人的目的。谢榛主张的"悟"是由小而大的"悟",他主张由细处入手,透过枝节领悟诗歌的整体情境,使诗歌审美主体有"豁然见天"的感觉,这就是"小而大之之法"。

谢榛对古体、律体的揣摩同样离不开思悟。谢榛追慕高古之风,但不主张"有意于古",认为诗歌有"六朝、唐、宋影子",终非高古。他说:"《离骚》语虽重复,高古浑然,汉人因之,便觉费力。"③ 又说:"《三百篇》直写性情,靡不高古,虽其逸诗,汉人尚不可及。今学之者,务去

---

① (明)谢榛、(清)王夫之著,宛平、舒芜校点《四溟诗话 姜斋诗话》,人民文学出版社,1961,第118页。
② (明)谢榛、(清)王夫之著,宛平、舒芜校点《四溟诗话 姜斋诗话》,人民文学出版社,1961,第118页。
③ (明)谢榛、(清)王夫之著,宛平、舒芜校点《四溟诗话 姜斋诗话》,人民文学出版社,1961,第32页。

声律，以为高古；殊不知文随世变，且有六朝、唐、宋影子，有意于古，而终非古也。"① 谢榛在研习前人作品时跳出"格"与"法"的机械思维，抛开语言和声律的"外衣"，发掘诗歌内在的神韵，寻找文本形式之外的风神，对后世"神韵说"的产生有直接影响。他认为作诗要有古意，但还需点染着色："作诗虽贵古淡，而富丽不可无。譬如松篁之于桃李，布帛之于锦绣也。"②

谢榛认为律体可以溯源到六朝。他说："唐律，女工也；六朝、隋、唐之表，亦女工也：此体自不可少。"③ 他指出了六朝声律的发展对唐律的引领作用。六朝诗人对声律由模糊认识转变为理性探讨，进而实现了诗歌由自然声律向自觉声律的转变，为唐律的繁荣奠定了重要的理论基础。谢榛肯定了六朝诗歌在律诗发展史上的重要地位。

第三，对于诗歌古、律不分的现象，谢榛有所驳正。古、律不分有两种情形。一种是古体入律，李东阳在《怀麓堂诗话》中说："古诗与律不同体，必各用其体，乃为合格。然律犹可间出古意，古不可涉律。"④ 李东阳认为古体入律导致古体诗格调渐卑，他对此种做法尤为反对。谢榛《四溟诗话》中也有论述："范德机曰：'诗当取材于汉魏，而音律以唐为宗。'此近体之法，古诗不泥音律而调自高也。"⑤ 谢榛认为古体诗格调自高，不必入律。另一种是律句染古，《四溟诗话》卷一云：

> 魏文帝曰："梧桐攀凤翼，云雨散洪池。"曹子建曰："游鱼潜绿水，翔鸟薄天飞。"阮籍曰："存亡从变化，日月有浮沉。"张华曰："洪钧陶万类，大块禀群生。"左思曰："皓天舒白日，灵景耀神州。"张协曰："金风扇素节，丹露启阴期。"潘岳曰："南陆迎修景，朱明

---

① （明）谢榛、（清）王夫之著，宛平、舒芜校点《四溟诗话　姜斋诗话》，人民文学出版社，1961，第3页。
② （明）谢榛、（清）王夫之著，宛平、舒芜校点《四溟诗话　姜斋诗话》，人民文学出版社，1961，第7页。
③ （明）谢榛、（清）王夫之著，宛平、舒芜校点《四溟诗话　姜斋诗话》，人民文学出版社，1961，第7页。
④ （明）李东阳著，李庆立校释《怀麓堂诗话校释》，人民文学出版社，2009，第6页。
⑤ （明）谢榛、（清）王夫之著，宛平、舒芜校点《四溟诗话　姜斋诗话》，人民文学出版社，1961，第17页。

送末垂。"陆机曰:"逝矣经天日,悲哉带地川。"以上虽为律句,全篇高古。①

谢榛认为古风格高,律句受古体的浸染,亦有"高古"之作。

二 体式之辨

谢榛在《四溟诗话》中探讨了古典诗歌体裁、形式及其审美特征,作为后七子中较早具有辨体意识的诗论家,他的诗体论对王世贞、胡应麟等都产生了较大影响。谢氏的诗体论主要体现在对体裁、句式以及声律等的探讨方面,他对六朝文学的体裁之通、句式之袭、体式之变均有精当的论述。

第一,体裁之通。谢榛认为诗歌大多"同名异体,同体异名",对于不同体裁间的相通之处,谢榛较为重视,《四溟诗话》卷二言:

《文式》:"放情曰歌,体如行书曰行,兼之曰歌行;快直详尽曰行,悲如蛩螀曰吟,读之使人思怨;委曲尽情曰曲,宜委曲谐音;通乎俚俗曰谣,宜隐蓄近俗;载始末曰引,宜引而不发。"②

谢榛认为这样的划分未免过于拘泥,并无变通,故而言道:"此虽体式,犹欠变通。盖同名异体,同体异名耳。"③并举大量的例子说明:有时同名并非同体,同体也可能异名。最后对此进行归纳,提出自己的观点:"体无定体,名无定名,莫不拟斯二者,悟者得之。措词短长,意足而止;随意命名,人莫能易。所谓信手拈来,头头是道也。"④

---

① (明)谢榛、(清)王夫之著,宛平、舒芜校点《四溟诗话 姜斋诗话》,人民文学出版社,1961,第27页。
② (明)谢榛、(清)王夫之著,宛平、舒芜校点《四溟诗话 姜斋诗话》,人民文学出版社,1961,第49页。
③ (明)谢榛、(清)王夫之著,宛平、舒芜校点《四溟诗话 姜斋诗话》,人民文学出版社,1961,第49页。
④ (明)谢榛、(清)王夫之著,宛平、舒芜校点《四溟诗话 姜斋诗话》,人民文学出版社,1961,第50页。

在诗与文方面，谢榛主张诗文相通。他引用《扪虱新话》中的论述曰："文中有诗，则语句精确；诗中有文，则词调流畅。"① 谢榛认为诗文除了语言形式上的差别，二者融通并无不妥，而且他同意陈善的观点，并且肯定了"诗文互通"的艺术效果。他还引用武元康、杜约夫之语表达了对诗文渗透的认同："文有声律皆似诗，诗不粗鄙皆是文。"②"六朝文中有诗，宋朝诗中有文。"③ 可见谢氏对诗文互通的关注和重视。此外李东阳、陆时雍、王世贞等人也主张诗文相通。

在古体与近体之辨方面，《四溟诗话》卷四云："若论体制，则大异而小同；及论作手，则大同小异也。"④ 他同样看到了二者在创作手法上的贯通之处。总体来看，明代复古派对古典诗歌的体式法度的要求还是较为刻板的，他们忽视了诗歌体裁本身的发展变化，谢氏则注意到不同体裁之间的共性，持论更为通达。

第二，句式之袭。在诗的句式方面，三言、四言、五言、六言、七言、九言、杂言，谢榛在《四溟诗话》中都有所提及，他认为六朝诗在五言诗上有重要贡献。

谢榛认为六朝五言诗对唐代乃至后世诗歌有深远影响。他说："陈后主曰：'日月光天德，山河壮帝居。'气象宏阔，辞语精确，为子美五言句法之祖。"⑤ 谢榛认为陈后主的五言诗是杜甫五言句法之祖。

谢榛对汉魏五言诗也有所褒扬，主要体现在他对曹植五言诗与汉代诗歌体制的渊源关系的关注上。他指出："屈宋为词赋之祖。荀卿六赋，自创机轴，不可例论。……子建骨气渐弱，体制犹存。"⑥ 又说："严沧浪

---

① （明）谢榛、（清）王夫之著，宛平、舒芜校点《四溟诗话 姜斋诗话》，人民文学出版社，1961，第50页。
② （明）谢榛、（清）王夫之著，宛平、舒芜校点《四溟诗话 姜斋诗话》，人民文学出版社，1961，第50页。
③ （明）谢榛、（清）王夫之著，宛平、舒芜校点《四溟诗话 姜斋诗话》，人民文学出版社，1961，第51页。
④ （明）谢榛、（清）王夫之著，宛平、舒芜校点《四溟诗话 姜斋诗话》，人民文学出版社，1961，第118页。
⑤ （明）谢榛、（清）王夫之著，宛平、舒芜校点《四溟诗话 姜斋诗话》，人民文学出版社，1961，第37页。
⑥ （明）谢榛、（清）王夫之著，宛平、舒芜校点《四溟诗话 姜斋诗话》，人民文学出版社，1961，第44页。

《从军行》曰：'翩翩双白马，结束向幽燕。借问谁家子，邯郸侠少年。弯弓随汉月，拂剑倚胡天。说与单于道，今秋莫近边。'此作不减盛唐，但起承全袭子建《白马篇》。"① 这揭示了南宋严羽五言诗对曹诗的继承。

对于曹植五言诗与乐府之间的关系，谢榛也有论述：

> 陈思王《五游》诗云："披我丹霞衣，袭我素霓裳。徘徊文昌殿，登陟太微堂。上帝休西棂，群后集东厢。带我琼瑶佩，漱我沆瀣浆。踟蹰玩灵芝，徙倚弄华芳。王子奉仙药，羡门进奇方。"此皆两句一意，然祖于古乐府。观其《陌上桑》："湘绮为下裙，紫绮为上襦。耕者忘其犁，锄者忘其锄。"《焦仲卿妻》："东西植松柏，南北种梧桐。枝枝相覆盖，叶叶相交通。"《相逢行》："黄金为君门，白玉为君堂。"《羽林郎》："长裾连理带，广袖合欢襦。"此皆古调，自然成对。陈思通篇拟之，步骤虽似五言长律，其辞古气顺如此。②

谢榛以曹植《五游》诗为例，指出诗中两句成对的手法源于古乐府，曹诗虽通篇拟之，但辞古气顺。

第三，体式之变。谢榛论述了六朝赋体之变与杂体之变。六朝赋体相对于前代的赋体而言，出现了重大的体式变化。《四溟诗话》卷二云：

> 屈宋为词赋之祖。荀卿六赋，自创机轴，不可例论。相如善学《楚词》，而驰骋太过；子建骨气渐弱，体制犹存；庾信《春赋》，间多诗语，赋体始大变矣。③

六朝赋以诗语入赋，对赋体进行了革新。谢榛称赋体大变始于庾信，庾信《春赋》使用了大量整齐的七言句，类似于七言诗，是以诗入赋的典范代

---

① （明）谢榛、（清）王夫之著，宛平、舒芜校点《四溟诗话 姜斋诗话》，人民文学出版社，1961，第 43 页。
② （明）谢榛、（清）王夫之著，宛平、舒芜校点《四溟诗话 姜斋诗话》，人民文学出版社，1961，第 84 页。
③ （明）谢榛、（清）王夫之著，宛平、舒芜校点《四溟诗话 姜斋诗话》，人民文学出版社，1961，第 44 页。

表。比如《春赋》开篇的八句："宜春苑中春已归，披香殿里作春衣。新年鸟声千种啭，二月杨花满路飞。河阳一县并是花，金谷从来满园树。一丛香草足碍人，数尺游丝即横路。"这种整齐的七言句入赋，标示着六朝赋体大变。此后，唐代王勃、骆宾王颇效此法作赋。谢榛看到了六朝时期赋体的多变，并且对庾信的革新精神尤为赞赏，肯定了庾赋在中国赋史上的意义。

六朝杂体诗种类繁多，出现了"杂体之变"。《四溟诗话》卷二云：

> 孔融离合体，窦韬妻回文体，鲍照十数体、建除体，谢庄道里名体，梁简文帝卦名体，梁元帝歌曲名体、姓名体、鸟名体、兽名体、龟兆名体、针穴名体、将军名体、宫殿名体、屋名体、车名体、船名体、草名体、树名体，沈炯六府体、八音体、六甲体、十二属体。魏晋以降，多务纤巧，此变之变也。①

谢榛列举的六朝各类杂体，如卦名体、曲名体、姓名体、鸟名体、兽名体，不一而足，然终非诗体之正，故谢榛认为六朝时期杂体创作驳杂凌乱，诗格自降。

谢榛还提到集句诗的渊源关系，认为集句诗的体式始于六朝，他说："晋傅咸集七经语为诗；北齐刘昼缉缀一赋，名为《六合》。魏收曰：'赋名《六合》，其愚已甚；及观其赋，又愚于名。'后之集句肇于此。"②

三 风格之辨

谢榛《四溟诗话》中有不少关于诗歌风格形态的论述，他多以简约的一两个字阐释诗人的风格特征，如雄浑、秀拔、老健、高远、清逸等。谢榛认为六朝诗歌风格主要体现为"丽"，揭示出六朝绮丽繁靡的诗歌风貌。

---

① （明）谢榛、（清）王夫之著，宛平、舒芜校点《四溟诗话　姜斋诗话》，人民文学出版社，1961，第51页。
② （明）谢榛、（清）王夫之著，宛平、舒芜校点《四溟诗话　姜斋诗话》，人民文学出版社，1961，第14页。

汉魏六朝时期，"丽"作为文论范畴进入兴盛期，成为古典美学的核心范畴之一。由于汉代文人对丽的追求和自觉探讨，六朝时期衍生出众多以"丽"为核心的子范畴，如"艳丽""靡丽""绮丽""清丽"等。曹丕的"诗赋欲丽"说直接将"丽"视为诗赋的文体特点。陆机则认为诗文因情而起，绮靡乃是情感的附属品，他在情与丽之间找到关联，将"丽"视为文学本身应有的外在形态。刘勰《文心雕龙》对"丽"的划分更加细致，出现了"清丽""雅丽""壮丽""朗丽"等诸多二级范畴。

"丽"观念在谢榛的《四溟诗话》中占有重要一席。他追求古淡的同时注重"富丽"的美学意义，他说：

> 作诗虽贵古淡，而富丽不可无。譬如松筼之于桃李，布帛之于锦绣也。①

富丽，作为一种风格，往往以富贵之意散见于各个审美领域，如绘画、服饰、花卉等。司空图在《二十四诗品》中言："神存富贵，始轻黄金。浓尽必枯，淡者屡深。"② 在诗歌领域则体现为辞采华美。谢榛认为对诗歌富丽不应贬抑而应加以推崇，绚烂可观的辞藻与古淡之意可以并行，他以绸缎布帛喻诗之浓淡，这一风格之喻极具形象性。古淡清逸固然可贵，但富丽浓艳也不可或缺。他在论及汉赋创作时，对"富丽"的语言风格更是称道备至："命意宏博，措辞富丽，千汇万状，出有入无，气贯一篇，意归数语，此长卿所以大过人者也。"③

谢榛论诗歌之丽，不仅看重富贵之丽，也赞赏清新秀丽。他称赞南朝梁刘孝绰之妹刘令娴的诗句为"清丽"，他说："刘孝绰妹诗：'落花扫更合，丛兰摘复生。'孟浩然：'林花扫更合，径草踏还生。'此联岂出自刘

---

① （明）谢榛、（清）王夫之著，宛平、舒芜校点《四溟诗话 姜斋诗话》，人民文学出版社，1961，第7页。
② （唐）司空图：《二十四诗品》，（清）何文焕辑《历代诗话》，中华书局，1981，第40页。
③ （明）谢榛、（清）王夫之著，宛平、舒芜校点《四溟诗话 姜斋诗话》，人民文学出版社，1961，第62页。

软？二作清丽,各有优劣。"① 谢榛评价刘令娴、孟浩然诗句清丽,并指出后者出于前者,由此阐明六朝诗对唐诗的影响。

对于诗歌创作手法而言,谢榛认为"丽"的表达要适度,并提出"情景交融"说,认为作诗要合乎情景,同异相间,太切则有"丽藻炫人"之嫌。他说:"夫情景有异同,模写有难易,诗有二要,莫切于斯者。……景乃诗之媒,情乃诗之胚:合而为诗……同而不流于俗,异而不失其正,岂徒丽藻炫人而已。"②

谢榛围绕"丽"所展开的各种探讨,不仅涉及形式美学层面,还关乎文质观的整体演变。六朝作为文学自觉的时代,"丽"成为当时文学形式美的主流。谢榛从诗歌本体论的层面肯定了"丽",但对六朝时期盛行的靡丽诗风则提出批评,认为其"华丽无味"。

就形式美学的角度而言,谢榛认为六朝诗"对偶精切""辞语流丽",评论肯切,虽以"六朝气习"论之,然并无过激之言。詹福瑞说:"丽的自觉,在很大程度上标志着文学的自觉。"③ 而六朝作为"丽"化极致的时代,其诗文"绮靡"缘于"人的觉醒",时人尝试摆脱长期的礼教束缚,于是情与丽成为时人的追求目标,彼时的诗文一改以往古朴平淡之风,骈辞俪句大量涌现。谢榛并不反对诗歌丽情,他提出"情乃诗之胚",但情须融于内方可深长,诗歌若一味地为了达情,由滥情走向滥采,则会远离诗美。

谢榛对六朝诗歌"华丽无味"的诗风提出批驳,不仅指出其缺乏内在的神韵和风骨,还根据诗风辨认出一些六朝人的赝作,《四溟诗话》卷二言:

《汉武内传》:"上元夫人弹云林之瑟,歌步元之曲曰:'绿景清飙起,云盖映朱蕤。兰房辟琳阙,碧空启璃沙。'"此歌华丽无味,

---

① (明)谢榛、(清)王夫之著,宛平、舒芜校点《四溟诗话 姜斋诗话》,人民文学出版社,1961,第108页。
② (明)谢榛、(清)王夫之著,宛平、舒芜校点《四溟诗话 姜斋诗话》,人民文学出版社,1961,第69页。
③ 詹福瑞:《中古文学理论范畴》,河北大学出版社,1997,第90页。

或六朝赝作。①

此歌华丽无味，内容空洞荒诞，与追求华靡的六朝诗风甚为契合，故谢榛视之为六朝人伪托之作。简而言之，"华丽无味"便是谢榛对六朝诗歌风格之弊的评价。

明代紧承宋代尚理抑文的风尚，"高古"之义成为诗文创作的重要标准。陆时雍《古诗镜》言："诗道浅胜深，淡胜丽，为近雅故。然须真趣为美，雕刻愈深则精彩愈著，而雅道愈伤矣。"② 道出了明人古朴平淡的审美风尚。明人对丽的评价少不了"理"的成分，谢榛虽言"富丽不可无"，但强调真实情理贵在"平淡"；胡应麟也言："诗最贵丽，而丽非金玉锦绣也。晏同叔以'笙歌院落'为三昧，固高出至宝丹一等，然'梨花院落'，又待入小石调矣。丽语必格高气逸，韵远思深，乃为上乘。"③ 可以说，谢氏和胡氏对"丽"的看法，离不开时代风格的影响。

相对于儒家的风教论，谢榛论诗更倾向于佛家心境，其诗集诗论中有不少关于佛教义理的阐述，如"气象浑厚，深得禅家宗旨"。谢榛认为诗歌之法在心而不在形，主张意随笔生，与六朝诗文的刻意雕琢全然不同。在诗歌创作方面，他结合禅学清净超悟的宗旨，提倡诗歌要还原本色，抒写自然；在诗话诗论方面，他将本真和性灵作为重要的评判标准，并以禅喻诗，以禅道悟诗道。就近体诗而言，谢榛认为其形式虽重精工，与古体诗有异，但在创作手法上却殊途同归，所谓因悟得兴，浑然无迹，他在古近体创作中有较为圆融的评判思想。谢榛云：

诗境由悟而入，愈入愈深妙。法存乎仿佛，其迹不可捉，其影不可缚。寄声于寂，非扣而鸣；寓像于空，非写而见。不造大乘者，语之颠末，若矢射石，石而弗透也。沧海深有包含，青莲直无枝蔓。诗

---

① （明）谢榛、（清）王夫之著，宛平、舒芜校点《四溟诗话　姜斋诗话》，人民文学出版社，1961，第44页。
② （明）陆时雍选评，任文京、赵东岚点校《诗镜》，河北大学出版社，2010，第213页。
③ （明）胡应麟撰《诗薮》，上海古籍出版社，1979，第97页。

法禅机，悟同而道别，专者得之。①

谢榛作诗追求偶然浑成，所谓"自然妙者为上，精工者次之"，而六朝诗歌文辞藻丽、造语太工，这与谢氏所崇尚的自然真趣相去甚远，谢榛认为此"龃龉之患"在诗歌创作中最不可取。

无论是诗法所遵循的天机自然，还是佛家所讲的兴悟禅旨，谢榛论诗始终以自然和妙悟为宗旨。他一方面从形式美学的角度论述"丽"在诗学理论中的必要性；一方面又斥责六朝淫丽之风，直指过度追求丽辞的负面影响。基于时代观念、个人趣向等各种因素，谢榛能够辩证地看待"丽"观念的存在和衍变，对不同形式的"丽"加以区别对待。

第四节　谢榛六朝诗歌修辞论

我国古代诗歌修辞学和诗学理论是相互贯通的，如刘勰《文心雕龙》就是文学理论和修辞学融合的典范，而在历代诗话中也存在不少对诗歌修辞的评论，因此，修辞批评也是探讨诗歌艺术的重要维度。在诗歌创作阶段，修辞是最讲究技巧的，修辞就是"诗人把心中准物质的形式变成实在的物质形式，即把它诉诸纸笔"②。谢榛对六朝诗歌的修辞研究主要体现在形式的对仗、字句锤炼、声韵使用以及诗歌用典等方面。

一　诗之用典

古人在文学创作中多用典故，谢榛认为用典首先要有依据，他说："自我作古，不求根据，过于生涩，则为杜撰矣。"③他提醒后人用典要追根溯源，否则会有杜撰之嫌。用典要适度，不可过多，正如《沧浪诗话·诗法》所云："不必多使事。"④谢榛也表达了同样的看法："用事多

---

① （明）谢榛原著，李庆立校笺《谢榛全集校笺》，江苏古籍出版社，2003，第1323页。
② 李壮鹰：《中国诗学六论》，齐鲁书社，1989，第87页。
③ （明）谢榛、（清）王夫之著，宛平、舒芜校点《四溟诗话　姜斋诗话》，人民文学出版社，1961，第15页。
④ （宋）严羽著，郭绍虞校释《沧浪诗话校释》，人民文学出版社，1983，第114页。

则流于议论。"① 但谢榛认为魏晋诗歌中一些特殊的诗歌用典，不应因用事多而被否定，他说："魏武帝《善哉行》，七解；魏文帝《煌煌京洛行》，五解。全用古人事实，不可泥于诗法论之。"② 汉代诗歌少用典，而魏晋以来诗歌多用典。谢榛所举曹操《善哉行》、曹丕《煌煌京洛行》，在诗中品评历史人物，全用古人史实，对此，谢榛认为不可拘于诗法而论之。

谢榛要求用典务必准确，对六朝诗中用典错误现象提出批评："陆厥《孺子妾歌》曰：'安陵泣前鱼。'……此皆用事之谬。"③ 南朝齐诗人陆厥诗中"安陵泣前鱼"，实则用典有误，并非安陵君泣前鱼，而是龙阳君泣前鱼，典出《战国策·魏策四》："魏王与龙阳君共船而钓，龙阳君得十余鱼而涕下。……对曰：'臣之始得鱼也，臣甚喜，后得又益大，今臣直欲弃臣前之所得矣。今以臣凶恶，而得为王拂枕席。今臣爵至人君，走人于庭，辟人于途。四海之内，美人亦甚多矣，闻臣之得幸于王也，必褰裳而趋王。臣犹曩臣之前所得鱼也，臣亦将弃矣，臣安得无涕出乎？'"这个典故中所谓泣前鱼，是感叹失去恩宠。谢榛指摘六朝诗中的用事之谬，反映出他在诗歌用典问题上的严谨态度。

在《四溟诗话》中，谢榛还对用典的另一种特殊形式"以诗讽谏"进行了点评，他说：

> 汉武帝柏梁台成，诏群臣能为七言者，乃得与坐。有曰"总领天下诚难治"，有曰"和抚四夷不易哉"，有曰"三辅盗贼天下危"，有曰"盗阻南山为民灾"，有曰"外家公主不可治"。是时君臣宴乐，相为警诫，犹有二代之风；后世以诗讽谏而获罪者，可胜叹哉！④

---

① （明）谢榛、（清）王夫之著，宛平、舒芜校点《四溟诗话　姜斋诗话》，人民文学出版社，1961，第8页。
② （明）谢榛、（清）王夫之著，宛平、舒芜校点《四溟诗话　姜斋诗话》，人民文学出版社，1961，第7页。
③ （明）谢榛、（清）王夫之著，宛平、舒芜校点《四溟诗话　姜斋诗话》，人民文学出版社，1961，第28页。
④ （明）谢榛、（清）王夫之著，宛平、舒芜校点《四溟诗话　姜斋诗话》，人民文学出版社，1961，第15页。

明朝初年，朱元璋大兴"文字狱"，对文化严格控制，以巩固皇权，并杀戮了一大批有识之士和建国功臣，有的文人仅因只字片语便被祸罹难，其残酷程度可见一斑。在封建专制的高压态势下，文学发展受到压制，诗歌的讽谏功用被削弱，大量诗歌粉饰太平，针对此种现状，谢榛大加批判。他反对"以诗讽谏而获罪"，在他看来，自由对诗歌创作而言尤为珍贵。

谢榛指出，典故之中存在言行不符的现象，需加注意。他对汉魏六朝诗人"行不顾言"的做法进行指责：

> 汉高帝《大风歌》曰："安得猛士兮守四方？"后乃杀戮功臣。魏武帝《对酒歌》曰："耄耋皆得以寿终，恩泽广及草木昆虫。"坑流民四十余万。魏文帝《猛虎行》曰："与君结新婚，托配于二仪。"甄后被谮而死。张华《励志诗》曰："甘心恬澹，栖志浮云。"竟以贪位被杀。郭璞《游仙诗》曰："长揖当涂人，去作山林客。"亦为王敦所杀。……予笔此数事，以为行不顾言之诫。①

他认为作家的修养决定作品的高度，并提出德不胜才犹如船失舵主，在评论作家时则主张观其言，看其行，他列举汉高帝、魏武帝、张华、郭璞等一系列历史人物言行，就是要告诫后人切勿行不顾言。

二 诗之对仗

对仗作为表现诗歌魅力的重要手段，在古代诗歌创作中占有重要的一席，正如朱光潜《诗论》所言："它的兴起是中国诗的演化史上的一件重大事变。"② 关于对仗问题，不少文论家在著作中都有所提及，刘勰的《文心雕龙》论述则较为全面，谢榛在总结前人理论的基础上又提出了自己的见解。

第一，谢榛认为对仗是无意而为之，应顺乎天理自然而成。

---

① （明）谢榛、（清）王夫之著，宛平、舒芜校点《四溟诗话　姜斋诗话》，人民文学出版社，1961，第15页。
② 朱光潜：《诗论》，上海古籍出版社，2001，第237页。

《诗》曰:"觏闵既多,受侮不少。"初无意于对也。①

观其《陌上桑》:"湘绮为下裙,紫绮为上襦。耕者忘其犁,锄者忘其锄。"《焦仲卿妻》:"东西植松柏,南北种梧桐。枝枝相覆盖,叶叶相交通。"《相逢行》:"黄金为君门,白玉为君堂。"《羽林郎》:"长裙连理带,广袖合欢裙。"此皆古调,自然成对。②

他主张对仗要自然成对,避免过于修饰。谈及六朝诗时,他则力推陶渊明,说:"《十九首》云:'胡马依北风,越鸟巢南枝。'属对虽切,亦自古老。六朝惟渊明得之,若'芳草何茫茫,白杨亦萧萧'是也。"③

第二,谢榛认为对仗句的排布会影响诗歌的艺术美感,对仗句要符合诗歌的整体基调,不可"偏执"使用,要与诗歌的整体效果保持一致。

逊轩子曰:"凡作诗贵识锋犯,而最忌偏执。偏执不惟有焦劳之患,且失诗人优柔之旨。……亦难以句匹者也,故置之首句,俊丽可爱;使束于联中,未必若首句之妙。学者观其全篇起结雄健,颈颔微弱可见矣。"④

谢灵运《折杨柳行》:"郁郁河边树,青青野田草。"此对起虽有模仿,而不失古调。至于"骚屑出穴风,挥霍见日雪",此亦对起,用于中则稳帖。⑤

---

① (明)谢榛、(清)王夫之著,宛平、舒芜校点《四溟诗话 姜斋诗话》,人民文学出版社,1961,第6页。
② (明)谢榛、(清)王夫之著,宛平、舒芜校点《四溟诗话 姜斋诗话》,人民文学出版社,1961,第84页。
③ (明)谢榛、(清)王夫之著,宛平、舒芜校点《四溟诗话 姜斋诗话》,人民文学出版社,1961,第6页。
④ (明)谢榛、(清)王夫之著,宛平、舒芜校点《四溟诗话 姜斋诗话》,人民文学出版社,1961,第120页。
⑤ (明)谢榛、(清)王夫之著,宛平、舒芜校点《四溟诗话 姜斋诗话》,人民文学出版社,1961,第83页。

论及六朝，谢榛对陶诗的自然属对最为赞赏，认为谢灵运诗中的对仗"不失古调"。一方面，他肯定了六朝诗"抽黄对白，自为一体"的独特地位；另一方面，他又认为其对偶过于"精切"，不免堕入"流丽"之风。

三 诗之字句

谢榛注重诗歌形式的锤炼，对"炼字""炼句"尤为重视，他说："诗有造物。一句不工，则一篇不纯，是造物不完也。"① 又云："凡炼句妙在浑然。一字不工，乃造物之不完。"②

就"炼字"而言，他反对用字复杂艰涩，追求"返朴复拙"，赞成自然胜雕饰。他说："自然妙者为上，精工者次之，此着力不着力之分，学之者不必专一而逼真也。"③ 他对曹植诗中用字虽有肯定，但也指出曹植诗造语太工，对六朝诗有负面影响。

> 陈思王《白马篇》："俯身散马蹄。"此能尽驰马之状。《斗鸡诗》："觜落轻毛散。"善形容斗鸡之势。"俯"、"落"二字有力，一"散"字相应。然造语太工，六朝之渐也。④

他还指出作诗"不可用难字"，表意要通顺易懂，并以庾信、梁简文帝为例，指出六朝诗存在用字欠缺明爽的现象。

> 庾信《咏荷》诗："若有千年蔡，须巢但见随。"梁简文《纳凉》诗："游鱼吹水沫，神蔡上荷心。""蔡"虽大龟，然字面入诗，

---

① （明）谢榛、（清）王夫之著，宛平、舒芜校点《四溟诗话 姜斋诗话》，人民文学出版社，1961，第6页。
② （明）谢榛、（清）王夫之著，宛平、舒芜校点《四溟诗话 姜斋诗话》，人民文学出版社，1961，第120页。
③ （明）谢榛、（清）王夫之著，宛平、舒芜校点《四溟诗话 姜斋诗话》，人民文学出版社，1961，第127页。
④ （明）谢榛、（清）王夫之著，宛平、舒芜校点《四溟诗话 姜斋诗话》，人民文学出版社，1961，第100页。

殊欠明爽。①

就"炼句"而言，谢榛主张句法森严，他说："子美'星垂平野阔，月涌大江流'，句法森严，'涌'字尤奇。可严则严，不可严则放过些子。若'鸿雁几时到，江湖秋水多'，意在一贯，又觉闲雅不凡矣。"② 论六朝诗，他又提出句法当有所变化，反对千篇一律，他说："谢惠连'屯云蔽层岭，惊风涌飞流'，一篇句法雷同，殊无变化。"③ 又说："江淹拟颜延年，辞致典缛，得应制之体。但不变句法。"④ 对谢惠连、江淹之诗"不变句法"提出批评。

四 诗之择韵

在声韵方面，谢榛十分讲究。关于声律的发展，《四溟诗话》卷二称："《三百篇》已有声律，若'蒹葭苍苍，白露为霜'。暨《离骚》'洞庭波兮木叶下'之类渐多。六朝以来，黄钟瓦缶，审音者自能辨之。"⑤ 此声律指诗歌的音乐美，谢榛言先秦诗句中就有音乐美，到了六朝，声律的发展相对成熟。明代诗学对诗歌音乐性较为重视，所谓"诗贵声"而"声必有律"，谢榛将诗声和韵律视为诗歌的本然属性，因此，谢榛尤为关注六朝声律学说在诗歌中的运用。

第一，关于择韵问题，谢榛指出："诗宜择韵。若秋、舟，平易之类，作家自然出奇；若眸、瓯，粗俗之类，讽诵而无音响；若锼、搜，艰险之类，意在使人难押。"⑥ 又说："凡择韵平妥，用字精工，此虽细事，

---

① （明）谢榛、（清）王夫之著，宛平、舒芜校点《四溟诗话 姜斋诗话》，人民文学出版社，1961，第114页。
② （明）谢榛、（清）王夫之著，宛平、舒芜校点《四溟诗话 姜斋诗话》，人民文学出版社，1961，第31页。
③ （明）谢榛、（清）王夫之著，宛平、舒芜校点《四溟诗话 姜斋诗话》，人民文学出版社，1961，第22页。
④ （明）谢榛、（清）王夫之著，宛平、舒芜校点《四溟诗话 姜斋诗话》，人民文学出版社，1961，第23页。
⑤ （明）谢榛、（清）王夫之著，宛平、舒芜校点《四溟诗话 姜斋诗话》，人民文学出版社，1961，第49页。
⑥ （明）谢榛、（清）王夫之著，宛平、舒芜校点《四溟诗话 姜斋诗话》，人民文学出版社，1961，第9页。

则声律具焉。"① 凡诗择韵，必先在用字上精心推敲，谢榛对用字的选取尤为重视，以此达成声律的和谐。他对六朝诗歌中出现的用韵穿凿和"重韵"现象提出了自己的看法。《四溟诗话》卷一言：

> 陈思王《美人篇》云："珊瑚间木难"，"求贤良独难"。此篇两用"难"字为韵。谢康乐《述祖德》诗云："展季救鲁人"，"励志故绝人"。此亦两用"人"字为韵。魏晋古意犹存，而不泥声韵。沈隐侯《白马篇》云："停镳过上兰"，"轻举出楼兰"。《缓声歌》云："瑶轸信凌空"，"羽辔已腾空"。此二篇亦两用"兰"字、"空"字为韵。夫隐侯始定声韵，为诗家楷式，何乃自重其韵，使人借为口实？所谓"萧何造律，而自犯之"也。②

古诗一韵两用的现象在汉魏六朝时期十分常见，对这种"不泥声韵""重韵"现象，谢榛表示理解。但对于声韵的制定者沈约，谢榛认为其应严格以声韵规范进行诗歌创作。其实将"重韵"作为诗病，主要针对近体诗而言，不仅是沈约之诗，包括随后的唐诗中也偶尔出现"重韵"现象，这一点并不妨碍诗歌的审美。而在谢榛看来，诗人创作不能忽视声律，他说："先声律而后义意，用之中的，尤见精工。……作者审而用之，勿专于义意而忽于声律也。"③ 谢榛之所以对沈约提出严厉批评，主要在于沈约作为声韵制定者却不能严格地遵守规则，这种做法是谢榛所不推崇的。

第二，谢榛还提到了六朝诗的用韵规范问题。其论述虽系统性不强，但却不乏真知灼见。《四溟诗话》卷一云：

> 古诗之韵如《三百篇》协用者，"西北有高楼，上与浮云齐"是也。如洪武韵互用者，"灼灼园中葵，朝露待日晞"是也。如沈韵拘

---

① （明）谢榛、（清）王夫之著，宛平、舒芜校点《四溟诗话　姜斋诗话》，人民文学出版社，1961，第72页。
② （明）谢榛、（清）王夫之著，宛平、舒芜校点《四溟诗话　姜斋诗话》，人民文学出版社，1961，第31页。
③ （明）谢榛、（清）王夫之著，宛平、舒芜校点《四溟诗话　姜斋诗话》，人民文学出版社，1961，第95页。

用者，"有鸟西南飞，熠熠似苍鹰"是也。汉人用韵参差，沈约《类谱》，始为严整。……邹国忠曰："不用沈韵，岂得谓之唐诗。"古诗自有所叶，如"靡室靡家，狎狁之故"。①

　　潘岳《永逝文》曰："子之承亲，孝齐闵参；子之友悌，和如瑟琴。事君直道，与朋信心。虽实唱高，犹赏尔音。弱冠厉翼，羽仪初升。公弓既招，皇舆乃征。内赞两宫，外宰黎蒸。忠节允著，清风载兴。"此岳文中用韵已严，岂独沈约定之也。②

　　江淹拟刘琨，用韵整齐，造语沉着，不如越石吐出心肺。③

谢榛对中古诗歌韵式变迁的探讨比前人更为深入。汉魏六朝诗歌，用韵较为宽泛。古体韵式的使用与诗歌体制有很大关系，谢榛认为"汉人用韵参差，沈约《类谱》，始为严整"。谢榛认为潘岳之诗联仗精工，平仄和谐，符合声律规律，但当时声律学未兴，故潘岳诗用韵严整的开创价值未受重视。谢榛重新定位了潘岳诗的价值，认为其用韵规范早于沈约。谢榛虽提倡韵律严整，但更注重诗歌之情，在因情立文的作诗原则下，他认为江淹模拟刘琨，用韵虽然整齐，但不如后者情真意切。六朝诗不乏雕琢之作，其精工之妙固然可赞，但因文造情的做法，谢榛认为并不可取。

　　此外，谢榛还将六朝诗的用韵情况置于整个诗韵的发展过程中进行观照，如《四溟诗话》卷四言：

　　诗自苏李五言暨《十九首》，格古调高，句平意远，不尚难字，而自然过人矣。诗用难韵，起自六朝，若庾开府"长代手中洽"……从

---

① （明）谢榛、（清）王夫之著，宛平、舒芜校点《四溟诗话　姜斋诗话》，人民文学出版社，1961，第9页。
② （明）谢榛、（清）王夫之著，宛平、舒芜校点《四溟诗话　姜斋诗话》，人民文学出版社，1961，第103页。
③ （明）谢榛、（清）王夫之著，宛平、舒芜校点《四溟诗话　姜斋诗话》，人民文学出版社，1961，第11页。

此流于艰涩。①

南朝齐梁以来，文人的声律意识明显提高，再加上沈约"四声八病"说的影响，诗人对声律的重视程度日深，因而有不少诗人在诗作中基于对声韵的揣摩而逞奇炫能，故庾信诗中出现的"难韵""险韵"与六朝以来声律强化的氛围有很大关系。相对于苏武、李陵之五言诗的平易质朴而言，六朝诗过于讲究声韵技巧，难免会显得艰涩难懂。谢榛认为诗歌不宜选取险韵，一则他觉得将其作为炫技的资本不值得称道，二则他担忧诗歌会因拘于险韵而丧失自然之美。因此，谢榛主张保留诗歌的自然浑成而摒弃刻意雕琢，以庾信、沈约二人之诗为代表，他对六朝时期所开创的精心琢刻的文风提出批评。

谢榛一方面对六朝诗开创的用险韵的风气提出批驳，另一方面又看到六朝诗在诗歌韵史上的贡献，《四溟诗话》卷二云：

《类文见》曰："梁武帝同王筠和太子《忏悔诗》，始为押韵。"晚唐多效之，迨宋人尤甚。本朝刘廷萱《咏梅花》自押真韵百篇，何其多也！②

他之所以能发现梁武帝及王筠诗歌中的押韵手法对后世诗歌的影响，跟他长期专于声律研究密不可分。

---

① （明）谢榛、（清）王夫之著，宛平、舒芜校点《四溟诗话 姜斋诗话》，人民文学出版社，1961，第99~100页。
② （明）谢榛、（清）王夫之著，宛平、舒芜校点《四溟诗话 姜斋诗话》，人民文学出版社，1961，第36页。

第三章

王世贞的汉魏诗学观

王世贞（1526~1590），字元美，号凤洲、弇州山人，南直隶苏州府太仓州（今江苏省太仓市）人，明嘉靖二十六年（1547）进士，官至南京刑部尚书，主盟文场二十年，为明代复古文学团体后七子的代表人物。汉魏诗学观是王世贞复古诗论的核心与主体，对其进行研究不仅可以在宏观层面了解整个明代汉魏诗学观的发展脉络，更可以在微观层面洞悉王世贞对汉魏诗歌的接受与批评情况。

第一节 王世贞汉魏诗歌辨体论

"辨体"不仅是一种文学批评方式，更是古典文学研究方法论的重要组成部分。王瑶认为："中国的文学批评，从他的开始起，主要即是沿着两条线发展的——论作者和论文体。一直到后来的诗文评或评点本的集子，也还是这样；一面是'读其文不知其人可乎'的以作者为中心的评语，一面是'体有万殊'而'能之者偏'的各种文体体性风格的辨析。一切的观点和理论，都是通过这两方面来表现或暗示的。"[①] "体有万殊"，唯有"辨"才能知源流正变；"能之者偏"，唯有"辨"才能明前人所擅：这样知人论世与辨析体格自然密不可分。可知辨体从一开始就具有梳理文学史的意味，而辨体者对文学史的梳理是为了能更明确地展现自己的诗文观念以解决现实问题。明代去古已远，文学史上不同诗体的长

---

① 王瑶：《中古文学史论》（典藏版），北京大学出版社，2014，第91页。

短、不同诗人的得失为明人辨体提供了丰厚的材料。且在复古之风炽盛的明代,"追古者未有不先其体者也"①,这种自觉意识使明代诗学著作中的辨体成分远远超过前代②。于是,"辨体"一词不再仅仅指称一种批评行为,更代表了明代诗学家的研究态度与明代文坛的诗学风尚。

"文章各体,至东汉而大备。汉魏之际,文家承其体式,故辨别文体,其说不淆。"③ 文体辨析始于汉末,在魏晋南北朝得到发展,曹丕《典论·论文》、陆机《文赋》、挚虞《文章流别论》、刘勰《文心雕龙》、钟嵘《诗品》等文学理论著作无不重视文体辨析对诗文创作的指导意义。宋代是文体辨析的成熟时期,在诗歌方面以朱熹和严羽为代表。朱熹在《答巩仲至》中说:"古今之诗,凡有三变。盖自书传所记,虞夏以来,下及魏晋,自为一等。自晋宋间颜、谢以后,下及唐初,自为一等。自沈、宋以后,定著律诗,下及今日,又为一等。然自唐初以前,其为诗者固有高下,而法犹未变。至律诗出,而后诗之与法,始皆大变,以至今日,益巧益密,而无复古人之风矣。"④ 此论明确将宋及以前的诗歌划为三等,三个等级之间并不只是客观的历时更替,还有朱熹所赋予的价值判断,而判断的标准便是各代诗歌对"古法"的继承情况,"古法"至唐为律体所取代,那么整体而言唐诗就不及古诗。稍后真德秀继承了朱熹的观念,依照朱子的辨体观编纂《文章正宗》,对律诗更是一概不采。严羽在朱熹的基础上进一步深化了对辨体重要性的认识,他除了说"汉魏晋宋齐梁之诗,其品第相去,高下悬绝"外,还说:"作诗正须辨尽诸家体制,然后不为旁门所惑。今人作诗,差入门户者,正以体制莫辨也。"⑤ 如果朱熹之论是在笼统地说"格以代降"的不可逆性,那么严羽则进一步深化了辨体行为的合理性与必要性。明人正是发扬了朱熹与严羽的辨体

---

① (明)李梦阳撰《空同集》卷五十二《徐迪功集序》,《景印文渊阁四库全书》第1262册,(台北)台湾商务印书馆,1986,第476页。
② 诗歌辨体在明代达到了高度的自觉,这不仅体现在传统的诗话中已融合大量的辨体成分,还体现在有为数不少的辨体类专著,如吴讷《文章辨体》、徐师曾《文体明辨》、宋绪《元诗体要》、李之用《诗家全体》、许学夷《诗源辨体》等。
③ 刘师培:《中国中古文学史讲义》,人民文学出版社,1957,第20页。
④ (宋)朱熹:《晦庵先生朱文公文集》卷六十四,朱杰人主编《朱子全书》第23册,上海古籍出版社、安徽教育出版社,2002,第3095页。
⑤ (宋)严羽著,郭绍虞校释《沧浪诗话校释》,人民文学出版社,1983,第252页。

观，并用更加完善的辨体理论构建他们视野下的汉魏诗学观念的。

　　汉魏诗歌作为古诗的重要源头之一，因去骚雅未远而成为明代诗论家重点观照的对象。陈斌在《明代中古诗歌接受与批评研究》一书中论述了明代诗歌辨体观的发展情况，将明代中古诗歌辨体批评划分为三个发展阶段：第一阶段为展开期，代表人物有宋濂、周叙、吴讷、李东阳，主要涉及古律之辨、五古典范及古诗源流盛衰等问题；第二阶段为推进期，代表人物为徐祯卿、谢榛、王世贞等人，在该阶段"辨体制"与"明法度"之间的关系变得更为密切，时代、家数之辨中兼及品第的倾向也十分突出；第三个阶段为成熟期，代表人物为胡应麟、许学夷等人，此阶段全面总结了前人的辨体成果，并进一步完善了源流、体制、正变的评定机制。① 王世贞作为第二阶段诗论家中的重要代表，是明代诗歌辨体发展承前启后的关键人物。下面将重点论述王世贞的汉魏诗歌辨体思想。

一　对汉魏五言古体诗歌的辨体

（一）西汉五言古诗辨体

　　李少卿三章，清和调适，怨而不怒。子卿稍似错杂，第其旨法，亦鲁、卫也。"上山采蘼芜"、"四坐且莫喧"、"悲与亲友别"、"穆穆清风至"、"橘柚垂华实"、"十五从军征"、"青青园中葵"、"鸡鸣高树颠"、"日出东南隅"、"相逢狭路间"、"昭昭素明月"、"昔有霍家奴"、"洛阳城东路"、"飞来双白鹄"、"翩翩堂前燕"、"青青河边草"、《悲歌》、《缓声》、《八变》、《艳歌》、《纨扇篇》、《白头吟》，是两汉五言神境，可与《十九首》、苏、李并驱。②

　　五言古体，肇自苏李。③

---

① 陈斌：《明代中古诗歌接受与批评研究》，上海三联书店，2009，第188页。
② （明）王世贞著，罗仲鼎校注《艺苑卮言校注》，齐鲁书社，1992，第75页。
③ （明）王世贞撰《弇州续稿》卷六十六《金母纪》，《景印文渊阁四库全书》第1282册，（台北）台湾商务印书馆，1986，第873页。

西汉诗歌由于年代过于久远，文学观念并不明确。在辨体中，王世贞特别强调了两类西汉诗歌：一是苏武、李陵的赠答体诗歌；一是乐府五言诗歌。但不论是苏、李五言，还是乐府五言，均因集体意识的融入而表现出创作个体意识的缺失，这当然是受历史条件制约的结果，但西汉五言诗歌的发展亦有其特殊的一面。

在诗歌体制上，西汉诗歌经历了由初期的骚赋体、杂言体向五言体过渡的整体发展历程。西汉政权的创建者深受楚文化的熏染，再加上《诗经》杂言体诗歌或民间杂言歌谣的影响，汉初诗歌相对而言并没有形成主体特色与创作规范。很显然，王世贞发现了这个问题，从《艺苑卮言》条目的编排顺序就可以发现其中的内在逻辑。在《艺苑卮言》卷二第十八条，王世贞论西汉诗歌时首及汉高祖的《大风歌》与汉武帝的《秋风辞》《李夫人歌》，第二十条又论及项羽的《垓下歌》。《大风歌》《秋风辞》《垓下歌》均带有明显的楚骚风貌，而《李夫人歌》则是杂言体诗歌。第二十四条到二十七条才主要论述五言诗歌，而且认为苏李赠答诗、《悲歌》《缓声》《八变》《艳歌》等乐府古辞与东汉的《古诗十九首》共同代表了汉代五言诗歌的最高成就。

由此可知王世贞所说"五言古体，肇自苏李"，这个"肇"字并不仅仅是赋予了苏李赠答诗五言古体之"源"的性质，更是说由苏、李二人所开创的五言体制确立了西汉诗歌的整体发展方向，意味着西汉诗歌在体制上的独立。但这种"独立"又离不开对先秦古诗歌谣创作模式与思维的直接继承，正如王氏所论"汉魏人诗语，有极得《三百篇》遗意者"，"得《三百篇》遗意"当包括先秦诗歌创作理念对西汉五古创作的影响。所以，西汉五言创作主体意识的缺失亦有一定的主观性，这是汉代五言古诗与七言古诗创作最明显的区别之一。

（二）东汉及曹魏五言古诗辨体

钟嵘言《行行重行行》十四首，"文温以丽，意悲而远，惊心动魄，几乎一字千金"。后并《去者日以疏》五首为十九首，为枚乘作。或以"洛中何郁郁"、"游戏宛与洛"为咏东京，"盈盈楼上女"为犯惠帝讳。按：临文不讳，如"总齐群邦"，故犯高讳，无妨。宛洛为故周都会，但"王侯多第宅"，周世王侯，不言第宅；"两宫"、"双阙"，亦似东京语。意者中间杂有枚生或张衡、蔡邕作，未可知。谈理不如《三百篇》，而微词婉旨，遂足并驾，是千古五言之祖。①

五言古，苏李其风乎，而法极黄初矣！七言畅于《燕歌》乎，而法极杜李矣！②

诗自风雅外当以古诗十九及建安三曹为准。③

第一，在苏李赠答诗与乐府古辞后，汉代五言诗歌的发展在东汉末期尤其是建安时代达到了顶峰。如果说《古诗十九首》标志着汉代五言古诗的成熟，那么以"三曹"为核心的邺下文人群体自发创作的大量文学作品则不仅将五言诗歌的艺术形式与内涵推到了一个新的高度，更代表了改朝换代之际汉代文人个体意识的增强。王世贞在论古诗时往往单独析出建安而与"东京"并列，甚至有时就以"建安"指代东汉诗歌，这种诗学见解正能说明其对建安文学独特地位的正确认识以及对"建安"作为汉魏两朝诗歌转捩点的合理把握。

第二，建安至曹魏时代是五言诗歌发展的成熟期，五言诗的体制、格调等逐渐成形，源流之辨秉承西汉而继续延伸。关于五言诗歌之源，王世贞认为苏李赠答诗、乐府古辞中的五言诗篇、《古诗十九首》以及建安五言诗俱为五言古诗之源。他说乐府古辞"是两汉五言神境，可与《十九首》、苏、李并驱"，又说古诗创作"以古诗十九及建安三曹为准"，正是从"源"的角度看待汉代五言古诗的。但是以苏李赠答诗、乐府古辞中的五言诗篇、《古诗十九首》以及建安五言诗共为五言之源会取消四者之间的差异性而造成人们认知上的误区，即模糊了四者历时的渐进过程。因

---

① （明）王世贞著，罗仲鼎校注《艺苑卮言校注》，齐鲁书社，1992，第73页。
② （明）王世贞撰《弇州四部稿》卷七十一《王氏金虎集序》，《景印文渊阁四库全书》第1280册，（台北）台湾商务印书馆，1986，第214页。
③ （明）王世贞撰《弇州续稿》卷一百六十五《古选古隶》，《景印文渊阁四库全书》第1284册，（台北）台湾商务印书馆，1986，第384页。

此，王世贞又提出了"法极"的概念，五言古诗的四"源"之间仍有一个"法"由不完备到完备的过程，"法"代表了五言之所以为五言的体制、格调、意蕴等一系列创作的"内外"要素，而"法极黄初"的论断说明建安时代（黄初紧承建安，可视为建安之余绪）不仅为五言古诗之"源"，更是五言古诗创作之"极"。

二 对汉魏七言古体诗歌的辨体

（一）西汉七言古诗辨体

> 《柏梁》为七言歌行创体，要以拙胜。"日月星辰"一句，和者不及。"宗室广大日益滋"，为宗正刘安国。"外家公主不可治"，为京兆尹。按当作内史。"三辅盗贼天下危"，为左冯翊咸宣。"盗起南山为民灾"，为右扶风李成信。其语可谓强谏矣，而不闻逆耳。郭舍人"啮妃女唇甘如饴"，淫亵无人臣礼，而亦不闻罚治，何也？若"枇杷桔栗桃李梅"，虽极可笑，而法亦有所自，盖宋玉《招魂》篇内句也。①

柏梁台诗歌联句活动是以汉武帝为中心的文学雅集，而《柏梁台诗》在王世贞看来是七言歌行之源（"创体"）。值得注意的是，七言古诗在西汉的产生，离不开诗人主体意识的介入，这一点从《柏梁台诗》每一句后所特意附注的官职名或作者名就可以看出②，王世贞甚至根据这些附注信息对当时的创作情景进行了一定的"还原"，认为右扶风李成信的诗句是"强谏"，郭舍人的诗句"淫亵无人臣礼"。总之，这种"作者意识"在张衡的《四愁诗》、曹丕的《燕歌行》中得到了进一步发扬，从而使七言古体诗在产生之初就具有文人个性化创作的特点。

另外，"《柏梁》为七言歌行创体，要以拙胜"，"拙"与"巧"相对，说明王世贞不仅发现了七言歌行之源，而且阐明了七言歌行的原始风

---

① （明）王世贞著，罗仲鼎校注《艺苑卮言校注》，齐鲁书社，1992，第70~71页。
② 王晖：《柏梁台诗真伪考辨》，《文学遗产》2006年第1期。

格，即不见雕琢，自然成文的"朴拙"。他认为《柏梁台诗》中某些句子"法亦有所自，盖宋玉《招魂》篇内句也"，说明《柏梁台诗》虽为七言歌行的创体，但其对楚骚的继承却是明显的，于是源流之辨便呈现出一定的相对性，即《柏梁台诗》在七言古体中有"源"的地位，但从它与楚骚的关系来看，其又成为楚骚之"流"与"变"。

（二）东汉及曹魏七言古诗辨体

  平子《四愁》，千古绝唱。傅玄拟之，致不足言，大是笑资耳。玄又有《日出东南隅》一篇，汰去精英，窃其常语。①

  五言古，苏李其风乎，而法极黄初矣！七言畅于《燕歌》乎，而法极杜李矣！②

第一，王世贞通过对张衡《四愁诗》与傅玄拟作的对比分析，表达了他对"正变"的理解。源流之分是对诗歌的发展过程做"史"的客观梳理，主要涉及诗歌的体制；正变之别则是对"源流"做相对主观的价值评判，主要涉及诗歌的格调。陈伯海先生说："'正变'论诗的要义在于以'正'为源，以'变'为流；同时即是以'正'为盛，以'变'为衰。源流、盛衰、正变各各相当，是'正变'说的宗旨所在。"③ 的确，王世贞以"千古绝唱"评价张衡的《四愁诗》，而对傅玄的拟作则很不认可，认为其"大是笑资"，这就暗示了王世贞以《四愁诗》为正，以傅玄拟作为变的态度。但陈伯海先生所言只是笼统的说法，不可拘泥，诗歌流变的过程十分复杂，各种文体之间、诗体之间以及某种诗体内部都有相对独立的流变体系，不可一概而论，应做具体之观。如上述李、杜七言歌行在唐代为"正"，如若将其放在七言歌行流变史中，特别是与汉魏七言古诗做对照，则其又为"变"。正如何景明所言："乃知子美辞固沉著，而

---

① （明）王世贞著，罗仲鼎校注《艺苑卮言校注》，齐鲁书社，1992，第118页。
② （明）王世贞撰《弇州四部稿》卷七十一《王氏金虎集序》，《景印文渊阁四库全书》第1280册，（台北）台湾商务印书馆，1986，第214页。
③ 陈伯海：《释"诗体正变"——中国诗学之诗史观》，《社会科学》2006年第4期。

调失流转，虽成一家语，实则诗歌之变体也。"①

第二，王世贞认为"《柏梁》为七言歌行创体"，但又说"七言畅于《燕歌》乎，而法极杜李矣"。这里就存在一个问题：王世贞勾勒出一个七言歌行发展的大致过程，即《柏梁台诗》（"创"）至曹丕《燕歌行》（"畅"）再至杜甫、李白的七言歌行（"极"），那么按照王氏五言古诗"四源"说推演，是否亦可以将《柏梁台诗》、《燕歌行》及杜甫和李白的七言歌行视为七言古诗发展的"三源"呢？这当然是不对的，因为五言古诗的发展集中在汉魏，在时间上衔接得较为紧密，虽然有"法"的变化，但在体制上仍属于古诗范畴；而七言歌行作为七言诗歌的重要组成部分，其发展的时间跨度很长（由西汉至魏再至盛唐），最重要的是律体的出现使古诗发生了重大改变，在时代环境的浸染下，古体诗歌创作也不自觉地被"律化"。再者，王世贞对杜甫、李白七言古诗"极"的判断，正是在"古""律"之辨的前提下，把握到了李、杜二人较好地融合了"古""律"之长，从而将七言歌行体的艺术特质发挥到了极致，即他所谓"其发也，如千钧之弩，一举透革。纵之则文漪落霞，舒卷绚烂。一入促节，则凄风急雨，窈冥变幻。转折顿挫，如天骥下坂，明珠走盘。收之则如柝声一击，万骑忽敛，寂然无声"②，这个"极"便不能与五言古诗之"极"等同观之。因此，李攀龙"唐无古诗，而有其古诗"的论断经过王世贞的阐述则有了较好的解释，即七言古诗的发展应以"律"为节点分为两个部分，以汉魏七古为源，以盛唐七古为流；以《柏梁台诗》《燕歌行》为汉魏七言歌行之正，以杜甫、李白七言歌行为唐代七言歌行之正。

三　对汉魏其他诗歌体制的辨体

（一）四言古诗辨体

四言诗须本《风》、《雅》，间及韦、曹，然勿相杂也。③

---

① （明）何景明撰《大复集》卷十四《明月篇序》，《景印文渊阁四库全书》第1267册，（台北）台湾商务印书馆，1986，第123页。
② （明）王世贞著，罗仲鼎校注《艺苑卮言校注》，齐鲁书社，1992，第26页。
③ （明）王世贞著，罗仲鼎校注《艺苑卮言校注》，齐鲁书社，1992，第22页。

韦孟、玄成《雅、颂》之后，不失前规，繁而能整，故未易及。①

　　魏武帝乐府："东临碣石，以观沧海。水何淡淡，山岛竦峙。秋风萧瑟，洪涛涌起。日月之行，若出其中；星汉灿烂，若出其里。"其辞亦有本。相如《上林》云："视之无端，察之无涯。日出东沼，月生西陂。"马融《广成》云："天地虹洞，因无端涯。大明出东，月生西陂。"扬雄《羽猎》云："出入日月，天与地沓。"然觉扬语奇，武帝语壮。②

　　四言，则《国风》而后绝矣。③

在对四言古诗进行辨体的过程中王世贞的论调表现出了极强的复古主义色彩。他认为四言古体诗歌的创作传统在《诗经》之后便断绝了，虽然间或有一二可述者，但在王氏看来都不过是在"变"中小有成绩者。具体说来这种"变之善"者有两家。

其一，以韦孟与韦玄成为代表，二人四言诗的可贵之处在于在形式上较好地再现了《雅》《颂》的风貌，即"不失前规，繁而能整"，虽然只是形似但却不可小觑，因为其"未易及"，非熟谙"三百篇"者则不能达此境。这表现出王世贞作为复古风气的倡导者对创作法度的重视。

其二，魏武帝的四言古诗则主要从风格和内容上把握到了《诗经》的比兴内涵，从而表现出"古直悲凉"的审美观感。这说明王世贞在重视四言古诗体制形式的同时，亦十分看中《诗经》作为四言古诗"源"与"正"的审美意蕴，魏武帝的四言古诗在形貌上不一定与《诗经》相似，但却较好地展现了四言古体的体制本色。因此，"武帝语壮"虽是四言之变，但这种"变"却并没有斩断与《诗经》的联系。

---

① （明）王世贞著，罗仲鼎校注《艺苑卮言校注》，齐鲁书社，1992，第72页。
② （明）王世贞著，罗仲鼎校注《艺苑卮言校注》，齐鲁书社，1992，第110~111页。
③ （明）王世贞撰《弇州续稿》卷五十五《梅季豹居诸集序》，《景印文渊阁四库全书》第1282册，（台北）台湾商务印书馆，1986，第728页。

因此，王氏说"四言诗须本《风》、《雅》，间及韦、曹，然勿相杂也"，"本《风》、《雅》"是王世贞对"第一义之悟"的追求，"间及韦、曹"指明了实现这种理想的必由之路，"勿相杂"则是说要分清"韦、曹"二家四言古体诗歌创作的各自所专，以便有针对性地去学。由此可见，王世贞的辨体论与现实拟习创作密不可分。

另外，在言及曹操四言古体诗歌时，王世贞还指明了其与司马相如、马融、扬雄等人赋作的关系，即发现了《观沧海》中的诗句本诸人赋作之处。这说明王世贞对诗歌体制的辨判并没有拘囿在同一文学体制之中，而是注意到了不同文体之间的联系。

（二）骚赋体诗歌辨体

《大风》三言，气笼宇宙，张千古帝王赤帜，高帝哉？汉武故是词人，《秋风》一章，几于《九歌》矣。《思李夫人赋》，长卿下，子云上。"是耶非耶"三言精绝。《落叶哀蝉》，疑是赝作。"幽兰秀箨"，的为传语。①

《垓下歌》正不必以"虞兮"为嫌，悲壮呜咽，与《大风》各自描写帝王兴衰气象。千载而下，惟曹公"山不厌高"，"老骥伏枥"，司马仲达"天地开辟，日月重光"语，差可嗣响。②

第一，楚骚在审美内涵上本就表现出极强的抒情性与浪漫色彩，而作为楚骚直接之"流"的骚体诗歌从体制上看则是西汉文人对楚骚进一步诗化后的产物，它继承并深化了楚骚的抒情特性。王世贞认为《大风歌》"气笼宇宙，张千古帝王赤帜"，实际上是说骚体诗歌的这种抒情性与体制特征满足了刘邦强烈情感表达的需要，体制作为一种载体较好地容纳了创作主体的精神。他又认为刘彻的《秋风辞》"几于《九歌》"，说明他洞察到了《秋风辞》与《九歌》在内在情感上的某些相通之处，但"几

---

① （明）王世贞著，罗仲鼎校注《艺苑卮言校注》，齐鲁书社，1992，第69页。
② （明）王世贞著，罗仲鼎校注《艺苑卮言校注》，齐鲁书社，1992，第70页。

于"并非等于,则又含有体制上的考量。

第二,从诗歌流变的角度来说,骚赋体诗歌是西汉诗歌在探索自身发展模式过程中所出现的诗歌变体,一旦五言古诗的主流地位得到确立,随着时间的推移,骚赋体诗歌便会在文学风尚的变化中失去审美价值与体制生命力。但王世贞却从风格论的角度出发,为不同体制之间的联系找出了一定的合理依据:曹操与司马懿的四言古诗创作之所以是《垓下歌》与《大风歌》的嗣响,就在于诸诗内在风力与格调上的相似性,即"各自描写帝王兴衰气象"。这种诗歌内部审美内涵与外部形式体制相配合的"源流正变"观,是王氏辨体论的重要内容之一。

四 王世贞汉魏诗歌辨体论的价值

首先,王世贞指出了诗之"源"并非先验的存在,其从酝酿到成熟必然经过不断吸收与融合的过程。这种吸收与融合不仅来自同体文学作品(如诗与诗)之间,甚至不同文体的文学作品(如诗与赋、诗与文)之间亦有贯通的可能,而在"文"之概念不甚明确的汉代,这种现象尤为常见。如王世贞认为魏武帝的《观沧海》就融合了司马相如、马融与扬雄等人的赋作。稍后的胡应麟吸收了王氏的论调,更是直接认为:"'青青河畔草',断而续,近而远,五言之骚也;'昔有霍家奴',整而条,丽而典,五言之赋也;'孔雀东南飞',质而不俚,详而有体,五言之史也。"[1] 此论正是抓住了汉代广义之"文"的混同性,进而从体制和风格入手,构建汉代诗歌与"骚""赋""史"等文体的联系。

其次,王世贞发现每种诗体内部各有其源流,但各诗体之间的递进(如由四言到五言、七言,由古体到律体)本身就是一个流变的过程。许学夷在《诗源辩体》中说:"《三百篇》始,流而为汉魏。《国风》流而为汉《十九首》、苏李、魏三祖、七子之五言。《雅》流而为汉韦孟、韦玄成、魏曹植、王粲之四言。《颂》流而为汉《安世房中》、武帝《郊祀》、魏王粲《太庙颂》、《俞儿舞》之杂言。"[2] 这是站在整个诗歌流变

---

[1] (明)胡应麟撰《诗薮》,上海古籍出版社,1979,第34页。
[2] (明)许学夷著,杜维沫校点《诗源辩体》,人民文学出版社,1987,第44页。

史的角度，认为《诗经》为华夏诗歌之源，汉魏诗歌各承《国风》《雅》《颂》之特征而分化发展。王世贞当然不可能如许学夷这般精细地剖析诗体流变，但他已经意识到这个问题。如他说"子桓小藻，自是乐府本色"，认为曹丕的五言诗歌承接西汉乐府而来，可作为乐府之"流"；说甄宓《塘上行》"《左传》逸诗已先道"①，认为其可作为先秦逸诗之流；说"陈思王《赠白马王彪》诗，全法《大雅·文王之什》体"②，认为曹植《赠白马王彪》五言诗法《大雅》中的四言，可视为《大雅》之流。

最后，王世贞认为诗歌的源流正变是相对的，而非绝对的，应将诗歌的体制问题纳入具体的时代环境中进行分析。在探讨七言歌行体制时，王世贞就以"律"为节点把七古的发展历程一分为二，将汉魏七古视为"正"，将盛唐七古视为"变"。但当具体到唐代七古流变过程时，王氏又认为以李、杜七言歌行为代表的盛唐七古成为此阶段七言古体之"正"。这种认识在一定程度上弱化了"正变"观的价值评判色彩，从确认"变"的合理性出发，极大地提高了新体诗歌在文学发展史中的地位。王氏比一般文学复古者高明之处，亦可在此略窥一二。

第二节 王世贞汉魏诗歌作家作品论

王世贞对汉魏诗歌的基本认识仍旧不出复古派"上访汉魏，古意犹存"的共识。他在《艺苑卮言》中说："汉魏人诗语，有极得《三百篇》遗意者，漫记于后：'非唯雨之，又润泽之，非唯遍之，我泛布濩之。'……此二《雅》、《周颂》和平之流韵也。'莘莘紫芝，可以疗饥。'……此《国风》清婉之微旨也。'灵之来，神哉沛，先以雨，般裔裔。'……此秦、齐变风奇峭之遗烈也。"③ 可见，王世贞认为汉魏诗歌总体上继承了《诗经》的旨韵，是"诗三百"的流变，他进而又用摘句的方式，通过列举具体的诗句来说明汉魏诗歌的承袭情况。关于汉魏诗歌的

---

① （明）王世贞著，罗仲鼎校注《艺苑卮言校注》，齐鲁书社，1992，第113页。
② （明）王世贞著，罗仲鼎校注《艺苑卮言校注》，齐鲁书社，1992，第114页。
③ （明）王世贞著，罗仲鼎校注《艺苑卮言校注》，齐鲁书社，1992，第64~65页。

整体风格，王世贞认为苏、李杂诗十二首"浑朴可咏"①；在与胡应麟的信中说"西京未雕之质"②；在《陶氏五隐传》中又说："诗自东京、《十九首》已还，建安、三曹，浑浑有气，潘、陆因之，渐成雕靡。"③ 说明汉魏诗歌质朴浑厚的整体风貌与六朝诗歌的雕靡形成鲜明的对照。那么，王世贞对汉魏诗人及诗作的具体评判情况又是如何呢？

通过对《艺苑卮言》进行考察，可知王世贞对汉魏文学的评述不仅涉及"赋""诗""文"三种文体，而且对三种文体的代表性文学家与作品均有一定的阐发。现对其汉魏诗歌部分进行整理（见表3-1）。

表 3-1 《艺苑卮言》对汉魏诗人的考察情况

时代		代表作者	代表作品
西汉（西京）		汉高祖、汉武帝、苏武、李陵、韦孟、韦玄成	《大风歌》、《秋风辞》、《柏梁台诗》、《李少卿三章》（《与苏武诗》三首）、苏李杂诗、《悲歌》、《缦声》、《八变》、《艳歌》、《纨扇篇》、《白头吟》
东汉（东京）		班姬、张衡	《古诗十九首》《孔雀东南飞》《捣素赋》《四愁诗》
	建安	曹操、曹丕、曹植、刘桢、王粲、甄宓	《短歌行》、《赠白马王彪》、《明月照高楼》、《杂诗》六首、《西北有浮云》、《燕歌行》、《杂诗》二首、《塘上行》
曹魏		阮籍	《咏怀》

资料来源：王世贞汉魏诗歌作家作品论主要集中在《艺苑卮言》的前三卷，即《弇州四部稿》卷一百四十四至卷一百四十六，详见《景印文渊阁四库全书》第1281册，（台北）台湾商务印书馆，1986，第341~378页。

表3-1表明王世贞将建安诗歌单独析出，从而使汉魏诗歌总体上呈现出西汉、东汉、建安、曹魏四个发展阶段，那么接下来笔者就以这四个发展阶段为顺序，综合王世贞的相关论述，重点考察表3-1中所涉及的对象。

① （明）王世贞著，罗仲鼎校注《艺苑卮言校注》，齐鲁书社，1992，第80页。
② （明）王世贞撰《弇州续稿》卷二百零六《答胡元瑞》其七，《景印文渊阁四库全书》第1284册，（台北）台湾商务印书馆，1986，第896页。
③ （明）王世贞撰《弇州续稿》卷七十七《陶氏五隐传》，《景印文渊阁四库全书》第1283册，（台北）台湾商务印书馆，1986，第136页。

一　论西汉诗人及作品

班固在《两都赋序》中说："大汉初定，日不暇给。至于武、宣之世，乃崇礼官，考文章，内设金马石渠之署，外兴乐府协律之事，以兴废继绝，润色鸿业。"① 既然"润色鸿业"是西汉文学的重要出发点之一，那么西汉诗人就多少会与政治产生一定的联系。通过对汉魏诗歌辨体论的研究可知，王世贞认为西汉时期诗歌创作群体主要可分为四类：其一，以汉高祖、汉武帝为代表的帝王创作群体；其二，柏梁台诗人群体；其三，以苏武、李陵为代表的文人五言诗创作群体；其四，乐府作家群。对四者进行分析可以发现：帝王创作群体不用说，柏梁台诗歌联句活动本身就是以武帝为中心的文学雅集，苏、李赠答诗所表现出的文化含义脱胎于政治事件（抛开《柏梁台诗》与苏、李诗的真伪性不谈），而含有大量民间或下层文人诗作的乐府古辞亦是凭借"乐府"这一政权机构的职能才能得到较好的整理与保存。这种划分与王世贞"吾尝读东西京事，诸吏士负一艺挟一行以待上之知"② 之类的时代认知有暗合之处。这说明王世贞对西汉文学的依附地位有较为明确的认识。但王世贞并没有将西汉诗人诗作的研究局限于时代环境的考察，而是本着知人论世的态度，在把握西汉文学主流意识形态的同时，也致力于揭示西汉诗歌的艺术规律。

西汉诗歌如同当时的其他文学形式一样表现出较强的附属性，因此大部分诗歌创作活动处于自发状态，主体的能动作用尚未得到充分的发挥。再加上年代久远，明代尚存的西汉文学文献如吉光片羽，这使得明人很难深入地研究某一位西汉诗人的具体创作情况。王世贞将西汉诗歌创作主体分为四类，大体上符合西汉诗歌的发展实际，但进一步分析，其实柏梁台诗歌创作亦是帝王文艺活动的附庸，是君主文学观念的间接体现。所以，"四分"实际上也可以简化为"三分"：（一）帝王及柏梁台诗歌创作；（二）以苏、李赠答诗为代表的文人五言诗创作；（三）乐府诗歌。那么

---

① （东汉）班固：《两都赋》，（南朝梁）萧统编，（唐）李善注《文选》卷一，上海古籍出版社，1986，第2页。
② （明）王世贞撰《弇州四部稿》卷六十一《大学顾君时雍伉俪偕六十叙》，《景印文渊阁四库全书》第1280册，（台北）台湾商务印书馆，1986，第82页。

就不妨以这三类为研究的切入点来探讨王世贞对西汉诗人及诗作的观照情况。

(一) 汉初帝王及柏梁台诗歌创作

《艺苑卮言》中云："《大风》三言，气笼宇宙，张千古帝王赤帜，高帝哉？汉武故是词人，《秋风》一章，几于《九歌》矣。《思李夫人赋》，长卿下，子云上。"① 王氏高度评价了汉高祖与汉武帝的文学创作，认为一者"张千古帝王赤帜"，一者"几于《九歌》"。这种评价表现出王氏两种截然不同的批评原则与态度。

第一，所谓"张千古帝王赤帜"的评价并非从《大风歌》的艺术成就着眼，这其实反映了中国古代诗评对刘邦诗作的一般态度。宋人葛立方曾言："高祖《大风》之歌，虽止于二十三字，而志气慷慨，规模宏远，凛凛乎已有四百年基业之气。"② 陈岩肖亦说："汉高帝《大风歌》，不事华藻，而气概远大，真英主也。"③ 可见，人们往往易将着眼点聚焦在刘邦一代创业之主的独特身份上，所谓"气笼宇宙""规模宏远""气概远大"等文学性赞扬总是基于对其帝王身份的尊崇。刘邦独特的人生经历必然使他产生异乎寻常的生命体悟，若再受某种特定情景的触发，便较容易创作出《大风歌》这样的优秀诗篇来。但是，一位有优秀文学作品传世的帝王，若对"文"一窍不通，也就几乎不可能有"创作"行为的产生。王世贞的这种认识并非偶然，他在评价明太祖诗歌时说："高皇帝神武天授，生目不知书，既下集庆，始厌马上。长歌短篇，操笔辄韵，有魏武乐府风。制词质古，一洗骈偶之习。"④ 汉高祖、魏武帝、明太祖等在传统诗文评判语境中被传奇化为文才天授的神人，那么刘邦、曹操、朱元璋一类人的身份在传统文学定位中首先就会是"帝王"而非"作者"。王世贞显然没有超出这种"集体认同"所设定的阐释模式，因而也就难以提出对刘邦"作者"一面的更多解释。

---

① （明）王世贞著，罗仲鼎校注《艺苑卮言校注》，齐鲁书社，1992，第69页。
② （宋）葛立方：《韵语阳秋》，吴文治主编《宋诗话全编》，江苏古籍出版社，1998，第8340页。
③ （宋）陈岩肖：《庚溪诗话》，吴文治主编《宋诗话全编》，江苏古籍出版社，1998，第2789页。
④ （明）王世贞著，罗仲鼎校注《艺苑卮言校注》，齐鲁书社，1992，第230页。

第二，对汉武帝文学作品的评价则表现出明显的不同。王世贞认为："自三代而后，人主文章之美，无过于汉武帝、魏文帝者。"① 并将刘彻的诗作与其他文学作品进行对比，说《秋风》"几于《九歌》"，《李夫人歌》稍劣于司马相如的赋作而又在扬雄之上。这种观念已近乎纯然的艺术分析，而模糊了刘彻的政治身份，显得比"礼成侍从陪游盛，情极君王感物悲"② 之类的体认更符合文学审美的本质。元鼎四年（前113），汉武帝"行幸河东，祠后土，顾视帝京欣然，中流与群臣饮燕，上欢甚，乃自作《秋风辞》"③，是篇比兴并用，情景交融，于歌舞盛宴中发游乐之感、岁月之悲，被胡应麟称为"百代情致之宗"④。王世贞则从形式与内容两方面着眼肯定了《秋风辞》对《楚辞》的继承：形式上，汉代早期诗歌仍带有浓厚的骚体色彩；内容上，《秋风辞》的"悲秋"意识明显承接了《楚辞》中"悲哉！秋之为气也。萧瑟兮，草木摇落而变衰"⑤的审美意识。《秋风辞》所展现出的比兴寄托可以说是楚骚精神的汉初再现，所以王世贞说此诗近于《九歌》。清人沈德潜说《秋风辞》为"《离骚》遗响"⑥，便是对王世贞这种观念的继承。

关于柏梁台诗歌联句活动的真伪性，明清时期多有争论，顾炎武从官制考证入手，认为《柏梁台诗》中所涉及的官名均与汉代历史事实不符，从而断定"盖是后人拟作，剽取武帝以来官名及《梁孝王世家》乘舆驷马之事以合之，而不悟时代之乖舛也"⑦。此论影响颇大，赞同之人甚多。然而王世贞显然没有从真伪性的角度出发去考证《柏梁台诗》，或者说他根本没有这种意识。但这丝毫不影响王氏对该诗进行评判，他指出："'日月星辰'一句，和者不及。'宗室广大日益滋'，为宗正刘安国。'外家公主不可治'，为京兆尹。按当作内史。'三辅盗贼

---

① （明）王世贞著，罗仲鼎校注《艺苑卮言校注》，齐鲁书社，1992，第365页。
② （清）王士禛：《渔洋诗话》卷下，丁福保辑《清诗话》，上海古籍出版社，2015，第215页。
③ （西汉）刘彻：《秋风辞并序》，（南朝梁）萧统编，（唐）李善注《文选》卷四十五，上海古籍出版社，1986，第2025页。
④ （明）胡应麟撰《诗薮》，上海古籍出版社，1979，第49页。
⑤ （宋）洪兴祖撰，白化文等点校《楚辞补注》，中华书局，1983，第182页。
⑥ （清）沈德潜选《古诗源》，中华书局，1963，第40页。
⑦ （清）顾炎武著，陈垣校注《日知录校注》，安徽大学出版社，2007，第1161~1162页。

天下危'，为左冯翊咸宣。'盗起南山为民灾'，为右扶风李成信。其语可谓强谏矣，而不闻逆耳。郭舍人'啮妃女唇甘如饴'，淫亵无人臣礼，而亦不闻罚治，何也？若'枇杷桔栗桃李梅'，虽极可笑，而法亦有所自，盖宋玉《招魂》篇内句也。"① 这种论述一方面着眼于柏梁台诗歌创作的特殊性，即以帝王为主导的诗歌联句活动所应有的原始语境；另一方面又发掘该作品的"诗"体本质，以辨体、源流、法度等为评价标尺，多方面分析《柏梁台诗》的艺术性。王世贞的批评态度在某种程度上体现了历史与逻辑的统一。

（二）以苏、李赠答诗为代表的文人五言诗创作

早在南朝刘宋时期，颜延之在《庭诰》中就指出："李陵众作，总杂不类，元是假托，非尽陵制。至其善篇，有足悲者。"② 针对这种观念，杨慎在《升庵诗话》中说："以此考之，其来古矣。即使假托，亦是东汉及魏人张衡、曹植之流始能之耳。"③ 王世贞紧承杨慎的观点，认为："虽总杂寡绪，而浑朴可咏，固不必二君手笔，要亦非晋人所能办也。"④ 由于年代久远，详情难考，王世贞采取了比较开放的态度，认为即便所谓的"赠答诗"是后人托名所作，其创作年代也不会晚于三国时期。而在《艺苑卮言》的具体论述中，王氏又暂且以苏、李本事为依据，将"赠答诗"归入西汉，并认为证伪的依据不充足且证伪亦没有必要："子瞻乃为（谓）李陵三章亦为伪作，此儿童之见。夫工出意表，意寓法外，令曹氏父子犹尚难之，况他人乎！"⑤ 这就是说对苏、李赠答诗的赏析不在于辨明作者、考证年代，而在于发扬其古体的典范意义。即所谓"五言古体，肇自苏李"⑥。

作为五古典范的苏、李诗不仅具有辨体意义，更具有影响深远的文学史意义。正如《诗品》所言："逮汉李陵，始著五言之目矣。'古诗'

---

① （明）王世贞著，罗仲鼎校注《艺苑卮言校注》，齐鲁书社，1992，第71页。
② （宋）李昉等撰《太平御览》卷五八六引颜延之《庭诰》，中华书局，1960，第2640页。
③ （明）杨慎撰，王大厚笺证《升庵诗话新笺证》，中华书局，2008，第48页。
④ （明）王世贞著，罗仲鼎校注《艺苑卮言校注》，齐鲁书社，1992，第80页。
⑤ （明）王世贞著，罗仲鼎校注《艺苑卮言校注》，齐鲁书社，1992，第90页。
⑥ （明）王世贞撰《弇州续稿》卷六十六《金母纪》，《景印文渊阁四库全书》第1282册，（台北）台湾商务印书馆，1986，第873页。

眇邈，人世难详。推其文体，固是炎汉之制，非衰周之倡也。"① 在世代文学观念的积累下，可以说到了王世贞所处的明代，苏、李诗的诗学象征意义已远远大于其实际意义，这种符号化文学现象背后所蕴含的诗学理念就是崇尚"不假悟"且"清和调适"的诗歌风貌。不同于润色或改造乐府诗，这种创作态度所构造的模式开启了文人五言诗歌创作的另一种局面。因此，苏、李二人在王世贞看来代表的是西汉早期五言诗创作的文人整体。

与苏、李诗作品的模糊性相比，西汉另一部分文人诗歌创作情况则显得较为明晰，王世贞在《艺苑卮言》中特别提到了韦孟与韦玄成的诗歌作品。韦孟为汉初楚王傅，后因楚王刘戊图谋作乱，遂作《讽谏诗》以规劝。韦玄成则为西汉中期诗人，在汉元帝时曾官拜丞相，有《自劾诗》与《戒子孙诗》二首。不同于汉初的骚体诗与西汉后期渐兴的五言诗，韦孟、韦玄成二人皆以四言体制来创作诗歌。王世贞尤其看重这一点，他说："韦孟、玄成《雅、颂》之后，不失前规，繁而能整，故未易及。"② 西汉以后，四言诗歌创作日渐式微，独"二韦"能以四言为好，又能"不失前规，繁而能整"，所以他们的诗作后人亦难以拟得。韦孟、韦玄成二人在文学史上不甚出名，王氏拈出这二人与诸大家并列，虽有一定的体制史意义，但更应该注意的是"二韦"的复古举动在精神层面与明代前后七子的诗文复古相通，即均希望通过模拟的方式求得诗歌风雅比兴传统的回归。因此，"二韦"作为西汉四言诗歌体制为数不多的传承者，就格外受到王世贞的关注。

（三）乐府诗歌

乐府之兴，肇于汉魏。现存的西汉乐府如《汉郊祀歌》十九首、《汉铙歌十八曲》等多为郊祀之作，其辞古朴质厚，其意晦涩难明。对于这类诗歌，王世贞多从创作论的角度入手，提出模拟乐府的具体法则，他说："拟古乐府，如《郊祀》、《房中》，须极古雅，发以峭峻。《铙歌》

---

① （南朝梁）钟嵘著，曹旭集注《诗品集注》（增订本），上海古籍出版社，2011，第10页。
② （明）王世贞著，罗仲鼎校注《艺苑卮言校注》，齐鲁书社，1992，第72页。

诸曲，勿便可解，勿遂不可解，须斟酌浅深质文之间。汉、魏之辞，务寻古色。"① 正是在这种原则的指导下，王氏遍拟《汉郊祀歌》十九首与《汉铙歌十八曲》，不妨选一首乐府原诗与王氏拟作对比：

  上之回，所中益。夏将至，行将北，以承甘泉宫。寒暑德。游石关，望诸国。月支臣，匈奴服。令从百官疾驱驰，千秋万岁乐无极。②（《上之回》）

  上之回，至祠雍。千灵洽，百辟从。上何以幸雍，仁必世帝禧钟。西臣流沙，安息条支。都梁郁金，符拔狻猊。南荡百粤，下濑苍梧。孔翠桂蠹，明珠珊瑚。诸夏安服，奇珍咸集。降王母，假太乙。答神贶，行斋祀。金支彩眊，恍不见际。庸作歌，耀万世。③（王世贞拟《上之回》）

《上之回》题名本事为"元封四年冬，行幸雍，祠五畤。通回中道，遂北出萧关"④。王世贞拟作紧扣本事，为了表现武帝的赫赫武功稍作敷演，最后以颂词作结。这种现象说明西汉这类乐府诗所具有的特定表现模式削弱了其本身的文学性，王氏只能从探寻古典诗法的角度对"郊祀歌""铙歌"之类的乐府进行模拟把握。而王氏对这一类乐府诗歌的强调与模拟也基本集中在他的早年时期。

但另一方面王世贞又认为："《悲歌》、《缓声》、《八变》、《艳歌》、《纨扇篇》、《白头吟》，是两汉五言神境，可与《十九首》、苏、李并驱。"⑤ 也就是说真正能代表汉代乐府诗最高成就的并不是"郊祀歌"与"铙歌"这类庙堂之乐，而是《悲歌》《缓声》等乐府诗中的抒情之作。如果说前一类乐府诗还能通过模拟达到形似的话，后一类作品则具有

---

① （明）王世贞著，罗仲鼎校注《艺苑卮言校注》，齐鲁书社，1992，第23页。
② 逯钦立辑校《先秦汉魏晋南北朝诗》，中华书局，1983，第156页。
③ （明）王世贞撰《弇州四部稿》卷四，《景印文渊阁四库全书》第1279册，（台北）台湾商务印书馆，1986，第43~44页。
④ 逯钦立辑校《先秦汉魏晋南北朝诗》，中华书局，1983，第156页。
⑤ （明）王世贞著，罗仲鼎校注《艺苑卮言校注》，齐鲁书社，1992，第76页。

"神境"的属性,因此很难通过模拟而达到。如果作者能在五言古诗创作中体现出这种"神境",那么其诗作就已超越形似而达到复古的理想状态。

王世贞对汉代乐府诗歌的体认最能反映出其作家作品论与诗歌创作论相结合的特点,对汉乐府一分为二的看法体现了王世贞对两汉乐府审美规律的准确把握,亦与他在创作上追求从"有待"到"无待"的理念息息相关。

二 论东汉诗人及作品

与西汉相比,东汉诗人的独立意识明显增强,文人开始着力于五言诗的创作,而西汉所积累的诗歌创作经验,在东汉得到了很好的继承。因此,这一时期的诗歌创作与前代相比表现出三个较突出的特点:其一,诗歌数量大大增加,且五言体制居多;其二,作者与作品之间的关联得到增强,许多诗作有明确的作者;其三,创作手法与审美表现力大大提高,以至出现了《孔雀东南飞》与《古诗十九首》这样的千古名作。因此,在论及东汉诗人及诗作时,王世贞便重点观照了《孔雀东南飞》、《古诗十九首》与张衡的《四愁诗》。

(一)《孔雀东南飞》

《孔雀东南飞》作为中国文学史上可考的第一部长篇叙事诗,历来为诗论家所称道。北宋诗论家魏泰曾说:"古乐府中,《木兰诗》《焦仲卿妻》诗皆有高致。"① 是何"高致",魏氏并没有给出进一步的解释,这是中国古代印象式批评的常见表达。王世贞在《艺苑卮言》中说:"《孔雀东南飞》质而不俚,乱而能整,叙事如画,叙情若诉,长篇之圣也。"② 此论则可作为魏泰"高致"说的注脚。

所谓"质而不俚,乱而能整"是指《孔雀东南飞》作为长篇叙事诗所展现出的语言及布局等形式特征。"质而不俚"是汉魏古乐府的一般特征,即言辞质木无文、明白晓畅却又不入俚俗、不失高致,展现出的是一

---

① (宋)魏泰:《临汉隐居诗话》,吴文治主编《宋诗话全编》,江苏古籍出版社,1998,第1208页。
② (明)王世贞著,罗仲鼎校注《艺苑卮言校注》,齐鲁书社,1992,第84页。

种特定历史时期内浑然天成的语言状态。而"乱而能整"则道出了《孔雀东南飞》所独有的结构特点。所谓"乱"是指该诗情节的组织采取的是双线交替推进的形式，一条线为焦仲卿与刘兰芝的夫妻关系，另一条线为刘、焦夫妇同焦母、刘兄之间的关系，两条线相互交织，将故事情节推向高潮。这看似"乱"，其实是作者深密构思后的产物，即通过结构内部细节的呼应与穿插，配以主要人物性格的发展，以超越表象与局部的"乱"，而达到深层与全局的"整"。谢榛说："作诗繁简各有其宜，譬诸众星丽天，孤霞捧日，无不可观。若《孔雀东南飞》《南山有乌》是也。"① 其语虽妙，但繁简问题只是结构布局之一面，以此论《孔雀东南飞》尚不如"乱而能整"四字全面。唯田艺蘅"似拙而实妙"②语，差可与王氏"乱而能整"四字互看。

所谓"叙事如画，叙情若诉"，则重点聚焦于《孔雀东南飞》的内容。说该诗为长篇叙事诗，并不是说其不沾丝毫抒情的成分，只不过是叙事、抒情两者孰为主辅的问题。王氏显然是从叙事与抒情两方面着眼展现《孔雀东南飞》的高致的。"如画"是说该诗叙事生动，容易吸引读者的注意，从而引起人们的联想，但叙事诗所产生的联想不是启发性的，而是带入性的，是文本中所展现出的故事情节在读者大脑中的重现，这种重现如同一幅画轴，随着观看的进行而被缓缓展开。"若诉"是说该诗抒情委曲婉转，感人至深，仿佛有人在读者耳畔诉说自己悲惨的遭际，这种"诉说"同样具有带入性，能使读者作为旁观者以第三人称视角目睹主人公的遭遇却又无法施以援手，这就加重了整篇诗歌的悲剧色彩。如王世贞所说："古乐府'悲歌可以当泣，远望可以当归'，二语妙绝。"③ 所谓"悲歌可以当泣"也正是指在叙事与抒情的合力下《孔雀东南飞》所带给读者的真切观感。

（二）《古诗十九首》

《古诗十九首》是文人五言古诗创作成熟的标志，其因浑然天成的艺

---

① （明）谢榛、（清）王夫之著，宛平、舒芜校点《四溟诗话　姜斋诗话》，人民文学出版社，1961，第4页。
② （明）田艺蘅：《诗谈初编》，吴文治主编《明诗话全编》，江苏古籍出版社，1997，第3950页。
③ （明）王世贞著，罗仲鼎校注《艺苑卮言校注》，齐鲁书社，1992，第117页。

术风格、深邃真诚的思想情致、圆熟精练的创作技巧而为历代诗论家所推崇。如刘勰认为《古诗十九首》"结体散文，直而不野，婉转附物，怊怅切情，实五言之冠冕也"①；《诗品》评其"文温以丽，意悲而远。惊心动魄，可谓几乎一字千金"②；《诗式》中指出"《十九首》辞精义炳，婉而成章，始见作用之功，盖是汉之文体"③。与前代论者相比，王世贞为了强化《古诗十九首》"千古五言之祖"的典范地位，更喜欢从技巧形式方面入手来解析《古诗十九首》的字法和句法。

《风、雅三百》《古诗十九》，人谓无句法，非也。极自有法，无阶级可寻耳。④

"相去日以远，衣带日以缓"，"缓"字妙极。又古歌云："离家日趋远，衣带日趋缓。"岂古人亦相蹈袭耶？抑偶合也？"以"字雅，"趋"字峭，俱大有味。⑤

"东风摇百草"，"摇"字稍露峥嵘，便是句法为人所窥。"朱华冒绿池"，"冒"字更掀眼耳。"青袍似春草"，复是后世巧端。⑥

《十九首》"齐心同所愿，含意俱未申"亦大重犯，然不害为古。⑦

王世贞作为复古派领袖，追求风雅比兴古诗传统的回归是他审美的必然趋向，既然《古诗十九首》被赋予五言古诗"不祧之祖"的典范地位，

---

① （南朝梁）刘勰著，詹锳义证《文心雕龙义证》卷二，上海古籍出版社，1989，第193页。
② （南朝梁）钟嵘著，曹旭集注《诗品集注》（增订本），上海古籍出版社，2011，第91页。
③ （唐）皎然著，李壮鹰校注《诗式校注》，人民文学出版社，2003，第103~104页。
④ （明）王世贞著，罗仲鼎校注《艺苑卮言校注》，齐鲁书社，1992，第41页。
⑤ （明）王世贞著，罗仲鼎校注《艺苑卮言校注》，齐鲁书社，1992，第74页。
⑥ （明）王世贞著，罗仲鼎校注《艺苑卮言校注》，齐鲁书社，1992，第75页。
⑦ （明）王世贞著，罗仲鼎校注《艺苑卮言校注》，齐鲁书社，1992，第120页。

那么研究字法、句法以启后学之门径、张复古之声势本在情理之中，但如果仅仅着眼于研玩《古诗十九首》的形式美，或把学习模拟技巧当作《古诗十九首》价值的大部甚至全部，显然是狭隘的。虽然王世贞的本意不止于此，但《艺苑卮言》对形式要素的偏尚确实应为明代中后期诗坛剽窃抄袭之风的加剧负一定的责任。

（三）张衡的《四愁诗》

王世贞于东汉诗歌中尤其赞赏张衡的《四愁诗》，他在《艺苑卮言》中说："平子《四愁》，千古绝唱。傅玄拟之，致不足言，大是笑资耳。"① 清代沈德潜继承了王氏的观念，在《古诗源》中说："心烦纡郁、低徊情深，风骚之变格也。少陵七歌原于此，而不袭其迹，最善夺胎。""五噫四愁，如何拟得？后人拟者，画西施之貌耳。"②《四愁诗》作为一首七言古诗，带有明显的先秦诗体向七言体过渡的体制特征，如重章叠句的使用、"兮"字的使用等就显然承袭了《诗经》与《楚辞》的构造模式。但此诗除了每章首句外，其余句子与后世七言诗歌大体上相类，因此该诗在七言古体诗发展史上有十分重要的地位。在艺术内涵上，张衡也继续发扬了《诗经》《楚辞》的比兴寄托传统，借钟情美人之意，表爱国忧君之情，于情意绵绵中展现出一位孤独而执着的抒情主人公形象，这就非一般徒发苦闷、议论说教的诗歌可比。王世贞所说的"千古绝唱"正是着意于此。

王世贞在评价《四愁诗》时还提到了另一个问题，即如何看待傅玄对《四愁诗》的拟作。傅玄《拟四愁诗四首》今存，观其序言有"昔张平子作《四愁诗》，体小而俗，七言类也。聊拟而作之"③ 之语。因是出于对自己拟作的标榜，傅氏对张衡原诗的评价便显得不得要领。王世贞并没有直接指出傅玄拟诗的具体缺陷，而是说："玄又有《日出东南隅》一篇，汰去精英，窃其常语。尤有可厌者，本词'使君自有妇，罗敷自有夫'，于意已足，绰有余味。今复益以'天地正位'之语，正如低措大记旧文不全时，以己意续貂，罚饮墨水一斗可也。"可以推测拟诗的毛病大

---

① （明）王世贞著，罗仲鼎校注《艺苑卮言校注》，齐鲁书社，1992，第118页。
② （清）沈德潜选《古诗源》，中华书局，1963，第55页。
③ 逯钦立辑校《先秦汉魏晋南北朝诗》，中华书局，1983，第573页。

体亦如《日出东南隅》的"汰去精英,窃其常语",从而使诗歌余味萧然;或者也可以说傅玄的拟诗略去了比兴寄托的"风骚"传统而仅剩下张衡《四愁诗》的形貌。

王世贞对傅玄的批判具有很强的现实针对性。后七子崛起之初,前七子所标榜的汉魏格调使作者陷于盲目拟古的泥淖,诗坛模拟剽窃之弊已十分严重。清初散文大家汪琬说:"凡为文者,其始也,必求其所从入,其既也,必求其所从出。彼句剽字窃,步趋尺寸以言工者,皆能入而不能出者也。"① 那么,王世贞对傅玄的批判也就是对当时诗坛"能入而不能出者"的否定。

三 论建安与曹魏诗人及作品

"汉魏之交,文人特茂"②,建安时代是中国古代文学转变的重要时期,文人的大量出现促成了文学史上第一个文人集团"建安七子"的产生。与此同时,东汉中后期成为主流诗体的五言诗在这一阶段继续发展,并达到一个高峰。如刘勰所言:"暨建安之初,五言腾踊。文帝、陈思,纵辔以骋节;王、徐、应、刘,望路而争驱;并怜风月,狎池苑,述恩荣,叙酣宴,慷慨以任气,磊落以使才,造怀指事,不求纤密之巧;驱辞逐貌,唯取昭晰之能。"③ 五言古诗的诗艺与诗境在这一时期得到了极大的提高和拓展,并表现出一定的新变趋向。此即谢榛所说:"建安之作,率多平仄稳帖,此声律之渐;而后流于六朝,千变万化,至盛唐极矣。"④ 但由于是"声律之渐",五言诗又在总体上呈现出"辩而不华,质而不俚,风调高雅,格力遒壮"⑤ 的诗歌风貌。

王世贞在前人的基础上,从意义批评与艺术批评两方面来观照建安

---

① (清)汪琬撰《尧峰文钞》卷三十二《与梁曰缉论类稿书》,《景印文渊阁四库全书》第 1315 册,(台北)台湾商务印书馆,1986,第 537 页。
② (明)徐祯卿:《谈艺录》,(清)何文焕辑《历代诗话》,中华书局,1981,第 770 页。
③ (南朝梁)刘勰著,詹锳义证《文心雕龙义证》卷二,上海古籍出版社,1989,第 196 页。
④ (明)谢榛、(清)王夫之著,宛平、舒芜校点《四溟诗话 姜斋诗话》,人民文学出版社,1961,第 3 页。
⑤ (宋)范温:《潜溪诗眼》,吴文治主编《宋诗话全编》,江苏古籍出版社,1998,第 1245 页。

(曹魏）文学整体。从意义批评着眼，则"汉魏人诗语，有极得《三百篇》遗意者"①，即王世贞更倾向于从"复"的角度考察汉魏诗歌对风雅比兴传统的继承，这种继承是"一时之性情"与"万古之性情"的统一。从艺术批评着眼，则重点考察汉魏诗歌的艺术技巧，即通过"专习，凝领之久，神与境会，忽然而来，浑然而就。无岐级可寻，无色声可指"达到"琢磨之极，妙亦自然。"② 这样汉魏古诗就看似"非琢磨可到"，而实际上仍有"岐级可寻"。王世贞将前代关于汉魏古诗的"气象混沌"与"声律之渐"两种说法结合起来，既标举汉魏古诗的"自然"，又重视其中的"琢磨"，并且认为通过合理的"琢磨"亦能达到理想的"自然"之境。

（一）"三曹"及其五言古诗创作

曹操与其子曹丕、曹植都是建安文学之士的杰出代表，三人以天子王侯之尊招徕文学之士，并亲自从事诗歌创作，这看似有类于西汉初年汉武帝及其周围文学侍从的创作活动，但两者却有本质的区别。西汉时期，"有助政教"和"娱人性情"是诗歌辞赋创作的主要目的。比如汉宣帝就认为赋可以分为两种：一种是"与古诗同义"的"大者"，一种为"辩丽可喜"的小者。前者的价值在于"讽喻"，后者的价值在于"娱情"。③此论虽是说赋，但诗歌亦然。至建安时期，文学的独立性大大增强，不必依附于"讽喻""娱情"二端，诗歌遂成为一种作者必擅的抒情文体，而"三曹"的诗作正能反映这种转变。

王世贞总论"三曹"云："曹公莽莽，古直悲凉。子桓小藻，自是乐府本色。子建天才流丽，虽誉冠千古，而实逊父兄。何以故？材太高，辞太华。"④ 又分举"三曹"《短歌行》、《赠白马王彪》、《明月照高楼》、《杂诗》六首、《西北有浮云》、《燕歌行》等作以为典型。

以"曹公莽莽，古直悲凉""子桓小藻，自是乐府本色"语评价曹

---

① （明）王世贞著，罗仲鼎校注《艺苑卮言校注》，齐鲁书社，1992，第64页。
② （明）王世贞著，罗仲鼎校注《艺苑卮言校注》，齐鲁书社，1992，第25页。
③ （汉）班固撰，（唐）颜师古注《汉书》卷六十四，中华书局，1962，第2829页。
④ （明）王世贞著，罗仲鼎校注《艺苑卮言校注》，齐鲁书社，1992，第110页。

操、曹丕并不新鲜。钟嵘《诗品》中已有"曹公古直，甚有悲凉之句"①的评价，南宋诗论家敖陶孙亦说"魏武帝如幽燕老将，气韵沉雄"②。曹丕多用乐府旧题作五言诗，《三国志·魏书·文帝纪·评》中说"文帝天资文藻，下笔成章，博闻强识，才艺兼该"③，曹丕因自身的气质，偏好用清绮细腻、情韵流转的笔致创作诗歌，这也顺应了东汉以来乐府诗歌文人化的趋势。正如清人沈德潜所说："子桓诗有文士气，一变乃父悲壮之习矣。要其便娟婉约，能移人情。"④可见王世贞论曹操之"古直悲凉"、曹丕之"小藻"均是转述前人陈言而稍做改动，并没有提供较新的理论见解。而真正能体现王世贞卓越艺术识别力的是他对曹植的评价。

王世贞"子建天才流丽，虽誉冠千古，而实逊父兄"的评价实际上涉及"三曹"优劣的问题。王世贞一反钟嵘对三曹诗歌成就的评判，认为曹植逊于其父兄，并以前人所肯定的"才气"作为批评指摘曹植的出发点，"材高辞华"反而成了曹植诗歌艺术价值贬值的原因。这种评价实则反映出王氏对汉魏古诗美学特征的理解：汉魏古诗在复古派眼中最鲜明的两个特色莫过于"浑"与"质"，"浑"表明汉魏诗歌动出天然，不假人力，给人一种语意圆融、浑沦无迹的审美感受；"质"则表明汉魏诗歌朴素不华、苍莽少工，展现出一种雅淡温厚、意味深长的诗歌风貌。两者的结合就是古典审美理想——"高"的显现。尽量从"斫削无施"的汉魏诗歌中提炼出一定的范式，再以此式为径求得古诗创作之"高"，是以王世贞为代表的复古文学家的诗学策略。然而，才高者追求的是个性的呈现和自我情感的宣泄，这种不可羁勒、千变万化的情感一旦外化为语言，具化为文字，必然表现出对范式的突破。且才高在创作上极易偏向藻丽，这样便与汉魏诗歌的本色相违背。可以说，王世贞认为曹植的诗风超越了历史语境，不符合汉魏诗坛演进的整体频率。

所以，王世贞从复兴古典审美理想出发，以曹植之"敏"对父兄之

---

① （南朝梁）钟嵘著，曹旭集注《诗品集注》（增订本），上海古籍出版社，2011，第478页。
② （宋）敖陶孙：《诗评》，吴文治主编《宋诗话全编》，江苏古籍出版社，1998，第7541页。
③ （晋）陈寿撰，（南朝宋）裴松之注《三国志》卷二，中华书局，1959，第89页。
④ （清）沈德潜选《古诗源》，中华书局，1963，第107页。

"质"，扬"质"抑"敏"，很明显地把"才敏"与"非质"联系起来，并认为曹植的诗作开后世藻丽一派，也就是说是曹植之"才"引发了古诗之"变"。

（二）建安其他诗人及其诗歌创作

除"三曹"外，王世贞在论述建安时期其他诗人时，还重点考察了刘桢、王粲、甄宓等人。

刘桢与王粲为"三曹"所主导的邺下文人集团中的重要成员，亦是建安文学的代表诗人。《诗品》将二人诗作列入上品，先说刘桢诗作"仗气爱奇，动多振绝。真骨凌霜，高风跨俗。但气过其文，雕润恨少。然自陈思已下，桢称独步"；后评王粲诗作"发愀怆之词，文秀而质羸。在曹、刘间别构一体。方陈思不足，比魏文有余"。① 虽然钟嵘的评论值得商榷，但刘桢和王粲的诗歌成就不如曹植这一点是毋庸置疑的。王世贞在《艺苑卮言》中多次表达相同的认识："子桓之《杂诗》二首，子建之《杂诗》六首，可入《十九首》不能辨也。若仲宣、公干（幹），便觉自远。"② "子建'谒帝承明庐'、'明月照高楼'，子桓'西北有浮云'、'秋风萧瑟'，非邺中诸子可及。仲宣、公干（幹）远在下风。"③ 虽然如此，刘桢与王粲还是以他们的卓荦才思在建安文学中占有一席之地，"正平、子建，直可称建安才子，其次文举，又其次为公干（幹）、仲宣"④，"昔在建安，二曹龙奋，公幹角立"⑤，"却忆荆州王粲在，从军诗好继东京"⑥ 等，这些评论表明王世贞也相当认可刘、王二人诗歌的价值，从他所构建的建安诗人谱系来看，刘桢与王粲应处在仅次于"二曹"的第二梯队中。

王世贞在《艺苑卮言》中还特别提到了女诗人甄宓和她的诗作，他

---

① （南朝梁）钟嵘著，曹旭集注《诗品集注》（增订本），上海古籍出版社，2011，第142页。
② （明）王世贞著，罗仲鼎校注《艺苑卮言校注》，齐鲁书社，1992，第116页。
③ （明）王世贞著，罗仲鼎校注《艺苑卮言校注》，齐鲁书社，1992，第111页。
④ （明）王世贞著，罗仲鼎校注《艺苑卮言校注》，齐鲁书社，1992，第114页。
⑤ （明）王世贞撰《弇州四部稿》卷六十五《宗子相集序》，《景印文渊阁四库全书》第1280册，（台北）台湾商务印书馆，1986，第134页。
⑥ （明）王世贞撰《弇州四部稿》卷四十三《灌甫宗正寄示所著新书奉赠》，《景印文渊阁四库全书》第1279册，（台北）台湾商务印书馆，1986，第543页。

说:"《塘上》之作,朴茂真至,可与《纨扇》、《白头》姨姒。甄既摧折,而芳誉不称,良为雅叹。"① 王氏认为甄宓《塘上行》可与班婕妤的《团扇歌》、卓文君的《白头吟》相媲美,而甄氏却受谗而死,清誉无辜受损,可谓"匹夫无罪,怀璧其罪",实在让人喟叹。但王世贞这句话最可注意之处在"朴茂真至"四字,徐祯卿在《谈艺录》中认为:"诗不能受瑕。工拙之间,相去无几,顿自绝殊。如《塘上行》云:'莫以豪贤故,弃捐素所爱。莫以鱼肉贱,弃捐葱与薤。莫以麻枲贱,弃捐菅与蒯。'《浮萍篇》则曰:'茱萸自有芳,不若桂与兰。新人虽可爱,无若故可欢。'本自伦语,然佳不如《塘上行》。"② 以工拙论《塘上行》与曹植的《浮萍篇》,而《塘上行》之拙胜于《浮萍篇》之工。相较之下再看王世贞的四字之评,则"朴"为语言形式的朴实,"茂"为思想内容的醇厚,两者结合方是真至、情至之语,其已超越形式上的工巧,达到艺术上的化境。因此,与王世贞的解释相比,徐氏工拙之论便流于肤浅。

另外,对于建安时期的其他文人,王世贞亦偶有评述,如认为孔融的诗歌"便是唐律"③ 等,但毕竟还是显得零散稀少。大概是因为祢衡、孔融、杨修、陈琳等人文胜于诗:"当时孔文举为先达,其于文特高雄,德祖次之。孔璋书檄饶爽,元瑜次之,而诗皆不称也。"④ 这样就难以从论诗的角度出发去发掘这些人的诗歌特色与价值。

(三) 阮籍及其诗歌创作

阮籍为"正始之音"的代表作家,其《咏怀》八十二首又是正始文学的代表作品。与时代风气相合,阮籍将儒家诗教的深美闳约与玄学的哲理参悟融入诗歌创作之中,从而使他的诗作展现出"词旨渊永、寄托遥深"的风貌,如《诗品》所言:"《咏怀》之作,可以陶性灵,发幽思。言在耳目之内,情寄八荒之表。洋洋乎会于《风》、《雅》,使人忘其鄙近,自致远大。颇多感慨之词。"⑤

---

① (明) 王世贞著,罗仲鼎校注《艺苑卮言校注》,齐鲁书社,1992,第 113 页。
② (明) 徐祯卿:《谈艺录》,(清) 何文焕辑《历代诗话》,中华书局,1981,第 769 页。
③ (明) 王世贞著,罗仲鼎校注《艺苑卮言校注》,齐鲁书社,1992,第 116 页。
④ (明) 王世贞著,罗仲鼎校注《艺苑卮言校注》,齐鲁书社,1992,第 114 页。
⑤ (南朝梁) 钟嵘著,曹旭集注《诗品集注》(增订本),上海古籍出版社,2011,第 150 页。

王世贞在《艺苑卮言》中说："阮公《咏怀》,远近之间,遇境即际,兴穷即止。"① 此句可参照王夫之"晴云出岫,舒卷无定质"②之论,大抵是说阮籍随性成诗,无意为文,追求自然心性的适达与创作心理的自由。《艺苑卮言》一书严于许可,而王氏在曹魏诗人中却独称阮籍,至于其他诗人,或缺而不论,或指摘瑕颣。这是因为,一方面,正始诗歌渐失风雅的历史事实让王世贞很难找到符合自己审美标准的作品;另一方面,王氏对阮籍诗作的情有独钟实际上是受严羽《沧浪诗话》"黄初之后,惟阮籍《咏怀》之作,极为高古,有建安风骨"③ 一类论述的影响,在这种诗歌史观的指导下,魏晋时期能上接建安风骨的诗人也就只剩下阮籍一人。

第三节 王世贞汉魏诗学术语论

所谓"术语",其实就是学者在把握某一学术现象内部规律的过程中,以高度凝练的语词对认知结果进行概括或总结的产物。这就说明"术语"是历史的、具体的。一方面,不同的人由于智识的差异在面对同一现象时会得出不同的认知结果,即使是同一个人,随着人生阅历的丰富也会对以往的认知结果不断做出修正。另一方面,同样的"术语"在不同的历史时期,或经过不同人物的使用,其内涵各不相同。王世贞作为一位出色的复古诗论家,其所关注的对象必然含有古典诗歌及其全部艺术规律,认知的结果必然涉及古典诗歌传统的明代继承问题,而他所使用的"术语"也自然会反映出那个时代诗学的焦点与热点。但同时,王世贞又是一位生活经验丰富、社会地位尊贵的吴中文学家,这就使他所使用的诗学术语表现出明显的发展性与浓厚的个体特色。

首先,王世贞和明代其他诗论家一样,十分关注诗歌的"本色"问题,因为对这一问题的认识直接关系到诗人对诗歌审美本质的理解,但不

---

① (明)王世贞著,罗仲鼎校注《艺苑卮言校注》,齐鲁书社,1992,第117页。
② (清)王夫之:《古诗评选》卷四,《船山全书》第14册,岳麓书社,1996,第677页。
③ (宋)严羽著,郭绍虞校释《沧浪诗话校释》,人民文学出版社,1983,第155页。

同的是王氏将"本色"论一分为二,针对汉魏诗歌,他多使用"古色"一词。其次,诗歌创作论一直是诗论家关注的核心问题,王世贞亦不例外,他拈出的"自然"一词并不新颖,但却能通过不断进行诗歌实践赋予"自然"一词新的内涵,即随着创作主体诗歌习得阶段的不同,王氏"自然"论总体上呈现由渐进性向超越性转变的过程。最后,"自然"论与"古色"论的高度融合,便产生了王世贞晚年诗歌悟入后所形成的"性灵"论,"性灵"论是王世贞一生诗歌体认的最后总结,其所代表的是一种"有定法而无定法,无定法而有定法"、不求为汉魏而自为汉魏、时时处处有古亦时时处处有我的浑成境界。这种境界是开放的、阔达的,虽不专指汉魏诗学,汉魏诗学却在其中。

一 汉魏诗歌之"古色"论

李攀龙在《选唐诗序》中说:"唐无古诗而有其古诗,陈子昂以其五言古诗为古诗,弗取也。"① 这句话反映出明代中期诗歌复古的一个重要问题,即古、律之分。在传统诗歌语境中,与"古"相对的字眼并不是"今",而是"近"。在李攀龙看来陈子昂所犯的一个严重错误,或唐代古诗习得所犯的一个严重错误,就在于模糊了汉魏古体与唐代古体的界限,从而以律入古,以律化古诗为汉魏古诗。王世贞针对这个问题,特别提出了"古色"论,以弥补"本色"说在审美界说上的含混缺陷。

(一)"本色"与"古色"

在王世贞的诗论体系中"本色"有两层含义。其一,"本色"指不同诗歌体制各自相应的文体模式。辨体的目的就在于识别每一种诗体的原生语境,而这种"本色"自然是指完美地还原了目标诗体的原始语境后所呈现出的审美观感,换句话说,"本色"就是每种诗体的"格调",格调高者,自然就成功地还原了目标诗体的原始语境。如王氏所言:"《木兰》不必用'可汗'为疑,'朔气'、'寒光'致贬,要其本色,自是梁、陈及唐人手段。"② 这个"要其本色"就可以置换为"要其格调"。其二,

---

① (明)李攀龙著,包敬第标校《沧溟先生集》卷十五《选唐诗序》,上海古籍出版社,2014,第473页。
② (明)王世贞著,罗仲鼎校注《艺苑卮言校注》,齐鲁书社,1992,第84页。

"本色"指作家的创作个性,这层含义与论题关系不大,故不赘言。

那么为何王世贞在原有"本色"论的基础上又要提出"古色"论呢?这便要回到李攀龙的"唐无古诗"之论。"本色"这一术语的概念过于宽泛,就文体来说,每种文体皆有其相应的本色,即使同一种文体如诗歌,其内部仍有诸多体制上的差异,而识别这种差异性以求创作上的"得体",均可以用"本色"这一术语进行指称。但这样又出现了一个新的问题,古体诗歌之"得体"为有"本色",近体诗歌之"得体"亦为有"本色",那么是否可以说凡有"本色"之诗均为"得体"之诗呢?或者说,后学者得陈子昂五言古诗之体,是否也就得了汉魏古诗之体呢?当然不是。由此可知,王世贞提出"古色"论的意图,便是进一步强调古、律之分,强调"律不可入古",以"古色"之"古"修补"本色"之"本"的阐释缺漏,从而让概念变得更加明确,使人不至于陷入认知上的误区。

"古色"这一术语与"本色"相比具有明显的针对性,"古"具有价值与时间的双重属性。所谓价值属性是复古诗论家所普遍强调的"高古者格",所谓时间属性是指与五言古诗原始语境相对应的历史时期,即汉魏时期。从这一点看,"古色"就是汉魏诗歌的"本色"。因此,"本色"与"古色"在王世贞的诗论中往往交相出现,两者并非新旧替换关系,其区别主要体现在论述对象的不同上。

(二)对"古色"的掌握

胡应麟说:"文章自有体裁,凡为某体,务须寻其本色,庶几当行。"[①]"本色""当行"的前提就是"辨体",正如金人刘祁所言:"文章各有体,本不可相犯,故古文不宜蹈袭前人成语,当以奇异自强。四六宜用前人成语,复不宜生涩求异。如散文不宜用诗家语,诗句不宜用散文言,律赋不宜犯散文言,散文不宜犯律赋语,皆判然各异。"[②] 刘氏这段话的要点体现在最后的"判然各异"四字上,而"判然各异"的目的是使文章"得体"。吴承学教授认为所谓"得体"就是在具体而特定的语境

---

① (明)胡应麟撰《诗薮》,上海古籍出版社,1979,第21页。
② (金)刘祁撰,崔文印点校《归潜志》,中华书局,1983,第138页。

中合适地进行表达和反映,语境不断变化,表达也就随着变化,"辨体"的目的就在于"得体"。① 对于王世贞而言,要得汉魏古诗之体,就要"务寻古色":"拟古乐府,如《郊祀》、《房中》,须极古雅,发以峭峻。《铙歌》诸曲,勿便可解,勿遂不可解,须斟酌浅深质文之间。汉魏之辞,务寻古色,《相和》、《瑟曲》诸小调,系北朝者,勿使胜质;齐、梁以后,勿使胜文。近事毋俗,近情毋纤。拙不露态,巧不露痕。宁近无远,宁朴无虚。有分格,有来委,有实境。一涉议论,便是鬼道。"② 这里探讨的对象是汉魏北朝齐梁古乐府,王氏把汉魏古乐府分为两类:一类如"《郊祀》、《房中》",一类为"《铙歌》诸曲"。后人拟作不论是"须极古雅,发以峭峻",还是"斟酌浅深质文之间",归根结底都是要"务寻古色"。那么如何把握汉魏古诗特别是汉魏乐府诗的这种"古色"呢?王世贞进而提出了"有分格,有来委,有实境"之说。

所谓"有分格",可以理解为乐府诗在不同历史语境中所产生的时代格调。"古乐府"一名本身就有极强的时代内涵,在唐代"新乐府"运动后,唐人在保留古乐府意蕴的同时,以新题新调来记述时事,因此在明人看来"古乐府"的时代划分应在唐代"新乐府"运动之前,即汉、魏、晋代、南北朝时期的乐府创作可称为"古乐府"。而在古乐府内部,如王世贞所言,还有汉魏乐府、北朝乐府与齐梁乐府。不同的乐府诗歌发展阶段产生不同的"题""辞""意",也就有了不同的格调或本色。王世贞认为汉魏乐府的整体格调就是"古",将古格与他格区分开来,在体制上就有了明确的认识,如此在创作时就会自发地"寻古色"。

所谓"有来委",就是指乐府诗歌在叙事的过程中依据所冠之题的题意对事件进行相对完整的叙述,既不会离题意而叙他事,亦不会表达模糊、词句冗赘,不知所叙为何事。当然,古乐府这种叙事的"完整性"是相对的,因为古乐府作品大都限于篇幅,不可能如《孔雀东南飞》那样较完整地记述某一事件,因此古人在实际创作中就必须在有限的篇幅内通过修辞方式与表达技巧谋篇布局,做到详处不遗余意,略处言有尽而意

---

① 吴承学:《"文体"与"得体"》,《古典文学知识》2013年第1期。
② (明)王世贞著,罗仲鼎校注《艺苑卮言校注》,齐鲁书社,1992,第23页。

无穷。王世贞所言"有来委",是对"古色"形而下的探讨,"分格"之后,在形式技巧上何以成其格,便在"有来委"中得到了一定的解释。

所谓"有实境",则是从汉魏乐府整体观感着眼,即乐府作品中所抒之情、所写之景应给人以"真"的体悟。情之真意味着汉魏诗人在创作中融入了自己的真情实感,而非为他人代言;景之真意味着古乐府中的"景"不只是一种抽象化的符号,而是融真情于作者之所见所闻,再将这种所见所闻以"景"的方式艺术化地展现出来。"有实境"是古乐府之所以为"古"的美学本质,它超越了形而下的技巧形式,是古乐府继承风雅比兴传统的重要表现,亦是在对"古色"把握过程中最后乃至最关键的一步。

"有分格,有来委,有实境"虽是王氏拟古乐府的创作心得,但对拟作的这种要求必然以原作本然地具有这种美学特征为前提。"分格·来委·实境"之说就是王世贞对汉魏古诗特别是汉魏古乐府原始语境准确把握的产物;反过来,后人通过"分格·来委·实境"也可以在一定程度上求得汉魏古诗之"古色"。

二 汉魏诗歌之"自然"论

"自然"一词本是一个哲学概念,为先秦道家的哲学术语。老子讲"自然无为"是指"道"对天地万物不妄加干涉,任其本性自由发展;庄子所追求的"自然"内化为一种"独与天地精神相往来"的人的存在状态。"自然"用于文学批评则始于魏晋时期,随着这一时期文学的繁荣,"文笔"之辨的深入,"自然"多用于指与"雕琢"相对的概念,但在这一时期反对雕琢并不意味着反对藻丽,所谓"自然"不过是天然流丽的意思。唐代以后,"自然"才与"人工"相对,代表艺术上一种"不烦绳削而自合"、无所依傍、一任真情而不肆意刻意的创作境界。王世贞"自然"论的发展经历了前后两个时期,早期讲究的是以"极法"而求"无法",所谓"琢磨之极,妙亦自然";后期追求的是消泯自然与人工界限后"不深不玄,不沉不坚,入之沉沉,出之自然,完之粹然"的无境与化境。

(一)"琢磨之极,妙亦自然"

"西京、建安,似非琢磨可到。要在专习,凝领之久,神与境会,忽然而来，浑然而就。无岐级可寻，无色声可指。三谢固自琢磨而得，然琢磨之极，妙亦自然。"① 这个西京、建安"似非琢磨可到"的"似"字尤需注意，它其实是对常见的"非琢磨可到"的一种反拨。王世贞在给余曰德的信中曾总结余氏诗歌创作的三个阶段：

> 始先生入吾社时，喜于麟甚，其缓步张拳，竖颔扼肾，皆精得之，然而其所自致者不能胜其所从入者。是故片语出而重邯郸之价，然犹未免蹊径之累。归田以后，于它念无所复之，益搜剔心腑，冥通于性灵，神诣独往之句，为于麟所嘉赏，然于麟遂不得而有先生。其又稍晚，运斤弄丸之势，往往与自然合，或于麟，或不佞，或大历，或贞元，要不可以一端目之。大要突然而自为德甫，然置之古人中，固居然亡愧色也。②

余曰德从最初选择模习对象到渐渐抛弃模习对象，最后达到"不烦绳削而自合"的自然之境，实则代表了诗歌习得的一般规律。这说明琢磨为"诗美"之基础，自然之美为"诗美"之高级形态。诗歌的创作离不开人工琢磨这个初级阶段，但却不能仅仅停留于此；达到自然之美固然为诗人的理想，但却不能越过人力模习而骤然达到。总之这是一个渐进的过程。这种渐进过程在不断积累中一旦达到质的飞跃，即"琢磨之极"，也就是实现"妙亦自然"之时，由此王世贞特别举出"三谢"以为学古诗者的榜样。

但明代诗人的"趣古"意识强调的是一种目的的绝对性，而较少详细地论说何以达到这种目的。于是，在这种不由分说的强力集体意识的胁迫下，学诗者的取材范围被压缩在汉魏、盛唐等个别时期，"古"与"今"的隔阂并没有被考虑在内。汉魏之"格"固"高"，对许多明代拟习者来说，却显得遥不可及，但他们又无法将学习的目标转向"六朝"

---

① （明）王世贞著，罗仲鼎校注《艺苑卮言校注》，齐鲁书社，1992，第25页。
② （明）王世贞撰《弇州续稿》卷五十二《余德甫先生诗集序》，《景印文渊阁四库全书》第1282册，（台北）台湾商务印书馆，1986，第679页。按：李攀龙，字于鳞，故"于麟"应为"于鳞"。

与"宋元",这种矛盾的局面只能让大量的明代诗人被禁锢在对汉魏诗歌的模拟之中,即停留在获得"琢磨"这个"诗美"的初级阶段,"琢磨之极"便显得遥遥无期,所谓的"自然"和"自得"也就无从说起。况且王世贞虽讲"琢磨之极",但何谓"极"、怎样实现这个"极"、"极"与"自然"是何关系等问题,王氏却没有说明白,于是这就为其晚年对"自然"论进行修正埋下了伏笔。

(二)"出之自然,完之粹然"

王世贞在评价胡应麟诗歌时说:"智深而勇沉,不深不玄,不沉不坚,入之沉沉,出之自然,完之粹然。如大钧雕物而不见工,如良玉夜辉而泯其痕,斯《三百篇》、西京、建安之懿乎?"① 此言虽是出于对胡应麟诗作的赞美,但其中对汉魏诗歌自然之美的重视与强调显然具有现实针对性,即王世贞希望复古创作能超越"刻意求肖",或摆脱参照对象的束缚以缓和现实实践与文学理想之间的矛盾。王世贞曾举例说:"韦苏州在事,而僧灵澈者为韦体数十章,以赞而求合,韦殊不之顾也。已尽得其生平所著诗,而后大喜,曰:'子奈何强所学而从我,我且几失子。'"② 用韦应物与僧灵澈的例子说明诗歌创作应以展现诗人自身性情为本,如此才能摆脱前人的桎梏并自然而然地形成自己的风格。

"琢磨之极,妙亦自然"中的"自然"强调的是诗歌创作应从"有待"到"有待而未尝有待";"出之自然,完之粹然"中的"自然"则直接高扬创作中的"无待"。前者以"极法"求"无法",重视的是学识的积累;后者则无所谓有法,亦无所谓无法,一任本性才气流露,便是自然,无须依傍他物而求之。这样"蹊径之累"一并扫除,何谓"极"、怎样实现"极"的问题便不复存在。也正因此,胡应麟"不见工""泯其痕"的作品才是真正的"《三百篇》、西京、建安之懿";余曰德"冥通于性灵,神诣独往之句"才能"置之古人中,固居然亡愧色"。

王世贞对"自然"的新界说是其晚年深受佛老思想熏陶后的产物,

---

① (明)王世贞撰《弇州续稿》卷四十四《胡元瑞绿萝馆诗集序》,《景印文渊阁四库全书》第1282册,(台北)台湾商务印书馆,1986,第584页。
② (明)王世贞撰《弇州续稿》卷五十三《华孟达诗选序》,《景印文渊阁四库全书》第1282册,(台北)台湾商务印书馆,1986,第691页。

也是传统知识分子人生暮年"内圣"人格回归的文学显现。但值得注意的是,王氏的"自然"论中某些论说已有滑向"性灵"说乃至"神韵"说的倾向,尤其是稍后对"性灵"的阐述,可视为其"自然"论的进一步发展。

三 汉魏诗歌之"性灵"论

"性灵"说为明末公安派的核心理论,以公安派为切入点似乎已成为明代性灵文学研究的思维定式。"性灵"作为一种文学范畴至"公安三袁"才得到集中的阐发,尤其是袁宏道的文学观念可谓集"性灵"说之大成。然而,任何一种理论都不是先验的,而是有其完整的继承与发展过程的,如钟惺所说:"前之共趋,即今之偏废;今之独响,即后之同声。"① 人们往往更容易关注"共趋"与"同声",因为那是一种现象、一种理论发展到最为完善、最为鼎盛之际;而较少注意"偏废"与"独响",因为前者是旧的理论衰亡,人们的兴趣渐渐被新的理论所吸引,后者则是新的理论方处于萌芽状态,旧的理论仍具有旺盛的生命力。王世贞的"性灵"论就属于"独响"性质,当公安派正盛之时,论诗者能提起屠隆、王世懋等人已属不易,更不要说关注后七子领袖王世贞的"性灵"说了。

(一)"格调"与"性灵"

复古派大讲格调的原因之一如陈子龙所言:"既生于古人之后,其体格之雅,音调之美,此前哲之所已备,无可独造者。"② 清代蒋士铨有诗曰:"唐宋皆伟人,各成一代诗。变出不得已,运会实迫之。格调苟沿袭,焉用雷同词。宋人生唐后,开辟真难为。……"③ 相比于宋人的文学困境,明人在前代文学的压力下更是深感全方位的无力。陈子龙的"无可独造"正道出了明代文学的无奈,于是复古就成了文学创作的必由之路,追求格调就成了凸显文学价值的不二法门,待学古成功后方可酌情施

---

① (明)钟惺著,李先耕、崔重庆标校《隐秀轩集》,上海古籍出版社,1992,第463页。
② 上海文献丛书编委会编《陈子龙文集》,华东师范大学出版社,1988,第378页。
③ (清)蒋士铨著,邵海清校,李梦生笺《忠雅堂集校笺》,上海古籍出版社,1993,第986页。

展个人性情。如明初诗人高启所说:"诗之要:有曰格、曰意、曰趣而已。格以辨其体,意以达其情,趣以臻其妙也。"① 首先在"格",最后谈"趣",这几乎是明代复古派诗人的共识。

汉魏诗学是明代复古诗论的重要对象,汉魏古诗又是"格调"论得以生发的原始土壤。而"性灵"在袁宏道那里表现为"不拘格套,非从自己胸臆流出,不肯下笔。有时情与境会,顷刻千言,如水东注,令人夺魄"②,他还曾言:"世人喜唐,仆则曰唐无诗;世人喜秦、汉,仆则曰秦、汉无文;世人卑宋黜元,仆则曰诗文在宋、元诸大家。"③ 这种言论给后人预设了一个认知障碍,即"格调"与"性灵"如同水火,势不两立,于汉魏诗歌中寻求"性灵"更是缘木求鱼,不可理喻。事实果真如此吗?

王世贞关于"性灵"的言论绝大部分存于《弇州续稿》之中。但在其早年就已表达过对"性灵"的看法:

> 陶公辞彭泽,亦复聊其生。磬折岂足劳,而以事躬耕。安能如旅葵,百谷产中庭。鼎鼎百年内,贵在愿与并。浊醪佐新诗,聊以娱性灵。偶然获为人,偶获千载名。名者自随之,获者安所营。窃窥逸民言,令人愧浮荣。④(《经彭泽有怀陶公》)

此诗主题明确,为感怀陶渊明所作,连诗歌形式都在模仿陶渊明的田园诗,因此"聊以娱性灵"中的"性灵"虽指的是陶渊明的性情,但却可以和王世贞早期的"自然"论合看,借对陶渊明的追思来表达王氏自己对"性灵"一词的"自然"理解。而在《弇州续稿》中,对"性灵"的理解则发生了明显的改变。《湖西草堂诗集序》一文中评价"二善翁"之

---

① (明)高启著,(清)金檀辑注《高青丘集》,上海古籍出版社,2013,第885页。
② (明)袁宏道著,钱伯城笺校《袁宏道集笺校》卷四《叙小修诗》,上海古籍出版社,2008,第187页。
③ (明)袁宏道著,钱伯城笺校《袁宏道集笺校》卷十一《张幼于》,上海古籍出版社,2008,第501页。
④ (明)王世贞撰《弇州四部稿》卷十《经彭泽有怀陶公》,《景印文渊阁四库全书》第1279册,(台北)台湾商务印书馆,1986,第130页。

诗说："顾其大要，在发乎兴，止乎事，触境而生，意尽而止，毋凿空，无角险，以求胜人，而剚损吾性灵。"①虽是评他人之诗，但此论已与王氏晚年"出之自然，完之粹然"的"自然"论相冥合。

真正能代表王世贞"性灵"论区别于"自然"论而走向成熟的是其"取机于性灵"一说：

> 夫文有格，有调，有骨，有肉，有篇法，有句法，有字法。今睹足下集，并集中诸君子语，非北地、济南、新都弗述。其格古矣，骨树矣，句字修矣，所少不备，幸相与勉之而已。文之所以为文者三，生气也，生机也，生趣也，此三者诸君子不必十全也，无但诸君子，即所称献吉诸公，亦不必十全也。愿足下多读《战国策》、《史》、《汉》、韩、欧诸大家文，意不必过抨王道思、唐应德、归熙甫，旗鼓在手，即败军之将，偾群之马，皆我役也。至于诗，古体用古韵，近体必用沈韵。下字欲妥，使事欲稳，四声欲调，情实欲称，毂率规矩定，而后取机于性灵，取则于盛唐，取材于献吉、于鳞辈，自不忧落夹矣。②

此论虽不止论汉魏古诗，但却精准地抓住了艺术创作的一般规律，最为重要的是，王氏将"格调"与"性灵"二论统一起来。其一，王氏认为，"格"很重要，但决定文学之为文学，之为某某文学的却不是"格"，而是"生气""生机""生趣"。其二，汉魏、盛唐也好，齐梁、宋元也罢，不必强分高下，关键在善用，所谓取舍在我，"皆我役也"。这种论断不仅是中和的"格调"，更是中和的"性灵"。如果仔细论究袁中道的修正诗论，如"取汉魏盛唐诸诗，细心研入，合而离，离而复合"，就会发现"性灵"论的发展好像转了一个圈，又回到了王世贞这里。

（二）"取机于性灵"与"独抒性灵"

"性灵"是王世贞与公安派共用的术语，"取机于性灵"与"独抒性

---

① （明）王世贞撰《弇州续稿》卷四十六《湖西草堂诗集序》，《景印文渊阁四库全书》第1282册，（台北）台湾商务印书馆，1986，第607页。

② （明）王世贞撰《弇州续稿》卷一百八十二《颜廷愉》，《景印文渊阁四库全书》第1284册，（台北）台湾商务印书馆，1986，第604页。

灵"又分别为王世贞与袁宏道各自有关"性灵"的经典表达。王世贞的"性灵"论产生于明代性灵说发展的初期,它与公安派的性灵说相比,既有关联之处,又有不同之处。

关联之处在于,王世贞"文之所以为文者三,生气也,生机也,生趣也","发性灵,开志意"①,"诗以陶写性灵、抒纪志事而已"② 等语,实际上就是强调在诗文创作过程中必须突出个体的能动性,也就是强调要始终保持作者的主体地位,"用格"而非"用于格",否则何谈"生气""生机""生趣"?袁宏道在《叙竹林集》中说:"故善画者,师物不师人;善学者,师心不师道;善为诗者,师森罗万象,不师先辈。"③ 从高扬主体精神这个方面来说,袁宏道与王世贞的观念其实是相通的。

不同之处在于,王世贞所追求的"性灵"始终以"学古"为基础,并没有断绝与古典法则的关系,它保持着一种古中有我、我中有古的学诗状态。"取机于性灵"的"取机"二字在这里尤其值得注意,因为在这句话之前是"古体用古韵,近体必用沈韵。下字欲妥,使事欲稳,四声欲调,情实欲称,縠率规矩定",这还是在谈法则的问题,等到这些条件都具备之后,才可以"取机于性灵",这展现出一定的递进关系。而袁宏道的"独抒性灵"之"独抒",就显得与"取机"大相径庭,它具有强烈的独断性与唯一性,表明"性灵"既是创作的原因,又是创作的目的,在文学活动中"性灵"具有绝对的主导地位。

可以说,"性灵"说发展到袁宏道已至极点,虽然在具体实践中袁氏未必表现得过于极端,但极点过后便是衰亡。袁中道的"离合"论、竟陵派的"厚灵"说,无不重拾汉魏盛唐诗歌的审美传统,表现出向王世贞"性灵"说回归的趋向。

---

① (明)王世贞撰《弇州续稿》卷七十三《邓太史传》,《景印文渊阁四库全书》第 1283 册,(台北)台湾商务印书馆,1986,第 84 页。
② (明)王世贞撰《弇州续稿》卷一百六十八《题刘松年大历十才子图》,《景印文渊阁四库全书》第 1284 册,(台北)台湾商务印书馆,1986,第 428 页。
③ (明)袁宏道著,钱伯城笺校《袁宏道集笺校》卷十八《叙竹林集》,上海古籍出版社,2008,第 700 页。

第四节　比较视野下王世贞汉魏诗学观的价值及局限

清人赵执信在总结明人诗学特征时认为"明人之动欲扫弃一切"①，此即郭绍虞所说："颇带一些'法西斯式'作风的。偏胜，走极端，自以为是，不容异己。因此，盲从、无思想、随声附和、空疏不学，也成为必然的结果。"② 这种走极端的学术风气会使文学批评活动过多地受到非理性因素的干扰，从而使真实的文学语境很容易被情绪化阐释所掩盖乃至扭曲。因此，能在这种学术风气下较客观公允地评判某人（特别是文派执牛耳者）的文学思想尤为不易。

王世贞执掌文坛之时，天下文士争趋其门，以不得一言许可为终身愧事，在这种情况下便出现了对王世贞近乎阿谀谄媚式的虚称浮赞，但其中仍不乏一二能以较客观的学术眼光阐发王氏学说而不耽于盲目附和之人；而与之文学观念相左的流派为了标新立异以自立文坛，往往矫枉过正，尤其在王世贞等人去世后，弃复古文学家如敝屣，不遗余力大肆诋毁，但在这种环境下仍可见一二能辩证地吸收王世贞文学思想并用之做学术总结之人。清代建立以后，明代文学自然被贴上了"胜国"文学的标签，但在清初，批判任务的承担者却是明朝遗民，正如廖可斌所言："他们的目的倒不是否定明朝，恰恰是为明朝的覆灭而感到痛心。他们痛定思痛，力图总结明代覆亡的原因，找出明代文人、文学、文化与明朝覆亡之间的内在联系，反思文人、文学、文化应承担的历史责任和应吸取的惨痛教训。"③ 要之，这一类批评家虽不失凌厉激越，但他们的批评所蕴含的历史厚重感与文化担当意识远非明代文坛之猖猖詈骂所能比，因而他们对王世贞汉魏诗学的观照也更加具有批判性与反思性。

本节将于上述"一二"人之中选取胡应麟与许学夷作为王世贞汉魏

---

① （清）赵执信：《谈龙录》，丁福保辑《清诗话》，上海古籍出版社，2015，第 321 页。
② 郭绍虞：《照隅室古典文学论集》，上海古籍出版社，1983，第 513 页。
③ 廖可斌：《明代文学思潮史》，人民文学出版社，2016，第 565 页。

诗学的"修正者",于明朝遗民批评家中选取王夫之作为王世贞汉魏诗学的"批判者",并重点参照诸人诗学专著《诗薮》、《诗源辩体》与《姜斋诗话》中有关汉魏诗学的部分,与王世贞汉魏诗学观相较,找出他们对王氏诗学的继承、发展乃至超越之处。

一 胡应麟汉魏诗学观与王世贞汉魏诗学观的比较

万历元年（1573）王世贞与胡应麟之父胡僖交游,王氏初闻胡应麟之名应当亦在此年①。胡应麟知王世贞之名当在隆庆四年（1570）前后②,而对王氏有较深入了解当在万历五年,在这一年胡氏因王世贞之弟王世懋来访而得以与王世贞一通书信。胡应麟在信中对王世贞推崇备至,认为:"夐论明兴,即穹古以来,六经而降,文章大统,匪执事集之而谁耶？猗与执事,是岂人力,实曰天授。令后世言材,越汉唐而推明代,断可识矣。"③ 虽多过誉之辞,但可见王世贞在当时文坛上的影响力,以及文场后生小子对王氏的崇拜。然而迟至万历十年胡、王二人才最终会面,是年胡应麟北上会试,过访弇山园,并示王氏以自撰诗文集全帙,后王世贞不仅为胡氏别集作序,还称:"全集瑰奇雄丽,变幻纵横,真足推倒一世！"④ 序成之后王世贞又作诗两首以表达自己的喜爱之情,认为胡氏诗歌"直闯西京堂奥",诗中赞曰:"穆穆清风至,泠泠白雪传。登坛牛耳

---

① 王世贞在《答胡元瑞》其一中说:"自庚午（1570）辱与本宁（李维桢）之尊人方伯公游,其明年辱与本宁通,其又二年癸酉（1573）,辱与足下尊人少参公（胡应麟之父胡僖）游,其又明年,辱与本宁游,而于足下尚未有通也。"可以推测出王世贞闻胡应麟之名当在他与胡僖交游之时。见《弇州续稿》卷二百六,《景印文渊阁四库全书》第1284册,（台北）台湾商务印书馆,1986,第893~894页。
② 胡应麟在给王世贞的信中说:"弱冠,从家大人宦游长安,业闻执事以文词起海上,靡然群一代而奔走之。"可知胡氏闻王世贞之名当在隆庆四年左右。见《少室山房集》卷一百十一《与王长公第一书》,《景印文渊阁四库全书》第1290册,（台北）台湾商务印书馆,1986,第801页。
③ （明）胡应麟撰《少室山房集》卷一百十一《与王长公第一书》,《景印文渊阁四库全书》第1290册,（台北）台湾商务印书馆,1986,第802页。
④ （明）王世贞撰《弇州续稿》卷二百六《答胡元瑞》其八,《景印文渊阁四库全书》第1284册,（台北）台湾商务印书馆,1986,第896页。

定,绝代凤毛骞。崛起三曹后,横行七子前。预知千载下,重数建安年。"① 万历十八年,王世贞病笃之时更于床榻之上将《弇州续稿》托付给胡应麟,嘱咐道:"子为我校而序之,吾即瞑,弗憾矣。"② 由此可见二人情谊非常人可比,临终托稿这一行为说明王世贞对胡应麟的器重与期望之深,甚至很可能已将胡应麟视为复古衣钵的继承者。因此,胡应麟的诗学思想必然深受王世贞的影响,但胡氏卓越之处在于能通过整合或补充王氏文学理论形成自己的诗学体系,如汪道昆所言:"抗论醇疵,时有出入。要以同乎己者正之也,即羽卿、廷礼,不耐不同;以异乎己者正之也,即元美、于鳞,不耐不异。"③ 所谓"抗论醇疵"便集中地体现在胡氏的诗学著作《诗薮》之中。

(一)明体判格,考源辨流

王世贞在《艺苑卮言》中对汉魏诗学的分析已展现出以分体论述为经、以辨别格调为纬的撰写模式,但由于"卮言"的文本特性,其分析在传播过程中仍给人一种随意性,其中所蕴含的思想需要经过较强的思维加工才能展现出内部的逻辑性。而《诗薮》在王世贞辨体研究的基础上极大地强化了论述过程的学理性,使演绎更加缜密严谨,这首先便体现在该著对体制和格调的辨析上。

先看《诗薮》的编排方式。《诗薮》分为内、外、杂、续四编,内编以体制为中心分论古、近体诗;外编以时代为序分论周汉、六朝、唐、宋、元各代诗歌;杂编专论三国、五代、南渡、中州诗之遗佚篇章;续编重点论述明代诗坛情况。在论古体诗部分胡应麟将古体分为"杂言""五言""七言",并将"三言""四言"等纳入"杂言"中依次考察;在论"周汉"诗歌时依照诗歌演进规律,列述该时期诗人及诗作的风貌与价

---

① (明)王世贞撰《弇州续稿》卷十二《曩余为胡元瑞序〈绿萝轩稿〉,仅〈寓燕〉〈还越〉数编耳。序既成,而元瑞以新刻全集凡十种至,则众体毕备,彬彬日新富有矣。五言古上下建安、十九首、乐府等篇,遂直闯西京堂奥。余手之,弗能释也,辄重叙其意,并寄答五言律二章》,《景印文渊阁四库全书》第1282册,(台北)台湾商务印书馆,1986,第156页。

② (明)胡应麟撰《少室山房集》卷四十八《挽王元美先生二百四十韵序》,《景印文渊阁四库全书》第1290册,(台北)台湾商务印书馆,1986,第305页。

③ (明)汪道昆:《诗薮序》,(明)胡应麟撰《诗薮》,上海古籍出版社,1979,第1~2页。

值。这种严格的编排方式说明胡应麟对诗歌体制有较为自觉的认识。

再看《诗薮》的内容。胡应麟虽然遵循的依旧是"时代格调"的基本价值判断，但并不是仅仅对"格以代降"进行简单的重述，而是深究这一现象产生的原因，即"时代"与"格调"是相互作用的。他说："四言不能不变而五言，古风不能不变而近体，势也，亦时也。然诗至于律，已属俳优，况小词艳曲乎！宋人不能越唐而汉，而以词自名，宋所以弗振也。元人不能越宋而唐，而以曲自喜，元所以弗永也。"① 一方面，时代的发展必然会引起群体思维的变化，文学作为意识形态的产物，其变化在某些方面亦不以人的意志为转移，这就是胡应麟所说的"势"；另一方面，变化的产生是一个新旧交替的过程，新事物发展到定型又会反作用于"势"，这就是"宋人不能越唐而汉，而以词自名，宋所以弗振也……"的理论内涵。通过"时代"与"格调"的双向分析，格调的意义在辨体研究中就显得更加明确。因此，胡应麟在具体论述时甚至会站在传统格调说的反面，提出"可以世代为限耶？"的质疑。

如前所述，王世贞在考辨古诗源流的过程中以独到的眼光发现了许多前人所未及的问题，并对其中的一些问题做出了精辟的解释，如对五言古诗与七言古诗之"源"与"极"的研究，但整体上仍显得粗略甚至含混。如关于七言古诗问题，王世贞仅大致描画了"《柏梁台诗》—《燕歌行》—盛唐七言歌行"这样一个流变过程，而对于"七言古诗与七言歌行的关系"这个重要问题却没有做出任何说明。胡应麟在专卷讨论七言古体时，开宗明义，提出"七言古诗，概曰歌行"，紧接着对"歌""行"之名的产生、歌行的发展及与乐府的关系做出了详细的考辨，认为："《南风》、《击壤》，兴于三代之前；《易水》、《越人》，作于七雄之世；而篇什之盛，无如骚之《九歌》，皆七言古所自始也。汉则《安世》、《房中》、《郊祀》、《鼓吹》，咸系歌名，并登乐府。"② 那么这种说法会不会与王世贞的古诗体认发生冲突呢？关于这一点胡应麟巧妙地引入"声调"等形式因素，认为"纯用七字而无杂言，全取平声而无仄韵，则

---

① （明）胡应麟撰《诗薮》，上海古籍出版社，1979，第23页。
② （明）胡应麟撰《诗薮》，上海古籍出版社，1979，第41页。

《柏梁》始之，《燕歌》、《白纻》皆此体"①，在不脱离王世贞论断的基础上提出了自己的见解。

作家与作品研究是诗学研究的重要组成部分，王世贞在论述汉魏诗歌时，尤其注意作家作品与诗体流变的关系，注重大家的同时亦不忽视小家。胡应麟继承并发扬了王世贞的这种治学态度，在诗歌史撰述、诗体研究、文献整理中对小众作家作品、失传亡佚文献进行了较为细致的钩沉与考察，如胡应麟所言："两汉词人，知有邹阳而不知有邹子乐，知有庄忌而不知有庄匆奇，知有李陵而不知有李忠，知有苏武而不知有苏季，知有董仲舒而不知有董安国，知有公孙弘而不知有公孙乘……此数尚多。"②可见在《诗薮》的撰写过程中有极强的"显微发遗"的自觉性。

（二）补苴罅漏，补偏救弊

在分析王世贞汉魏诗歌辨体时还可以发现另一个十分重要的问题，那就是缺失了对汉魏乐府流变的考察，这显然是乐府体制自身的特点使王氏难以从中发现较明朗的线索，因此他不得不缺之不谈而将注意力集中在乐府创作论的探讨上。鉴于此，胡应麟专门解释了这个问题，认为："世以乐府为诗之一体，余历考汉、魏、六朝、唐人诗，有三言、四言、五言、六言、七言、杂言、近体、排律、绝句，乐府皆备有之。"③就是说由于乐府体制的多样性，以辨体论来研究乐府诗是不现实的，这就需要研究者摆脱古、律二分法的限制，从"本色"的角度出发去树立乐府诗中每一种体制各自的典范。他说："乐府三言，须模仿《郊祀》，裁其峻峭，剂以和平；四言，当拟则《房中》，加以舂容，畅其体制；五言，熟习《相和》诸篇，愈近愈工，无流艰涩；七言，间效《铙歌》诸作，愈高愈雅，毋堕卑陬；五言律绝，步骤齐、梁，不得与古体异；七言律绝，宗唐初盛，不得与近体同。此乐府大法也。"④这就加强了乐府研究由辨体论转向创作论的合理性。王世贞晚年曾大力挖掘汉魏诗歌的"自然"风貌，但何为"自然"，王氏在表述上并不直接道破，而是通过赏析或本事的方

---

① （明）胡应麟撰《诗薮》，上海古籍出版社，1979，第41页。
② （明）胡应麟撰《诗薮》，上海古籍出版社，1979，第131~132页。
③ （明）胡应麟撰《诗薮》，上海古籍出版社，1979，第12页。
④ （明）胡应麟撰《诗薮》，上海古籍出版社，1979，第13页。

式间接地表达出"自然"之"义"与"妙",这种做法延续了传统诗话的说理模式,但易使文本因缺少提炼而显得要义不够突出。胡应麟则延续了王氏对汉魏诗歌的观照角度,并以古典诗学审美范畴为参照,提出了"兴象"说以专论汉诗,他说:"作诗大要不过二端,体格声调,兴象风神而已。体格声调有则可循,兴象风神无方可执。……譬则镜花水月,体格声调,水与镜也;兴象风神,月与花也。必水澄镜朗,然后花月宛然。"① 这就直接将"兴象风神"与"体格声调"上升到了诗歌本体论的高度。又说:"《十九首》及诸杂诗,随语成韵,随韵成趣,辞藻气骨,略无可寻,而兴象玲珑,意致深婉,真可以泣鬼神,动天地。"② 进一步将"兴象"集中到单独的汉代诗歌观照上,并以此解释两汉诗歌的"天工神力,时有独至"。这就将相对具象化的"自然"论与人的审美创造力紧密地联系在一起,而两汉诗歌的神秘主义色彩也在一定程度上被消解。

和王世贞一样,胡应麟作为诗坛复古派的代表理论家,其理论的最终目的是指导文学实践的发展,如果说前后七子时代诗坛的核心问题是为何复古以及怎么复古,那么到了复古运动末期诗坛的核心问题则是要不要复古。胡应麟一方面坚守复古阵地,在强化诗歌辨体的同时引入"兴象"论调进行理论更新;另一方面又对诗坛出现的空疏弃古之风展开猛烈批判。其实,空疏弃古风气的理论来源有一部分竟出自复古派内部的"舍筏登岸"之论,这种曲解尤其不能为胡应麟所接受,他说:"今人因献吉祖袭杜诗,辄假仲默舍筏之说,动以牛后鸡口为辞。此未睹《何集》者。就仲默言,古诗全法汉、魏……今未尝熟读其诗,熟参其语,徒执斯言,师心信手,前人弃去,拾以自珍,一时流辈,互相标鹄,将来有识,渠可尽诬?譬操一壶,以涉溟渤,何岸之能登?"③ 王世贞晚年虽然强调自得的重要性,但始终认为人的才思需要由苦学规范来匡正调剂,即其所谓"抑才以就格,完气以成调"。但复古末流未得王世贞理论之精髓反而将抄袭剽窃的习气发挥到了极致。因此文坛师心一派之崛起一方面为复古末流所激,一方面又紧抓何景明"舍筏登岸"之论。在这种情况下以胡应

---

① (明)胡应麟撰《诗薮》,上海古籍出版社,1979,第100页。
② (明)胡应麟撰《诗薮》,上海古籍出版社,1979,第25页。
③ (明)胡应麟撰《诗薮》,上海古籍出版社,1979,第349~350页。

麟为代表的复古派所面临的文坛环境更加混乱，欲维持汉魏、盛唐诗学正统，胡氏就必须更加旗帜鲜明地反对"《三百篇》出自何典？"的谬论，并沿着王世贞晚年的诗学路线增强汉魏诗歌的包容性与流动性，以期达到古典审美理想的明代复兴。

胡应麟在《诗薮》中盛赞王世贞的古诗与乐府诗创作成就，说："《弇州四部稿》，古诗枚、李、曹、刘、阮、谢、鲍、庾以及青莲、工部，靡所不有，亦鲜所不合。歌行自青莲、工部以至高、岑、王、李、玉川、长吉，近献吉、仲默，诸体毕备。每效一体，宛出其人，时或过之。乐府随代遣词，随题命意，词与代变，意逐题新，从心不逾，当世独步。"① 这种赞语的内在逻辑与胡应麟的诗学观念是一致的，对王世贞古体创作"靡所不有，亦鲜所不合"的认识，是胡氏对"不以古诗为汉魏古诗"诗学视野的发扬；胡氏对王世贞乐府创作"词与代变"的认识与其乐府体制的多样性观点相辅相成；而"古诗""歌行""乐府"分而论之本身就代表了一种诗学阐释的精细化、专业化、系统化倾向。因此，可以说胡应麟的汉魏诗学总体上是对王世贞汉魏诗学的补充、优化与发展，在保持复古诗学底色的前提下，建立了以辨体为主轴的中古诗论体系。

二 许学夷汉魏诗学观与王世贞汉魏诗学观的比较

在探讨此问题之前，有必要考察一下许学夷所处时代的诗学环境。根据《诗源辩体》中许学夷自序所言"是书起于万历癸巳，迄壬子，凡二十年稍成……后二十年，修饰者十之五，增益者十之三"②，可知该书作于万历二十一年（1593），崇祯五年（1632）完稿付刊，前后历时长达四十年。而这四十年也是复古派日衰，公安、竟陵诸派先后崛起于文坛的时代。鉴于复古派之食古不化，"公安三袁"明确提出反对复古、抒写性灵，主张诗歌创作要"信腕信口，皆成律度"，诗歌表现要"近俚近

---

① （明）胡应麟撰《诗薮》，上海古籍出版社，1979，第353页。
② （明）许学夷：《诗源辩体自序》，（明）许学夷著，杜维沫校点《诗源辩体》，人民文学出版社，1987，第2页。

俳"①，但门户一开，鱼目混珠，妍媸难分，非一二倡导者所能左右，因此袁中道愤怒地认为："至于一二学语者流，粗知趋向，又取先生少时偶尔率意之语，效颦学步，其究为俚俗，为纤巧，为莽荡，譬之百花开而棘刺之花亦开，泉水流而粪壤之水亦流，乌焉三写，必至之弊耳，岂先生之本旨哉！"②稍后出现的竟陵派吸取了公安派的教训，将"性灵"的内涵阉割为一种"幽情单绪，孤行静寄"式的内修，用以降低狂放对性灵美学的损耗，并重新强调古典法度对人的规范作用。但是竟陵派的这种调和论只能是一厢情愿，以复古派之保守约束性灵派之激越，结果却陷入了理论上复古与性灵的互相制约与互相消磨，最终致使诗歌的发展再次陷入左支右绌的窘境。

（一）汉魏诗学价值判断标准的调整

许学夷面对这样的诗学环境，首先认为弊病产生的根源在于"过中"与"离"，即他所言："后进言诗，上述齐梁，下称晚季，于道为不及；昌谷诸子，首推《郊祀》，次举《铙歌》，于道为过；近袁氏钟氏出，欲背古师心，诡诞相尚，于道为离。"③六朝晚唐派与宗汉魏盛唐者尚可以"不及"与"过"（"过中"）来衡量，而公安、竟陵二派简直就是"趋异厌常"之"离"，遑论"过中"。但不论"过中"还是"离"，其产生的主要原因均在于不识"正变"。晚年主张"调剂"的王世贞与辨体尚不失公允的胡应麟亦被许学夷纳入批评范畴。他说："元美、元瑞论诗，于正者虽有所得，于变者则不能知。袁中郎于正者虽不能知，于变者实有所得。"④这里对王世贞的评价尤其值得注意，这一批评其实代表的是许学夷对前后七子复古运动的整体态度，王世贞的不知"变"在这里是指一种观念的集合，即许氏所说："论诗者以汉魏为至，而以李杜为未极，犹

---

① （明）袁宏道著，钱伯城笺校《袁宏道集笺校》卷十八《雪涛阁集序》，上海古籍出版社，2008，第710页。
② （明）袁宏道著，钱伯城笺校《袁宏道集笺校》附录三袁中道作《袁中郎先生全集序》，上海古籍出版社，2008，第1712页。
③ （明）许学夷：《诗源辩体自序》，（明）许学夷著，杜维沫校点《诗源辩体》，人民文学出版社，1987，第1页。
④ （明）许学夷著，杜维沫校点《诗源辩体》，人民文学出版社，1987，第381页。

论文者以秦汉为至，而以四子为未极，皆慕好古之名而不识通变之道者也。"① 而当考察王世贞的具体作品时，许学夷往往又能深察其变，如："元美五七言古，变体常胜。盖元美为诗多得于仓卒，寡训练之功，故正体每多累字、累句，变体则乘兴而就，反多完美耳。"② 但总体来说，王世贞作为复古巨子，其崇"正"理念的产生是必然的，但这种必然性与袁宏道等人的崇"变"一样，皆为一偏之见，是"过中"与"离"产生的思想基础。

调整了汉魏诗学价值判断标准之后，许学夷多从探究合理性的角度出发论述诗歌体制的兴衰正变，并批判以王世贞、胡应麟为代表的传统复古派古诗"唐不及汉魏""魏不及汉"的论断。

如关于"唐不及汉魏"，许氏认为："五言古，自汉魏递变以至六朝，古、律混淆，至李、杜、岑参始别为唐古，而李杜所向如意，又为唐古之壸奥。故或以李杜不及汉魏者，既失之过；又或以李杜不及六朝者，则愈谬也。"③ 这就用唐代古体诗"律"化的必然性来指明：拿汉魏古诗与唐代古诗做比较这一行为本身就是不合理且无意义的。王世贞虽然在梳理七言古体诗歌时指出了"创""畅""极"的七古发展过程，并把握到盛唐七古较好地融合了"古""律"之长，这其实与许学夷的唐古观照有一定的相通性，但对"正变"观念认识的偏颇使王氏仍将唐代古体诗视为简单的"变"，如此就不可能从根本上摆脱"时代格调"复古集体认同的束缚。

再看"魏不及汉"，王世贞从崇尚古朴的审美偏好出发，对曹植的"流丽"每多贬抑，认为不及其父兄，而胡应麟承接王世贞的论断并将其扩展到魏诗与汉诗的比较上，认为"汉诗如炉冶铸成，浑融无迹。魏诗虽极步骤，不免巧匠雕镌耳"④。对此，许学夷特别强调："元美尝谓子桓之《杂诗》二首、子建之《杂诗》六首，可入《十九首》；而此谓'子建才太高、词太华，而实逊父兄'，胡元瑞谓论乐府也。然子建乐府五

---

① （明）许学夷著，杜维沫校点《诗源辩体》，人民文学出版社，1987，第190页。
② （明）许学夷著，杜维沫校点《诗源辩体》，人民文学出版社，1987，第417页。
③ （明）许学夷著，杜维沫校点《诗源辩体》，人民文学出版社，1987，第192页。
④ （明）胡应麟撰《诗薮》，上海古籍出版社，1979，第19页。

言，较汉人虽多失体，实足冠冕一代。若孟德《薤露》《蒿里》，是过于质野；子桓《西山》《彭祖》《朝日》《朝游》四篇，虽若合作，然《杂诗》而外，去弟实远。谓子建实逊父兄，岂为定论！"① 这仍是从"变"的合理性出发更正复古派等人的"过中"之论，强调"才能作用"的"理势之自然"，从而跳出价值评判"优劣"二元化的非理性误区。

（二）汉魏诗歌美学本体的重述

在正确的方法论指导下，许学夷进一步对汉魏诗歌的美学本体进行了详细的阐述。王世贞晚年将"自然"引入对汉魏诗歌的观照，胡应麟进而又以"兴象风神"与"体格声调"并举，丰富汉魏诗歌的本体内涵，许学夷则在二人的基础上提出了"情兴"与"作用"的汉魏诗歌本体论。一方面，许学夷继承了传统诗学对"情兴"的解释。何为"情兴"？所谓"情兴"就是诗人作为审美主体以"情"的产生来回应"物"的召唤，文学作品的创造其实是一个由"感官"到"心理"到"文本"再到"接受"的过程，其中任何一个环节都不可遗漏，也不能置换顺序。许学夷认为："汉魏五言，源于《国风》，而本乎情，故多托物兴寄，体制玲珑，为千古五言之宗。""汉魏五言，本乎情兴，故其体委婉而语悠圆，有天成之妙。"② 由此可见，他极为注重"情兴"在汉魏诗歌产生过程中的基础性地位。同样，许氏又认为："汉魏五言，为情而造文，故其体委婉而情深。颜谢五言，为文而造意，故其语雕刻而意冗。"③ 这就是说，汉魏诗歌符合由"感官"到"接受"的美感生成规律；而以颜延之、谢灵运为代表的六朝文人在诗歌创作中往往于心中预设一种"文本"模式，然后再刻意地去探寻符合这种模式的"意"与"象"，此种创作意识只能使创作主体在修辞与表意上着力，而难以表达主体的真情实感。

另一方面，许学夷又用"作用"补充"情兴"对汉魏诗歌嬗变本质概括的不足。皎然在《诗氏》中说："二子（李陵、苏武）天予真性，发言自高，未有作用。《十九首》辞精义炳，婉而成章，始见作用之功。"④

---

① （明）许学夷著，杜维沫校点《诗源辩体》，人民文学出版社，1987，第74~75页。
② （明）许学夷著，杜维沫校点《诗源辩体》，人民文学出版社，1987，第44~45页。
③ （明）许学夷著，杜维沫校点《诗源辩体》，人民文学出版社，1987，第47页。
④ （唐）皎然著，李壮鹰校注《诗式校注》，人民文学出版社，2003，第103~104页。

那么"作用"该做何解？王世贞认为："《古诗十九》，人谓无句法，非也。极自有法，无阶级可寻耳。"① 将"作用"指为一种难以琢磨的"法"，但却忽略了"法"与"自然"的本质冲突，使后人将"作用"误解为一种"法"，只不过汉魏较隐，后代渐显罢了。针对这种错误的认识，许学夷批判道："岂以汉人亦有意敛藏耶？善乎赵凡夫云：'古诗在篇不在句，后人取其句字为法，谓之步武可耳，何尝先自有法！'"② 由此许氏提出了自己对皎然"作用之功"的理解："'作用之功'，即所谓完美也。……作用之迹，正与'功'字不同，功则犹为自然，迹则有形可求矣。"③ 他将"作用"一分为二，即"作用之功"与"作用之迹"，"作用之功"仍属于"自然"的范畴。因此，许氏认为《古诗十九首》"无作用之迹"，而曹植的"五言四句如'逍遥芙蓉池''庆云未时兴'二篇，较之汉人，始见作用之迹"。④ 可见，许氏标举"作用"的目的是揭示汉魏诗歌之"变"，以此明确汉末建安诗歌"变不离古"的本质。"作用之功"与"情兴"代表了汉魏古诗之"自然"本色，"作用之迹"与"着意"则表明了古诗由"汉魏"向"六朝"的必然之"变"。

许学夷对王世贞汉魏诗学观做了许多修正，因此《诗源辩体》中有不少他对王氏诗学"过中"之弊的指摘，但更应看到该书对王世贞、胡应麟等人辨体观的诸多继承（如《诗源辩体》就以《艺苑卮言》与《诗薮》为重要参考文献）。胡应麟对王世贞的修正以补充为主，其主导态度在于"扬"；许学夷对王世贞的修正则以指瑕为主，其主导态度在于"持中"。这种指导态度的不同是胡、许二人接受王世贞汉魏诗学观最大的相异之处。许学夷在评价王世贞的诗歌创作时说：

> 元美识超一代，力敌万人，有兼功而无专力。总诸体而论，乐府变数篇，可称诣极；五言古，选体最劣，唐体稍胜，变体及学东坡者多有可观；歌行，六朝、唐、宋靡所不有，而入录者不能什一，中虽

---

① （明）王世贞著，罗仲鼎校注《艺苑卮言校注》，齐鲁书社，1992，第41页。
② （明）许学夷著，杜维沫校点《诗源辩体》，人民文学出版社，1987，第58页。
③ （明）许学夷著，杜维沫校点《诗源辩体》，人民文学出版社，1987，第62页。
④ （明）许学夷著，杜维沫校点《诗源辩体》，人民文学出版社，1987，第82页。

有奇伟之作，而纯全者少，变体始多全作；五言律，仅得百中之一，而实非本相；七言律，意在宗杜，又欲兼总诸家，然臃肿支离，复多深晦，晚唐奇丑者亦往往见之，此英雄欺人耳。①

前人论及王世贞之"博"每多赞誉，当然这亦是王氏诗学卓荦于复古诸子的重要原因之一，这一点许学夷并不否认，但许学夷却能在"博"中发现王世贞的"有兼功而无专力"，认为王氏诗歌创作虽无体不有，却每一种体制的创作（除"乐府变数篇"）都没有取得应有的成就。许学夷之所以能具有这种客观精警的认识，其中一个重要原因就在于在许氏所处的时代，明代诗学图景已完整地展现在他的面前，使他能以"全知"视角评判包括王世贞、胡应麟等在内的明代诗学主要流派的主要人物；而另一个重要原因则是许学夷能以平和的态度看待诗学问题，因此在《诗源辩体》中很难发现明人那种"偏胜，走极端，自以为是，不容异己"的"法西斯式"作风，这也正是他在参照王世贞汉魏诗学观过程中能超越参照对象乃至超越明代大部分复古诗论家的原因之所在。

三 王夫之汉魏诗学观②与王世贞汉魏诗学观的比较

王夫之对王世贞汉魏诗学观的体认与胡应麟、许学夷等人有本质的不同，胡、许二人是"修正者"，其差别体现在修正的态度与程度上；王夫之则是"批判者"，这种"批判"亦可称为"负继承"，即以吸取教训的反思意识为主导接受前一历史阶段的反面经验。但这种行为和清朝前期非遗民文学家对王世贞等人诗学思想的接受亦不相同，正如廖可斌教授所言：

---

① （明）许学夷著，杜维沫校点《诗源辩体》，人民文学出版社，1987，第417页。
② 这里需要注意的是，王夫之诗论主要在《姜斋诗话》中，但《姜斋诗话》并非王夫之论诗著作之原名。王夫之著作颇丰，至今可见者有八十种，其中与评诗论诗相关的有：《诗译》一卷，《夕堂永日绪论内编》一卷，《古诗评选》六卷，《唐诗评选》四卷，《明诗评选》八卷，《诗广传》五卷。清人王启原将《诗译》和《夕堂永日绪论内编》收入其诗学辑丛《谈艺珠丛》中，后丁福保辑《清诗话》时便将二书合而为一，称《姜斋诗话》。由此《姜斋诗话》遂成为王夫之诗话著作的通行之名。可参见杨松年《王夫之诗论研究》，（台北）文史哲出版社，1986，第21～25页。本节所涉及的文献除主要的《姜斋诗话》外，亦有王夫之的诗歌评论著作。

（这类文学家）大多是明朝遗民文人的晚辈，深受他们的影响，可以说就是在对明代文学和文化进行反思和批判的文化氛围中成长起来的，对明代历史文化的批判成了他们基本常识和习惯动作。同时，清朝是由满族统治者建立起来的，他们在文化方面本来比较落后，越落后就越不自信，越不自信就越需要通过否定明朝及其文化以抵消自己的不自信并借此获得自信。①

清朝建立后以政治强权左右文人的思想，这使清朝初期的非遗民文学家难以形成对明代文学自由主动的理解。那么由于所处的时代与刻骨铭心的经历，以王夫之为代表的遗民文学家的诗学思想便是不可复制的。因此，一方面，在王夫之对王世贞诗学思想的观照过程中几乎难以再见到那种具体而微的解析，而是将王世贞汉魏诗学观作为一种文学现象或诗学思想的代表，置于明代诗学宏观背景下与众多明代文学家一并考察，以便更好地对明代文学整体进行批判；另一方面，在明清鼎革之际与清朝建立之初，清朝统治者尚无太多精力投入思想文化的管控，王夫之能于乱世之中保持人格与思想的独立，所以并不盲从，其能于抨击的同时找出问题产生的根源并提出一定的解决方案。

（一）对明人门户问题的批判

王夫之对王世贞汉魏诗学观的态度首先表现在对门户问题的批判上。他说："一解弈者，以诲人弈为游资。后遇一高手，与对弈，至十数子，辄揶揄之曰：'此教师棋耳！'诗文立门庭，使人学己，人一学即似者，自诩为'大家'，为'才子'，亦艺苑教师而已。高廷礼、李献吉、何大复、李于鳞、王元美、钟伯敬、谭友夏，所尚异科，其归一也。才立一门庭，则但有其局格，更无性情，更无兴会，更无思致；自缚缚人，谁为之解者？……立门庭与依傍门庭者，皆逐队者也。"② 前后七子倡导复古而流于抄袭，竟陵派崇尚性灵却流为僻涩，随着这些流派末流的弊端越来越明显，诗学逐渐沦为纠偏的工具而难以提供建设性的指导。王夫之认为这

---

① 廖可斌：《明代文学思潮史》，人民文学出版社，2016，第566页。
② （清）王夫之：《姜斋诗话》，丁福保辑《清诗话》，上海古籍出版社，2015，第14页。

种弊端的根源不在于"偏",而在于"立门庭",门庭一立必有"依傍门庭者",这种思想的依附使立门户者与傍门户者必以门派之是非为是非,这就是"自缚缚人"。王世贞的汉魏诗学观本身就受到后七子整体诗学的介入而实质上亦为一种门户之见,虽然晚年有所改变,但如钱谦益所言"门户既立,声价复重,譬之登峻坂、骑危墙,虽欲自下,势不能也"①。

其实,王世贞又何尝不知"门户"之弊,早在《艺苑卮言》中他就不无讽刺地说:"大抵世之于文章,有挟贵而名者,有挟科第而名者,有挟他技如书、画之类而名者,有中于一时之好而名者,有依附先达,假吹嘘之力而名者,有务为大言,树门户而名者,有广引朋辈,互相标榜而名者。要之,非可久可大之道也。迩来狙狯贾胡,以金帛而买名,浅夫狂竖,至用詈骂谤讪,欲以胁士大夫而取名,唉,可恨哉!"② 然而"门户"如一把双刃剑,不好的一面如王世贞所言,好的一面却又能使开门立派者激扬文字、坛坫自雄,实现人生"立言"的价值追求。因此,对"门户"充满厌恶的王世贞最终仍同李攀龙等人一起走向了"设坛建埠"的道路。王夫之认为,这种"门户"之风是明代文学环境不断恶化的"罪魁祸首",郭绍虞在总结王夫之的文学思想时说:"然而船山却不拈出神韵两字为其诗论主张,则以一经拈出,自有庸人奔来凑附,依旧蹈了建立门庭的覆辙。才破一格,复立一格,这在船山是不为的。"③ 可见王夫之吸取教训之深,以至于不敢轻言自己的诗论主张。

(二) 对汉魏诗歌审美本质的新期许

针对汉魏诗歌的审美本质,王夫之的理解亦与王世贞有很大的不同。王夫之反对建立门户不仅体现在行动上,而且反映在文学理念上;不仅要批判建立门户这一行为,而且要摒弃与这一行为相配套的思想基础。

先说王夫之对诗歌创作的认识。王夫之极不赞成明代诗坛所盛行的"格调"一说,认为作诗讲究格调只能使初学者落于字字句句篇篇之形似,而于诗歌之本质一无所得,因此,他对王世贞的诗歌模拟形似给予了严厉的批评。王夫之在其明诗选本《明诗评选》中仅选王世贞五绝一首,

---

① (清)钱谦益:《列朝诗集小传》,上海古籍出版社,1983,第437页。
② (明)王世贞著,罗仲鼎校注《艺苑卮言校注》,齐鲁书社,1992,第425页。
③ 郭绍虞:《中国文学批评史》,商务印书馆,2010,第556页。

并评价道:"弇州生平所最短者莫如思致,一切差排只是局面上架过,甚至赠王必絮,酬李即白,拈梅说玉,看柳言金,登高疑天,入都近日,一套劣应付老明经换府县节下炭金腔料,为宋人所尤诋诃者,以身犯之而不恤。故余不知弇州之以自命者果何等耶?故曰:弇州于诗未有所窥,倘有所窥,即卑即怪,亦自成一致也。"① 在王夫之看来,王世贞等复古派作家毕生追求的"格调"只不过是"一套劣应付老明经换府县节下炭金腔料",于诗歌创作应有的"思致"却少有所得,而最讽刺的是:王世贞一生于宋多有排斥,诗歌风貌却"即卑即怪",到头来连宋人也不如。

再说王夫之对诗歌审美本质的理解。王夫之否定了"格调",自然亦不会赞成建立在"格调"基础上的诗美理想。以王世贞为代表的复古派诗人论及汉魏诗歌时多以古朴苍凉、梗概多气目之,如王世贞评价汉高祖的《大风歌》"气笼宇宙,张千古帝王赤帜"②,评价曹操古诗"古直悲凉"③。而王夫之评价《大风歌》时则说:"神韵所不待论。三句三意,不须承转,一比一赋,脱然自致,绝不入文士映带。岂亦非天授也哉!"④ 评价曹操《短歌行》时又说:"尽古今人废此不得,岂不存乎神理之际哉?以雄快感者,雅士自当不谋。今雅士亦为之心尽,知非雄快也。此篇人人吟得,人人埋没,皆缘摘句索影,谱入孟德心迹。一合全首读之,何尝如此?"⑤ 前人每每看到的是《大风歌》中的豪气,王夫之却看到了其中的"神韵""自然";前人时时称道曹操诗歌的雄劲奋发,王夫之却认为以"雄快"观曹操之诗实未明"孟德心迹",以至于埋没了蕴含其中的"神理之际"。所以说王夫之虽未指明亦不可能指明何为诗歌的审美本质,然而仔细查看其《古诗评选》、《唐诗评选》乃至《明诗评选》,其中的选诗标准、诗歌评语又无不透露出其对诗歌审美本质的理解,那就是情景交融、韵致无穷。这种认识看似大有与明代主流诗美认知唱对台戏的意思,但深而察之,何景明、徐祯卿、晚年的王世贞、谢肇淛、谭元春、陆

---

① (清) 王夫之:《明诗评选》卷七,《船山全书》第 14 册,岳麓书社,1996,第 1554 页。
② (明) 王世贞著,罗仲鼎校注《艺苑卮言校注》,齐鲁书社,1992,第 69 页。
③ (明) 王世贞著,罗仲鼎校注《艺苑卮言校注》,齐鲁书社,1992,第 110 页。
④ (清) 王夫之:《古诗评选》卷一,《船山全书》第 14 册,岳麓书社,1996,第 483 页。
⑤ (清) 王夫之:《古诗评选》卷一,《船山全书》第 14 册,岳麓书社,1996,第 498 页。

时雍等人已流露出类似"神韵"的诗美认识。

最后看王夫之对诗歌审美本质获取途径的阐述。王夫之对"格调"的批判并不意味着他认为诗歌不能讲"格调",而是表明无法通过"格调"理解诗歌的审美本质。那么应该通过什么方法理解呢?他说:"无论诗歌与长行文字,俱以意为主。意犹帅也,无帅之兵,谓之乌合。……以意为主,势次之。势者,意中之神理也。"① 何为"意"?王夫之认为"意"有两层含义:第一,对于创作主体来说,"意"是主体在创作过程中希求达到的境界;第二,对于接受主体来说,"意"是主体在接受过程中所领略到的韵味。那么又是什么样的境界与韵味呢?王夫之没有给出明确的定义,但仍可从他对古诗的评选中窥得一二。他在评鲍照诗歌时说:"空中布意,不堕一解,而往复萦回,兴比宾主,历历不昧。"② 在评价崔颢《长干行》(君家何处住)时说:"墨气所射,四表无穷,无字处皆其意也。"③ "往复萦回,兴比宾主,历历不昧"大概就是作者应追求的境界,而"四表无穷,无字处皆其意"大概就是一首优秀诗歌应展现出的审美观感。何为"势"?既然对"意"的内涵有了把握,则如王夫之所说"势者,意中之神理也","神理"就是规律,即能在创作中达到理想境界、在鉴赏过程中获得韵味的规律。掌握了这种"势"也就能向上一层达到"意",达到情景交融、韵致无穷的诗美终极目标。

王夫之曾说:"曹子建之于子桓,有仙凡之隔,而人称子建,不知有子桓,俗论大抵如此。王敬美风神蕴藉,高出元美上者数等,而俗所归依,独在元美。元美如吴夫差倚豪气以争执牛耳,势之所凌灼,亦且如之何哉?"④ 他由于主张"风神蕴藉"的美学风格,在对王世贞汉魏诗学观的接受过程中难免会有过激之处,但这种"过激"实质上是以王夫之为代表的遗民诗人对明代诗坛反思后所产生的一种应有的理性反应。同是明

---

① (清)王夫之:《姜斋诗话》,丁福保辑《清诗话》,上海古籍出版社,2015,第7页。
② (清)王夫之:《古诗评选》卷一,《船山全书》第14册,岳麓书社,1996,第530页。
③ (清)王夫之:《姜斋诗话》,丁福保辑《清诗话》,上海古籍出版社,2015,第19页。
④ (清)王夫之:《姜斋诗话》,丁福保辑《清诗话》,上海古籍出版社,2015,第15~16页。

代遗民，年长王夫之二十七岁的诗论家赵士喆①说："《卮言》所论字字当家，如老农之谈稼穑，先达之谈举业，确乎为后学之必遵。其所短者，深于法而浅于情，重于词而轻于理，止取于留连光景之资，于所谓兴观群怨者，未曾着眼。"② 而作为遗民二代的清初诗论家叶燮则认为"如明三百年间，王世贞、李攀龙辈盛鸣于嘉、隆时，终不如明初之高、杨、张、徐，犹得无毁于今日人之口也"③。经过比较可以发现，王夫之诗论中对"格调"的批判、对"情""意"的重视，在赵士喆那里已见端倪；叶燮所言"犹得无毁于今日人之口也"，又何尝不与"亦且如之何哉"同义。可知，明代遗民对王世贞的批判有其内部的接续规律，即明亡之时越年轻，稍后对王世贞等人的批判力度就越强。总之，这种批判虽然在一定程度上影响了后世对王世贞及其所处时代环境的客观认识，但却为清代追求古典文化的复兴奠定了一个较为理性的基调。

---

① 关于赵士喆的生平，大多数资料以为不详，根据最新研究成果，可以断定赵氏生于明万历二十一年（1593），卒于清顺治十二年（1655），且在明亡之后先后隐居于山东松椒、成山等地直至去世，是典型的明遗民。可参见何中夏《明末清初山左东莱赵氏家族文学研究》，山东大学硕士学位论文，2016，第 29~33 页。
② （明）赵士喆：《石室谈诗》，吴文治主编《明诗话全编》，江苏古籍出版社，1997，第 10547 页。
③ （清）叶燮：《原诗》，丁福保辑《清诗话》，上海古籍出版社，2015，第 597 页。

第四章
胡应麟的六朝诗学观

胡应麟（1551~1602），字元瑞，后更字明瑞，号少室山人，又号石羊生，浙江兰溪人，是诗歌复古理论的"集大成"者，其诗歌理论融合各家之长。胡应麟《诗薮》作为一部诗学专著，内容丰富、体制严谨，论述六朝诗歌的部分，反映了在复古理念下胡氏对前代诗歌的取舍。

"六朝"作为《诗薮》外编中的一卷，指晋、宋、齐、梁、陈、隋六个朝代。大抵明人论诗所言"六朝"多从文化传承角度考虑，而不以政治中心为划分依据。胡应麟《诗薮》在诗体部分，论述各体诗歌在六朝的流变，在诗歌史部分，以初、盛、中、晚作为分层，论述六朝内部诗歌的发展变化，以及各阶段诗人创作的得失。

第一节 《诗薮》六朝诗人论

虽然晋、宋、齐、梁、陈、隋同列《诗薮》六朝卷，但胡应麟并没有将六朝诗歌一概而论，他认为魏之后，晋代诗歌不仅数量繁盛，而且名师大家相较于其他几个朝代也更多。宋、齐两朝，优秀诗人较少，除谢氏之外只有鲍照、颜延之、王融等为数不多的几位。梁朝诗人虽多，但诗歌质量不高，至陈、隋两朝不仅优秀诗人少，而且诗歌质量亦不高。所以胡应麟说："故吾以合宋、齐不能当一晋，合陈、隋不能敌一梁也。"[1] 故本章论述六朝诗人时分晋，宋、齐，梁、陈、隋三个方面加以讨论。

---

[1] （明）胡应麟撰《诗薮》，上海古籍出版社，1979，第145页。

一 晋代诗人论

晋、宋、齐、梁、陈、隋六朝中，胡应麟对晋诗评价最高，《诗薮》外编卷二为六朝篇，开篇即说："晋、宋之交，古今诗道升降之大限乎！"① 认为晋靠近汉魏，尚有稍许古意，刘宋一代则为诗道大限。又说："当涂以后人才，故推典午。"② （"当涂"为三国魏的代称，"典午"是"司马"的隐语，代指晋朝）胡氏认为论六朝人才，晋最出色，随即举例"二陆、二潘、二张、二傅"等，并概括了另外一些诗人的风格，如"太冲之雄才，茂先之华整，季伦之雅饬，越石之清峭，景纯之丽尔，元亮之超然；方外则葛洪、支遁，闺秀则道韫、若兰。自宋迄隋，此盛未睹"③。

（一）左思

品第晋代诗人，胡应麟认为左思当在陆机之前。胡氏引《诗品》中对魏、晋、宋诗人的评价，对其中"士衡晋室之英，安仁、景阳为辅"④一条存疑，认为"安仁、景阳非太冲比"，指出潘岳（字安仁）、张协（字景阳）不能和左思（字太冲）相比。陆机和左思才应该是晋代诗人的代表。其后又说："平原气骨远非太冲比。"⑤ 由此可见胡氏对左思评价之高。

胡应麟对左思评价之高，多是基于其诗歌对魏诗的继承，认为其诗古朴刚直。"陈思而下，诸体毕备，门户渐开。阮籍、左思，尚存其质。"⑥ 阮籍和左思的诗歌创作继承了曹植的诗歌风格，尚存古朴风力。又云："陈王全集，及子桓、公幹、仲宣佳者，枕籍讽咏，功深日远，神动机流，一旦吮毫，天真自露。骨格既定，然后沿回阮、左，以穷其趣。"⑦

---

① （明）胡应麟撰《诗薮》，上海古籍出版社，1979，第143页。
② （明）胡应麟撰《诗薮》，上海古籍出版社，1979，第145页。
③ （明）胡应麟撰《诗薮》，上海古籍出版社，1979，第145页。
④ 钟嵘《诗品序》曰："故知陈思为建安之杰，公幹、仲宣为辅；陆机为太康之英，安仁、景阳为辅；谢客为元嘉之雄，颜延年为辅。斯皆五言之冠冕，文词之命世也。"见（南朝梁）钟嵘著，曹旭集注《诗品集注》（增订本），上海古籍出版社，2011，第34页。
⑤ （明）胡应麟撰《诗薮》，上海古籍出版社，1979，第145页。
⑥ （明）胡应麟撰《诗薮》，上海古籍出版社，1979，第23页。
⑦ （明）胡应麟撰《诗薮》，上海古籍出版社，1979，第24页。

此言虽是论述曹植诗歌风格对阮籍和左思的影响，但从中可以看出胡氏认为左思之诗感情真挚，不尚雕琢而"天真自露"。

除了风格，左思咏史诗的艺术手法亦得到胡应麟的肯定。胡氏《诗薮》说：

> 《咏史》之名，起自孟坚，但指一事。魏杜挚《赠毌丘俭》，叠用八古人名，堆垛寡变。太冲题实因班，体亦本杜，而造语奇伟，创格新特，错综震荡，逸气干云，遂为古今绝唱。①

"咏史"这一体制源起于汉代班固咏缇萦救父之诗，魏亦有这种类型的诗歌，如杜挚的《赠毌丘俭》。胡应麟认为左思咏史诗的诗题是对汉代班固的继承，在咏史而非指一事的诗体上又受魏杜挚的影响，但不似杜挚之作堆砌少变。胡应麟还赞扬了左思咏史在创新方面的成就。

第一，胡应麟认为左思咏史诗的创作突破了班固"专指一事"的内容范式。传统的咏史诗以某个历史事件或历史人物为主，魏王粲《咏史》、曹植《三良诗》均是围绕秦穆公之事，晋代有石崇《王昭君辞》咏昭君出塞，张协《咏史》咏二疏（疏广、疏受），都是对"专指一事"的继承。左思摆脱了"咏史"既定体式的束缚，以表达主题为核心，从历史事件和历史人物中摘取符合主题的元素为其所用，如左思《咏史》其七中，主父偃、朱买臣、陈平、司马相如不同时、不同事，左思将他们融于一诗当中，揭示了"上品无寒门，下品无势族"（《晋书·刘毅传》）的客观现实，表达了怀才不遇、举步维艰的主题思想。胡应麟认为这种艺术手法始自左思，故说："用事之工，起于太冲《咏史》。"② 沈德潜与胡氏观点相近，亦赞赏左思这种表现手法，《古诗源》说："太冲咏史，不必专咏一人，专咏一事，咏古人而己之性情俱见。此千秋绝唱也。"③ 这种咏多事件、多人物的表达手法与杜挚的《赠毌丘俭》中用八个人物自比有相似之处，故胡氏说其"体亦本杜"，但左思使用多个历史

---

① （明）胡应麟撰《诗薮》，上海古籍出版社，1979，第147页。
② （明）胡应麟撰《诗薮》，上海古籍出版社，1979，第64页。
③ （清）沈德潜选《古诗源》，中华书局，1963，第166页。

事件目的是揭露社会现实,以史鉴今,更具深度,所以胡氏认为左思用事之工在杜挚之上。

第二,胡氏赞扬左思咏史语言上的"奇伟"之风。晋时渐兴绮靡之风,左思在《咏史》之前已凭《三都赋》扬名文坛,但在咏史诗的创作上,他没有使用所擅长的华词丽语,亦没有浸染当时工整之风,而是多用散句。这与汉魏诗歌以气贯之、浑然天成的诗歌风格相近。

胡应麟在论述六朝诗歌首现绮靡之态时说:"故吾尝以阮、左者,汉、魏之遗,而潘、陆者,六朝之首也,未可概以晋人也。"① 以风格、格调来看,左思之诗更倾向于汉魏,"存质""天真自露"等特点使左思之诗不类晋诗,其诗留存汉魏风骨恐怕正是胡氏对其评价高的原因。

(二) 陆机

陆机字士衡,曾任平原内史,故又称"陆平原"。其流传下来的一百多首诗歌中,以拟古和乐府居多。陆机在诗歌理论和诗歌创作方面都有所成就,正如其《文赋》中对创作的要求"其会意也尚巧,其遣言也贵妍。暨音声之迭代,若五色之相宜",他认为诗要有辞采美、声律美。陆机的诗歌创作也是以这一理论为标准的。

胡应麟说:"平原气骨远非太冲比。然仲默亟称阮、陆,献吉并推陆、谢,以其体备才兼,嗣魏开宋耳。"② 胡氏总结李梦阳(字献吉)、何景明(字仲默)评价晋代诗人时推崇陆机的原因为"体备才兼,嗣魏开宋",胡氏基本同意他们的观点,这八个字基本概括了其对陆机的评价。

陆机擅长诗、赋、论等多种文体,赋的成就并不亚于诗,只是陆机在诗方面的影响更加深远。陆机四言、五言诗都有创作,胡应麟《诗薮》评曰:

四言句法高古者,已经前人采摭。自余精工奇丽,代有名篇,虽

---

① (明) 胡应麟撰《诗薮》,上海古籍出版社,1979,第146页。
② (明) 胡应麟撰《诗薮》,上海古籍出版社,1979,第145页。

非本色，不可尽废，漫尔笔之……士衡："来日苦短，去日苦长。今我不乐，蟋蟀在房。"

　　右诸语，或类古诗，或类乐府，或近文词，较之《雅》、《颂》则远，皆四言变体之工者。典午以后，即此类不易得矣。①

　　曹公"月明星稀"，四言之变也；子建《名都》、《白马》，乐府之变也；士衡《吴趋》、《塘上》，五言之变也。②

胡氏对陆机四言、五言的评价都围绕一个"变"字，认为古体诗在陆机笔下有了创新。胡应麟将陆机的四言诗放在魏晋四言诗这一文学史链条上进行评价，认为其四言诗虽然失去了正体四言应该有的"风雅"，但语言工整奇丽，偶有高古之气，是变体中的佳作。胡应麟将陆机的五言诗视为"五言之变"的典范。陆诗虽然种类多样，但风格相近，由古质典雅转向绮靡工丽一路。

对于陆机的拟古诗，胡应麟并没有给予很高评价。《诗薮》言："然平原诸文，模拟何众，而创获何希也？平原诸诗，藻绘何繁，而独造何寡也？"③ 西晋拟古现象较为普遍，陆机的拟古创作更是繁多，但未达到《文赋》"谢朝华于已披，启夕秀于未振"所言的创新程度，其拟古之作大多炫耀才华，其创新主要集中在辞藻描绘。但胡氏肯定了陆机的创新主张，说"非知之艰而行之艰也，其有以自试也"④，认为虽然陆机创作未完全践行其理论，但他毕竟有所尝试。

陆机之才主要体现在他对诗歌的句法与辞藻的锤炼上，"工"和"秾"是其诗歌的主要特点。在"工"这一方面，《诗薮》中说：

　　士衡、安仁一变，而俳偶愈工，淳朴愈散，汉道尽矣。⑤

---

① （明）胡应麟撰《诗薮》，上海古籍出版社，1979，第10~11页。
② （明）胡应麟撰《诗薮》，上海古籍出版社，1979，第31页。
③ （明）胡应麟撰《诗薮》，上海古籍出版社，1979，第147页。
④ （明）胡应麟撰《诗薮》，上海古籍出版社，1979，第147页。
⑤ （明）胡应麟撰《诗薮》，上海古籍出版社，1979，第143页。

> 右诸语，或类古诗，或类乐府，或近文词，较之《雅》、《颂》则远，皆四言变体之工者。①

诗歌发展至陆机、潘岳，诗歌风格相较于汉诗风格来说变化巨大，汉诗的淳朴逐渐被俳偶、雕工所取代。虽然胡氏批评陆机诗歌过于讲求技法，没有继承古体诗歌的精神气质，但就近体诗歌理论还没有确立的晋代而言，胡氏认为陆机在诗歌理论和诗歌创作方面已经走在诗歌发展的前沿，这正是陆机才华的体现。

"秾"与"密"近，指繁复浓密、辞采华茂。于"秾"这一方面，胡氏《诗薮》说：

> 陆才如海，潘才如江，潘、陆之定品也。②

> 六代则公幹之峭，嗣宗之远，元亮之冲，太冲之逸，士衡之秾，灵运之清，明远之俊，玄晖之丽，皆其至也；兼之者陈思也。③

> 平原诸诗，藻绘何繁，而独造何寡也？④

> 潘、陆俱词胜者也。⑤

正如陆机诗歌理论追求辞采美，他的诗歌创作注重修饰与用词，多用雅语而少口语，语言华丽，所以就产生了辞采华茂的诗歌特点。这一特点在胡氏看来则是稍有贬义的"繁靡"。胡氏在赞扬曹植诗歌风格多样时涉及六朝诗人的风格，认为陆机最突出的风格为"秾"。陆机诗歌虽不甚合胡氏之诗歌观念，但他并不否认陆机确有遣词造句之才，故对之有"陆才如

---

① （明）胡应麟撰《诗薮》，上海古籍出版社，1979，第 10 页。
② （明）胡应麟撰《诗薮》，上海古籍出版社，1979，第 143 页。
③ （明）胡应麟撰《诗薮》，上海古籍出版社，1979，第 184 页。
④ （明）胡应麟撰《诗薮》，上海古籍出版社，1979，第 147 页。
⑤ （明）胡应麟撰《诗薮》，上海古籍出版社，1979，第 147 页。

海"的赞誉。

胡氏赞扬左思《咏史》出于真情,具有现实主义精神,有汉诗之淳朴。而陆机之诗出于雕琢,多有逞才之嫌,所以胡氏认为陆机逊于左思。由此可见,胡应麟更加重视诗歌内在的精神气质。

(三) 陶渊明

陶渊明的人品历来为诗歌评论家所称赞。胡应麟论诗将诗品与人品分开,言:"余尝谓富贵溺人,贤者不免,文士尤易著脚,而六朝为甚。……若陶元亮辈,几何人哉!"① 称赞陶渊明不为名利所动,是六朝少有的高洁之士,在人品上给予陶渊明很高的评价,但是并没有在诗品上为陶诗升品。

钟嵘《诗品》说:"(渊明)其源出于应璩,又协左思风力。文体省静,殆无长语。笃意真古,辞兴婉惬。每观其文,想其人德。世叹其质直。至如'欢言酌春酒'、'日暮天无云',风华清靡,岂直为田家语耶?古今隐逸诗人之宗也。"② 认为陶渊明的诗歌语言干净,有古意,并不皆是质直的田家语,也有风华清靡的诗句。胡应麟赞同钟嵘对陶渊明的这一评价,说"善乎钟氏之品元亮"。胡氏说:"子美之不甚喜陶诗,而恨其枯槁也;子瞻剧喜陶诗,而以曹、刘、李、杜俱莫及也。二人者之所言皆过也。"③ 胡氏认为对陶诗褒贬过度皆非所宜,认为陶诗既不"枯槁",也非上品,钟嵘所定中品恰如其分。

胡应麟说杜甫不是很喜欢陶诗,其实是对杜甫评陶诗的误读。杜甫评价陶渊明之诗为《遣兴》第三首,原文为:

> 陶潜避俗翁,未必能达道。观其著诗集,颇亦恨枯槁。达生岂是足,默识盖不早。有子贤与愚,何其挂怀抱。④

---

① (明)胡应麟撰《诗薮》,上海古籍出版社,1979,第153页。
② (南朝梁)钟嵘著,曹旭集注《诗品集注》(增订本),上海古籍出版社,2011,第336页。
③ (明)胡应麟撰《诗薮》,上海古籍出版社,1979,第151~152页。
④ (唐)杜甫著,(清)仇兆鳌注《杜诗详注》,上海古籍出版社,1979,第563页。

"枯槁"出自诗中颔联第二句,指的是人生的苦闷与困顿,并不是指语言没有文采、枯涩。陶渊明在其《饮酒二十首》中说:"颜生称为仁,荣公言有道。屡空不获年,长饥至于老。虽留身后名,一生亦枯槁。"① 杜甫所谓"枯槁"乃就此而言,并非对陶诗艺术的评价。杜甫评陶渊明"未必能达道",也不乏自嘲之意②。并且杜甫是将陶渊明与谢灵运并称的第一人,以其对谢灵运评价之高,断不会将陶诗评为"枯槁"。所以胡应麟所谓杜甫言陶诗枯槁说不成立,是一种误读。

陶诗"世叹其质直",多为时代审美趣味所限。晋、宋期间的诗歌创作大开声色,以俳偶绮丽为审美标准,"俪采百字之偶,争价一句之奇"③。陶渊明这种恬静、平和、自然的诗歌不合潮流,即使钟嵘认为陶渊明人品高尚,陶诗风华清靡,亦只将陶诗列为中品。

随着诗歌观念的转变,陶诗在诗歌史上的地位越来越高,至宋代达到极点,宋之中又以苏轼最为推崇陶诗。苏轼在《与子由六首》中说:"吾于诗人,无所甚好,独好渊明之诗,渊明作诗不多,然其诗质而实绮,癯而实腴,自曹、刘、鲍、谢、李、杜诸人,皆莫及也。"④ 其一,苏轼反对六朝人所谓陶诗"质直"的看法,认为陶诗初看上去稍显无文、散缓,但实际上诗歌内在情感丰富,并且在结构上语意连贯、句法浑成。这一观点颇似元好问所说的"豪华落尽见真淳"(《论诗三十首》)。其二,苏轼认为陶诗地位在曹、刘、鲍、谢、李、杜之上。胡应麟对这点提出质疑,认为其言过于极端,陶诗未可与以上诸人比肩。

相对于苏轼来说,黄庭坚的评价更为中肯,他在《书陶渊明诗后寄王吉老》中说:"血气方刚时读此诗,如嚼枯木,及绵历世事,知决定无所用智,每观此篇,如渴饮水,如欲寐得啜茗,如饥啖汤饼。"⑤ 这就融

---

① 逯钦立校注《陶渊明集》,中华书局,1979,第93页。
② 清仇兆鳌《杜诗详注》卷七在杜甫此诗下注曰:"黄庭坚曰:子美困于山川,为不知者诟病,以为拙于生事,又往往讥议宗文、宗武失学,故寄之渊明以解嘲耳。诗名曰《遣兴》,可解也。"见(唐)杜甫著,(清)仇兆鳌注《杜诗详注》,上海古籍出版社,1979,第564页。
③ (南朝梁)刘勰著,詹锳义证《文心雕龙义证》卷二,上海古籍出版社,1989,第208页。
④ 张志烈等校注《苏轼全集校注》第20册,河北人民出版社,2010,第8653页。
⑤ 郑永晓整理《黄庭坚全集辑校编年》,江西人民出版社,2011,第957页。

合了褒贬两方的观点：陶诗中包含着作者丰富的人生阅历和生活体验，对于未经世事的年轻人来说，其内涵的丰富、情感的真挚难以体会；当经历世事，与陶渊明心境相近时，便觉陶诗高妙无双。黄庭坚从读者的角度合理解释了陶诗"质直"与"丰腴"两说，否定了陶诗仅"质直"之说。明代虽然不如宋代对陶诗的评价高，但陶诗亦受到复古派、茶陵派、竟陵派中人的肯定，胡应麟却认为陶诗源流偏狭、格调偏弱。

胡应麟对陶渊明的评价，多是在诗歌流变的历史中展开的，从格调变化、古诗源流的角度看，胡氏认为"陶、孟、韦、柳之为古诗也，其源浅，其流狭，其调弱，其格偏"①。

陶诗"源浅"，指陶渊明没有师承。胡应麟说诗之创作应该寻其诗体源头，师法贵上，而陶渊明的五言诗"开千古平淡之宗"②，没有继承古诗之本色，而是自创一种风格，所以胡氏说"陶之意调虽新，源流匪远"③。胡氏赞同钟嵘对陶诗品第的评价，却于"源出于应璩"一条持不同意见，其原因大概就在于胡氏认为陶渊明的五言诗是自出而非继承。胡应麟继承复古派的诗歌理论，古体以汉魏为尊，伸正黜变的态度使其论诗依循诗歌流变史的轨迹，没有单纯地从诗艺角度出发给陶诗以客观评价。

陶诗"格偏"，指陶诗风格异于汉魏，格调偏离主流。"格偏"首先体现在"淡"上，胡氏说：

> 晋以下，若茂先《励志》，广微《补亡》，季伦《吟叹》等曲，尚有前代典刑。康乐绝少四言，元亮《停云》、《荣木》，类其所为五言。要之叔夜太浓，渊明太淡，律之大雅，俱偏门耳。④

陶诗"清淡"的诗风于四言不类《诗经》，于五言不似汉诗"圆不加规，方不逾矩"，所以为"偏"。陶渊明各体诗歌的创作都贯穿着自己恬静、平和的风格，如《归去来兮辞》体式上来源于《楚辞》，却不复骚体"哀

---

① （明）胡应麟撰《诗薮》，上海古籍出版社，1979，第28页。
② （明）胡应麟撰《诗薮》，上海古籍出版社，1979，第35页。
③ （明）胡应麟撰《诗薮》，上海古籍出版社，1979，第35页。
④ （明）胡应麟撰《诗薮》，上海古籍出版社，1979，第10页。

怨"的风格,无论喜还是悲,都没有太大的情感波动。对于这种有别于传统的风格,胡应麟并不十分欣赏。胡应麟遵从的是"文章自有体裁,凡为某体,务须寻其本色,庶几当行"①,而陶渊明为诗为文重在娱己,在"示己志"。陶渊明不模仿古人用语,相较于汉诗宛亮之调,陶诗自然直寄之语被评为"调弱""格偏",这反映出胡应麟与陶渊明在诗歌创作理念上存在差异。

囿于"伸正黜变"理念,胡应麟并没有给陶诗很高的评价,甚至认为古诗格调之弱自陶渊明始。但陶诗自唐之后越发被推崇,成就有目共睹,依然坚持"黜变"主张而否定陶诗既不符合事实,也会暴露自身理论的漏洞。所以胡应麟将陶诗"清淡"的风格亦列入古诗典范之中,《诗薮》言:

> 古诗轨辙殊多,大要不过二格。以和平、浑厚、悲怆、婉丽为宗者,即前所列诸家;有以高闲、旷逸、清远、玄妙为宗者,六朝则陶,唐则王、孟、常、储、韦、柳。但其格本一偏,体靡兼备。②

在坚守汉魏"和平、浑厚"等一级格调的基础上,胡氏将陶诗"高闲""清远"等诗歌风格定为次级格调,其虽然仍处于"偏"的范围,但亦是可以宗法的对象。胡应麟通过扩大格调内涵的方式,肯定了陶诗在诗歌史上的地位,调和了诗歌"源流"与"正变"的矛盾。

二 宋、齐诗人论

胡应麟说:"宋、齐自诸谢外,明远、延之、元长三数公而已。"③ 他赞成《诗品》以谢灵运为首④,但认为鲍照之才在颜延之之上。胡氏认为,刘宋一代诗人排名顺序依次为谢灵运、鲍照、颜延之。

---

① (明)胡应麟撰《诗薮》,上海古籍出版社,1979,第21页。
② (明)胡应麟撰《诗薮》,上海古籍出版社,1979,第23~24页。
③ (明)胡应麟撰《诗薮》,上海古籍出版社,1979,第145页。
④ 《诗品序》:"谢客为元嘉之雄,颜延年为辅。斯皆五言之冠冕,文词之命世也。"见(南朝梁)钟嵘著,曹旭集注《诗品集注》(增订本),上海古籍出版社,2011,第34页。

（一）谢灵运

作为山水诗的开创者，谢灵运在诗史中的地位是公认的，自六朝开始，各朝各代对其诗歌都有所继承，诗歌批评也非常丰富。虽然明代诗论以"格调"说为主导，尊崇汉魏、盛唐诗歌，但复古派成员并没有贬低谢灵运的诗歌，在山水诗的创作上亦有学习谢灵运的作品。主张复古的李梦阳和何景明对谢诗评价存在较大差异。李梦阳说："子亦知谢康乐之诗乎？是六朝之冠也，然其始本于陆平原，陆、谢二子则又并祖曹子建。"① 认为谢灵运诗歌继承了曹植诗歌风格，是六朝之冠。何景明说："诗弱于陶，谢力振之，然古诗之法亦亡于谢。"② 认为谢灵运想扭转陶渊明古诗作法的偏差，但谢灵运的古诗亦不是汉魏正统。胡应麟对谢灵运的评价更倾向于李梦阳一方，从诗歌地位和诗歌风格两方面肯定了谢诗成就。

《诗薮》中对谢灵运的评价，首先肯定了谢灵运在六朝诗史中的地位，其言：

> 士衡诸子，六代之初也；灵运诸子，六代之盛也；玄晖诸子，六代之中也；孝穆诸子，六代之晚也。苏、李之才，不必过于曹、刘；陆、谢之才，不必下于公幹，而其诗不同也，则其世之变也。其变之善也，则其才之高也。③

> 宋称颜、谢，然颜非谢敌也。④

胡氏将六朝诗史分为初、盛、中、晚四个阶段，并认为谢灵运是盛之代表。刘宋一朝的代表诗人为颜延之和谢灵运，世人往往将两人并称，胡氏认为谢灵运的诗歌创作水平要高于颜延之，乃刘宋最佳。

胡应麟还肯定了谢灵运诗歌"华"的风格在五言古诗中的地位，《诗

---

① （明）李梦阳撰《空同集》卷五十《刻陆谢诗序》，《景印文渊阁四库全书》第1262册，（台北）台湾商务印书馆，1986，第465页。
② （明）何景明撰《大复集》卷三十二《与李空同论诗书》，《景印文渊阁四库全书》第1267册，（台北）台湾商务印书馆，1986，第291页。
③ （明）胡应麟撰《诗薮》，上海古籍出版社，1979，第144页。
④ （明）胡应麟撰《诗薮》，上海古籍出版社，1979，第154页。

薮》言：

> 五言古，先熟读《国风》、《离骚》，源流洞彻。乃尽取两汉杂诗，陈王全集，及子桓、公幹、仲宣佳者，枕藉讽咏，功深日远，神动机流，一旦呎毫，天真自露。骨格既定，然后沿洄阮、左，以穷其趣；颉颃陆、谢，以采其华；旁及陶、韦，以澹其思；博考李、杜，以极其变。超乘而上，可以掩迹千秋；循辙而趋，无忝名家一代。①

胡氏认为五言是古诗中较难学习的，在论述五言流变时曾说："统论五言之变，则质漓于魏，体俳于晋，调流于宋，格丧于齐。"②胡应麟论诗最重格调，宋、齐五言古诗本该是胡氏批评的对象，但在其指出的学诗路径中，胡氏认为可以学习陆机、谢灵运诗歌的"华"，以丰富诗歌的肌理。这是对谢诗"华"的风格的肯定。

谢灵运诗之"清"、"韵"、有风神的特点奠定了其"六朝之冠"的地位。明代复古主张很容易导致出现模拟剽窃的问题，为了弥补复古理论的漏洞，胡应麟在"体格声调"之外又提出"兴象风神"之说，认为"风神"和"格调"同等重要，"作诗大要不过二端，体格声调，兴象风神而已"③，强调诗歌除形式得体外还应讲求神韵。谢灵运诗歌于"体格声调"方面不符合胡氏的评诗要求，但其"清""韵"的诗歌风格得到了胡氏的肯定。

胡应麟认为谢灵运较元嘉时期的其他诗人更能称佳的原因之一就是诗风之"清"，《诗薮》言："清水芙蓉，缕金错采，颜、谢之定衡也。"④谢灵运诗如清水芙蓉，颜延之诗长于雕刻，稍显呆滞。又言："六代则公幹之峭，嗣宗之远，元亮之冲，太冲之逸，士衡之秾，灵运之清……皆其至也。"⑤认为谢灵运之诗是"清"之至者。而"清"是胡应麟极看重的

---

① （明）胡应麟撰《诗薮》，上海古籍出版社，1979，第24页。
② （明）胡应麟撰《诗薮》，上海古籍出版社，1979，第24页。
③ （明）胡应麟撰《诗薮》，上海古籍出版社，1979，第100页。
④ （明）胡应麟撰《诗薮》，上海古籍出版社，1979，第143页。
⑤ （明）胡应麟撰《诗薮》，上海古籍出版社，1979，第184页。

一种诗歌风格,他说:

> 诗与文体迥不类:文尚典实,诗贵清空;诗主风神,文先理道。①

他认为"清"是诗歌难得的特点,但并没有对"清"的具体含义做出解释。《说文解字》说:"清,朗也。澄水之貌。"段玉裁解释"朗"为"明"。② 可见"清"之本义指水之清澈。"清"最早的应用散见于先秦哲学著作,其美学含义在六朝逐渐完善,涉及书画诗歌等多个艺术领域,其表达的审美感受逐渐统一。从美学上看,"清"形容的是审美主体在审美过程中感受到的自然清明的意境。

叶嘉莹在论述"神韵说"时,将"神韵"之作的特点总结为两点:"一则是风格以清、远为尚,再则是多为山水自然的写景之作。……总清远二妙,则为神韵。"③ 叶先生进而解释了"清"的含义——写幽雅之景物,"远"的含义——由景物而引发的一种情意上之体悟。可见叶先生认为"清远"是神韵的一种。谢灵运山水诗的特点——穷形尽相地描绘山水景色然后抒发由山水景色所引发的体悟,完全符合"清远"的含义,亦是神韵表现的一种。综上来看,胡氏评谢诗之"清",即"神韵"之一种。

复古派推崇汉魏、盛唐古诗,六朝诗歌处于诗歌史的低谷期,必然不受复古派青睐。但六朝亦不乏诗歌大家,片面否定不符合现实,过度肯定又暴露自身理论缺陷。胡应麟从"风神"角度给予谢灵运评价,既承认其诗歌创作的高度,又不与"格调说"相悖逆,通过对复古理论的扩充和发展,弥补了复古理论之失。

(二) 鲍照

胡应麟认为,刘宋时期,鲍照诗歌成就仅次于谢灵运,他说:"宋人

---

① (明)胡应麟撰《诗薮》,上海古籍出版社,1979,第125页。
② (汉)许慎撰,(清)段玉裁注《说文解字注》,上海古籍出版社,1981,第550页。
③ 叶嘉莹:《王国维及其文学批评》,北京大学出版社,2008,第271页。

一代,康乐外,明远信为绝出,上挽曹、刘之逸步,下开李、杜之先鞭。"① 从承袭关系来说,鲍照继承了曹植、刘桢的风格,其诗歌的一些特点又被李白、杜甫所学习,由此确立了鲍照在诗歌史上的地位。

胡应麟认为鲍照的诗歌风格较谢灵运来说稍"靡",他说:"第康乐丽而能淡,明远丽而稍靡,淡故居晋、宋之间,靡故涉齐、梁之轨。"② 谢灵运和鲍照的诗歌都有骈俪的特点,谢灵运高妙的地方在于能回归自然,而鲍照诗歌则刚好相反,在丽的基础上又向前一步至"靡"。"靡"是胡氏认为鲍照诗歌偏向齐、梁风格的原因。

胡应麟从诗体演变的角度给予鲍照七言古诗很高的评价。胡氏赞赏鲍照《拟行路难》:

> 元亮、延之,绝无七言。康乐仅一二首,亦非合作。歌行至宋益衰,惟明远颇自振拔,《行路难》十八章,欲汰去浮靡,返于浑朴,而时代所压,不能顿超。后来长短句实多出此,与玄晖五言,俱兆唐人轨辙矣。③

晋、宋、齐七言古诗的创作寥寥无几,刘宋初期虽有少量七言古诗的创作,但由于质量不高没有什么可称道的。胡氏亦说过:"宋、齐诸子,大演五言,殊寡七字。"④ 他对七言古诗在宋、齐的境遇颇为忧心。直到鲍照《拟行路难》出现,七言古诗才重新振起。鲍照的七言创作补救了乐府诗断代的问题,并且在创新上得到胡氏的肯定。胡氏认为,鲍照的七言古诗力求表现出汉魏古诗浑融朴素的风貌,在句法和风格上对唐朝诗歌创作产生了深远影响。胡氏对鲍照乐府诗的评价亦得到后人肯定。清李调元《雨村诗话》中说:"诗之绮丽,盛于六朝,而就各代分之,亦有首屈一指之人。如梁(宋)则以鲍照(明远)为第一,其乐府如五丁开山,得

---

① (明)胡应麟撰《诗薮》,上海古籍出版社,1979,第149页。
② (明)胡应麟撰《诗薮》,上海古籍出版社,1979,第149页。
③ (明)胡应麟撰《诗薮》,上海古籍出版社,1979,第45页。
④ (明)胡应麟撰《诗薮》,上海古籍出版社,1979,第42页。

未曾有，谢瞻辈所不及也。"① 清牟愿相《小澥草堂杂论诗》中说："魏、晋后，五言变化已极，七言殊寥寥，其绝出者独明远耳。"② 他们都肯定了鲍照七言古诗的诗史地位。

鲍照的拟古之作在六朝时期并没有得到较高的评价，钟嵘《诗品》中说："嗟其才秀人微，故取湮当代。然贵尚巧似，不避危仄，颇伤清雅之调。故言险俗者，多以附照。"③ 钟嵘肯定了鲍照的才华，但认为鲍照的拟古诗用事、抒情"危仄"，诗歌之险俗有伤清雅。鲍照的身份和为诗原则，使他的诗歌在"雅俗"方面与当时审美标准不合。鲍照出身寒微，自称"孤门贱生"，在追求显达的过程中没有世族名门沽名钓誉的"清望"之气，故失于钟嵘所言之"清"。鲍照关注社会现实，将民歌融入诗歌创作之中，通过征夫、思妇等下层人民的视角，写出自身真实的生活遭遇和生活体悟，这种抛却说理，恢复诗歌抒情性质的创新没有达到钟嵘所言之"雅"。《南齐书·文学传》亦认为鲍照的诗歌不是主流，如"八音之有郑、卫"④。颜延之虽然没有直接对鲍照诗歌做出评价，但亦非常反对诗歌中融入民歌元素，《南史·颜延之传》中记载他批评汤惠休的诗歌"委巷中歌谣耳，方当误后生"⑤。由此可知，胡氏认为鲍照诗歌成功之处的"浑朴"，正是六朝时人批判其"低俗"之处。可见在诗歌审美标准方面，胡应麟与六朝有所不同。

（三）颜延之

颜延之与谢灵运、鲍照并称为"元嘉三大家"，胡应麟亦认为颜延之是刘宋一代的代表，但《诗薮》中关于颜延之的评价并不多，且多以颜、谢比较的方式出现。胡应麟对颜延之的评价可以概括为"学高才弱"，这样的评价多是就颜延之和谢灵运的比较来说的。《诗薮》中关于颜延之的评价有：

---

① （清）李调元著，詹杭伦、沈时蓉校正《雨村诗话校正》，巴蜀书社，2006，第10页。
② （清）牟愿相：《小澥草堂杂论诗》，郭绍虞编选，富寿荪点校《清诗话续编》，上海古籍出版社，1983，第917页。
③ （南朝梁）钟嵘著，曹旭集注《诗品集注》（增订本），上海古籍出版社，2011，第381页。
④ （南朝梁）萧子显撰《南齐书》卷五十二，中华书局，1972，第908页。
⑤ （唐）李延寿撰《南史》卷三十四，中华书局，1975，第881页。

宋称颜、谢，然颜非谢敌也。①

延之与灵运齐名，才藻可耳。至于丰神，皆出诸谢下，何论康乐！②

灵运、延年，并以纵傲名，而颜之识，远非谢比也。③

从诗歌品第上来说，胡氏认为，颜延之在谢灵运之下，虽然二人之诗才藻相当，但颜延之的诗缺少风神。所以胡氏反对王仲淹的评价，认为王仲淹"不知延之、俭、昉所以远却谢、鲍诸人，正以典质有余，风神不足耳"④。在颜延之和谢灵运的比较中，胡氏更看重的是诗歌的风神而非诗人的才藻和识见。

（四）谢朓

胡应麟认为宋、齐两朝，除了大小谢外，优秀的诗人只有鲍照、颜延之和王融。但在评南齐诗歌时，对王融所言甚少，《诗薮》中关于王融的评价也甚少，所以有齐一代唯剩谢朓。

谢朓所在的时代比较特殊，一方面，政治斗争激烈，士人很容易卷入政治斗争的旋涡；另一方面，统治者重视文学，文人有很好的文学创作环境。特别是永明时期"新体诗"成为诗歌创作的潮流，谢朓作为代表人物，其诗歌在声韵格调上颇有建树，是以对唐律影响深远。谢朓诗歌创作对唐诗的影响亦是后世评论家多着眼之处。《沧浪诗话》云："谢朓之诗，已有全篇似唐人者，当观其集方知之。"⑤ 胡应麟亦有这样的观点。他不仅认为谢朓能作唐语，而且认为谢朓诗风涵盖唐代各个时期的风格。《诗薮》言："六朝句于唐人，调不同而语相似者：'余霞散成绮，澄江静如练'，初唐也；'金波丽鳷鹊，玉绳低建章'，盛唐也；'天际识归舟，云

---

① （明）胡应麟撰《诗薮》，上海古籍出版社，1979，第154页。
② （明）胡应麟撰《诗薮》，上海古籍出版社，1979，第148页。
③ （明）胡应麟撰《诗薮》，上海古籍出版社，1979，第151页。
④ （明）胡应麟撰《诗薮》，上海古籍出版社，1979，第152页。
⑤ （宋）严羽著，郭绍虞校释《沧浪诗话校释》，人民文学出版社，1961，第158页。

中辨江树'，中唐也；'鱼戏新荷动，鸟散余花落'，晚唐也。俱谢玄晖诗也。"①

胡应麟以"精工流丽"总结了评论家们对谢朓诗歌的评价，认为谢朓诗歌词义细致严密，语句工整，声韵和谐流畅，这些特点也是人们认为谢朓影响唐律的地方。胡氏说："世目玄晖为唐调之始，以精工流丽故。"② 与世人着眼于谢朓对唐律的影响不同的是，胡应麟注意到了谢朓的另一种诗歌风格，发现了谢朓诗歌风格的转变。他说："然此君实多大篇，如《游敬亭山》、《和伏武昌》、《刘中丞》之类，虽篇中绮绘间作，而体裁鸿硕，词气冲澹，往往灵运、延之逐鹿。后人但亟赏工丽，此类不复检摭，要之非其全也。"③ 除了工丽的诗歌外，胡氏认为谢朓还有一类体裁鸿硕、词气冲淡的诗歌，二者结合才能对谢朓进行全面的评价。

三　梁、陈、隋诗人论

胡应麟在评价谢朓时说："宣城在齐，遂无可作辅者。梁、陈而下，沈、范、江、何、柳、吴、徐、庾，大概鲁、卫之政，地丑德齐，莫能相尚矣。"④ 他认为谢朓之后的诗人"地丑德齐"（喻势均力敌），彼此条件一样。从总体上看，胡应麟对梁、陈、隋三代的诗人评价不高，故没有着墨颇多的诗人。

胡应麟认为梁代诗人众多，列举了"沈约、江淹、范云、任昉、肩吾、希范、吴、柳、阴、何，至萧、王、刘氏"⑤ 数家，但梁代诗歌格调低靡，所以胡氏认为梁"才非晋敌，数则倍之"⑥。胡应麟并没有一一论述他所列举的诗人，只对其中的沈约、江淹、庾信、徐陵稍多着墨。

（一）沈约

对沈约诗歌的评价，六朝时期并不统一。钟嵘《诗品》将沈约诗歌置于中品，认为江淹才尽，谢朓、范云还未完全展现诗才，而沈约诗歌又

---

① （明）胡应麟撰《诗薮》，上海古籍出版社，1979，第155页。
② （明）胡应麟撰《诗薮》，上海古籍出版社，1979，第152页。
③ （明）胡应麟撰《诗薮》，上海古籍出版社，1979，第152页。
④ （明）胡应麟撰《诗薮》，上海古籍出版社，1979，第145页。
⑤ （明）胡应麟撰《诗薮》，上海古籍出版社，1979，第145页。
⑥ （明）胡应麟撰《诗薮》，上海古籍出版社，1979，第145页。

能迎合当时的审美标准，所以才备受时人喜爱。他还认为沈约的诗歌"词密于范，意浅于江"①。胡应麟《诗薮》说：

> 休文四声八病，首发千古妙诠，其于近体，允谓作者之圣，而自运乃无一篇。诸作材力有余，风神全乏，视彦升、彦龙，仅能过之。世以钟氏私憾，抑置中品，非也。②

胡氏认为，从诗才上来说，沈约虽然创作颇丰但质量不高，诗歌创作水平与其理论水平存在差距，诗歌缺乏远韵，在同时期的诗人中并不算最出色的，大概比任昉（字彦升）、范云（字彦龙）略胜一筹。胡氏认为钟嵘给沈约的品第是中肯的，并较钟嵘对沈约的评价更进一步，从诗歌理论角度分析，肯定了"四声八病"在文学史上的地位，认为它为近体诗创作提供了规范，影响深远。这也说明了沈约诗才不高而为六朝人所特别尊崇的原因。

（二）江淹

江淹在拟古诗方面颇有成绩，故胡应麟高度评价江淹拟古诗，他说：

> 文通拟汉三诗俱远，独魏文、陈思、刘桢、王粲四作，置之魏风莫辨，真杰思也。
> ……文通诸拟，乃远出齐、梁上。尺短寸长，信不虚也。③

胡应麟认为江淹拟古诗的创作跳出了时代的局限，没有齐、梁绮靡骈俪的风格。虽然汉风未传已久，但江淹能够跨过时代的鸿沟，远袭魏诗之风格，其拟作可与魏诗相媲美。六朝为诗歌的低谷期，梁与晋、宋相比则为低谷中的低谷，胡应麟给予江淹拟古诗有"魏风"的评价，足见胡应麟对江淹的赞赏。严羽《沧浪诗话》称赞江淹拟古"拟渊明似渊明，拟康

---

① （南朝梁）钟嵘著，曹旭集注《诗品集注》（增订本），上海古籍出版社，2011，第426页。
② （明）胡应麟撰《诗薮》，上海古籍出版社，1979，第152~153页。
③ （明）胡应麟撰《诗薮》，上海古籍出版社，1979，第149页。

乐似康乐，拟左思似左思，拟郭璞似郭璞"①，能融会多家诗风，拟谁似谁，其拟古之高可见一斑。

此外，胡应麟对"江郎才尽"这一历史典故阐发了自己的看法，他说：

> 文通梦张景阳索锦而文踬，郭景纯取笔而诗下。世以才尽，似也；以梦故，非也。人之才固有尽时，精力疲，志意怠，而梦征焉。②

胡应麟并不认同钟嵘《诗品》中所言江淹因梦"郭景纯取笔"而再无才力。他从创作主体的角度考虑精力、意志对诗人创作的影响，认为梦是才力倦怠的结果而非原因。

（三）徐陵和庾信

陈、隋为六朝末端的两个朝代，胡应麟认为两朝优秀诗人并不多，"陈、隋，徐、庾外，总持、正见、思道、道衡，余不多得"③。他列举了徐陵、庾信、江总、张正见、卢思道、薛道衡诸人，在这些诗人中，胡应麟对徐、庾二人的评价相对较高。胡氏对徐陵的肯定主要在其诗歌似唐律，《诗薮》言：

> 齐、梁、陈、隋句，有绝是唐律者，汇集于后，俾初学知近体所从来。……徐陵："竹密山斋冷，荷开水殿香。"……皆端严华妙。精工者，启垂拱之门；雄大者，树开元之帜。④

> 六朝五言合律者……徐陵《斗鸡》……虽间有拗字，体亦近之。⑤

---

① （宋）严羽著，郭绍虞校释《沧浪诗话校释》，人民文学出版社，1961，第191页。
② （明）胡应麟撰《诗薮》，上海古籍出版社，1979，第153页。
③ （明）胡应麟撰《诗薮》，上海古籍出版社，1979，第145页。
④ （明）胡应麟撰《诗薮》，上海古籍出版社，1979，第60~61页。
⑤ （明）胡应麟撰《诗薮》，上海古籍出版社，1979，第62页。

胡氏对徐陵的评价大多是在唐代律体对六朝律体的继承与变革这一历史主线上讨论的，对徐陵个别诗句的肯定也是因为其近"唐律"，即符合唐诗的规范，而并不是对徐陵个体的评价。

胡应麟对徐陵诗歌的否定主要体现在诗格上，他认为徐陵诗格不高。首先，胡氏认为徐陵诗歌存在"绮靡"的问题。他说："苏、李诸诗，和平简易，倾写肺肝，何有于绮靡？自绮靡言出，而徐、庾兆端矣。"① 其次，胡氏认为徐诗少"气骨"。他说："张正见诗，华藻不下徐陵、江总，声骨雄整乃过之。"② 认为徐陵在"气骨"上不如张正见。最后，胡应麟对徐陵辑诗的评价侧面反映了胡氏认为徐陵诗品不高。胡应麟说："孝穆词人，然《玉台》但辑闺房一体，靡所事选。"③ 又说："《玉台》所集，于汉、魏、六朝无所诠择，凡言情则录之。"④ 质疑徐陵对诗歌的品鉴标准。

胡应麟对庾信的评价相对于徐陵来说较高，主要是因为庾信北朝为臣的经历使其诗歌风格产生变化。与徐陵评价接近的是，胡氏肯定庾诗中合于唐律者，而否定其缺乏神韵的诗歌创作。胡应麟说：

> 齐、梁、陈、隋句，有绝是唐律者，汇集于后，俾初学知近体所从来。……庾信："春朝行雨去，秋夜隔河来。"皆端严华妙。精工者，启垂拱之门；雄大者，树开元之帜。⑤

> 用修集六朝诗为《五言律祖》……全章吻合，惟张正见《关山月》……又庾信《舟中夜月诗》四首，真唐律也。⑥

> 余遍阅六朝，得庾子山"促柱调弦"、陈子良"我家吴会"二

---

① （明）胡应麟撰《诗薮》，上海古籍出版社，1979，第146页。
② （明）胡应麟撰《诗薮》，上海古籍出版社，1979，第148页。
③ （明）胡应麟撰《诗薮》，上海古籍出版社，1979，第146页。
④ （明）胡应麟撰《诗薮》，上海古籍出版社，1979，第156页。
⑤ （明）胡应麟撰《诗薮》，上海古籍出版社，1979，第60~61页。
⑥ （明）胡应麟撰《诗薮》，上海古籍出版社，1979，第61页。

首,虽音节未甚谐,体实七言律也,而杨不及收。①

以上评价与评徐陵格式、内容甚为相似,可知胡氏对六朝末期诗人评价标准相对单一,多以律诗规范定优劣。

徐、庾经常并称,胡氏同样认为庾诗"绮靡",但于绮靡之外,还认为庾诗缺少"神韵",他说:

> 庾制作虽多,神韵颇乏。卢、薛篇章虽寡,而明艳可观。②

> 六朝二江、二庾:子山气骨欲过肩吾,而神秀弗如。③

"神韵"作为胡氏评诗标准之一,为诗大要之一端。缺乏神韵在胡氏的认知中是颇为严重的问题,这也就能解释为何胡氏反对"杜甫效法庾信"这一传统认知。胡氏说:

> 世谓杜诗法庾子山,不然。庾在陈、隋淫靡间,语稍苍劲,声调故无大异。惟《述怀》一篇,类杜诸古诗耳。④

> 供奉之癖宣城也,以明艳合也;工部之癖开府也,以沈实合也。然李于谢未足青冰,杜于庾乃胜之倍蓰矣。⑤

胡氏认为杜甫诗歌远远优于庾信诗歌,虽然他们的个别篇章风格相近,但不能就此认定杜甫诗效法庾信诗。

胡氏认为庾信诗歌大有陈、隋绮靡的风貌,但他也发现了庾诗不同于时代的"苍劲",对于庾信在北朝的诗歌创作,胡氏给予了较高评价,

---

① (明)胡应麟撰《诗薮》,上海古籍出版社,1979,第81页。
② (明)胡应麟撰《诗薮》,上海古籍出版社,1979,第156页。
③ (明)胡应麟撰《诗薮》,上海古籍出版社,1979,第152页。
④ (明)胡应麟撰《诗薮》,上海古籍出版社,1979,第154页。
⑤ (明)胡应麟撰《诗薮》,上海古籍出版社,1979,第152页。

他说：

> 周虽寥落，而王、庾二子，实冠前流。序弗列者，岂以本皆南产耶？①

> 二王与庾信、王褒酬答，颇有梁孝、魏文之风，北人中不多见也。②

胡氏肯定了庾信北上后的诗歌创作，认为其风格不同于南朝绮靡之态。北朝帝王尊重文化、尊重文人的态度亦得到胡应麟的肯定。

与对晋、宋、齐三代诗人的评价相比，胡应麟对梁、陈、隋三代诗人的评价较为零散，论述内容多为三代诗歌与唐律的关系。如：

> 阴、何并称旧矣。何掾写情素，冲淡处往往颜、谢遗韵。阴惟解作丽语，当时以并仲言，后世以方太白，亦太过。然近体之合，实阴兆端。③

> 六朝绝句近唐，无若仲言者。④

> 张正见诗，华藻不下徐陵、江总，声骨雄整乃过之。唐律实滥觞此，而资望不甚表表。严氏诮其虽多亦奚以为，得无以名取人耶？⑤

上文中对徐、庾诗歌的评价，都是在诗歌史中分析诗人的继承关系与影响的。

通过胡应麟对六朝诗人的论述可以看出，胡氏以诗体为主线，在综合

---

① （明）胡应麟撰《诗薮》，上海古籍出版社，1979，第278页。
② （明）胡应麟撰《诗薮》，上海古籍出版社，1979，第279~280页。
③ （明）胡应麟撰《诗薮》，上海古籍出版社，1979，第154页。
④ （明）胡应麟撰《诗薮》，上海古籍出版社，1979，第155页。
⑤ （明）胡应麟撰《诗薮》，上海古籍出版社，1979，第148页。

前人观点的基础上，展开自己的观点，并以汉魏、盛唐诗歌为标杆，考察诗人在继承中的得失，明辨其对唐诗的影响。与汉魏诗歌格调近者、与唐调合者为优，于古体有变、新调未谐者为劣。这样的评述方法能够明晰各体诗歌在不同时代的发展状况，亦能为学诗者提供明确的学习对象。但胡应麟忽略了六朝审美标准和现实环境对诗人的影响，弱化了六朝诗歌的个性，对六朝诗人的创新往往持否定态度。

第二节 《诗薮》六朝诗歌论

一 六朝诗歌地位论

复古是探讨明代文学无法避开的一个话题，无数学者、批评家在复兴明代文学的道路上将目光投向汉魏。从茶陵派到后七子，诗歌复古的理论越来越明晰，师法的典范也越来越明确，最终明代文坛形成了尊崇汉魏、盛唐的诗学理念。前后七子以汉唐诗歌作为各代诗歌品第和取舍的标准，认为六朝诗歌远逊于汉唐。胡应麟对高古格调诗歌的审美倾向，正是对前后七子诗歌观念中的复古论与格调说的继承。但胡氏并没有简单地否定六朝诗歌，而是认为六朝诗歌对近体诗歌的产生有重要影响，更从六朝内部着眼，详细论证六朝各代诗歌在文学发展史中的地位。

（一）六朝是诗歌发展低谷期

胡应麟认为"变化"是诗歌发展的客观规律，各代诗歌在诗歌史上的地位是平等的。他认为："四言变而《离骚》，《离骚》变而五言，五言变而七言，七言变而律诗，律诗变而绝句，诗之体以代变也。"① 肯定了诗歌"变"的必然性，认为变化是诗歌发展的必然结果和客观规律。在变化过程中，高古格调也必然会变化，所以胡氏进而说："《三百篇》降而《骚》，《骚》降而汉，汉降而魏，魏降而六朝，六朝降而三唐，诗之格以代降也。"② 胡应麟认为《诗经》最具"格"，随着时间的不断推进，诗体逐渐转变，距离《诗经》愈远，诗歌继承的"格"则愈少，六朝不

---

① （明）胡应麟撰《诗薮》，上海古籍出版社，1979，第1页。
② （明）胡应麟撰《诗薮》，上海古籍出版社，1979，第1页。

及汉魏，三唐亦不及六朝，是以"格以代降"。

胡氏虽然承认六朝是诗歌史上不可忽视的一环，但认为六朝是诗歌发展的低谷期。《诗薮》中言："晋、宋之交，古今诗道升降之大限乎！"① 胡氏认为六朝诗歌对古诗传承带来了消极影响。首先，其影响体现在风格上。胡氏说："魏承汉后，虽浸尚华靡，而淳朴余风，隐约尚在。……士衡、安仁一变，而俳偶愈工，淳朴愈散，汉道尽矣。"② 六朝诗人在创作上追求工整，使"淳朴"的传承在六朝发生断裂。其次，其影响体现在"格调"上。"晋、宋其格卑矣，其才故足尚也。梁、陈其才下矣，其格故亡讥焉。"③ 六朝诗人在审美上追求华靡，使诗歌格调不高。最后，其影响体现在审美上。"齐、梁、陈、隋，品之杂也。……晋与宋，文盛而质衰；齐与梁，文胜而质灭；陈、隋无论其质，即文无足论者。"④ 六朝诗歌在语言上文多质少，甚至无文无质。胡氏认为，六朝诗歌在诗歌风格、诗歌格调和诗歌审美等方面，非但没有继承"汉道魏风"，甚至将诗歌引向相反的方向，这是对古诗风格的断送。而六朝作为极力追求自由与文采的时代，其对艺术精神的追求很难符合胡氏对"古朴"的要求。

(二) 六朝诗歌的创新

胡应麟从诗体和诗风等方面肯定了六朝诗歌的创新。从诗歌史看，创新之处指六朝诗歌对近体诗产生的影响。胡氏对六朝诗歌创新的肯定多源于六朝诗歌对唐诗的影响。《诗薮》中说：

> 齐、梁并倡靡丽之轨，然齐尚有晋、宋风，间作唐短古耳。至律绝诸体，实梁世诸人兆端。⑤

> 五言律体，兆自梁、陈。⑥

---

① （明）胡应麟撰《诗薮》，上海古籍出版社，1979，第143页。
② （明）胡应麟撰《诗薮》，上海古籍出版社，1979，第143页。
③ （明）胡应麟撰《诗薮》，上海古籍出版社，1979，第144页。
④ （明）胡应麟撰《诗薮》，上海古籍出版社，1979，第22页。
⑤ （明）胡应麟撰《诗薮》，上海古籍出版社，1979，第107页。
⑥ （明）胡应麟撰《诗薮》，上海古籍出版社，1979，第58页。

> 七言律滥觞沈、宋。其时远袭六朝，近沿四杰，故体裁明密，声调高华，而神情兴会，缛而未畅。①

> 五言绝，昉于两汉；七言绝，起自六朝。②

律诗在初唐得以确立，在盛唐被广泛创作，胡氏认为六朝时期五言、七言古体诗歌正是唐代五言、七言律诗的兆端。

就绝句来说，胡氏认为汉诗是五言绝句源头，而七言绝句应该追溯到六朝。他比较了齐、梁时期七言绝句创作的数量，认为梁以前七言绝句的创作体式并不成熟，只有齐汤惠休《秋思引》符合七言绝句体式，而梁时七言绝句时有佳作，他较为肯定梁简文帝、梁元帝的七言绝句。他认为梁简文帝的《春别》诗、梁元帝的《春别应令诗》中都有完全符合绝句体式的作品，北齐魏收所作《挟瑟歌》创作时间与前两者相近，因此他将七言绝句的产生明确至梁代，言"七言绝体缘起，断自梁朝，无可疑也"③。

就诗歌风格来说，胡应麟还对"露凝千片玉，菊散一丛金"和"竹开霜后翠，梅动雪前香"四句唐诗的语言结构和用词进行分析，认为其"句律全类六朝"，与六朝后期的"岸绿开河柳，池红照海榴"和"鹭飞林外白，莲开水上红"相似度极高，是对六朝句法的继承。又言："齐、梁、陈、隋，世所厌薄，而其琢句之工，绝出人表，用于古诗不足，唐律有余。"④胡氏认为唐律在句法上受到了六朝诗歌的影响。

（三）六朝各代诗歌地位

与前后七子对六朝诗歌片段式的评论不同，《诗薮》中六朝独占一卷，体制严谨、内容丰富。胡应麟不仅从古体、近体诗歌的流变方面对六朝诗歌进行观照，而且在六朝各代诗歌地位方面亦有论述。

从整体上看，六朝诗歌内部各代诗歌地位也可以用"格以代降"来

---

① （明）胡应麟撰《诗薮》，上海古籍出版社，1979，第82页。
② （明）胡应麟撰《诗薮》，上海古籍出版社，1979，第111页。
③ （明）胡应麟撰《诗薮》，上海古籍出版社，1979，第107页。
④ （明）胡应麟撰《诗薮》，上海古籍出版社，1979，第29页。

评判。胡应麟说：

> 汉、魏、晋、宋、齐、梁、陈、隋，八代之阶级森如也。枚、李、曹、刘、阮、陆、陶、谢、鲍、江、何、沈、徐、庾、薛、卢，诸公之品第秩如也。其文日变而盛，而古意日衰也；其格日变而新，而前规日远也。①

胡氏认为以上所列诸公诗歌品第正对应其所处年代，六朝诗歌内部各代诗歌高下契合其历史位置。胡氏进一步说明了六朝诗歌一代不如一代的具体表现：

> 汉人诗，气运所钟，神化所至也，无才可见、格可寻也。魏才可见、格可寻，而其才大，其格高也。晋、宋其格卑矣，其才故足尚也。梁、陈其才下矣，其格故亡讥焉。②

胡应麟对六朝各代诗歌地位的评价，仍然以汉诗高古、自然的风格为品评标准。晋、宋去汉魏未远，虽格调低靡，但于诗法方面有所专长，晋、宋以后则格与才俱无。

此外，胡应麟从创作主体层面论述了他对六朝各代诗歌创作的认识。他说：

> 当涂以后人才，故推典午。二陆、二潘、二张、二傅外，太冲之雄才……自宋迄隋，此盛未睹。③

> 宋、齐自诸谢外，明远、延之、元长三数公而已。梁氏体格愈卑，操觚颇众，沈约、江淹、范云……一门之中，不啻十辈。才非晋敌，数则倍之。陈、隋，徐、庾外，总持、正见、思道、道衡，余不

---

① （明）胡应麟撰《诗薮》，上海古籍出版社，1979，第143~144页。
② （明）胡应麟撰《诗薮》，上海古籍出版社，1979，第144页。
③ （明）胡应麟撰《诗薮》，上海古籍出版社，1979，第145页。

多得。故吾以合宋、齐不能当一晋,合陈、隋不能敌一梁也。①

晋代诗歌质量为六朝之首,梁代诗人数量虽多,诗歌质量却远在宋、齐之下,陈、隋诗歌又在梁之下。整体来看,胡应麟对六朝各代诗歌地位的界定依然沿袭"格以代降"的标准,认为六朝范围内诗歌的地位亦是一代不如一代。

综上来看,胡应麟基本继承了后七子对六朝诗歌地位的认定,认为六朝诗歌处于诗歌发展的低谷期。但胡应麟亦肯定了六朝诗歌促进近体诗产生的重要意义,并且更加深入细致地对六朝各代诗歌的地位进行了论述。

二 六朝诗歌文体论

《诗薮》第一编主论诗体,"自四言、五言、七言、杂言、乐府、歌行以迄律绝"②,形成诗体流变史论,分析诗体在各代的产生、变化与衰落,以期"凡诸毫倪妍丑,无不镜诸灵台"③。

(一) 六朝之四言诗

胡应麟以"典则雅淳,自是三代风范"④为四言诗的特点,认为创作四言诗应该"短章效《三百》,长篇仿二韦,颂体间法唐、邹,变调旁参操、植",各代皆有可取之处。可至六朝胡氏则云"晋以下无论矣"⑤,认为晋以后四言诗没有可取之处。

胡应麟在论述四言诗变化的过程中解释了为何晋代以下四言诗无可取之处。他认为四言诗起源于先秦,并在汉代发展到顶峰,产生两派:一为继承商周诗歌风貌,风格典雅、厚重淳朴的作品,以"《安世》《讽谏》《自劾》"等为代表;一为开启魏晋四言诗,大演瑰丽雄奇风貌的作品,以"《黄鹄》《紫芝》《八公》"等为代表。魏、晋继承并发扬了后一种,自此本该格调高古的四言诗在魏晋发生变化,转向瑰奇华藻。但胡氏认为

---

① (明)胡应麟撰《诗薮》,上海古籍出版社,1979,第145页。
② (明)汪道昆:《诗薮序》,(明)胡应麟撰《诗薮》,上海古籍出版社,1979,第1页。
③ (明)汪道昆:《诗薮序》,(明)胡应麟撰《诗薮》,上海古籍出版社,1979,第1页。
④ (明)胡应麟撰《诗薮》,上海古籍出版社,1979,第4页。
⑤ (明)胡应麟撰《诗薮》,上海古籍出版社,1979,第4页。

魏时期曹植、王粲的作品中"间有稚语,而典则雅驯,去汉未远",曹丕、刘祯诸人的作品"寥寥绝响"①,尚且还有篇章类汉风,到嵇康、阮籍时的四言已经大变,不复汉代之风。《诗薮》言:

> 四言汉多主格,魏多主词,虽体有古近,各自所长。晋诸作者,浮慕《三百》,欲去文存质,而繁靡板垛,无论古调,并工语失之。今观二陆、潘、郑诸集,连篇累牍,绝无省发,虽多奚为!②

汉魏四言诗尚有古意,到晋代,则精于工巧、文质皆乏、烦琐靡丽。晋代盛行拟古之作,但由于并非出自真情实感,多是工巧之作,作品虽多却古意全无,无论在格调上还是在语言上都没有值得称赞的地方。晋以后五言诗创作日益繁多,四言诗在数量上逐渐减少,所以胡氏认为四言诗晋以下不足论。

胡氏不仅认为六朝四言诗在风格上不复古意,而且认为繁靡的创作特点直接导致了真正四言诗的消亡。《诗薮》言:

> 叔夜送人从军至十九首,已开晋、宋四言门户。然雄辞彩语,错互其间,未令人厌。至士龙兄弟,泛澜靡冗,动辄千言,读之数行,掩卷思睡。说者谓五言之变,昉于潘、陆,不知四言之亡,亦晋诸子为之也。③

胡氏认识到诗歌在发展过程中不断变化,四言诗受《离骚》影响渐有宏丽之风,曹魏四言诗虽已有变化,但仍属古诗风貌,魏、晋之交嵇康四言诗大用丽语也并无不可。胡氏所言四言诗亡于晋诸子,并不是指四言体式消亡,而是指四言"本色"消亡。

虽然胡应麟认为四言诗亡于晋,但他对六朝四言诗的创作并未完全否定。他认为有些篇目虽非"四言本色",但"不可尽废",所列篇目与诗

---

① (明)胡应麟撰《诗薮》,上海古籍出版社,1979,第9页。
② (明)胡应麟撰《诗薮》,上海古籍出版社,1979,第9页。
③ (明)胡应麟撰《诗薮》,上海古籍出版社,1979,第9页。

句多是存高古格调和质朴风格的诗作,如:

> 晋四言,惟《独漉篇》词最高古。如"独漉独漉,水深泥浊。泥浊尚可,水深杀我","空床低帷,谁知无人?夜行衣绣,谁知假真","猛虎斑斑,游戏山间。虎欲啮人,不避豪贤",大有汉风,几出魏上。然是乐府语,非四言本色也。①

> 晋宣帝:"天地开辟,日月重光。肃清万里,总齐八方。"叔夜:"目送飞鸿,手挥五弦。俯仰自得,游心太玄。"步兵:"青阳曜灵,和风容与。明月映天,甘露被宇。"士衡:"来日苦短,去日苦长。今我不乐,蟋蟀在房。"②

胡氏认为以上诸诗"或类古诗,或类乐府,或近文词,较之《雅》、《颂》则远,皆四言变体之工者"③,这些诗句虽然与古四言诗不类,没有典雅淳厚的"本色",但在工整方面确有长处,亦是四言变体中的佳作。然"典午以后,即此类不易得矣"④,胡氏认为,随着靡冗诗风的兴起,晋以下对汉魏四言古风全无继承。这大概也是晋诗地位高于另外五朝的原因之一。

(二) 六朝之五言古诗

胡应麟将五言诗与四言诗和七言诗进行比较,认为四言诗语言简短、用语朴素,但存在声律不和谐的问题,七言诗体式较长,繁复冗余,声调容易杂乱,相比较而言,五言诗"折繁简之衷,居文质之要"⑤,所以很多文人将毕生才力用于创作五言诗。由此可见五言古诗在胡氏心中地位之高。

胡氏认为五古在六朝逐渐衰落,他说:"五言盛于汉,畅于魏,衰于

---

① (明)胡应麟撰《诗薮》,上海古籍出版社,1979,第4页。
② (明)胡应麟撰《诗薮》,上海古籍出版社,1979,第10页。
③ (明)胡应麟撰《诗薮》,上海古籍出版社,1979,第10页。
④ (明)胡应麟撰《诗薮》,上海古籍出版社,1979,第10~11页。
⑤ (明)胡应麟撰《诗薮》,上海古籍出版社,1979,第22页。

晋、宋，亡于齐、梁。"胡氏进一步论述了五言古诗的特点，分析了五言古诗在六朝走向衰败的原因。《诗薮》言：

> 汉，品之神也；魏，品之妙也；晋、宋，品之能也；齐、梁、陈、隋，品之杂也。①

> 魏之气雄于汉，然不及汉者，以其气也。晋之词工于汉，然不及汉者，以其词也。宋之韵超于汉，然不及汉者，以其韵也。
> 四言《风》、《雅》，七言《离骚》，五言两汉，圆不加规，方不逾矩矣。②

由此可以看出，胡氏认为五言古诗重在自然，词意温厚，不假工巧、不求声韵。胡氏所言五言古诗在六朝衰落是指古诗特征之不复。

胡应麟论西晋五言古诗，认为五言古诗在晋有"体俳"的特点，如：

> 统论五言之变，则质漓于魏，体俳于晋，调流于宋，格丧于齐。③

> 晋则嗣宗《咏怀》，兴寄冲远；太冲《咏史》，骨力莽苍，虽途辙稍歧，一代杰作也。安仁、士衡，实曰冢嫡，而俳偶渐开。康乐风神华畅，似得天授，而骈俪已极。至于玄晖，古意尽矣。④

> 何仲默云："陆诗体俳语不俳，谢则体语俱俳。"可谓千古卓识。⑤

---

① （明）胡应麟撰《诗薮》，上海古籍出版社，1979，第 22 页。
② （明）胡应麟撰《诗薮》，上海古籍出版社，1979，第 22 页。
③ （明）胡应麟撰《诗薮》，上海古籍出版社，1979，第 24 页。
④ （明）胡应麟撰《诗薮》，上海古籍出版社，1979，第 29 页。
⑤ （明）胡应麟撰《诗薮》，上海古籍出版社，1979，第 29 页。

所谓"俳",即指俳偶、骈俪。胡应麟认为五古之骈俪由潘、陆开启,并且逐渐走向极致。"俳"可以说是晋代诗歌的主要特征,因为晋代诗人擅"工巧",作诗往往讲究内容的全面和结构的对称,容易造成"体俳",铺陈产生大量对偶句则是"语俳"。

汉魏和西晋是五言古诗流变过程中的两个重要时期,胡应麟分析五言古诗之流变,认为六朝五言诗有"华"的特点。《诗薮》言:

> 古诗浩繁,作者至众。虽风格体裁,人以代异,支流原委,谱系具存。炎刘之制,远绍《国风》。曹魏之声,近沿枚、李。陈思而下,诸体毕备,门户渐开。阮籍、左思,尚存其质。陆机、潘岳,首播其华。灵运之词,渊源潘、陆。明远之步,驰骤太冲。①

五言古诗作者繁多,胡应麟从源流、正变把握其变化,认为魏晋是五言古诗流变的关键期。魏末"质"尚存,至晋一代,阮籍、左思对汉魏风骨尚有继承,晋以后只有鲍照继承了这种风格。自陆机、潘岳开始五言诗走向华靡歧途,晋以后谢灵运延续了这种风格。可见,六朝五言古诗的发展分为两条路径,而以"华"为主的路径并非胡氏所提倡的。

胡应麟将六朝为时人称道的五言诗句汇集于《诗薮》中:

> 太冲:"振衣千仞冈,濯足万里流。"士衡:"和风飞清响,纤云垂薄阴。"景阳:"朝霞迎白日,丹气临阳谷。"景纯:"左把浮丘袖,右拍洪崖肩。"休文:"志士惜日短,愁人知夜长。"正长:"朔风动秋草,边马有归心。"……②

这一段共提及由晋到齐的二十多位诗人。总体而言,六朝诗人创作技法高超,却缺少浑然天成、无迹可求的格调,能作佳句而少佳篇。纵然如此,对诗人、诗作众多的六朝来说,《诗薮》所录亦未免太少,况且胡氏于后

---

① (明)胡应麟撰《诗薮》,上海古籍出版社,1979,第23页。
② (明)胡应麟撰《诗薮》,上海古籍出版社,1979,第33页。

有言:"六朝诸君子生平精力,罄于此矣。"① 由此可见,胡氏对六朝五古的总体评价不高。

(三)六朝之七言古诗

七言古诗大多以歌行名,胡应麟通过对"歌"这一诗体的梳理来考察七古的流变。胡氏认为七言古诗源远流长,于夏商周之前可以追溯到《南风歌》《击壤歌》诸篇,春秋战国时期则有《易水歌》《越人歌》,而数量最多的当数《九歌》。就"行"之名来说,"孝武以还,乐府大演,《陇西》、《豫章》、《长安》、《京洛》、《东》、《西门行》等"②使"行"之名显著。胡氏认为"歌"与"行"名称上虽然有些许不同,但"体实大同",在上古时期,"歌"就已经是曲调的总称,而"行"创自汉代,是"歌"中一体。

胡应麟确立了七言的典范,他说:"七言古乐府外,歌行可法者,汉《四愁》,魏《燕歌》,晋《白纻》。"③胡氏先为学者确立效法对象,进而阐述七言的变化,"宋、齐诸子,大演五言,殊寡七字。至梁乃有长篇,陈、隋浸盛,婉丽相矜,极于唐始,汉、魏风骨,殆无复存。李杜一振古今,七言几于尽废。然东、西京古质典刑,邈不可观矣"④。他认为七言诗在宋、齐创作数量已经减少,梁、陈、隋虽有创作,但风格婉丽,"丽"在唐初达到极致,汉魏古质近乎绝迹。

胡应麟认为,七言古诗在六朝的发展是一个渐变的过程,晋尚有可称道者,愈后而愈衰。他说:"晋《白纻辞》,绮艳之极,而古意犹存。"⑤此后作诗者沿袭了绮丽的风格,"梁武之外,明远、休文,辞各美丽"⑥,但后人的创作都存在问题。如鲍照的"池中赤鲤"语意有违七言古体;梁武帝七言创作多为小言;沈约虽然创作了《四时白纻歌》,但重复者颇多,近似七言绝句而不似古体。六朝诗歌古质成分的减少使七言古诗逐渐走向消亡。

---

① (明)胡应麟撰《诗薮》,上海古籍出版社,1979,第34页。
② (明)胡应麟撰《诗薮》,上海古籍出版社,1979,第41页。
③ (明)胡应麟撰《诗薮》,上海古籍出版社,1979,第42页。
④ (明)胡应麟撰《诗薮》,上海古籍出版社,1979,第42页。
⑤ (明)胡应麟撰《诗薮》,上海古籍出版社,1979,第43页。
⑥ (明)胡应麟撰《诗薮》,上海古籍出版社,1979,第43页。

胡应麟对六朝各代七言诗的评价并不相同,大致以晋为界,认为晋之七言古诗尚有可称者,如上文提到的《白纻辞》;晋以后少有符合七言古体之作,七言诗大多近似唐体。胡氏以《木兰歌》举例,认为其创作不在齐、梁间。虽然《木兰歌》中的"朔气传金柝,寒光照铁衣",整体流亮,类似齐、梁语,但"古质有逼汉、魏处,非二代(齐、梁)所及也"①,其诗歌中的古质与齐、梁流传下来的其他诗歌存在巨大差异。所以胡氏认为,《木兰歌》应该是晋人或者唐人所作。然后,胡氏结合历史,对"可汗"二字进行考证,明确认为《木兰歌》为晋人所作。从胡应麟对《木兰歌》创作年代的分析可以看出,晋之七言的创作尚存古质,是对汉魏风格的继承。晋以后,句愈工整,语愈流亮艳丽,再无汉魏之风。

胡应麟认为,六朝诗人众多,但是古体七言作品很少。晋"张、陆自五言外,歌行概不多见";"元亮、延之,绝无七言"。② 即使有少量的七言创作,其质量也不高。如谢灵运"仅一二首,亦非合作"。而对于鲍照的《拟行路难》十八章胡氏表示了高度肯定,赞其"欲汰去浮靡,返于浑朴"③。胡应麟认为有齐一代名家甚少,以谢朓才力最盛,但在七言上也创作寥寥。至梁一代,帝王诗中有可称道者。如梁武帝的《河中之水歌》《东飞伯劳歌》等篇蕴含古意,是晋之后歌行中的佼佼者;梁简文帝的《乌栖曲》是短古之佳者,梁元帝《燕歌行》乃长古之佳作,二者可称为"唐体之祖"。

七言歌行在六朝创作寥寥,并且有近体化的倾向。虽然晋以后七言歌行不复古意,但于近体而言实是鼻祖,胡氏说:"齐、梁、陈、隋五言古,唐律诗之未成者;七言古,唐歌行之未成者。"④ 又言:"梁人颇尚此体,《燕歌行》、《捣衣曲》诸作,实为初唐鼻祖。"⑤ 六朝后期卢思道的《从军行》、薛道衡的《豫章行》在体制、声调上可以与初唐歌行媲美。

---

① (明)胡应麟撰《诗薮》,上海古籍出版社,1979,第44页。
② (明)胡应麟撰《诗薮》,上海古籍出版社,1979,第45页。
③ (明)胡应麟撰《诗薮》,上海古籍出版社,1979,第45页。
④ (明)胡应麟撰《诗薮》,上海古籍出版社,1979,第47页。
⑤ (明)胡应麟撰《诗薮》,上海古籍出版社,1979,第46页。

但总体而言,七言诗在六朝的境遇与五言诗类似,都存在"音响时乖""节奏未协"的问题。

综上所述,七言歌行在六朝的流变可以总结为:晋尚有古质,《白纻歌》《木兰歌》为可观者;晋后古体七言创作寥寥,体制声调逐渐向近体发展,是唐体先兆。

(四) 六朝之乐府

胡应麟考察汉、魏、六朝、唐代诗歌,发现乐府兼备三言、四言、五言、六言、七言、杂言、近体、绝句众体,认为乐府与诗原是一体,只是在发展过程中二者逐渐分离。《诗薮》言:

> 《三百篇》荐郊庙,被弦歌,诗即乐府,乐府即诗,犹兵寓于农,未尝二也。诗亡乐废,屈、宋代兴,《九歌》等篇以侑乐,《九章》等作以抒情,途辙渐兆。至汉《郊祀十九章》,《古诗十九首》,不相为用,诗与乐府,门类始分,然厥体未甚远也。……魏文兄弟崛起,建安拟则前规,多从乐府。唱酬新什,更创五言,节奏既殊,格调复别。自是有专工古诗者,有偏长乐府者。梁、陈而下,乐府、古诗变而律绝,唐人李、杜、高、岑,名为乐府,实则歌行。……宋人之词,元人之曲,制作纷纷,皆曰乐府,不知古乐府其亡久矣。①

胡氏从诗乐关系的角度分析乐府的流变,认为随着近体诗的发展,到梁、陈时期乐府的范围被扩大,后世名曰乐府的作品已经不同于古乐府。

胡氏认为六朝正处于古、近乐府交替期,在声律方面对乐府的发展影响最大。《诗薮》云:"乐府之体,古今凡三变:汉、魏古词,一变也;唐人绝句,一变也;宋、元词曲,一变也。六朝声偶,变唐之渐乎!五季诗余,变宋之渐乎!"② 胡氏认为,唐人将格律广泛运用到乐府创作中,而其源头实在六朝。六朝后期梁、陈的一些拟古乐府在胡氏看来格律化程度已经很高。胡氏认为古乐府自六朝开始的格律化导致后人熟悉变化后的

---

① (明) 胡应麟撰《诗薮》,上海古籍出版社,1979,第13~14页。
② (明) 胡应麟撰《诗薮》,上海古籍出版社,1979,第14页。

乐府诗，而对真正的古乐府如《郊祀》《铙歌》一类则感到深奥难入。

虽然古乐府自六朝梁、陈开始格律化，但胡氏没有厚古薄今，而是客观地看待各个时期的乐府诗歌。对于学习乐府诗歌，他说："使形神酷肖，格调相当，即与本题乖迕，然语不失为汉、魏、六朝，诗不失为乐府，自足传远。"① 胡应麟认为乐府创作不一定要"合本题"，因为"乐府自魏失传，文人拟作，多与题左，前辈历有辨论。愚意当时但取声调之谐，不必词义之合也"②。魏以后的乐府创作不合题者颇多，亦有佳作，例如《董逃行》古辞言神仙之事，陆机则有感于时运，傅玄则言夫妇，都是六言绝唱。胡氏结合乐府实际的创作情况提出评价标准："用本题事而不失本曲调，上也；调不失而题小舛，次也；题甚合而调或乖，则失之千里矣。"③ 这与复古派偏重模拟的复古主张相比更加圆融，是胡氏结合实际得出的更符合规律的创作理论。

在胡应麟相对较少的六朝乐府论述中，傅玄得到了胡氏的赞赏。他说："傅玄'庞烈妇'，盖效《女休》作者，辞义高古，足乱东、西京。"④ 认为傅玄的乐府叙事诗是六朝中的佼佼者。从以上评价可知胡氏在评价乐府诗时仍以"高古"为评价标准。

六朝除了文人创作的乐府，齐、梁时期还出现了民间创作的乐府，胡应麟对其给予了很高的评价，如：

> 汉乐府杂诗，自《郊祀》、《铙歌》、李陵、苏武外，大率里巷风谣……自曹氏父子以文章自命……晋潘、陆兴，变而排偶，西京格制，实始荡然。独五言短什，杂出闾阎闺阁之口，句格音响，尚有汉风。若《子夜》、《前溪》、《欢闻》、《团扇》等作，虽语极淫靡，而调存古质。至其用意之工，传情之婉，有唐人竭精殚力不能追步者。⑤

---

① （明）胡应麟撰《诗薮》，上海古籍出版社，1979，第15页。
② （明）胡应麟撰《诗薮》，上海古籍出版社，1979，第15页。
③ （明）胡应麟撰《诗薮》，上海古籍出版社，1979，第16页。
④ （明）胡应麟撰《诗薮》，上海古籍出版社，1979，第17页。
⑤ （明）胡应麟撰《诗薮》，上海古籍出版社，1979，第105~106页。

胡氏认为，虽然乐府的浑朴风格在魏逐渐消失，晋又添俳偶特征，但民间一些属于清商曲辞类的吴声歌曲，保留了汉乐府质朴浑融的风格，虽然作品内容多是男女之情，用语低俗淫靡，但诗中蕴含古意，表达了真情实感，艺术手法高妙，甚至唐人都无法企及。胡氏将作品的审美价值和道德价值区分开来，从美学角度给予六朝民间乐府创作很高的评价。

无论是四言诗、五言诗还是七言诗，胡应麟对古体诗歌有统一的审美标准，即自然淳朴、格调高古，所以对以华丽繁靡见长的六朝诗歌抑多扬少，少数称赞之语也是集中在具有"自然""高古"风格的诗歌上。

三　六朝诗歌创作论

胡应麟的诗歌理论源自复古派，以汉魏诗歌为典范，其所推崇的诗歌风格为汉之"自然浑朴"、魏之"质胜于文"。虽然魏人已经有追求工法技巧的作诗趋势，但其距汉未远，诗歌依然有质朴的古风。而六朝诗歌去汉较远，在诗歌风格上产生了很大的变化。

（一）批评六朝"绮靡"诗风

明代复古派对六朝诗歌风格的看法较为统一，可概括为"靡丽"。"靡丽"之风始于"重文"。徐祯卿有言："由文求质，晋格所以为衰。"① 此处"文"指形式、文采。胡应麟赞同徐祯卿的看法："昌谷论三代诗，绝得肯綮，以俟百世，其言不易矣。"② "两汉以质胜，六朝以文胜。魏稍文，所以逊两汉也；唐稍质，所以过六朝也。"③ 在文质关系上，他认为"质"胜于"文"，这就形成了对重视形式、文采的诗歌偏否定的态度。

胡氏进而以"俳偶""华靡"概括六朝诗歌风格："晋、宋之交，古今诗道升降之大限乎！魏承汉后，虽浸尚华靡，而淳朴余风，隐约尚在。……士衡、安仁一变，而俳偶愈工，淳朴愈散，汉道尽矣。"④

在胡氏看来，"靡"不仅体现在诗歌风格上，亦体现在六朝诗歌理论之中：

---

① （明）徐祯卿：《谈艺录》，（清）何文焕辑《历代诗话》，中华书局，2004，第766页。
② （明）胡应麟撰《诗薮》，上海古籍出版社，1979，第158页。
③ （明）胡应麟撰《诗薮》，上海古籍出版社，1979，第3页。
④ （明）胡应麟撰《诗薮》，上海古籍出版社，1979，第143页。

> 《文赋》云"诗缘情而绮靡",六朝之诗所自出也,汉以前无有也。①

可见,六朝诗人以"绮靡"为诗歌的审美标准。胡氏反对将"绮靡"定为诗之本色,认为汉代苏、李之诗平和直寄,"缘情"不假,但绝无"绮靡"之风,"绮靡"是自六朝才产生的风格。

胡应麟在评价刘宋诗人时,给予鲍照很高的评价,认为他"上挽曹、刘之逸步,下开李、杜之先鞭"②。鲍照和谢灵运之诗同有"丽"之特点,但胡氏认为鲍照稍逊于谢灵运,因为"康乐丽而能淡,明远丽而稍靡"。这从侧面反映了胡氏对"淡"这一风格的欣赏和对"靡"这一风格的否定。胡氏亦从正面表达了对"靡"的否定:

> 四言汉多主格,魏多主词,虽体有古近,各有所长。晋诸作者,浮慕《三百》,欲去文存质,而繁靡板垛,无论古调,并工语失之。今观二陆、潘、郑诸集,连篇累牍,绝无省发,虽多奚为!③

> 至士龙兄弟,泛澜靡冗,动辄千言,读之数行,掩卷思睡。④

胡氏对晋诗创作的批评集中在"繁靡板垛",认为这种创作风格使"古调"不复。汉魏古诗格调难学,亦不符合六朝的社会环境,所以六朝诗歌的"绮靡"特征是诗人主动选择和时代氛围共同作用的结果。

(二) 指出六朝诗歌创作中存在的问题

胡应麟作《诗薮》的目的之一就是明诗之源流、正变,树立典范,给学诗者正确的学习指导。胡应麟以登山比喻学诗:"登岱者,必于岱之麓也。不至其颠,非岱也,故学业贵成也。不至其颠,犹岱也,故师法贵

---

① (明) 胡应麟撰《诗薮》,上海古籍出版社,1979,第 146 页。
② (明) 胡应麟撰《诗薮》,上海古籍出版社,1979,第 149 页。
③ (明) 胡应麟撰《诗薮》,上海古籍出版社,1979,第 9 页。
④ (明) 胡应麟撰《诗薮》,上海古籍出版社,1979,第 9 页。

上也。"① 六朝诗歌相对于汉魏、盛唐诗歌来说,就像一些小山相对于泰山。登小山,高度有限,即使登峰造极也不可能有泰山之高,所以学诗应"师法贵上"。六朝处于两大诗歌高峰之间,秉着指导后学的目的,胡应麟指出了六朝诗歌创作中存在的一些问题,希望后学能在鉴赏和借鉴时有所警醒。

1. 有失本色

有失古诗"本色"为六朝诗歌创作之一弊。胡应麟多次提醒学诗者要注意诗歌的"本色",如"文章自有体裁,凡为某体,务须寻其本色,庶几当行"②;"词藻富者故当易至,然须寻其本色乃佳"③;"学者务须寻其本色,即千言巨什,亦不使有一字离去,乃为善耳"④。"本色"于诗歌而言就是指诗歌本来的面目,大体包含"时代""体裁""风格"三方面内容。诗之本色以何朝何风格为标准呢?胡氏给出的答案是"古体宗汉魏,近体宗盛唐"。而六朝诗歌创作混淆了诗歌本色,他说:

> 汉、魏、晋、宋、齐、梁、陈、隋,八代之阶级森如也。枚、李、曹、刘、阮、陆、陶、谢、鲍、江、何、沈、徐、庾、薛、卢,诸公之品第秩如也。其文日变而盛,而古意日衰也;其格日变而新,而前规日远也。⑤

汉魏至六朝诗歌品第自高至低,诗歌创作日益丰富,而汉魏诗歌蕴含的古质、格调、规范被六朝洗削殆尽。其所述"古意""前规"当是古诗本色内容。正如李东阳《怀麓堂诗话》所言:"六朝、宋、元诗,就其佳者,亦各有兴致,但非本色。只是禅家所谓'小乘',道家所谓'尸解仙'耳。"⑥ 虽然六朝诗歌有佳者,但整体而言,本色创作有失,学者当重视之、规避之。

---

① (明)胡应麟撰《诗薮》,上海古籍出版社,1979,第144页。
② (明)胡应麟撰《诗薮》,上海古籍出版社,1979,第21页。
③ (明)胡应麟撰《诗薮》,上海古籍出版社,1979,第49页。
④ (明)胡应麟撰《诗薮》,上海古籍出版社,1979,第50页。
⑤ (明)胡应麟撰《诗薮》,上海古籍出版社,1979,第143~144页。
⑥ (明)李东阳著,李庆立校释《怀麓堂诗话校释》,人民文学出版社,2009,第181页。

2. 语意重复

就古诗创作而言，胡应麟认为语意重复为一弊，而六朝诗往往有此问题。他说：

> 古诗语意重者，如"今日良宴会"、"请为游子吟"之类，自是朴茂之过。建安诸子，洗削殆尽，晋、宋不应复蹈。嗣宗"多言焉所告，繁辞将诉谁"，士衡"迅雷中宵激，惊电光夜舒"，太冲"岂必丝与竹？何事待啸歌"，康乐尤不胜数，皆后学所当戒。①

胡氏认为语意重复这一问题并非产自六朝，汉之古诗亦有此问题，建安诗人已经能规避此类问题，但六朝诗人于此却往往有犯，名家名句亦在其列，学者当引以为戒。

3. 不合规范

六朝后期越发讲究为诗章法，尤其是六朝诗歌理论的发展，如刘勰《文心雕龙》中的《声律》《丽辞》篇、沈约提出的"四声八病"理论，都推动了六朝诗歌声律、偶对规范的建构。但在诗歌创作实践上，六朝诗人多有不合规范者，其中不乏名句，胡应麟将其指出，以免学诗者误入歧途。

胡应麟指出六朝诗歌创作有音调不谐者，且多举谢灵运之诗。他说谢灵运某些佳句不似汉魏诗歌信笔天成，多出于深思苦索，"至'明月照积雪'，风神颇乏，音调未谐"② 不应赞之"警绝"。

音调未谐还体现在失黏上。所谓失黏，是指律绝中，后联出句的第二个字与前联对句的第二个字平仄不同。失黏会导致前后两联平仄相似，不符合律绝的声律美。失黏这一问题不仅出现在六朝，初、盛唐时期的作品中依然存在。胡氏认为薛道衡的近体诗创作颇有唐风，但《昔昔盐》等诗作虽"大是唐人排律"，却常有失黏之病。胡应麟批评六朝诗歌失黏，未免有以今衡古之弊，但其意在指出正确的学诗门径，故亦无可厚非。

---

① （明）胡应麟撰《诗薮》，上海古籍出版社，1979，第149页。
② （明）胡应麟撰《诗薮》，上海古籍出版社，1979，第149页。

前文已经提到古诗语意重复为诗之弊，近体诗中亦有此问题，被称为"合掌"。合掌指对偶出句义与对句义相同或相近，包括字面相近和句义相近。合掌的理论来源可以追溯到刘勰《文心雕龙·丽辞》中的"正对"，其言："反对者，理殊趣合者也；正对者，事异义同者也。"① "反对"指诗句含义不同但主旨契合；"正对"指诗句含义相同，与"合掌"相近。刘勰认为前者为佳。胡应麟认为语意重复对近体诗来说更应该避忌，谢灵运诗却常有此病，《诗薮》言：

> 作诗最忌合掌，近体尤忌，而齐、梁人往往犯之，如以朝对曙，将远属遥之类。初唐诸子，尚袭此风，推原历阶，实由康乐。沈、宋二君，始加洗削，至于盛唐尽矣。②

"合掌"这一弊病齐、梁诗人之作常有，进而影响到了初唐诗人的创作，直到沈佺期和宋之问才逐渐消除此病，盛唐诗就没有这种弊端了。

不是诗句当中的所有字词都需要避忌"合掌"，对于没有实际意义的词要求不甚严格，如虚词、连词、附加成分（定语、状语、补语）一般不以合掌论之。所以胡应麟说"《采菱》调易急，《江南》歌不缓"一句虽合掌，但因其是虚字合掌，在诗句中不是重点，尚可容忍；而"扬帆采石华，挂席拾海月"两句则是实语合掌，"扬帆""挂席"均是扬起风帆之意，在六朝谢灵运的笔下虽然尚可称为佳句，但初学者绝对不可效仿。谢诗"千念集日夜，万感盈朝昏""早闻夕飙急，晚见朝日暾"，都有"合掌"之病，此类诗句在胡应麟看来颇多，均为上下句义重复，此处不再一一列举。

比谢灵运"合掌"更严重的是沈约"当句自犯"。其《八咏诗》中"夕行闻夜鹤，晨征听晓鸿"，上句"夕"与"夜"、下句"晨"与"晓"意义重复，并且在一句之内，问题较谢灵运更为严重。

胡应麟针对杨慎以六朝诗歌作为学习对象这一主张，说："用修集六

---

① （南朝梁）刘勰著，詹锳义证《文心雕龙义证》卷七，上海古籍出版社，1989，第1304页。
② （明）胡应麟撰《诗薮》，上海古籍出版社，1979，第64页。

朝诗为《五言律祖》，然当时体制尚未尽谐，规以隐侯三尺，失粘、上尾等格，篇篇有之。"① 可见胡氏明白六朝诗歌存在问题是因为诗歌体制未完善，指摘六朝诗病，主要是为了让初学者明辨正误，遵循正确的学诗路径。

第三节 《诗薮》六朝术语论

《诗薮》作为明代中晚期诗论的"集大成"者，对前人的论诗术语多有涉及，如"格调""法""悟""文质""风神""清"等，其中"文质""风神"与六朝诗歌关系密切，"靡曼精工"为胡应麟总结的六朝诗歌的特点，故本节以论述"文质""风神""靡曼精工"为主。

一 六朝诗歌之"文质"

"文质"是中国古代文论当中颇为重要的术语，往往关系到评论家对作家、作品乃至一代文学之地位的评价。"文质"是胡应麟评价诗歌的重要标准之一，尤其在对汉魏、六朝诗歌的品评中频繁使用。六朝诗歌中的文质关系直接影响了胡应麟对其诗歌整体的评价。

"文质"观是胡应麟评论古诗的重要原则之一，多出现于对汉魏、六朝诗歌的品评中。胡氏于汉魏诗歌"以质胜"多有赞扬，树其为作诗典范，认为六朝诗歌"以文胜"，作诗应引以为戒。通过胡应麟对汉魏、六朝诗歌"文质"的评论，可明确其文质观。

前后七子所持的复古主张为"古体宗汉魏，近体宗盛唐"，胡应麟亦继承了这种理念，但胡氏并没有将汉、魏古诗一概而论，他说：

汉人语亦有甚丽者，然文蕴质中，情溢景外，非后世所及也。②

惟汉乐府歌谣，采摭闾阎，非由润色。然质而不俚，浅而能深，

---

① （明）胡应麟撰《诗薮》，上海古籍出版社，1979，第61页。
② （明）胡应麟撰《诗薮》，上海古籍出版社，1979，第16页。

近而能远，天下至文，靡以过之。后世言诗，断自两汉，宜也。①

汉人诗，质中有文，文中有质，浑然天成，绝无痕迹，所以冠绝古今。②

可见胡氏认为汉诗最优，古体诗歌冠绝古今，所以胡氏反对严羽将汉、魏诗歌并称。那么魏诗与汉诗相比究竟逊色在哪一方面呢？《诗薮》说：

文质彬彬，周也。两汉以质胜，六朝以文胜。魏稍文，所以逊两汉也；唐稍质，所以过六朝也。③

由此可知，文质关系上的差异是魏诗不如汉诗的主要原因。两汉之诗胜在"质"，而魏诗"稍文"，所以逊于汉诗。通过汉、魏诗歌的比较，可知胡氏所言之"质"具体指哪些特征。《诗薮》言：

汉诗自然，魏诗造作，优劣俱见。④

古诗降魏，虽加雄赡，温厚渐衰。阮公起建安后，独得遗响，第文多质少，词衍意狭。东、西京则不然，愈朴愈巧，愈浅愈深。⑤

第汉诗如炉冶铸成，浑融无迹。魏诗虽极步骤，不免巧匠雕镌耳。⑥

胡应麟认为汉诗的主要特点是自然、温厚、质朴、浑融，魏诗相较于汉诗来说造作、雄赡、雕琢，而这种诗歌风格的转变正是魏诗"文多质少"

---

① （明）胡应麟撰《诗薮》，上海古籍出版社，1979，第3页。
② （明）胡应麟撰《诗薮》，上海古籍出版社，1979，第22页。
③ （明）胡应麟撰《诗薮》，上海古籍出版社，1979，第3页。
④ （明）胡应麟撰《诗薮》，上海古籍出版社，1979，第30页。
⑤ （明）胡应麟撰《诗薮》，上海古籍出版社，1979，第29页。
⑥ （明）胡应麟撰《诗薮》，上海古籍出版社，1979，第19页。

的原因。与前人稍异的是，胡氏在"质"之中加入了"浑融"这一要素。

胡应麟亦从诗体角度阐述了他的"文质"观念，他说：

> 四言简质，句短而调未舒；七言浮靡，文繁而声易杂。折繁简之衷，居文质之要，盖莫尚于五言。①

胡应麟认为五言古诗是诗体中最高妙者，它既不像四言古诗限于字数，声律过于紧凑，又不似七言靡杂，而是繁简适中，最宜于文质相称。

胡应麟认为"文质"关系会随着时代而不断变化，《诗薮》言："周尚文，故《国风》、《雅》、《颂》皆文；然自是三代之文，非后世之文。汉尚质，故古诗、乐府多质；然自是两汉之质，非后世之质。"② 这种"质文代变"的观点实继承自刘勰，《文心雕龙·时序》中说："时运交移，质文代变。"又言："质文沿时。"③ 不过胡应麟更进一步，不仅认为文学的"文质"关系会变化，而且还指出这种变化与时代风尚有关。

魏晋南北朝时期是文学自觉的时代。如果从"文质"上说，六朝正是一个求"文"的时代。胡氏评价六朝的文质关系为：

> 晋与宋，文盛而质衰；齐与梁，文胜而质灭；陈、隋无论其质，即文无足论者。④

胡氏认为"质文代变"，六朝文学之"质"存在一个由"质衰"到"质灭"的发展变化过程。而胡氏对六朝中各代诗歌评价的高低也是以"质"的多少来确定的。从总体上说，六朝诗歌可以用"文多质少"来概括。

《诗薮》言：

---

① （明）胡应麟撰《诗薮》，上海古籍出版社，1979，第 22 页。
② （明）胡应麟撰《诗薮》，上海古籍出版社，1979，第 3 页。
③ （南朝梁）刘勰著，詹锳义证《文心雕龙义证》卷九，上海古籍出版社，1989，第 1653、1723 页。
④ （明）胡应麟撰《诗薮》，上海古籍出版社，1979，第 22 页。

>《名都》、《白马》诸篇，已有绮靡意，而文犹与质错也。《洛神》、《铜爵》诸篇，已有溜亮意，而质浸为文掩也。故魏之诗，冢嫡两汉，而赋鲁卫六朝也。①

>古诗降魏，虽加雄赡，温厚渐衰。阮公起建安后，独得遗响，第文多质少，词衍意狭。东、西京则不然，愈朴愈巧，愈浅愈深。②

胡氏认为，建安时期文人开始重"文"，文采技法被有意识地运用到诗歌创作之中。但胡氏给了魏诗很高的评价，因为魏诗之质依然在文之上。如曹植虽然辞采华丽，但"体被文质"，辞采并没有掩盖其"骨气"。魏之诗虽然有"绮靡"之态，但文质交错杂陈，依然承继汉诗风格。由此可知，胡氏对六朝文质关系评价之低，正在于其文质的主次关系发生了彻底的改变。

对于"文"在六朝所指的具体内容，我们可以从胡应麟对六朝诗歌变化的评论中总结出来。胡氏说：

>士衡、安仁一变，而俳偶愈工，淳朴愈散，汉道尽矣。③

>齐、梁、陈、隋，世所厌薄，而其琢句之工，绝出人表，用于古诗不足，唐律有余。④

>古体至陈，本质亡矣。隋之才不若陈之丽，而稍知尚质，故隋末诸臣，即为唐风正始。⑤

>统论五言之变，则质漓于魏，体俳于晋，调流于宋，格衰

---

① （明）胡应麟撰《诗薮》，上海古籍出版社，1979，第146页。
② （明）胡应麟撰《诗薮》，上海古籍出版社，1979，第29页。
③ （明）胡应麟撰《诗薮》，上海古籍出版社，1979，第143页。
④ （明）胡应麟撰《诗薮》，上海古籍出版社，1979，第29页。
⑤ （明）胡应麟撰《诗薮》，上海古籍出版社，1979，第206页。

于齐。①

晋诗与汉诗最大的差别就在于其尚俳偶而无淳朴之风。齐、梁、陈三朝诗歌崇尚"琢句之工",古诗尚质的特点趋于消亡。隋诗能为"唐风正始"的原因,正在于其"质"胜于陈诗。五言诗歌最能体现"文质"和谐,质减、俳偶、绮靡、格丧,都不是胡氏所提倡的诗歌特点。综上,胡应麟认为六朝诗歌的"文"大致包含句式上的俳偶、语言上的华丽、作诗方法上的雕琢三方面的内容。

前文提出胡氏称赞汉诗"质中有文,文中有质,浑然天成,绝无痕迹"②,可见汉诗之优并不在于质多,而在于文质兼备并且"质胜于文"。胡氏并非否定藻饰、技法,而是提倡"文"为"质"用,最终达到浑然天成的境界。而六朝诗歌在"浑融"方面有所欠缺,所以胡氏说:

> 汉人诗,气运所钟,神化所至也,无才可见、格可寻也。魏才可见、格可寻,而其才大,其格高也。晋、宋其格卑矣,其才故足尚也。梁、陈其才下矣,其格故亡讥焉。③

胡应麟认为六朝诗歌与汉诗的差距主要在于"质"。胡应麟从"格"的角度分析了六朝诗歌难以达到"神化"也就是"浑融"境界的原因。"格"指高古之格,立意高而风格古朴。随着诗歌声韵理念的发展,尤其是永明新体诗的产生,诗歌语言愈加俳偶工整,六朝诗歌大都达不到"高古"的要求,难以形成质朴的风格。

胡应麟认为六朝诗人并不是不追求"质",除了"气运"和"格","文胜于质"的原因还在于错误的"求质"方法,所以《诗薮》言:

> 渊珠露采,亦匪无质。由质开文,古诗所以擅巧;由文求质,晋格所以为衰。若乃文质杂兴,本末并用,此魏之失也。以上昌谷论三

---

① (明)胡应麟撰《诗薮》,上海古籍出版社,1979,第24页。
② (明)胡应麟撰《诗薮》,上海古籍出版社,1979,第22页。
③ (明)胡应麟撰《诗薮》,上海古籍出版社,1979,第144页。

代诗，绝得肯綮，以俟百世，其言不易矣。①

胡应麟认为徐祯卿对汉、魏、六朝的文质分析极为正确。汉之诗以"质"为本，由质求文，愈巧愈拙，技法其次，古质天然。魏诗文质并用。六朝则本末倒置，高古之格丧失。虽然六朝亦有追求古质的诗文风格，但却是从技法、辞藻上刻意为之，并非基于"质"而创作。

针对汉、魏、六朝三个时期的文质变化，胡应麟为学诗者提供了学诗路径，他说：

汉诗，堂奥也；魏诗，门户也。入户升堂，固其机也。而晋氏之风，本之魏焉，然而叛迹于魏者，何也？故知门户非定程也。夫欲拯质，必务削文；欲反本，必资去末，是固日然。然玉韫于石，岂曰无文？②

汉、魏、六朝在时代上相延续，在诗歌风格上却变化巨大。学诗在确立目标之外，更要找好路径，否则容易产生偏差。以"质"为本，以"文"为末，"削文""去末"就是胡应麟所提倡的学诗路径。在胡应麟看来，文于质，就像玉包含在石中，是融为一体的，质本来就包含文，质达到一定程度自然能显示出文。

胡应麟的文质观较明以前诗论家的文质观产生了很大的改变，一改"文质彬彬"的主张，提倡"去文存质"，认为"质"达到一定境界自会生"文"。胡氏文质观的这种改变，一是因为其复古主张，二是因为当时的诗坛创作存在片面追求形式、技法而忽略诗歌古质的倾向。

二 六朝诗歌之"风神"

胡应麟认为"作诗大要不过二端，体格声调，兴象风神而已"③，"风神"作为胡应麟重要的诗歌理论之一，其提出有特定的时代意义。明

---

① （明）胡应麟撰《诗薮》，上海古籍出版社，1979，第158页。
② （明）胡应麟撰《诗薮》，上海古籍出版社，1979，第158页。
③ （明）胡应麟撰《诗薮》，上海古籍出版社，1979，第100页。

代主张恢复古诗传统的流派颇多,其中以前后七子为中流砥柱,但各派复古理论不尽相同,前七子中的李梦阳提出格调说,《驳何氏论文书》中说:"高古者格,宛亮者调,沈著雄丽,清峻闲雅者,才之类也,而发于辞。"① 他主张诗歌创作遵循由古诗中总结出来的普遍规律,由古诗入仍由古诗出,但这种创作方法容易产生模拟剽窃的弊端。所以后七子中的王世贞提出"才思格调",以创作主体才情的介入调和"格调"教条之弊。徐祯卿倡导诗言情,谢榛强调"悟"在诗歌中的重要性,这些都是对李梦阳复古理论的完善。作为明中晚期复古诗论的集大成者,胡应麟在"体格声调"之外,提出并强调"兴象风神"亦是对复古理论的丰富和完善。

"风神"和"神韵"常出现在胡应麟对六朝和唐代诗歌的品评中。在《诗薮》中胡应麟并没有单独对"风神"的含义进行解释,而是解释了"兴象风神",《诗薮》中言:

> 作诗大要不过二端,体格声调,兴象风神而已。体格声调有则可循,兴象风神无方可执。故作者但求体正格高,声雄调鬯;积习之久,矜持尽化,形迹俱融,兴象风神,自尔超迈。譬则镜花水月,体格声调,水与镜也;兴象风神,月与花也。必水澄镜朗,然后花月宛然。讵容昏鉴浊流,求睹二者?故法所当先,而悟不容强也。②

"体格声调"指作诗的法度,胡应麟以镜花水月作比,将体格声调比喻为水和镜,将兴象风神比喻为月和花,认为兴象风神具有不可捉摸的特点。作诗者先学习诗歌的法度,经过长久的练习,诗歌能够达到一种浑融的状态,从而使诗歌的意象展现出"风神"的特点。月和花这些意象通过水和镜(体格声调)的折射,展现给欣赏者意象之美。兴象为真正的花和月,而风神是作者想传达的感受——花和月的"宛然",对于诗歌鉴赏者来说,能感受到超乎花月之上的宛然就表示此诗具有"风神"。这与司空

---

① (明)李梦阳撰《空同集》卷六十二《驳何氏论文书》,《景印文渊阁四库全书》第1262册,(台北)台湾商务印书馆,1986,第567页。
② (明)胡应麟撰《诗薮》,上海古籍出版社,1979,第100页。

图"象外之象"的诗歌理论有相似的地方,都是指一种可感而不可捉摸的美,讲究诗歌有余味,有远韵。

《诗薮》所言"风神""神韵"与人物品评概念不同的是,胡应麟诗论中突出了"风神"和"神韵"所具有的"清空"的特点。他说"风神":

> 诗与文体迥不类:文尚典实,诗贵清空;诗主风神,文先理道。三代以上之文,《庄》、《列》最近诗,后人采掇其语,无不佳者,虚故也。①

胡应麟指出诗、文为不同体裁,创作方法必然不同。文章主张"典实"、说理,诗歌主张"清空""风神"。他认为诗歌不能太切实、呆板,最好能达到"清空"的境界。由此观之,胡氏所言"风神"和"清空"间存在因果联系,"胡应麟对风神的理解偏于清空一义,而这也与后来的神韵说接近"②。

在《诗薮》中,胡应麟认为只有六朝和唐代诗歌具有"风神"。汉诗"气运所钟,神化所至也,无才可见、格可寻也",魏诗"才可见、格可寻,而其才大,其格高也",无须"风神"论之。宋诗有"气概",元诗有"才藻",但都不睹"风神"。胡应麟以有无风神评价六朝诗歌,从有与无的对比评价中可以看出达到"风神"需要的条件。

《诗薮》对谢灵运评价颇高,胡氏认为其诗为有"风神"之作,原因之一为有"文采"。胡应麟说:

> 王仲淹历评六朝文士,不取康乐、宣城、文通、明远,而极称颜延之、王俭、任昉文约以则,有君子之心。不知延之、俭、昉所以远却谢、鲍诸人,正以典质有余,风神不足耳。③

---

① (明)胡应麟撰《诗薮》,上海古籍出版社,1979,第125~126页。
② 袁震宇、刘明今:《明代文学批评史》,上海古籍出版社,1991,第282页。
③ (明)胡应麟撰《诗薮》,上海古籍出版社,1979,第152页。

胡应麟认为颜、任、王三人诗歌典质有余而有失"风神",不如谢灵运等人的诗作有文采。又言:

> 休文四声八病,首发千古妙诠,其于近体,允谓作者之圣,而自运乃无一篇。诸作材力有余,风神全乏。①

胡应麟认为沈约、任昉二人"并以博洽称",但二人的诗歌都注重说理而忽视修辞,缺乏风神。胡应麟在评价唐代诗歌时说:

> 唐文绮绘精工,风神独畅。②

> 自李商隐、唐彦谦诸诗作祖,宋初杨大年、钱惟演、刘子仪辈,翕然宗事,号西昆体。人多訾其僻涩,然诸人材力富健,格调雄整,视义山不啻过之,惟丰韵不及耳。③

胡应麟将"绮绘精工"与"风神独畅"并列,认为二者为因果关系,强调文采对风神的重要性。李商隐诗歌以文采著称,在才力和格调方面弱于宋代几位诗人,但丰韵超然。可见,注重文采是达到"风神"的必要条件之一。

胡应麟谈文采为"风神"的必要条件,并不是只重视文采,他强调的是依附于意上的象,是确立"体格声调"之后的"兴象风神"。强调文采的根本目的是达到格调与风神的统一,使诗歌意蕴含蓄,耐人寻味。

谢灵运诗歌有"风神"的另一个原因是"不逼真"。此说以谢灵运"清晖能娱人"一句为例,《诗薮》言:

> 灵运诸佳句,多出深思苦索,如"清晖能娱人"之类,虽非锻炼而成,要皆真积所致。此却率然信口,故自谓奇。至"明月照积

---

① (明)胡应麟撰《诗薮》,上海古籍出版社,1979,第152~153页。
② (明)胡应麟撰《诗薮》,上海古籍出版社,1979,第23页。
③ (明)胡应麟撰《诗薮》,上海古籍出版社,1979,第209页。

雪",风神颇乏,音调未谐。①

"清晖能娱人"出自《石壁精舍还湖中作》,写诗人从石壁精舍回程晚归时在湖中泛舟所见之景。诗人描写山光水色文采斐然,情景交融,表达出其超然物外、遗世独立的豁达心境。"明月照积雪"出自《岁暮》:"殷忧不能寐,苦此夜难颓。明月照积雪,朔风劲且哀。运往无淹物,年逝觉已催。"诗前两句苦于夜长,末句又惜年短,充满矛盾的玄理,人生失意之感油然而生。两诗比较,胡应麟以前者为有"风神"之作。其一,从诗歌风格来说,前者借景抒情,有清远之风;后者诗风凝重,通过玄理表达内心的苦闷。其二,《诗薮》中另评"清晖能娱人":

> 清晖能娱人,游子憺忘归,凡登览皆可用。……而皆妙绝千古,则诗之所尚可知。今题金山而必曰金玉之金,咏赤城而必云赤白之赤,皆逐末忘本之过也。②

胡氏认为谢灵运写归途中所见之景,并不明确指出是哪座山、哪片湖,也不穷形尽相地描摹山水之形,而将登览之诗该有的"风神"发挥得淋漓尽致。所以胡应麟认为诗不必太着题,不应该过于逼真。正如胡氏借用苏轼诗论之言,在《诗薮》中说:

> 苏长公诗无所解,独二语绝得三昧,曰:"作诗必此诗,定知非诗人。"③

又言:

> 盖诗惟咏物不可汗漫,至于登临、燕集、寄忆、赠送,惟以神韵为主,使句格可传,乃为上乘。今于登临则必名其泉石,燕集则必纪

---

① (明)胡应麟撰《诗薮》,上海古籍出版社,1979,第149页。
② (明)胡应麟撰《诗薮》,上海古籍出版社,1979,第99页。
③ (明)胡应麟撰《诗薮》,上海古籍出版社,1979,第98页。

其园林，寄赠则必传其姓氏，真所谓田庄牙人、点鬼簿、粘皮骨者，汉、唐人何尝如此？最诗家下乘小道。①

可见，胡应麟以谢灵运《石壁精舍还湖中作》具有风神，正因此登览之作没有着力于"逼真"，诗所包含的内容超过其所描绘的内容。

与提倡"文采"的原因相近，胡应麟言为诗不可逼真亦是为了扭转宋诗和明诗穷形尽相的诗风。胡应麟著《诗薮》的目的之一就是指导学诗者，为其提供正确的学诗路径，即诗歌"妙在似与不似间"。针对当时诗歌创作的问题，胡应麟强调诗歌应具有"风神"。

谢灵运之诗在六朝当为最具"风神"者，但并不是所有诗都有"风神"，如"北朝句如'芙蓉露下落，杨柳月中疏'，较谢'池塘春草'，天然不及而神韵有余"②。综合来看，胡应麟虽然多用"风神"评价六朝和唐代诗歌，但主要还是集中在唐代。可能因六朝诗歌为唐诗兆端，故含有一些类似唐诗风格的特征，其中包含"风神"一条，如"庾肩吾风神秀朗，洞合唐规"③。唐诗尤其是盛唐诗歌才是胡氏心目中的典范。

胡应麟"风神"理论相较于前人更加完善。通过点评六朝诗歌，胡氏明确了"风神"的条件和学习方法，便于指导学诗者创作。针对当时诗歌创作理过于情的写作风尚，胡应麟强调文采、虚写的重要性，并希望通过高举文学的独立性恢复古典诗歌浑朴圆融、耐人寻味的审美特征。

三　六朝诗歌之"靡曼精工"

胡应麟认为各代有各代的诗歌，各代诗歌又有不同的特点，正如《诗薮》所言：

《国风》、《雅》、《颂》，温厚和平；《离骚》、《九章》，怆恻浓至；东西二京，神奇浑璞；建安诸子，雄赡高华；六朝俳偶，靡曼精

---

① （明）胡应麟撰《诗薮》，上海古籍出版社，1979，第98~99页。
② （明）胡应麟撰《诗薮》，上海古籍出版社，1979，第155页。
③ （明）胡应麟撰《诗薮》，上海古籍出版社，1979，第152页。

工；唐人律调，清圆秀朗，此声歌之各擅也。①

六朝诗歌"靡曼精工"的特点成为胡氏六朝诗论的总体基调，胡氏对六朝诗人、诗歌的褒贬经常围绕"靡曼精工"展开。

胡应麟"靡曼精工"之"工"是一种诗歌审美标准。他所言六朝之"工"，其含义首先与"俳偶"有关。

六朝俳偶，靡曼精工。②

士衡、安仁一变，而俳偶愈工，淳朴愈散，汉道尽矣。③

俳偶是六朝诗歌的特点，"靡曼精工"的产生本就与"俳偶"关系密切。俳偶指诗句上的对偶，胡氏认为诗歌讲求工整骈俪始自六朝的陆机和潘岳。可见，胡氏所言之"工"指句法、句式上大量使用骈偶。

胡应麟所认为的句法之"工"，不仅指上文说到的句式对仗工整，更有句意对仗工整之义。《诗薮》说：

休文"夕行闻夜鹤，晨征听晓鸿"，当句自犯，尤为语病。用修复以为工，惟六朝故，若出宋人，不知何等掊击矣！④

杨慎在《五言律祖》中以沈约此句为工，胡应麟不以为然，他对对仗工整要求更严格。

六朝诗歌之"工"还与藻饰有关，胡应麟在谈论谢朓诗歌风格时说："世目玄晖为唐调之始，以精工流丽故。"⑤ 但他认为以"精工流丽"概括谢朓诗歌特点并不确切，并举出《游敬亭山》等谢朓诗歌中的长篇，

---

① （明）胡应麟撰《诗薮》，上海古籍出版社，1979，第1页。
② （明）胡应麟撰《诗薮》，上海古籍出版社，1979，第1页。
③ （明）胡应麟撰《诗薮》，上海古籍出版社，1979，第143页。
④ （明）胡应麟撰《诗薮》，上海古籍出版社，1979，第150页。
⑤ （明）胡应麟撰《诗薮》，上海古籍出版社，1979，第152页。

认为这些诗歌虽然包含一些"精工流丽"的"绮绘",但"词气冲澹",不全是"工丽"之态。由此可见"绮绘"亦是"精工"的一种体现。胡应麟质疑唐庚评价六朝诗除了三谢外,"宣远、叔源,有诗不工",认为谢瞻(字宣远)《子房》《戏马》"格调词藻,可坦步延之、灵运间",也能以"格调词藻"诠释诗歌之"工"。

从前文可以看出,"精工"包含句式和句法上的工整,又含有藻饰的内容。胡应麟认为与汉魏诗歌相比,六朝之"工"还有"刻意为之"之意,即诗人刻意追求诗歌的对仗、藻饰。胡氏说:

> 严谓古诗不当较量重复,而引属国数章见例,是则然矣。古人佳处,岂在是乎?……"青青河畔草"一章,六用叠字而不觉,正古诗妙绝处,不可概论,然亦偶尔,未必古人用意为之。谢惠连以相如对长卿,幸司马有二名,不尔,何以属比耶?一笑。①

重复本是诗歌应该避免的,严羽却认为对于古诗来说当不必计较这点。胡应麟肯定了严羽的观点,而且认为"重复"这种语病在信笔天成、浑融质朴的古诗中不仅不是语病,甚至有时还是绝妙处。但他对刻意讲求对仗工整的六朝诗歌则有贬低之意。由此亦可管窥胡氏对"工"之态度。

虽然胡应麟以"靡曼精工"形容六朝诗歌总体风貌,但这种特点并不是自六朝才产生的,魏诗就有"工"之先兆。胡应麟说:

> 魏承汉后,虽浸尚华靡,而淳朴余风,隐约尚在。②

> 曹公"月明星稀"、子建"来日大难"为四言法,此尤非也。二诗虽精工华爽,而风雅典刑几尽。在五言古则为齐、梁,在七言律则为大历,实四言之一变也。③

---

① (明)胡应麟撰《诗薮》,上海古籍出版社,1979,第150页。
② (明)胡应麟撰《诗薮》,上海古籍出版社,1979,第143页。
③ (明)胡应麟撰《诗薮》,上海古籍出版社,1979,第158页。

华丽精工的诗歌风格在魏诗中就已经有所体现，只是还不是诗歌创作主流。胡应麟所推崇的汉诗的浑融朴素之风在魏已经开始削减，只不过曹魏时期华靡工丽之风刚刚兴起，至六朝方为主流。

后七子派其他成员也持此观点。早在胡应麟之前，谢榛《四溟诗话》已提出："诗以汉魏并言，魏不逮汉也，建安之作，率多平仄稳帖，此声律之渐；而后流于六朝，千变万化，至盛唐极矣。"① 并分析曹植《白马篇》《斗鸡诗》："《白马篇》：'俯身散马蹄。'此能尽驰马之状。《斗鸡诗》：'觜落轻毛散。'善形容斗鸡之势。'俯'、'落'二字有力，一'散'字相应。然造语太工，六朝之渐也。"②

细而论之，"靡曼精工"之兆端实在曹丕，或者说在以曹丕为核心的诗人群体。正如《诗品》对曹丕诗歌的评价，"殊美赡可玩，始见其工矣"③，其诗已经具有六朝诗歌靡曼、工丽的特点。魏晋南北朝时期是文学自觉的重要阶段，受时代的影响，工丽之风兴起，这种风格与人的觉醒、人的审美独立有关，是纯文学、文人文学发展的必然结果。

从前文对胡应麟文质观和风神观的论述来看，胡应麟既注重内容又注重形式，但反对诗歌脱离格调追求华美的形式。胡氏追求的是浑融之美，所以不提倡"靡曼精工"。

第四节 《诗薮》六朝诗学观念的比较研究

一代有一代之文学，诗歌理论亦然，胡应麟诗歌理论的形成受时代和前人的影响。从交友上看，王世贞对其诗歌观念影响深远。从时间上看，许学夷、陆时雍与胡应麟所处年代相近，通过胡应麟与三人诗论著作中六朝诗歌观念的比较，可以看出《诗薮》的继承与影响。

---

① （明）谢榛、（清）王夫之著，宛平、舒芜校点《四溟诗话 姜斋诗话》，人民文学出版社，1961，第3页。
② （明）谢榛、（清）王夫之著，宛平、舒芜校点《四溟诗话 姜斋诗话》，人民文学出版社，1961，第100页。
③ （南朝梁）钟嵘著，曹旭集注《诗品集注》（增订本），上海古籍出版社，2011，第256页。

一 《诗薮》与《艺苑卮言》六朝诗学观念比较

嘉靖前期，前七子复古思潮之后，以杨慎为首的六朝派掀起了一场以学习六朝诗歌为主的诗歌风潮，追随者甚多。后七子结社之时，前七子所掀起的复古风潮已逐渐消退。王世贞一方面反对但求形式的模拟之作，一方面认为六朝派学诗路径非向上一路。所以他依然继承了主格调、讲法度的前七子论诗主张，推崇汉魏、盛唐诗歌。王世贞的诗文理论虽然仍不出复古理论范围，但更加圆融，不像同时期的李攀龙那样偏激。《艺苑卮言》在强调法度、格调之外强调创作主体的主观能动性，他说："才生思，思生调，调生格；思即才之用，调即思之境，格即调之界。"[①] 强调才、思、格、调对诗歌创作的重要性，有益于弥补"格调"拟古的不足。可见复古派内部亦存在一个不断演进、不断完善的发展过程。

王世贞诗文理论对胡应麟的影响极大，胡应麟在《报长公》中自认其所著《诗薮》是"羽翼《卮言》"。汪道昆为《诗薮》所作序言中亦称《诗薮》"衍《卮言》"。在六朝诗歌观方面，二人亦有相近之处。

（一）对六朝诗歌的有限肯定

王世贞基本上遵循前七子的主张，以汉唐诗歌为尊，"大抵诗以专诣为境，以饶美为材。师匠宜高，捃拾宜博"[②]。所谓"诗匠宜高"，就七子派诗歌理论来说，就是"文必秦汉，诗必盛唐"，学诗就要从汉唐入门。王世贞诗歌理论的突破点在其"捃拾宜博"，避免了学诗路径过于狭窄的弊端，在汉唐诗歌的基础上博采各代风格之长。王世贞的拟作亦是各时代都有涉及，拟古作品风格多样。可见，王世贞虽然秉承"文必秦汉，诗必盛唐"的复古理念，但在以汉唐为师的基础上也看到了其他时代风格的多样性，较七子派其他成员来说更加圆融，复古路径更加宽广。六朝诗歌自然也在王世贞"博采"的范围之内，其言：

> 吾于文虽不好六朝人语，虽然，六朝人亦那可言。皇甫子循谓：

[①] （明）王世贞著，罗仲鼎校注《艺苑卮言校注》，齐鲁书社，1992，第39页。
[②] （明）王世贞著，罗仲鼎校注《艺苑卮言校注》，齐鲁书社，1992，第24页。

"藻艳之中，有抑扬顿挫，语虽合璧，意若贯珠，非书穷五车，笔含万化，未足云也。"此固为六朝人张价。然如潘、左诸赋，及王文考之《灵光》，王简栖之《头陀》，令韩、柳授觚，必至夺色。①

虽然王世贞以汉魏为尊，对六朝之文评价不高，但他并没有对其完全否定。他认为六朝骈体文赋的创作亦有可称道之处，尤其是潘岳、左思才学广博，一些作品运笔富有变化，在藻饰艳丽的风格中蕴含清刚之气。又言：

> 高者探先秦，摭西京，挟建安，俯大历；次乃沿六季华靡之好，以铦釪组绣相豪倾；其下始托于理，务于简俭以逃拙。②

在六朝派、中唐派的理论冲击下，王世贞的复古理论有别于前七子，在确立了汉唐的诗歌地位后，亦承认六朝诗歌有可学之处。

胡应麟以汉魏、盛唐诗歌为尊，但他同王世贞一样，承认风格的多样性，也赞同"捃拾宜博"。他说："《国风》、《雅》、《颂》，温厚和平；《离骚》、《九章》，怆恻浓至；东西二京，神奇浑璞；建安诸子，雄赡高华；六朝俳偶，靡曼精工；唐人律调，清圆秀朗，此声歌之各擅也。"③认为虽然六朝诗歌于古体有失古质，但亦有可以学习的地方，是诗歌史上不可缺少的一环。

（二）对六朝诗人评价的比较

《艺苑卮言》内容涉及诗文绘画等多个领域，相对专于论诗的《诗薮》，诗论内容稍显零散、单薄。但二书在观点上颇多相近之处。如对潘、陆的评价，《诗薮》中说："潘、陆俱词胜者也。陆之材富，而潘气稍雄也。"④《艺苑卮言》中说："陆士衡翩翩藻秀，颇见才致，无奈俳弱

---

① （明）王世贞著，罗仲鼎校注《艺苑卮言校注》，齐鲁书社，1992，第150页。
② （明）王世贞撰《弇州续稿》卷四十《袁鲁望集序》，《景印文渊阁四库全书》第1282册，（台北）台湾商务印书馆，1986，第535~536页。
③ （明）胡应麟撰《诗薮》，上海古籍出版社，1979，第1页。
④ （明）胡应麟撰《诗薮》，上海古籍出版社，1979，第147页。

何？安仁气力胜之，趣旨不足。"① 都强调陆机才高，潘岳气雄。如评价谢灵运与颜延之之诗，《诗薮》中说："延之与灵运齐名，才藻可耳。至于丰神，皆出诸谢下，何论康乐！"② 《艺苑卮言》中说："延之创撰整严，而斧凿时露，其才大不胜学。岂唯惠休之评，视灵运殆更霄壤。"③ 都认为虽然颜延之学识广博，但于诗歌创作过于庄严，不如谢灵运诗歌灵动有远韵。

二人对六朝诗句的评价亦有相似之处，如《诗薮》言谢灵运诗："'池塘生春草'，不必苦谓佳，亦不必谓不佳。……至'明月照积雪'，风神颇乏，音调未谐。"④《艺苑卮言》评这两句诗为："'明月照积雪'，是佳境，非佳语；'池塘生春草'，是佳语，非佳境。此语不必过求，亦不必深赏。"⑤ 二人对谢灵运这两句诗的评价，无论结构还是含义都颇为相近。

王世贞与胡应麟二人极赏左思之《咏史》，《艺苑卮言》中言：

"以彼径寸茎，荫此百尺条。"是涉世语；"贵者虽自贵，弃之若埃尘。"是轻世语；"振衣千仞冈，濯足万里流。"是出世语。每讽太冲诗，便飘飘欲仙。⑥

《诗薮》中言：

太冲《咏史》，景纯《游仙》，皆晋人杰作。《咏史》之名，起自孟坚，但指一事。魏杜挚《赠毌丘俭》，叠用八古人名，堆垛寡变。太冲题实因班，体亦本杜，而造语奇伟，创格新特，错综震荡，逸气干云，遂为古今绝唱。⑦

---

① （明）王世贞著，罗仲鼎校注《艺苑卮言校注》，齐鲁书社，1992，第119页。
② （明）胡应麟撰《诗薮》，上海古籍出版社，1979，第148页。
③ （明）王世贞著，罗仲鼎校注《艺苑卮言校注》，齐鲁书社，1992，第131页。
④ （明）胡应麟撰《诗薮》，上海古籍出版社，1979，第149页。
⑤ （明）王世贞著，罗仲鼎校注《艺苑卮言校注》，齐鲁书社，1992，第134页。
⑥ （明）王世贞著，罗仲鼎校注《艺苑卮言校注》，齐鲁书社，1992，第121~122页。
⑦ （明）胡应麟撰《诗薮》，上海古籍出版社，1979，第147页。

二人都肯定了左思咏史诗。王世贞论述相对简单，着重评价左思诗歌的内容与风格。胡应麟不仅看到了左思诗歌语言和结构上的特点，而且论述了咏史诗的渊源，通过对比更加突出了左思咏史诗的创新。

胡应麟对谢朓的评价，比王世贞的相关评价更为全面。《艺苑卮言》中说：

> 玄晖不唯工发端，撰造精丽，风华映人，一时之杰。青莲目无往古，独三四称服，形之词咏。登九华山云："恨不携谢朓惊人诗来。"特不如灵运者，匪直材力小弱，灵运语俳而气古，玄晖调俳而气今。①

《诗薮》中说：

> 世目玄晖为唐调之始，以精工流丽故。然此君实多大篇，如《游敬亭山》、《和伏武昌》、《刘中丞》之类，虽篇中绮绘间作，而体裁鸿硕，词气冲澹，往往灵运、延之逐鹿。后人但亟赏工丽，此类不复检摭，要之非其全也。②

胡氏不仅注意到谢朓工丽之作，而且看到小谢有古气的作品，丰富了对谢朓的评价。

王世贞《艺苑卮言》对六朝诗人的评价涉及陆机、潘岳、左思、石崇、陶渊明、谢灵运、颜延之、谢朓、沈约以及帝王等人的诗歌。胡应麟《诗薮·六朝》一卷专述六朝诗歌特点、六朝诗人风格。在诗人方面，晋、宋、齐、梁、陈、隋六代均有涉及，取其中重要之人着重论述；在诗歌风格方面，将六朝分初、盛、中、晚四个时期，明其盛衰兴替。《诗薮》在内容和体系上要比《艺苑卮言》更加丰富和完善。

---

① （明）王世贞著，罗仲鼎校注《艺苑卮言校注》，齐鲁书社，1992，第135页。
② （明）胡应麟撰《诗薮》，上海古籍出版社，1979，第152页。

二 《诗薮》与《诗源辩体》六朝诗学观念比较

许学夷《诗源辩体》论各体诗歌特征及流变,是晚明诗学辨体巨作。明嘉靖以来,文坛对"变体"诗歌的关注不断冲击复古派严苛守正的诗学理念。如杨慎虽承认汉魏诗歌在诗史上的价值,但又大力抬高六朝诗歌,以期震人耳目,省发诗坛。如公安派提倡:"不效颦于汉、魏,不学步于盛唐,任性而发,尚能通于人之喜怒哀乐嗜好情欲,是可喜也。"① 如竟陵派标榜"诗出性情,无格套"②,着意于汉魏、盛唐之外的诗歌。许学夷说:"成化以还,诗歌颇为率易,献吉、仲默、昌谷矫之,为杜、为唐,彬彬盛矣。下逮于鳞,古仿汉魏,律法初唐,愈工愈精。然终不能无疑者,乃于古诗、乐府悉力拟之,靡有遗什,律诗多杂长语,二十篇而外,不奈雷同。"③ 认识到了复古诗学的弊端。对立阵营诗学理念的影响及对复古诗歌理论的深入思考,使同处于明末的胡应麟与许学夷在诗歌理念上颇有相似之处,许学夷对六朝诗歌的评价相对于胡应麟来说既有继承又有发展。

(一) 六朝诗歌正变观比较

从辨体角度阐述诗歌史,其源头可以追溯到严羽,《沧浪诗话》称:"至于汉魏晋宋齐梁之诗,其品第相去,高下悬绝,乃混而称之,谓锱铢而较,实有不同处,大率异户而同门,岂其然乎?"④ 这种按诗体分而论之的主张,是针对《诗品》那种虽"辨彰清浊",考察诗歌风格源流,却不分正变,不强守正宗的论述提出的。明代复古派延续了这一诗学思路,如李梦阳《与徐氏论文书》:"三代而下,汉魏最近古。"⑤ 何景明《汉魏诗集序》:"汉兴不尚文,而诗有古风……继汉作者,于魏为盛,然其风

---

① (明) 袁宏道著,钱伯城笺校《袁宏道集笺校》卷四《叙小修诗》,上海古籍出版社,2008,第188页。
② (明) 赵士喆:《石室谈诗》,吴文治主编《明诗话全编》,江苏古籍出版社,1997,第10568页。
③ (明) 许学夷,杜维沫校点《诗源辩体》,人民文学出版社,1987,第324页。
④ (宋) 严羽著,郭绍虞校释《沧浪诗话校释》,人民文学出版社,1961,第252页。
⑤ (明) 李梦阳撰《空同集》卷六十二《与徐氏论文书》,《景印文渊阁四库全书》第1262册,(台北) 台湾商务印书馆,1986,第564页。

斯衰矣。晋逮六朝，作者益盛，而风益衰。"① 徐祯卿《谈艺录》："魏诗，门户也；汉诗，堂奥也。入户升堂，固其机也。而晋氏之风，本之魏焉。"② 由此观之，复古派以汉魏浑融古朴之诗为正，六朝之诗属变。胡应麟、许学夷辨体以明正变的思想是对复古派的继承，不同的是，胡、许二人不似前人对六朝变体大加批判，而是以客观、中正的态度分析六朝之变。

胡应麟、许学夷都期望通过诗论明学诗之路径，使后人能明确正宗，追随楷模。二人继承了复古派的理念，都以汉魏、盛唐诗歌为诗学最高，但不似前后七子强烈地"伸正黜变"，而是通过分析"时""势"等客观条件，认为六朝之变实是诗歌发展的客观规律。

胡应麟在《诗薮》中多次强调客观规律和客观条件对诗歌的影响。他说：

四言变而《离骚》，《离骚》变而五言，五言变而七言，七言变而律诗，律诗变而绝句，诗之体以代变也。③

魏继汉后，故汉风犹存；六代居唐前，故唐风先兆。文章关世运，讵谓不然！④

四言不能不变而五言，古风不能不变而近体，势也，亦时也。⑤

苏、李之才，不必过于曹、刘；陆、谢之才，不必下于公幹，而其诗不同也，则其世之变也。其变之善也，则其才之高也。⑥

---

① （明）何景明撰《大复集》卷三十四《汉魏诗集序》，《景印文渊阁四库全书》第1267册，（台北）台湾商务印书馆，1986，第301页。
② （明）徐祯卿：《谈艺录》，（清）何文焕辑《历代诗话》，中华书局，2004，第766页。
③ （明）胡应麟撰《诗薮》，上海古籍出版社，1979，第1页。
④ （明）胡应麟撰《诗薮》，上海古籍出版社，1979，第1~2页。
⑤ （明）胡应麟撰《诗薮》，上海古籍出版社，1979，第23页。
⑥ （明）胡应麟撰《诗薮》，上海古籍出版社，1979，第144页。

胡氏认为时代特色和诗人个性导致诗歌有变之善与变之不善,对六朝诗歌在继承和发展中的得失不必太过在意。

许学夷亦有相同观点,《诗源辩体》言:

> 予作《辩体》一书,其源流、正变、消长、盛衰,乃古今理势之自然,初未敢以私智立异说也。①

> 其正变也,如堂陛之有阶级,自上而下,级级相对,而实非有意为之。②

许学夷认为诗歌的发展是不以诗人意志为转移的,有源则有流,有正必有变,诗体的变化属于诗歌发展的必然规律。

胡、许二人都肯定了"变"在诗歌史上的必然性,相对于前人的复古理论来说,二人都认为六朝诗歌在诗歌史上的地位不应被刻意贬低。相对于胡应麟来说,许学夷对六朝诗歌的态度更加明确,更加宽容。在许学夷看来,复古派诗歌观念过于严苛、僵化,严守汉魏、盛唐尺寸。他说:"论道当严,取人当恕。予之论汉、魏、六朝、初、盛、中、晚唐诗,其等第高下,皆千古定论;然今之作者,无论古为太康,律为大历,苟非怪恶,即齐、梁、晚唐,亦有可取。……若以汉、魏、初、盛而外,一无足取,则亦非取人之恕也。"③ 明确提出即使是处在诗歌史低谷期的六朝诗歌亦有值得学习的地方。

《诗薮》以诗体、时代为纲,经纬纵横地阐述诗歌理论,诗体源流、正变是诗歌内容的重要方面。《诗源辩体》以诗体为核心,以正变为线索,相对于《诗薮》来说对六朝诗体的源流、正变论述得更加详细。

"正变观"从产生到成熟可划分为三个阶段:一是关于《诗经》的"风雅正变",二是针对六朝诗文的"文质观",三是严羽诗歌理论中的"诗体正变"。在第一个阶段,《诗大序》阐述了盛世"言志"为正,衰

---

① (明)许学夷著,杜维沫校点《诗源辩体》卷三十四,人民文学出版社,1987,313 页。
② (明)许学夷著,杜维沫校点《诗源辩体》卷三十二,人民文学出版社,1987,306 页。
③ (明)许学夷著,杜维沫校点《诗源辩体》卷三十四,人民文学出版社,1987,325 页。

世"言情"为变的观点。第二阶段从"文"与"质"的关系上划分正变,文质彬彬或者质胜于文为正,重文轻质、文过于质为变。第三个阶段的"正变观"是诗体之正变,从体裁、内容、风格出发,古体诗以汉魏为"正",律体则以盛唐为正。虽然《诗薮》《诗源辩体》同处于"正变观"的成熟时期,但《诗薮》之正变观散见于其"文质""格调"论之中,不似《诗源辩体》直述正变,更加系统、明确。六朝处于汉魏、盛唐之间,是古近诗体正变的关键时期,胡、许二人的正变观在六朝诗评中体现得最为明显。

在"正变观"上,胡氏侧重从文质的角度确立诗歌榜样,通过"文质"关系分析诗歌的流变。许学夷对六朝诗歌的分析相对来说更加细致,详细梳理了古体诗的源流、正变。其论六朝五言之变,以汉诗为正,首先明确了五言"正"体之特点,《诗源辩体》言:"本乎情兴,故其体委婉而语悠圆,有天成之妙。"① 至魏古诗已有初变,"魏之于汉,同者十之三,异者十之七,同者为正,而异者始变矣"②。他还指出,汉魏古诗相同者在"情兴所至,以不意得之",在"天成之妙";异者在魏"情兴未至,始着意为之",而"语多构结"。③ 但他认为,魏诗仍有浑成之气,是变犹正;西晋太康为再变,"体渐俳偶,语渐雕刻,而古体遂淆矣"④,此变已离古风;宋元嘉为三变,"体尽俳偶,语尽雕刻","古体遂亡";齐永明为四变,"声虽渐入于律,语虽渐入绮靡,其古声犹有存者";陈为五变,"其声尽入律、语尽绮靡而古声尽亡矣"⑤。从体式、语言和声韵三方面阐述了古诗在何时、何人之手渐渐走向灭亡,突出了古诗渐变的特征。

许学夷与胡应麟都认为五古在六朝逐渐衰落甚至灭亡。《诗薮》中言:"五言盛于汉,畅于魏,衰于晋、宋,亡于齐、梁。"⑥ 但并没有突出

---

① (明)许学夷著,杜维沫校点《诗源辩体》卷三,人民文学出版社,1987,第45页。
② (明)许学夷著,杜维沫校点《诗源辩体》卷四,人民文学出版社,1987,第71页。
③ (明)许学夷著,杜维沫校点《诗源辩体》卷四,人民文学出版社,1987,第71页。
④ (明)许学夷著,杜维沫校点《诗源辩体》卷五,人民文学出版社,1987,第87页。
⑤ (明)许学夷著,杜维沫校点《诗源辩体》卷九,人民文学出版社,1987,第108、128页。
⑥ (明)胡应麟撰《诗薮》,上海古籍出版社,1979,第22页。

"渐变"的特点，而是从变化因素上分析："汉，品之神也；魏，品之妙也；晋、宋，品之能也；齐、梁、陈、隋，品之杂也。"① "魏之气雄于汉，然不及汉者，以其气也。晋之词工于汉，然不及汉者，以其词也。宋之韵超于汉，然不及汉者，以其韵也。"② 许氏所言"浑成之气"正在胡氏所言"神""气"范围之内；许氏所言"俳偶""雕刻"亦不出胡氏所言"工"之范畴。由此可见，许氏虽然详论正变之趋势，但所论要素依然不出胡氏所论之范围，在观点上是对胡氏的继承。

许学夷论六朝七言之变时，认为晋之七言仍有古风尚且未变，"陆士衡、谢灵运、谢惠连乐府七言《燕歌行》各一篇，较之子桓，体制声调亦不甚殊，未可称变也"③。他进而展开阐释七言在六朝的流变史，认为至"晋无名氏乐府七言《白纻舞歌》，用韵祖于《燕歌》，而体多浮荡，语多华靡，然声调犹纯，此七言之再变也"④；刘宋"明远乐府七言有《白纻词》，杂言有《行路难》。《白纻词》本于晋，而词益靡；《行路难》体多变新，语多华藻，而调始不纯，此七言之三变也"⑤；梁"吴均乐府七言及杂言有《行路难》，本于鲍明远而调多不纯，语渐绮靡矣。此七言之四变也"⑥；"梁简文以下乐府七言，调多不纯，语多绮艳，此七言之五变也"⑦。详细论述了七言在六朝各代的变化。

胡应麟论述古七言时，认为晋之七言已变。"《木兰歌》是晋人拟古乐府，故高者上逼汉、魏，平者下兆齐、梁。……虽甚朴野，实自六朝声口，非两汉也。"⑧ 他认为虽然晋作体制、声调逼近汉魏，但其用语已非古风，不能认为其没有变化。相对于许学夷着眼于七言变化节点，胡应麟主要从数量和个人创作方面对六朝古七言进行分析。胡氏认为五言创作的繁盛压制了七言歌行的创作，"建安以后，五言日盛。晋、宋、齐间，七

---

① （明）胡应麟撰《诗薮》，上海古籍出版社，1979，第22页。
② （明）胡应麟撰《诗薮》，上海古籍出版社，1979，第22页。
③ （明）许学夷著，杜维沫校点《诗源辩体》卷五，人民文学出版社，1987，第90页。
④ （明）许学夷著，杜维沫校点《诗源辩体》卷五，人民文学出版社，1987，第96页。
⑤ （明）许学夷著，杜维沫校点《诗源辩体》卷七，人民文学出版社，1987，第117页。
⑥ （明）许学夷著，杜维沫校点《诗源辩体》卷九，人民文学出版社，1987，第127页。
⑦ （明）许学夷著，杜维沫校点《诗源辩体》卷九，人民文学出版社，1987，第129页。
⑧ （明）胡应麟撰《诗薮》，上海古籍出版社，1979，第44~45页。

言歌行寥寥无几", "歌行至宋益衰, 惟明远颇自振拔……而时代所压, 不能顿超"。① 由此观之, 胡应麟对古体的要求更为严苛, 气运、语言、体制不可缺一。另外, 胡应麟论述古七言涉及内容范围更广, 此亦是两书体例差异的必然结果。

六朝诗为近体诗之缘起, 为盛唐诗之基石。胡应麟、许学夷二人都承认六朝诗歌对近体诗的影响, 但在细节上却略有不同。

对于五言律诗, 胡应麟认为, "五言律体, 兆自梁、陈"②。许学夷则认为: "五言律句虽起于齐梁, 而绮靡衰飒, 不足为法。必至初唐沈宋, 乃可为正宗耳。"③ 前者认为五言律诗自梁、陈产生, 后者认为五律肇自齐、梁, 至初唐方成气候。可惜二人都未阐释这种划分的依据。

胡应麟论述近体诗侧重于分析诗体之特点、创作之要求、作品之得失, 其言 "七言律滥觞沈、宋。其时远袭六朝, 近沿四杰, 故体裁明密, 声调高华, 而神情兴会, 缛而未畅"④。指出缘起后, 他进而论述七言律创作之难, 警示学诗者要审慎, 并举出律诗楷模, 为学七言律者指出体格声调、兴象风神的达成路径。许学夷论诗体, 以朝代为纲, 考正变、分源流, 再以作家作品论为辅, 而于诗歌其他方面则涉及较少。

单从诗歌正变观来说, 许学夷的正变理论更加成熟、系统, 他以正变为根本展开自己的论述, 将诗歌风格、流派、支源紧紧围绕正变这一核心, 从宏观上把握六朝诗歌对汉魏诗歌的继承与发展。胡应麟正变观散见于各处, 且主要从文质、格调等方面进行分析, 不如《诗源辩体》明晰, 这是《诗薮》与《诗源辩体》内容与体制差异的结果。

(二) 对陶渊明诗歌评价的比较

胡应麟认为陶诗之 "淡" 是对汉魏风格的继承, 但从格调上来说, 陶诗并非古诗正统而只能算是 "偏格"。但胡应麟充分肯定了陶诗对唐诗的影响, 认为 "靖节清而远", 开创了 "清" 这一风格, 唐代各个时期的诗人在这一风格影响下又产生了各自的特色, 如孟浩然在陶渊明所创

---

① (明) 胡应麟撰《诗薮》, 上海古籍出版社, 1979, 第45~46页。
② (明) 胡应麟撰《诗薮》, 上海古籍出版社, 1979, 第58页。
③ (明) 许学夷著, 杜维沫校点《诗源辩体》卷十一, 人民文学出版社, 1987, 第136页。
④ (明) 胡应麟撰《诗薮》, 上海古籍出版社, 1979, 第82页。

"清"的基础上衍生出"清旷",王维继承发展为"清秀",韦应物结合自身特点发展为"清润"等,他们这些以"清"为基础的诗歌风格在胡氏看来都是受陶渊明的影响,甚至明代徐祯卿诗歌的"清朗"之风,亦是受陶诗的影响。由此观之,胡氏认为,陶诗于古体诗而言"格调"有失,而于近体诗而言,"清"之创新影响深远。

许学夷认同胡应麟对陶诗创新的评价,亦赞同陶诗对唐诗的影响,但并不认为陶诗于古有失。在胡应麟对陶诗评价的基础之上,许学夷进一步将陶诗从正变体系中分离出来,别立一源,从陶诗自身特点对其进行分析,充分肯定了陶诗在诗歌史上的地位。

许学夷推崇汉魏,认为其优点在于"汉魏五言,本乎情兴,故其体委婉而语悠圆,有天成之妙";"声响色泽,无迹可求";"自然而然,不假悟入"。[1] 许学夷将陶诗风格总结为"自然""真情""无迹可求"。"靖节无一语盗袭,而性情溢出矣。"[2] 认为陶诗发乎真情,但用己语。"靖节诗,初读之觉甚平易,及其下笔,不得一语仿佛,乃是其才高趣远使然,初非琢磨所至也。"[3] 认为陶诗出于自然,不饰不琢。"其意但欲写胸中之妙耳,不欲效颜谢刻意求工也。故谓靖节造语极工、琢之使无痕迹既非……"[4] 认为陶诗唯写心中之情,无法可求、无迹可寻。由此观之,许学夷认为在"自然""真情""无迹可求"方面,陶诗对汉魏古诗风格有所继承,其诗歌境界远高于颜、谢诸人。

《诗源辩体》卷六共三十一则,几乎则则论及陶诗,足见许学夷对陶诗之重视。许学夷把陶诗从六朝古诗非正统的讨论中分离出来,单独将其定为一源,摆脱了复古派对陶诗定位的尴尬。许学夷将陶诗分为三种类型:一为"快心自得而有奇趣",如"少无适俗韵""昔欲居南村""春秋多佳日"等;二为"萧散冲淡而有远韵",如"寝迹衡门下""草庐寄穷巷""万族各有托"等;三为"声韵浑成,气格兼胜",如"行行循归

---

[1] (明)许学夷著,杜维沫校点《诗源辩体》卷三,人民文学出版社,1987,第45、48页。
[2] (明)许学夷著,杜维沫校点《诗源辩体》卷六,人民文学出版社,1987,第98页。
[3] (明)许学夷著,杜维沫校点《诗源辩体》卷六,人民文学出版社,1987,第99页。
[4] (明)许学夷著,杜维沫校点《诗源辩体》卷六,人民文学出版社,1987,第100页。

路""闲居三十载""游好非久长"等。其中第三种类型在声韵和气运上已类唐诗。许学夷评价陶诗更加全面、客观,详细探讨陶诗对唐诗的影响,较胡应麟对陶诗的评价又前进了一步。

在给予陶诗肯定评价的同时,许学夷不忘指导后学,指出"陶诗不易学"。他说:"靖节诗平淡自然,本非有所造诣。但后之学者天分不足,风气亦漓,欲学平淡,必从峥嵘豪荡得之,乃不至于卑弱耳。"指出天分不足,学习陶诗有害无益,诗品反落下格。他又结合自身经历奉劝后学慎学陶诗:"靖节诗甚不易学,不失之浅易,则伤于过巧。予少时初学靖节,终岁得百余篇,率浅易无足采录;今间一为之,又不免类白苏矣,因遂绝笔不复为也。"① 告诫后学,陶诗看似浅易,但得乎自然、真情,实为无迹可求之诗,强学不来。

从总体上看,胡应麟、许学夷二人的诗歌理论继承了复古派的主张,宗法汉魏、盛唐,但在对六朝诗歌的评价上,较前人来说产生了很大的变化,"伸正黜变"的理念日趋淡化。首先,从诗歌发展的客观规律方面肯定六朝诗歌的价值。其次,从正变角度分析六朝诗歌之得失,以明复古之真义,树学诗之模范。最后,通过对陶渊明诗歌的定位,弥补复古派诗论之不足。许学夷对六朝诗歌的态度更加宽容,不仅承认其存在的合理性,认为其有值得学习的地方,更将陶诗单独列为诗之一"源"进行分析,比胡应麟对陶诗的评价更为全面。虽然《诗源辩体》在诗体风格、作品、作者的论述上不如《诗薮》全面,但紧紧围绕"正变"进行阐述,诗体流变的时间节点更加明确,弥补了《诗薮》的某些不足。

三 《诗薮》与《诗镜总论》六朝诗学观念比较

陆时雍生卒年不详,字仲昭,据考证约生于万历中期,卒于崇祯末期,主要活动在崇祯年间。他编选《诗镜》一书,希望以宋以前诗歌明鉴后人。《诗镜》分为《古诗镜》和《唐诗镜》两部分,其中前者三十六卷,后者五十四卷,共九十卷。又有《诗镜总论》一卷,集中反映了陆时雍的诗学观念。

---

① (明)许学夷著,杜维沫校点《诗源辩体》卷六,人民文学出版社,1987,第107页。

陆时雍身处明代末期，其诗歌理论不可避免地受明代中后期诗歌理论的影响，有七子派之"格"、公安派之"真"和竟陵派之"灵"的影子，形成了以"情""韵"为宗，推崇自然真情的诗歌理论。其诗歌理论与胡应麟的最大不同在于，其对六朝诗歌的评价高于唐诗。陆时雍六朝诗歌胜于唐诗的评价虽有偏颇，但这也正是其诗论的独特之处。

（一）对六朝诗歌地位评价的比较

胡应麟对六朝诗歌的评价主要集中在六朝对汉魏古诗风格的断送，以及对盛唐诗歌的开启上，认为六朝属于诗歌发展的低谷期。陆时雍也认为古诗发展到晋、宋之时发生了很大变化："风雅之道，衰自西京，绝于晋宋。"[①] 他认为晋、宋声色大开，古体诗歌体制发生了很大变化。这与胡应麟"晋、宋之交，古今诗道升降之大限乎"的观点是一致的。但与胡应麟不同的是，陆时雍并不认为六朝诗歌弱于唐诗。陆时雍将六朝诗歌与汉魏诗歌同列于《古诗镜》，将唐诗单列于《唐诗镜》，于古诗多有盛赞，于唐诗却颇多非议。这点与胡应麟所言"格以代降"有很多相似之处，陆氏言："古亡于汉，汉亡于六朝，六朝亡于唐，唐亡不可复振。"[②] 认为诗歌一代不如一代。不同的是，胡氏古体尊汉魏，近体尊盛唐，分而论述汉魏和盛唐这两座高峰。陆氏则以统一标准看待历代诗歌，认为六朝不如汉魏，唐不如六朝。在陆氏独特的审美观照下，其给予六朝诗歌很高的评价。

陆时雍对六朝诗歌给予高度评价，主要体现在六朝诗歌与唐代诗歌的比较上，他认为前者在"自然"方面胜于后者。《诗镜总论》批评唐诗"八不得"：

> 观五言古于唐，此犹求二代之瑚琏于汉世也。古人情深，而唐以意索之，一不得也；古人象远，而唐以景逼之，二不得也；古人法变，而唐以格律之，三不得也；古人色真，而唐以巧绘之，四不得

[①] （明）陆时雍：《诗镜总论》，吴文治主编《明诗话全编》，江苏古籍出版社，1997，第10648页。

[②] （明）陆时雍：《诗镜总论》，吴文治主编《明诗话全编》，江苏古籍出版社，1997，第10646页。

也;古人貌厚,而唐以姣饰之,五不得也;古人气凝,而唐以佻乘之,六不得也;古人言简,而唐以好尽之,七不得也;古人作用盘礴,而唐以径出之,八不得也。①

从这"八不得"可知陆时雍推崇唐以前的古诗,认为唐诗多有意为之,好描摹、尚雕琢,丧失了古诗出于自然的"真"与"情"。陆时雍将六朝诗歌划在"古诗"之列,这就从侧面说明了唐诗不如六朝诗。《唐诗镜》明言唐诗不如六朝诗自然:

> 至五言古诗,其道在神情之妙,不可以力雄,不可以材骋,不可以思得,不可以意致,虽李、杜力挽古风,而李病于浮,杜苦于刻,以追陶、谢之未能,况汉魏乎!韦苏州得六朝之藻而无其实,柳子厚得六朝之干而无其华,亦足并李、杜而称一代之雄矣。②

其所言"神情之妙"即指诗歌自然流畅的创作,而这种创作不可以强力获得。陆时雍认为唐诗擅于骋才,诗出于深思苦索,即使是唐代最优秀的诗人李白和杜甫,在"自然"方面也未能完善,比不上六朝诗人陶渊明和谢灵运。晚唐韦应物和柳宗元虽是当时名家,但亦未能完全继承六朝诗歌的优点。不仅是五言古诗,于五言绝句来说,六朝诗歌亦胜在自然。陆时雍《诗镜总论》说:"晋人五言绝,愈俚愈趣,愈浅愈深。齐梁人得之,愈藻愈真,愈华愈洁。此皆神情妙会,行乎其间。唐人苦意索之,去之愈远。"③ 在六朝这个范围内,各代诗歌内部存在变化,但无论是晋还是齐、梁,其诗歌都"神情妙会",出于感情的自然流露,而唐诗则败于刻意求索。

胡应麟亦推崇汉诗淳朴自然的诗歌风貌,认为汉诗无迹可寻、不可句

---

① (明)陆时雍:《诗镜总论》,吴文治主编《明诗话全编》,江苏古籍出版社,1997,第10657页。
② (明)陆时雍编《唐诗镜》,《景印文渊阁四库全书》第1411册,(台北)台湾商务印书馆,1986,第303页。
③ (明)陆时雍:《诗镜总论》,吴文治主编《明诗话全编》,江苏古籍出版社,1997,第10651页。

摘。于"自然"这一审美倾向来说，陆时雍与胡应麟是一致的。但胡氏认为，自然淳朴之风尽于六朝，其言："晋、宋之交，古今诗道升降之大限乎！……士衡、安仁一变，而俳偶愈工，淳朴愈散，汉道尽矣。"① 陆机、潘岳好俳偶雕琢的诗歌，失去了汉诗自然的特点。又言："汉人诗，气运所钟，神化所至也，无才可见、格可寻也。……晋、宋其格卑矣，其才故足尚也。梁、陈其才下矣，其格故亡讥焉。"② 可见，胡氏以晋、宋为诗风自然的断代期，认为六朝丧失了汉代诗歌"神化"无迹的特点。

胡应麟和陆时雍皆欣赏汉诗那种淳朴自然、神化无迹的诗歌风格，并以此作为评诗的一个标准，不同的是，胡氏认为六朝诗歌愈尚工巧，陆氏则认为六朝诗歌对自然之风尚有继承，自然古风没落于唐。在自然诗风这一认知上的差别决定了二人对六朝诗歌地位认知的差异。

(二) 对晋、隋诗歌地位评价的比较

对于晋、宋、齐、梁、陈、隋各代诗歌地位的界定，胡应麟、陆时雍二人也存在差异。受"格以代降"的诗史观影响，胡应麟以晋诗为最佳。

陆时雍《诗镜》中并没有对晋、宋、齐、梁、陈、隋六朝诗歌进行排名，他多是就一朝言一朝，很少涉及六朝诗歌内部的比较。但从陆时雍对各代诗歌的评价中可以看出，陆氏不以晋代诗歌为最，不以隋代诗歌为末。陆时雍在晋诗总论中言：

> 诗莫敝于晋，色暗而不韶，韵沉而不发，气塞而不畅，词重而不流。使非前有傅玄，后有陶潜，则晋可不言诗矣。③

可见陆时雍对晋诗总体评价不高。在《古诗镜》所选晋代的十九位诗人中，陆时雍只认为傅玄与陶渊明的成就较高，在所收的二百多首晋诗中，除了乐府民歌近百首之外，以陶渊明四十多首居最，傅玄二十多首次之，陆机、潘岳、左思三人一共不超二十首。其又言：

---

① （明）胡应麟撰《诗薮》，上海古籍出版社，1979，第143页。
② （明）胡应麟撰《诗薮》，上海古籍出版社，1979，第144页。
③ （明）陆时雍编《古诗镜》，《景印文渊阁四库全书》第1411册，（台北）台湾商务印书馆，1986，第69页。

> 晋多能言之士，而诗不佳，诗非可言之物也。晋人惟华言是务，巧言是标，其衷之所存能几也？其一二能诗者，正不在清言之列，知诗之为道微矣。嵇阮多材，然嵇诗一举殆尽。①

> 阮籍诗中之清言也，为汗漫语，知其旷怀无尽。故曰："诗可以观。"直举形情色相，倾以示人。②

> 左思抗色厉声，则令人畏；潘岳浮词浪语，则令人厌，欲其入人也难哉。③

胡应麟则说："故吾尝以阮、左者，汉、魏之遗，而潘、陆者，六朝之首也，未可概以晋人也。"④ 就诗歌风格来说，胡氏将阮籍、左思划归汉魏遗风，认为二人诗歌继承了汉魏风骨，对二人诗歌的评价不可谓不高。相较而言，陆时雍对嵇康、阮籍、左思、潘岳、陆机的诗歌持论不高。他认为阮籍、嵇康诗歌清谈过重，不以真实情感为出发点；陆机诗歌缛绣少气韵，过于重视形式、辞藻；左思诗歌刚硬而缺少美感；潘岳诗歌则虚浮而少婉约。由此可见，胡、陆二人对晋诗评价差异颇大。

按照胡应麟对六朝诗歌品第的排序，隋诗为六朝末端，陆时雍则不这样认为。陆时雍也注意到了六朝诗歌绮靡的特点："诗至于宋，古之终而律之始也。体制一变，便觉声色俱开。"⑤ "诗丽于宋，艳于齐。物有天艳，精神色泽，溢自气表。"⑥ 他认为晋之后汉魏古诗之风貌愈离愈远，到陈时，诗歌意气尽低迷，隋代统一南北，在文学风格上也扭转了南朝软

---

① （明）陆时雍：《诗镜总论》，吴文治主编《明诗话全编》，江苏古籍出版社，1997，第10650页。
② （明）陆时雍：《诗镜总论》，吴文治主编《明诗话全编》，江苏古籍出版社，1997，第10650页。
③ （明）陆时雍：《诗镜总论》，吴文治主编《明诗话全编》，江苏古籍出版社，1997，第10650页。
④ （明）胡应麟撰《诗薮》，上海古籍出版社，1979，第146页。
⑤ （明）陆时雍：《诗镜总论》，吴文治主编《明诗话全编》，江苏古籍出版社，1997，第10651页。
⑥ （明）陆时雍：《诗镜总论》，吴文治主编《明诗话全编》，江苏古籍出版社，1997，第10652页。

媚低迷之态。陆时雍《诗镜总论》说：

> 陈人意气恹恹，将归于尽。隋炀起散，风骨凝然。其于追《风》勒《雅》，返汉还《骚》，相距甚远。故去时之病则佳，而复古之情未尽。诗至于陈余，非华之盛，乃实之衰耳。不能予其所美，而徒欲夺其所丑，则枵质将安恃乎？隋炀从华得素，譬诸红艳丛中，清标自出。虽卸华谢彩，而绚质犹存。①

陆时雍认为宋、齐、梁、陈诗歌声色大开而近"俗"，华而不实，隋炀帝进行诗歌改革，想要革除时弊，使诗歌朝风雅、淳朴的方向发展，虽然未能恢复到汉魏诗歌浑然天成的高度，但亦对诗歌的发展起到了促进作用，使南朝低迷的诗风有所改善。从以上言论可以看出，陆氏认为隋诗优于陈诗，并非六朝末流。

综上，胡应麟与陆时雍对六朝诗歌地位的认识存在很多差异。就整个诗歌史而言，胡氏以汉魏、盛唐作为诗歌的两座高峰，以六朝为诗歌发展的低谷期；陆氏则以汉诗为高峰，欣赏其浑朴自然的诗歌风格，且认为这种风格愈远愈散，呈递降的趋势，六朝诗胜于唐诗。就六朝范围内各代诗歌而言，胡氏以晋为最，认为其距汉魏未远，尚有古风，而梁、陈、隋诗歌无论才、格都远逊前人；陆氏则不然，他认为晋诗未能全面继承汉风，且受清谈的影响，诗歌风貌不佳，隋代欲以质朴的诗歌创作扫除南朝诗病，故胜于陈诗。

（三）对六朝诗歌之"韵"评价的比较

陆时雍《诗镜总论》最后一则特意强调"韵"在诗歌中的重要作用，足见他对"韵"的重视。

> 有韵则生，无韵则死；有韵则雅，无韵则俗；有韵则响，无韵则沈；有韵则远，无韵则局。物色在于点染，意态在于转折，情事在于

---

① （明）陆时雍：《诗镜总论》，吴文治主编《明诗话全编》，江苏古籍出版社，1997，第10654页。

犹夷，风致在于绰约，语气在于吞吐，体势在于游行，此则韵之所由生矣。①

陆时雍所言之韵与声音有关，他在《诗镜总论》中解释"韵"的含义说："诗被于乐，声之也。声微而韵，悠然长逝者，声之所不得留也。一击而立尽者，瓦缶也。诗之饶韵者，其钲磬乎？"② 用声音的余音来解释"韵"，可见"韵"与声音有关，指"余音"给人带来的审美体验，它超乎声音本身。这与胡应麟所言"神韵"（"风神"）的审美体验有很多相似之处。

郭绍虞先生说："明人胡应麟实始标神韵之名，陆时雍、王夫之继之。"③ 吴调公先生亦在其《神韵论》中说："合用'神韵'而成为一个审美范畴概念的，较早有明人胡应麟和陆时雍。"④ 胡应麟和陆时雍都认为"韵"在诗歌中意义重大。胡氏常言"风神""神韵"，这在前文中已经讨论过，二者差可等同，指诗歌的远韵、余味，是一种高级审美境界。陆时雍从胡应麟那里吸收了"神韵"的观点，论及"韵""神韵""气韵"，其言："诗之所可知者，词也，调也；所不可知者，韵也，神也。语及于不可知者，微矣。"⑤ 亦是说"神韵"蕴含在诗歌之中，可体会而无法言说。胡应麟多以"神韵"评六朝、唐代诗歌，陆时雍亦是如此，甚至更多用其评价六朝诗歌。

胡、陆二人就"神韵"论六朝诗歌有同有异。就相同之处来说，第一，陆氏与胡氏一样，以"神韵"作为评价诗歌的重要标准。如《古诗镜》对颜延之和谢灵运的评价：

---

① （明）陆时雍：《诗镜总论》，吴文治主编《明诗话全编》，江苏古籍出版社，1997，第10666页。
② （明）陆时雍：《诗镜总论》，吴文治主编《明诗话全编》，江苏古籍出版社，1997，第10651页。
③ 郭绍虞：《中国历代文论选》第三册，上海古籍出版社，2001，第366页。
④ 吴调公：《神韵论》，人民文学出版社，1991，第2~3页。
⑤ （明）陆时雍编《古诗镜》，《景印文渊阁四库全书》第1411册，（台北）台湾商务印书馆，1986，第232页。

延之雕缋满肠，荆棘满手，以故意致虽密，神韵不生。①

"池塘生出草"，"杪秋寻远山"，"山远行不近"，非力非意，自然神韵。②

陆氏以"神韵"作为评诗标准之一，认为有神韵之作必出于自然，颜延之刻意为诗，难以产生神韵；谢灵运则正相反，其诗能得神韵，全在自然。胡应麟亦认为颜诗在神韵方面不如谢诗："不知延之、俭、昉所以远却谢、鲍诸人，正以典质有余，风神不足耳。"③ 虽然就达到神韵的途径来说，陆氏着眼于自然，胡氏着眼于文采，但殊途同归，二人都认为谢诗在言外之意上胜于颜诗。

第二，胡应麟和陆时雍都注意到"文采"和"虚写"对"神韵"的重要作用。陆时雍这方面的言论多集中于对沈约的评价上：

诗须实际具象，虚里含神，沈约病于死实。④

(《宿东园》)一首最佳，语多着色，便觉气韵生动。⑤

在陆时雍的诗歌观念中，"色"指诗歌的描写和文采所达到的意象之美。陆氏说"太实则无色"指诗歌需要描绘，但不可穷形尽相。他评价沈约诗歌总体上虽于声律有得，但只一首《宿东园》注重虚写和语言修饰，

---

① （明）陆时雍编《古诗镜》，《景印文渊阁四库全书》第 1411 册，（台北）台湾商务印书馆，1986，第 106 页。
② （明）陆时雍编《古诗镜》，《景印文渊阁四库全书》第 1411 册，（台北）台湾商务印书馆，1986，第 113 页。
③ （明）胡应麟撰《诗薮》，上海古籍出版社，1979，第 152 页。
④ （明）陆时雍编《古诗镜》，《景印文渊阁四库全书》第 1411 册，（台北）台湾商务印书馆，1986，第 169 页。
⑤ （明）陆时雍编《古诗镜》，《景印文渊阁四库全书》第 1411 册，（台北）台湾商务印书馆，1986，第 171 页。

称得上"气韵生动"。陆氏在评价晋代诗歌时说:"色暗而不韶,韵沉而不发。"① 亦是指晋诗受清谈之风的影响,少了诗歌形式方面的美。

胡应麟所论"神韵",相对来说用于评价盛唐诗歌较多,为学诗者所列举的"神韵"之作也以盛唐诗居多,于六朝来说仅仅集中于谢灵运之诗。他认为一些六朝诗句可称得上有"神韵"也多是因其符合唐诗尤其是盛唐诗歌的特点。可以说,胡氏认为六朝诗歌有"神韵"是因为六朝诗有近唐者。其所言"神韵"以"体格声调"为基础,以流畅、清远为风格。陆时雍之所以不受"汉魏盛唐"的限制,以"神韵"论六朝,是因为六朝诗歌符合其"自然""情真""美"的审美标准,相对于胡氏来说陆氏理论更加具有个性,"神韵"的标准也更加宽泛。

就不同之处来说,陆时雍不以"汉魏盛唐"为标准,认为六朝诗歌具有"神韵"者颇多:

谢玄晖艳而韵,如洞庭美人,芙蓉衣而翠羽旗,绝非世间物色。②

陶之难摹,难其神也;何之难摹,难其韵也。③

徐陵气韵高迥,不烦组练,文采自成。④

晋之傅玄,梁之庾肩吾,隋之张正见,声色臭味俱全。⑤

---

① (明)陆时雍编《古诗镜》,《景印文渊阁四库全书》第 1411 册,(台北)台湾商务印书馆,1986,第 69 页。
② (明)陆时雍:《诗镜总论》,吴文治主编《明诗话全编》,江苏古籍出版社,1997,第 10652 页。
③ (明)陆时雍:《诗镜总论》,吴文治主编《明诗话全编》,江苏古籍出版社,1997,第 10654 页。
④ (明)陆时雍编《古诗镜》,《景印文渊阁四库全书》第 1411 册,(台北)台湾商务印书馆,1986,第 213 页。
⑤ (明)陆时雍编《古诗镜》,《景印文渊阁四库全书》第 1411 册,(台北)台湾商务印书馆,1986,第 76 页。

除此之外，他在诗歌点评中也多次用到"韵"，尤其是对张正见诗歌的评点，如总论其诗"高韵凌空，奇情破冥"①，言《赋得佳期竟不归》"气格浑成，风韵洒落"②，等等。

胡、陆二人追求"神韵"的路径亦不相同。前文已经论述过，胡应麟认为获得"神韵"的方法是以"体格声调"为基础，进而学习颇富"神韵"的诗歌作品，经过模拟学习后再融入个人才华。可以说"复古"是获得"神韵"的必然途径。陆时雍则不然，《诗镜总论》指出：

> 物色在于点染，意态在于转折，情事在于犹夷，风致在于绰约，语气在于吞吐，体势在于游行，此则韵之所由生矣。③

陆时雍将"神韵"条理化，从物色、意态、情事、风致、语气和体势等方面论述了如何达到有"韵"的境界。所谓"点染"，原指绘画中的一种技法，意为"点缀渲染"，"转折""犹夷"指诗歌要善于转换，陆时雍主张把事和情写得曲折婉转而不直露，通过自然流畅的表达，最终形成有"神韵"的作品。另外，陆时雍把"情"作为"韵"的基础，《诗镜总论》指出：

> 诗之可以兴人者，以其情也，以其言之韵也。夫献笑而悦，献涕而悲者，情也；闻金鼓而壮，闻丝竹而幽者，声之韵也。是故情欲其真，而韵欲其长也，二言足以尽诗道矣。④

"情"是对创作主体而言的，要求其诗出于真情，"韵"是就诗歌形式而

---

① （明）陆时雍编《古诗镜》，《景印文渊阁四库全书》第 1411 册，（台北）台湾商务印书馆，1986，第 217 页。
② （明）陆时雍编《古诗镜》，《景印文渊阁四库全书》第 1411 册，（台北）台湾商务印书馆，1986，第 221 页。
③ （明）陆时雍：《诗镜总论》，吴文治主编《明诗话全编》，江苏古籍出版社，1997，第 10666 页。
④ （明）陆时雍：《诗镜总论》，吴文治主编《明诗话全编》，江苏古籍出版社，1997，第 10659 页。

言的，二者同在方能有"神韵"。正如《中国诗论史》所言："陆时雍于诗，标举'情''韵'二字。"① "情"和"韵"可以说是陆时雍的诗论基础，"情"是"韵"产生的基础，而"情"通过"韵"才能表达出诗歌之不可言传之美。陆氏对唐诗持论不高的原因正在于其认为唐诗抛却真情。《古诗镜》说：

> 情有万端，古今人只道得一二。古歌都是实情，故可讽可咏；唐人抛却真情，别求假话。古人存诗，教人寻情；后人存诗，使人寻话。则流传之本，反开人假借之门矣。②

陆时雍认为唐诗"抛却真情"，但求形式而忽略诗之根本，这样的评价与唐诗实际创作情况是不符的。此论似是对七子派复古路径的批判，七子派为诗以"格调"为基础，标举汉魏、盛唐诗歌，容易陷入模拟剽窃的境地，这正是陆氏所反对的"假借之门"。陆时雍反对不以"情"为基础的诗歌创作路径。

虽然胡应麟在"体格声调"外以"兴象风神"弥补拟古的弊端，但从根本上来说，他依然以模拟为学诗门径。胡、陆二人都言"神韵"，但前者以"格调"为基础，后者以"真情"为基础；前者主张从古学诗，后者倡导诗由心发。二人在"神韵"这一审美领域达成共识，而论诗根基则完全不同。这也是二人对六朝诗歌评价存在差异的根本原因。

就六朝诗歌整体创作风貌而言，陆时雍认为六朝诗歌胜于唐诗的观点是存在偏差的，这样的观点是以陆时雍独特的审美理念和评诗标准为基础的。从胡应麟与陆时雍对六朝诗歌地位和"神韵"评价的比较可以看出，经过历代诗歌鉴赏的积累，明人诗歌审美标准渐趋统一，以清远、浑融、传神的作品为优。他们真正的分歧是学诗路径和创作方法不同。胡应麟以复古为路径，对六朝诗歌的评价多基于汉魏、盛唐诗歌的标准，难免忽略六朝诗歌自身特点，或以其自身特点为劣。陆时雍以"情韵"论诗，不

---

① 霍松林主编《中国诗论史》，黄山书社，2007，第883页。
② （明）陆时雍编《古诗镜》，《景印文渊阁四库全书》第1411册，（台北）台湾商务印书馆，1986，第138页。

设学诗典范,能多面展现六朝诗歌的特点,但"情韵"虚而不实,个人主观感受成分较多,评诗易失于主观。

综合胡应麟与王世贞、许学夷、陆时雍三人的比较,胡应麟继承了王世贞的复古理论,在对六朝诗歌地位和六朝诗人评价上与王世贞有颇多相似之处,是复古理论的集大成者。虽然《诗薮》在诗体"正变"的论述上不如《诗源辩体》细致,但论述内容更为全面。受时代影响,《诗薮》在坚持"格调"的基础上强调"风神",这是对复古诗论的发展,同时也对"神韵"说产生了影响。总之,胡应麟依然是坚定的复古论者,无论从诗歌审美方面还是从诗歌创作方面来说,《诗薮》都是复古诗论的集大成者。胡应麟虽然仍以格调为基础,认为六朝处于诗歌发展低谷期,但亦展现了六朝诗歌的得失,完善了中国诗歌史的演进链条。

第五章

许学夷的六朝诗学观

许学夷（1563~1633），字伯清，又称许山人，明末江阴人，是明代晚期复古派的代表人物。其撰写的诗论著作《诗源辩体》，是晚明辨体诗学最具代表性的作品。该书从辨体学角度探析诗歌源流，体系完整，逻辑严谨，论述精到。许学夷在书中论诗提倡复古而不完全守古，主张论诗"辨其源流，识其正变"，以"正变"观架构其诗学理论体系，并提出辨体应推崇"正变之风"。全书共38卷，前集36卷，论先秦至晚唐五代诗歌，其中有9卷涉及汉魏六朝诗歌；后集纂要2卷，论宋元明诗歌。

第一节 《诗源辩体》六朝诗人论

许学夷诗学观与明后期复古派所持观点大体相同，整体上崇正黜变。但他看到了文学发展的规律，意识到了时代思潮对诗歌创作的影响。许学夷认为"诗言六朝，谓晋、宋、齐、梁、陈、隋也"①。在他看来，六朝诗风的整体特征就是绮艳。

一 晋代诗人论

（一）论陆机

陆机作为太康时期代表诗人之一，许学夷在《诗源辩体》中对其做了重点论述。许学夷认为陆机的五言古诗与汉魏古诗同出一源。《诗源辩

---

① （明）许学夷著，杜维沫校点《诗源辩体》卷十一，人民文学出版社，1987，第136页。

体》云："陆士衡五言,体虽渐入俳偶,语虽渐入雕刻,其古体犹有存者。"① 许学夷认为陆机之五言诗虽渐入俳偶及雕刻,但古体犹存。汉魏一源,强调的是陆机对汉魏五言古体诗的继承,而陆氏之创新在于语句的雕琢和辞藻的润色。陆机拟古诗中有十二首模仿《古诗十九首》,这些五言诗与《古诗十九首》凌空高绝、天然质朴的境界不同,渗透了一种"新",这种"新"体现在陆机的诗歌创作中主要包括技巧新与意象新两方面。

许学夷将汉魏列在同一章,肯定了以建安文人为代表的魏五言古诗。他认为魏诗继承了《古诗十九首》的浑朴特质,又认为陆机五言诗创作风格承袭曹植。他评价钟嵘《诗品》："惟言古诗、曹植'其源出于国风',陆机、灵运'其源出于陈思'为不谬耳。"② 又说："士衡五言,如《赠从兄》、《赠冯文罴》、《代顾彦先妇》等篇,体尚委婉,语尚悠圆,但不尽纯耳。"③ 他指出了陆机在诗体结构上的传承性及局限性。

汉魏诗风发展到六朝,出现了明显的转变,六朝诗以华美、绮丽为荣,而陆机在其中发挥了桥梁作用。许学夷指出："至陆士衡诸公,则风气始漓,其习渐移,故其体渐俳偶,语渐雕刻,而古体遂涽矣。此五言之再变也。"④

许学夷对俳偶的排斥和对"天成"的推崇,造成他对陆机的整体评价多批判而少美誉,认为陆机作诗重视声律,其诗缺少温柔敦厚之风。他说："士衡五言,俳偶雕刻,渐失浑成之气,而声韵粗悍,复少温厚之风。"⑤ 又说："陆士衡声多粗悍,左太冲语多讦直。冯元成谓'诗至左陆而敦厚失',信哉。"⑥ 他贬斥陆机之意是显见的。《诗源辩体》卷五评析晋代诗人,其中批评陆机诗歌过于"雕刻"的地方就有八处。

许学夷对陆机的评判承袭了七子派的观点。在他之前,复古派对陆机基本持批判态度。陆机创作五言古诗是要抒发真情,但陆氏的个人理念使

---

① (明)许学夷著,杜维沫校点《诗源辩体》卷五,人民文学出版社,1987,第90页。
② (明)许学夷著,杜维沫校点《诗源辩体》卷三十五,人民文学出版社,1987,第332页。
③ (明)许学夷著,杜维沫校点《诗源辩体》卷五,人民文学出版社,1987,第88页。
④ (明)许学夷著,杜维沫校点《诗源辩体》卷五,人民文学出版社,1987,第87页。
⑤ (明)许学夷著,杜维沫校点《诗源辩体》卷五,人民文学出版社,1987,第89页。
⑥ (明)许学夷著,杜维沫校点《诗源辩体》卷五,人民文学出版社,1987,第92页。

其诗风靡丽，这与许学夷一贯倡导的天成、质朴之风相左，因而许学夷否定了陆机在诗歌创作上的创新。实际上，陆机的诗歌与前代相比仍有其自身的价值，他的拟古诗尽管以"拟古"命名，但在内容上有所创新，与《古诗十九首》相比，以新奇之内容，华丽、壮阔之意象与自由多变之技巧取胜。因此，许学夷之评有所偏颇。

（二）论陶渊明

明代复古派对陶渊明的评价主要分为两种：一种为赞美陶诗，代表人物有吴讷、李东阳、许学夷等；另一种为轻视甚至否定陶诗，以何景明为代表。许学夷于六朝将陶渊明单列一卷，可见在许学夷心中陶氏之地位显然高于同时代其他诗人。

许学夷称赞陶诗"自为一源"，他说："五言自汉魏至六朝，皆自一源流出，而其体渐降。惟陶靖节不宗古体，不习新语，而真率自然，则自为一源也。"① 汉魏诗歌是古体五言的典范，无论在体制上还是在格律风貌上都有其开创性，诗风浑朴、自然而韵味十足。《诗源辩体》评述陶氏多赞美之词，肯定了陶渊明在诗歌上的创造性。陶诗"自为一源"主要指五言诗语言上的变化，陶氏五言简洁、清新、平淡而又不失韵味。许学夷评曰："靖节诗不为冗语，惟意尽便了，故集中长篇甚少，此韦柳所不及也。"② 又说："靖节诗皆是写其所欲言，故集中并无重复之语，观田家诸诗可见。"③ 陶渊明五言诗独具一格，远胜六朝其他诗人，其用语造句颇具风韵，对王维、孟浩然、白居易的清雅淡远诗风有深远影响。

许学夷将陶渊明之诗与杜甫之诗相提并论："声韵浑成、气格兼胜，实与子美无异矣。"④ 许学夷论诗尊盛唐，盛唐尤以李杜为尊，将陶、杜二人并列，足见许学夷对陶诗的认同，他认为陶氏之韵已肇唐体。

许学夷认为陶诗之真情出于自然，"靖节悲欢忧喜出于自然，所以为达""靖节无一语盗袭，而性情溢出矣""观其《咏贫士》、《责子》与其他所作，当忧则忧，当喜则喜，忽然忧乐两忘，则随所遇而皆适，未尝有

---

① （明）许学夷著，杜维沫校点《诗源辩体》卷六，人民文学出版社，1987，第98页。
② （明）许学夷著，杜维沫校点《诗源辩体》卷六，人民文学出版社，1987，第102页。
③ （明）许学夷著，杜维沫校点《诗源辩体》卷六，人民文学出版社，1987，第101页。
④ （明）许学夷著，杜维沫校点《诗源辩体》卷六，人民文学出版社，1987，第102页。

择于其间，所谓超世遗物者"。① 陶诗"自为一源"，与他处世之态度密切相关。在经历官场的多次洗礼后，陶渊明人生态度发生转变，他不理世俗之事，心胸更阔达，诗歌也更潇洒平淡。

许学夷认为陶渊明才气过人，继承古诗体制，依托古韵而自为创造，其诗中蕴含天机，欲达此"天机"正需诗人非凡的才力。许学夷言："靖节诗，初读之觉甚平易，及其下笔，不得一语仿佛，乃是其才高趣远使然，初非琢磨所至也。"② 陶氏之诗自然天成，其佳作的诞生不但源于其才力，更源于其独特的审美旨趣。

魏晋玄学对陶渊明的影响主要在其崇尚自然的生活态度上，而非诗歌玄语上。许学夷说："陶靖节见趣虽亦老子，而其诗无玄虚放诞之语。"③ 陶氏诗歌中种田之乐、饮酒之乐、赏景之乐都与自然生活息息相关，他将寻常之景融入诗中，语言清新自然，与六朝诗靡丽、浮荡之风迥然不同。

陶渊明作诗之所以有如此成就，是因为陶氏识见超越。许学夷指出："靖节《拟古》九首，略借引喻，而实写己怀，绝无摹拟之迹，非其识见超越、才力有余，不克至此。"④ 陶诗在六朝绮靡诗中出淤泥而不染，独有其趣，是因为他心胸宽广，经历宦海浮沉后，对世俗之事更加淡然。"靖节诗不可及者，有一等直写己怀，不事雕饰，故其语圆而气足；有一等见得道理精明、世事透彻，故其语简而意尽。"⑤ 许学夷言陶诗独有自然之趣，其诗格很高，在六朝自开一脉，自成一体。

陶诗的价值得到承认后，后世学者纷纷效仿，模拟陶诗之风盛行一时。许学夷指出："靖节平生为诗，皆是倾倒所有，学者于此有得，斯知所以学靖节矣。"⑥ 又言："靖节诗平淡自然，本非有所造诣。但后之学者天分不足，风气亦漓，欲学平淡，必从峥嵘豪荡得之，乃不至于卑弱

---

① （明）许学夷著，杜维沫校点《诗源辩体》卷六，人民文学出版社，1987，第98、106页。
② （明）许学夷著，杜维沫校点《诗源辩体》卷六，人民文学出版社，1987，第99页。
③ （明）许学夷著，杜维沫校点《诗源辩体》卷六，人民文学出版社，1987，第105页。
④ （明）许学夷著，杜维沫校点《诗源辩体》卷六，人民文学出版社，1987，第104页。
⑤ （明）许学夷著，杜维沫校点《诗源辩体》卷六，人民文学出版社，1987，第102页。
⑥ （明）许学夷著，杜维沫校点《诗源辩体》卷六，人民文学出版社，1987，第100~101页。

耳。"① 许学夷言后世学人才气不足，单纯学其套路，未若陶诗之圆融、自然。他以自己为例，说道："予少时初学靖节，终岁得百余篇，率浅易无足采录；今间一为之，又不免类白苏矣，因遂绝笔不复为也。"② 陶氏之诗独有其韵，细细品鉴，会发现陶诗平淡中蕴有余味，包含了很多人生旨趣，单单模仿其形式，难以学到陶诗之真谛。

（三）晋代其他诗人论

许学夷认为六朝诗"格以代降"，晋代其他诗人之诗相比于陆机和陶渊明之诗有所逊色。许学夷对太康诗人群体做了重点论述。他认为潘岳、左思、张华、张协等人诗作体格未散，声韵犹存。《诗源辩体》云："钟嵘谓：'景阳雄于潘岳，靡于太冲，风流调达，实旷代之高手。词彩葱蒨，音韵铿锵，使人味之亹亹不倦。'此论甚当。"③ 又说："左太冲淳朴浑成，张景阳华彩俊逸。"④ 张协以雄浑华丽取胜，左思以淳朴天成为尚，两种诗风都有其特色。又云："太康诸子，其体有不同者，当是气有强弱，才有大小耳，未必各有师承也。"⑤ 诗人才智、天赋不同，因而艺术鉴赏力与创作力有所差异，诗歌风格自然不同。

晋诗语言渐渐趋向雕刻。许学夷言："张茂先五言，得风人之致，题曰《杂诗》、《情诗》，体固应尔。或疑其调弱，非也。观其《答何劭》二作，其调自别矣。但格意终少变化，故昭明不多录耳。"⑥ 晋代诗人之格调稍显气拙，其体格整体沿袭汉魏，诗风渐入绮靡而古体犹存，并非如后五朝古体离散殆尽。

茂先五言，似对非对，中亦渐入俳偶。⑦

---

① （明）许学夷著，杜维沫校点《诗源辩体》卷六，人民文学出版社，1987，第107页。
② （明）许学夷著，杜维沫校点《诗源辩体》卷六，人民文学出版社，1987，第107页。
③ （明）许学夷著，杜维沫校点《诗源辩体》卷五，人民文学出版社，1987，第91页。
④ （明）许学夷著，杜维沫校点《诗源辩体》卷五，人民文学出版社，1987，第91页。
⑤ （明）许学夷著，杜维沫校点《诗源辩体》卷五，人民文学出版社，1987，第93页。
⑥ （明）许学夷著，杜维沫校点《诗源辩体》卷五，人民文学出版社，1987，第93页。
⑦ （明）许学夷著，杜维沫校点《诗源辩体》卷五，人民文学出版社，1987，第93页。

> 潘正叔五言，体渐俳偶，语渐雕刻。方之张公，茂先情丽，正叔语工。①

> 晋无名氏……体多浮荡，语多华靡……②

许学夷言潘岳五言诗"体渐俳偶，语渐雕刻"，此评价几乎与他对陆机的评价相同。晋诗缺乏汉魏风骨，古体诗原有的韵致渐趋衰靡，诗风转向浮靡。许学夷评张华诗"格意终少变化"。其实晋代诗人作诗亦有其趣，许学夷言："汉魏两晋则自有古韵。"③ 汉魏古诗之美在于"简"与"雅"，晋代五言之美在于华与丽，各有其趣。

总之，除陆机、陶渊明之外的晋代诗人各有所长，如郭璞游仙诗独具一格，左思咏怀诗一枝独秀。许学夷评晋代诗人限于其篇幅与其辨体之主旨，未能对晋代诗人之声韵、语言之优点进行细致评述。他对晋代除太康诸子、陆机、陶渊明之外的诗人缺乏有效关注。其因推崇质朴自然诗风，对陶诗给予了重点关注，与复古派前期学人批评"诗溺于陶"大不相同。他还为我们大致区分了晋代诗人诗风，得出了晋代诗承古体而未入"大变"的结论。

二 刘宋诗人论

（一）论谢灵运

明人大都肯定谢灵运诗歌语言之造诣，如王世贞称谢灵运"天质奇丽，运思精凿"④，李梦阳则把谢灵运之五言诗列为"六朝之冠"，并指出谢灵运并非自立门户，而是源出陆机。许学夷认为李梦阳对谢氏的评价相对中肯。谢灵运的文字雕琢功力胜过陆机，因而写到极佳处，便自成一体。"至如'杳杳日西颓'通篇圆畅，亦近自然矣。"⑤ 许学夷认为谢诗

---

① （明）许学夷著，杜维沫校点《诗源辩体》卷五，人民文学出版社，1987，第94页。
② （明）许学夷著，杜维沫校点《诗源辩体》卷五，人民文学出版社，1987，第96页。
③ （明）许学夷著，杜维沫校点《诗源辩体》卷三，人民文学出版社，1987，第51页。
④ （明）王世贞著，罗仲鼎校注《艺苑卮言校注》，齐鲁书社，1992，第131页。
⑤ （明）许学夷著，杜维沫校点《诗源辩体》卷七，人民文学出版社，1987，第110页。

清逸俊朗，感情充沛。其实谢诗当属新变，诗歌内容多取材于山水，声色渐开，虽不及陶渊明"自为一源"，却有"鬼斧之功"，在诗歌的语言造诣上独具天赋，非常人所能及。

许学夷认为"清"与"远"是谢灵运山水诗独有之美，此观点承袭于胡应麟。经谢氏妙笔，白云、幽石、绿筱等古诗之意象已经转为谢氏山水诗之特有意象。借此意象读者可以切身感悟谢氏笔下的山水之美。许学夷指出：

> 薛考功云："曰清、曰远，乃诗之至美者也，灵运以之。'白云抱幽石，绿筱媚清涟'，清也；'表灵物莫赏，蕴真谁为传'，远也；'岂必丝与竹，山水有清音'、'景昃鸣禽集，水木湛清华'，清与远兼之矣。"①

许学夷以简、淡评陶渊明之诗，以清、远评谢灵运之诗，皆是较为准确的概括。

许学夷将谢灵运诗歌分为两个阶段。第一阶段，谢诗工于凝练字句，刻意雕琢，语言秀美，而语意未能浑融，许学夷评曰"语虽秀美，而未尽镕液"②。第二阶段，谢氏将诗语与诗意合而为一，语言秀逸、俊美，意境也臻于完美。许学夷认为谢诗"池塘生春草，园林变候（鸣）禽""林壑敛暝色，云霞收夕霏"等句，"始为溶液矣"③，至此，谢诗琢磨至极，妙亦自然。

许学夷把谢灵运五言诗的特点定位在"畔古趋变"上，云："至谢灵运诸公，则风气益漓，其习尽移，故其体尽俳偶，语尽雕刻，而古体遂亡矣。"④ 谢灵运五言诗的变化在于诗体上侧重对仗、俳偶，将古诗之天成、质朴的特征消融；语言上雕琢至极，而犹有深意，诗风发生了根本转变。许学夷意识到了谢灵运的"自然"与陶渊明之"自然"的不同。许学夷

---

① （明）许学夷著，杜维沫校点《诗源辩体》卷七，人民文学出版社，1987，第111页。
② （明）许学夷著，杜维沫校点《诗源辩体》卷七，人民文学出版社，1987，第109页。
③ （明）许学夷著，杜维沫校点《诗源辩体》卷七，人民文学出版社，1987，第109页。
④ （明）许学夷著，杜维沫校点《诗源辩体》卷七，人民文学出版社，1987，第108页。

称谢氏"雕刻极矣，遂生转想，反乎自然"①。谢诗的这种合于自然却并非偶然而得的自然天成，乃刻意得之，与陶诗之平淡自然有所不同。

谢氏为山水诗之祖，这在学界已成共识。许学夷言："灵运如'水宿淹晨暮'等句，于烟云泉石，描写殆尽。黄勉之谓'如川月岭云，玩之有余，即之不得'，冯元成谓'语不能述，画不能图'是也。"② 在谢氏之前，汉、魏、晋诗人都曾写过山水诗，只是这些诗在体格上与谢灵运诗不同，谢氏之山水诗乃刻意为之，其他诗人没有他这样专心于山水诗创作的。

谢灵运虽仕途失意，但家境优越，于是游山玩水成为他乐为之事。故许学夷说："晋宋间谢灵运辈，纵情丘壑，动逾旬朔，人相尚以为高，乃其心则未尝无累者。"③ 他写的山水诗格调远胜晋代之前的诗人。诗中情感细腻，草、树、水、石之形象生动可感，"至于山林丘壑、烟云泉石之趣，实自灵运发之，而玄晖殆为继响"④。他把山水之景象写到了极致，写出了色彩，让诗中景物都"活"了，具有灵动之妙。

谢氏诗歌承袭于陆机，而雕琢胜之，关键在于谢氏个人的诗学才华更胜一筹。许学夷说："从汉魏而言，是陆胜谢；从六朝而言，是谢胜陆。"⑤ 许学夷肯定谢灵运于雕刻中标其才力，可见他开明的诗学观，这在明末复古派阵营中难能可贵。从其辨体主旨又可体察其对汉魏古体诗的尊崇。总体上看，许学夷对谢灵运沉浸于雕琢之风，"畔古趋变"之态度，是有所不满的。

（二）论鲍照

鲍照是元嘉三大家之一，其诗清新俊逸，一洗晋宋浮靡之气。陈绎曾《诗谱》云："六朝文气衰缓，唯刘越石鲍明远有西汉气骨。李杜筋取此。"⑥

---

① （明）许学夷著，杜维沫校点《诗源辩体》卷七，人民文学出版社，1987，第109页。
② （明）许学夷著，杜维沫校点《诗源辩体》卷七，人民文学出版社，1987，第110页。
③ （明）许学夷著，杜维沫校点《诗源辩体》卷六，人民文学出版社，1987，第106页。
④ （明）许学夷著，杜维沫校点《诗源辩体》卷七，人民文学出版社，1987，第110页。
⑤ （明）许学夷著，杜维沫校点《诗源辩体》卷七，人民文学出版社，1987，第109页。
⑥ （元）陈绎曾撰《诗谱》"鲍照"条，丁福保辑《历代诗话续编》，中华书局，1983，第631页。

钟嵘《诗品》评鲍照"总四家而擅美，跨两代而孤出"①。许学夷肯定鲍照对诗体结构和诗体声律的创新，对其语入于绮靡则有所贬斥。

对鲍照诗渐入律体，许学夷有所肯定，他指出："明远五言四句，声渐入律，语多华藻，然格韵犹胜。"② 但鲍照诗又以"轶荡"著称，不可避免会导致声调、诗体上的弊病。许学夷评价说："明远乐府五言，步骤轶荡，正合歌行之体。然其才自轶荡耳，故其诗亦如之。"③ 又说：

> 谢灵运经纬绵密，鲍明远步骤轶荡。明远五言如《数诗》、《结客》、《蓟门》、《东武》等篇，在灵运之上。然灵运体尽俳偶，而明远复渐入律体。但灵运体虽俳偶而经纬绵密，遂自成体；明远本步骤轶荡，而复入此窘步，故反伤其体耳。④

鲍照诗与谢灵运诗相比，前者渐入律体，而后者体尽俳偶；前者步骤轶荡，反伤其体，而后者经纬绵密，遂自成体。

鲍照诗歌在声韵上存在弊病。许学夷说："明远七言四句，有《夜听妓》一篇，语皆绮艳，而声调全乖，然实七言绝之始也。"⑤ 鲍照七言诗中有《夜听妓》一篇，语皆绮艳，而声调全乖，但许学夷认为此诗为七言绝句之始，肯定了鲍照在诗体上的创新。鲍照此诗虽具七言绝句之形，但以诗律衡之，此诗还远不合格。许学夷所谓"七言绝"始于鲍照，失之偏颇。鲍氏的部分诗作在声韵上"宫商乖互"。鲍氏作诗善抒发自我情怀，诗语、声韵衔接不畅，影响了诗歌整体意境。

许学夷认为鲍照注重技巧，五言诗给读者一种浮靡、轻艳的印象；七言歌行独具一格，但其语言仍不出绮靡范畴。他说："明远五言，既渐入

---

① （南朝梁）钟嵘著，曹旭集注《诗品集注》（增订本），上海古籍出版社，2011，第381页。
② （明）许学夷著，杜维沫校点《诗源辩体》卷七，人民文学出版社，1987，第117页。
③ （明）许学夷著，杜维沫校点《诗源辩体》卷七，人民文学出版社，1987，第116页。
④ （明）许学夷著，杜维沫校点《诗源辩体》卷七，人民文学出版社，1987，第115~116页。
⑤ （明）许学夷著，杜维沫校点《诗源辩体》卷七，人民文学出版社，1987，第118页。

律体，中复有成律句而绮靡者。"① 许学夷评鲍照诗重在语言、格律，放大了鲍照诗语之绮靡，对鲍诗情感与语言上给读者带来的美学享受则有所忽略。"鲍照诗的审美有鲜明的主体色彩，他是饱含着自身的身世之感和'不遇'之慨来审美的，他的情绪，悲咽、怫郁，最终形成为审美的内容。"② 总之，鲍照诗具有悲情美，对于鲍照诗的这种美学意蕴，许学夷有所忽视。"从谢灵运到鲍照，可以明显看到文学创作朝着重抒情的方向一步步发展的轨迹，由玄理到缘情的历程，至鲍照可以说是完成了"③，是为确论。

三 萧齐诗人论

（一）论江淹

江淹作诗善于模仿，严羽曰："拟古惟江文通最长，拟渊明似渊明，拟康乐似康乐，拟左思似左思，拟郭璞似郭璞。"④ 许学夷认为江淹的拟古诗不如前代诗歌精工，江氏自立门户而入怪变。他说："文通五言《拟古三十首》，多近古人，而他作每每任情，与玄晖、休文大异，实为自立门户，晚年才尽，故不免支离耳。"⑤ 这里的"自立门户"与许学夷评陶渊明的"自为一源"不可混淆。"自立门户"，是在特定的语境下处于正变体系之外的"自立偏门"。江淹的拟古诗，语言看似清新脱俗，而风格上已渐入浮靡，这与许学夷一贯坚持的浑成、圆融格格不入。

许学夷认为江淹这种拟古诗只是艺术形式上的模仿，未曾融入古诗之精神气质。许学夷指出："淹五言，调婉而词丽，然不能如沈谢之工，以全集观，当自见矣。"⑥ 江淹模拟求形似，存在意境欠佳的弊病。许学夷又说："文通五言善用骚语……但全篇佳者实少，故昭明不多录耳。"⑦

---

① （明）许学夷著，杜维沫校点《诗源辩体》卷七，人民文学出版社，1987，第116页。
② 吴功正：《六朝美学史》，江苏美术出版社，1994，第633页。
③ 罗宗强：《魏晋南北朝文学思想史》，中华书局，2016，第247页。
④ （宋）严羽著，郭绍虞校释《沧浪诗话校释》，人民文学出版社，1961，第191页。
⑤ （明）许学夷著，杜维沫校点《诗源辩体》卷八，人民文学出版社，1987，第121页。
⑥ （明）许学夷著，杜维沫校点《诗源辩体》卷八，人民文学出版社，1987，第120页。
⑦ （明）许学夷著，杜维沫校点《诗源辩体》卷八，人民文学出版社，1987，第120~121页。

"骚语"的使用是江淹过人之处,其语"丽而不靡",与其他诗作相比具有独特性,但全篇佳者不多。许学夷直言江淹的五言诗"调婉而词丽","不能如沈谢之工",指出了江淹诗艺术形式上的缺陷。

江淹除了拟古诗,还创作了一些游历诗、赠和诗,恰好反映出"当时的政治局面与诗坛风向"①,他在诗歌题材上的创新与文化意义上的贡献不可忽视。而对于这一点,许学夷有所忽略。

(二) 论谢朓

谢朓善作五言诗,逐渐脱去山水诗中的玄理之气,使山水诗呈现自然、清新之态。"蓬莱文章建安骨,中间小谢又清发"②,李白盛赞谢朓诗。许学夷对谢朓诗的评论则以贬为主,认为谢朓才力绵弱,其诗体入于俳偶且诗语入于绮靡。

《诗源辩体》云:"元嘉五言,再流而为永明,然元嘉体虽尽入俳偶,语虽尽入雕刻,其声韵犹古,至玄晖休文则风气始衰,其习渐卑,故其声渐入律,语渐绮靡,而古声渐亡矣。"③ 许学夷将谢朓诗定性为习卑、语靡、调俳。又引王世贞之语说:"玄晖特不如灵运者,匪直才力小弱。"④ 认为谢灵运诗高于谢朓诗,诗人才力上的差异只是原因之一。谢朓想摆脱汉魏诗风的影响,自身的才华又不足以实现诗歌的新变,于是造语生硬,幽深孤僻,与汉魏天成之诗风有天壤之别。许学夷对谢朓山水诗声调所下评语为:"'谢朓之诗,已有全篇似唐人者',此即所谓'调俳而气今'也。"⑤ 许学夷以"气格"评谢朓诗,沿袭了明复古派的格调说,以格调品评等级,认为谢朓诗内容偏于柔媚、浮丽,缺少浑厚、典正之气。《诗源辩体》评谢朓之五言"较之灵运,则气格遂降耳"⑥,忽略了谢朓在声律上对唐诗之贡献。

许学夷《诗源辩体》对谢朓的诗歌风格也有所批评。谢朓诗风整体

---

① 李宗长:《江淹诗歌的题材选择及其文化意义》,《南京师大学报》(社会科学版)1997年第2期。
② 詹锳主编《李白全集校注汇释集评》,百花文艺出版社,1996,第2566页。
③ (明)许学夷著,杜维沫校点《诗源辩体》卷八,人民文学出版社,1987,第121页。
④ (明)许学夷著,杜维沫校点《诗源辩体》卷八,人民文学出版社,1987,第122页。
⑤ (明)许学夷著,杜维沫校点《诗源辩体》卷八,人民文学出版社,1987,第122页。
⑥ (明)许学夷著,杜维沫校点《诗源辩体》卷八,人民文学出版社,1987,第122页。

偏于婉媚华丽,与许学夷一贯倡导的清丽简约有明显差距。其实谢朓诗的风格与齐梁时期绮靡诗风还是有根本区别的,其摆脱了晋宋以来崇尚玄理、掺杂宗教思想的作诗习气。但其声律渐入俳偶,格律化的倾向渐渐显现出来。"谢朓山水诗的语言,主要受乐府民歌清新明快语言和佛经偈颂平白浅易语言的影响,也吸收了魏晋及宋代以来文人诗绮丽语言风格,形成了浅易明快而又清绮自然的语言风格。"① 许学夷忽视了谢朓诗语中清新、活泼的变化。

（三）论沈约

许学夷对沈约的时代定位为齐梁时期,因为齐梁时期是沈约创作诗歌最丰富,成果最突出的时期。许学夷《诗源辩体》肯定沈约在诗学理论上的开创性,但批评沈约诗歌创作与其诗学理论相悖,认为沈约诗歌在声韵上渐趋靡丽。

沈约诗"有声无韵,有色无华"②,《诗源辩体》云:"休文全集较玄晖声气为优,然殊不工。至入录者,则声韵益靡矣。"③ 又云:"休文乐府杂言短篇有《江南弄》四首,声调极靡,盖晋宋《白纻》之流也。"④ 沈约将声律学提高到诗歌创作规范的高度,并提出了"四声八病"之说,他个人及受他影响的大部分宫体诗人在诗歌创作上未必都合于其声律论,但无可否认,其"四声八病"说为后世律诗的格律规范奠定了基础。许学夷推崇沈约的"四声八病"说,而鄙薄沈约的诗歌创作。《诗源辩体》云:"休文论诗,有'八病'之说,此变律之渐。然观其诗,亦不尽如其说,何耶?"⑤

沈约除了在创作理论上提出"四声八病"说外,在诗歌创作上也有独特的艺术风格。辞采华丽、艺术技巧新颖正是沈约雕刻的手段。许学夷对沈约的评价定其变而否其格,至于沈约诗中的绵绵情思与诗歌创作技巧并不在许学夷考虑范围内。许学夷站在复古的角度评沈约诗,在某种程度

---

① 詹福瑞:《汉魏六朝文学论集》,河北大学出版社,2001,第379页。
② （明）陆时雍撰,李子广评注《诗镜总论》,中华书局,2014,第87页。
③ （明）许学夷著,杜维沫校点《诗源辩体》卷八,人民文学出版社,1987,第123页。
④ （明）许学夷著,杜维沫校点《诗源辩体》卷八,人民文学出版社,1987,第123页。
⑤ （明）许学夷著,杜维沫校点《诗源辩体》卷八,人民文学出版社,1987,第123页。

上贬低了沈约诗的审美价值。

四 萧梁诗人论

(一) 论何逊

何逊,南朝萧梁诗人,少年成名,在文学创作上颇有造诣,得到了当时文坛领袖沈约的称赞。其诗文质兼备,是六朝诗中一股清流。何逊诗风偏柔媚,用语雕琢,意象和境界尚未达到浑融境界,但其诗清新俊逸,在梁代独标一格,虽未完全脱离梁代绮靡之风,但用笔细致,在山水诗上成就最佳。许学夷对何逊的评价体现在以下两方面:一是认为何逊诗歌整体缺乏气势,语言不够清新、淡雅;二是认为何逊诗歌艺术形式上已开唐体之先,其对仗、平仄与唐诗相近,但不够精练。

何氏五言未脱旧习,诗风靡丽,格调偏下。《诗源辩体》云:"何逊五言四句,声尽入律,语多流丽,而格韵始卑。"① 何逊善于审音辨韵,在作诗时扩大了诗歌题材,增加了一些节日性的题材,与梁、陈其他诗人比,格调稍胜一筹,其语言虽入雕工但缺少气韵与声势。何逊诗语有绮靡之病,但其整体水平与梁代其他诗人相比相对较高。

许学夷注意到何逊的诗歌偏于律化,五言诗注重平仄、押韵及对仗,然而其用韵仍达不到唐朝五言律诗那种精工细致。许学夷评其"声多入律,语渐绮靡",又言:"何长篇平韵者殊不工;仄韵者上联第五字或用平,下联第五字必用仄,上联第五字或用仄,下联第五字必用平,即休文'八病'中所忌'鹤膝'之说也。"② 许学夷认为何氏的五言诗在声韵上具有一定开创性,相比沈约,何逊五言诗在声韵上又做了进一步细化,为后世用韵提供了借鉴,但仍存在声韵不工之处。

(二) 论吴均

吴均为南朝梁时期的文学家,工于写景,文笔清拔,诗文俱佳。其诗清新自然,多反映现实生活,或描摹山水景物,被后世称为"吴均体"。明人对吴均诗之评判主要分为两种:一种是以公安派、竟陵派为代表的性

---

① (明)许学夷著,杜维沫校点《诗源辩体》卷九,人民文学出版社,1987,第126页。
② (明)许学夷著,杜维沫校点《诗源辩体》卷九,人民文学出版社,1987,第125~126页。

情一派肯定吴诗语言上的华美，极言吴氏雕刻之精工；另一种则是以前后七子为代表的复古派以绮靡定吴均诗歌语言特点。许学夷站在复古阵营，对吴均的评价集中于语言风格、格律声调两方面。

许学夷评吴均诗语言承袭鲍照诗而失之绮靡，认为其原因在于才学欠佳，不能把握辞藻。

> 吴均五言，声渐入律，语渐绮靡，在梁陈间稍称遒迈。《传》谓其"有古气"，非也。五言四句与鲍明远相类，较诸家为胜。①

> 吴均乐府七言及杂言有《行路难》，本于鲍明远而调多不纯，语渐绮靡矣。②

许学夷认为吴诗没有古风古韵，此说有些偏颇。吴均之诗有自创性，华丽似鲍照诗，绮靡却不似，乃是梁陈风气所致。吴诗学鲍诗，主要学习其外在体貌，如诗名延自鲍诗，诗体结构与语言风格与鲍诗相似，诗歌质量却有较大差别。许学夷评吴均七言歌行"调多不纯，语渐绮靡"③。王世贞亦说："吴均起语颇多五言律法，余章绵丽，不堪大雅。"④ 除鲍诗外，吴均学诗采诸家诗之长，汉魏古诗之天然韵致、陶渊明诗之平淡、谢灵运诗之精工都是他学习的对象。吴氏也有与陶渊明五言诗相似之诗，如《山中杂诗》颇有古风古韵，风格清新朗畅，所谓"山际见来烟，竹中窥落日。鸟向檐上飞，云从窗里出"，来烟、落日、云、鸟等意象在吴均的笔下十分可爱，一个隐于山中的小屋子赫然映于纸上。吴均善作五言，质量颇高。从其语言、意象可联想到诗歌的整体意境。吴诗如画，透露出他的闲情雅致，也可看出其才力、学识。其语言之简洁、情感之真挚、声韵之自由以及作品中流露出的生活气息诠释了其诗中的古风古韵。

（三）论萧纲

与多数复古派学者观点相似，许学夷认为萧纲在语言上过于追求绮

---

① （明）许学夷著，杜维沫校点《诗源辩体》卷九，人民文学出版社，1987，第126页。
② （明）许学夷著，杜维沫校点《诗源辩体》卷九，人民文学出版社，1987，第127页。
③ （明）许学夷著，杜维沫校点《诗源辩体》卷九，人民文学出版社，1987，第127页。
④ （明）王世贞著，罗仲鼎校注《艺苑卮言校注》，齐鲁书社，1992，第140页。

丽,甚至陷入"妖艳",将萧纲因绮靡而降格。《诗源辩体》评萧纲诗歌"更入妖艳矣。又结语属对者,气多不尽"①。萧纲诗偏于婉约,风格绮丽有致,带有浓厚的宫廷气息。其靡丽之气与汉魏古风相悖,因此萧诗多为后世诗评家所批判。明代前后七子常用"绮丽""靡丽"等词贬斥齐梁诗歌价值,"妖艳"一词则是许学夷对萧纲等人的诗风更加深化的鄙薄。诗之"艳"即指诗歌创作不再抒发儒家推崇的世教之情,转而表达个人的绮艳私情。语言绮丽,文体不纯,在复古派看来是损坏诗歌古朴本质的表现。

许学夷认为萧纲在五言律与七言律定型上有其功绩。《诗源辩体》云:"梁简文七言八句有《乌夜啼》,乃七言律之始。"②"五言至梁简文而古声尽亡,然五七言律绝之体于此而备。此古律兴衰之几也。"③ 就《诗源辩体》而言,许学夷辨体的主要目的即考证诗体流变,关键在于考察古、律之转换过程。许学夷认为萧纲之诗虽"古声尽亡",但律体诗于此而备。

许学夷指出:"永明五言,再流而为梁简文及庾肩吾诸子,然永明声虽渐入于律,语虽渐入绮靡,其古声犹有存者;至梁简文及庾肩吾之属,则风气益衰,其习愈卑,故其声尽入律、语尽绮靡而古声尽亡矣。"④ 六朝绮艳、浮华之习也掺入古诗中,致使古声尽亡。梁、陈诗人将个人才华用在诗歌语言的雕琢上,使文风渐离儒家传统正道,多靡丽之语。因而许学夷认为萧纲五言风气益衰,入于妖艳。这种风气直接影响了同时代其他诗人的诗作风格。萧纲作为统治者,作诗以女性、宫廷生活为重要题材,底下诗人为迎合其口味,也学习其风格,于是宫体诗盛行一时,体乏刚健的问题愈演愈烈。

总之,许学夷对萧纲诗歌的评价多贬斥而少赞誉。许学夷之评本于其正统思想,对六朝古体诗仍提倡风雅,批评齐、梁诸子才力绵弱。从体裁流变分析,许学夷认为至萧纲古声尽亡,古体诗渐渐转变为近体诗。许学

---

① (明)许学夷著,杜维沫校点《诗源辩体》卷九,人民文学出版社,1987,第128页。
② (明)许学夷著,杜维沫校点《诗源辩体》卷九,人民文学出版社,1987,第129页。
③ (明)许学夷著,杜维沫校点《诗源辩体》卷九,人民文学出版社,1987,第129页。
④ (明)许学夷著,杜维沫校点《诗源辩体》卷九,人民文学出版社,1987,第128页。

夷批评萧纲带坏了诗坛风气，此观点触及了梁、陈诗风乖变的根本。文化环境会影响诗人的作诗习气，作为当时的统治者，萧纲的喜好造成了梁代以后风气的败落，诗人作诗唯上是尊，不求古朴，但求瑰丽，进而使浮靡之风成为当时的主导风气。

五 南陈诗人论

许学夷关于南陈诗人的评价集中于徐陵、庾信二人。许学夷在评论时又常常将二人并为一谈，加之《诗源辩体》论述徐、庾二人内容整体偏少，故笔者将二人合并讨论。

徐陵与庾信并称"徐庾"，二人同为宫体诗人，虽推动了近体诗形成，而未入于工，批评者多指责其诗风靡丽。李延寿《北史》批评梁"雅道沦缺"，"争驰新巧"，又言徐陵、庾信诗有"淫放"之风，可见初唐学者对靡艳之诗不甚提倡。唐代及以后诗评家们对庾信的关注胜于徐陵，如唐代杜甫评其"庾信文章老更成，凌云健笔意纵横"[1]；宋黄庭坚评"谢康乐、庾义城之诗，于炉锤之功不遗力也"[2]；明代杨慎则说"庾信之诗，为梁之冠冕，启唐之先鞭"[3]。庾信诗之地位与影响可见一斑。

许学夷对徐、庾二人的艳靡之风持保留态度，但认为二人亦有合于雅正之诗。许学夷说："徐庾五言，语虽绮靡，然亦间有雅正者。"[4] 徐陵、庾信诗风较为接近，所作诗歌多为应和酬赠之作，以艳情入诗，内容浮靡，缺乏凌厉、刚健之气。所以许学夷说："五言自梁简文庾肩吾以至陵、信诸子，声尽入律，语尽绮靡，其体皆相类，而陵信最盛称。"[5]

在南陈时期，由于宫体诗盛行，作诗以浮靡、绮艳为尊，古诗之律化也成为时代趋势，从而为初唐律诗形成奠定了基础。许学夷指出："徐如

---

[1] （唐）杜甫著，（清）仇兆鳌注《杜诗详注》卷十一《戏为六绝句》，中华书局，1979，第898页。
[2] 郑永晓整理《黄庭坚全集辑校编年》，江西人民出版社，2011，第1613页。
[3] （明）杨慎撰，王大厚笺证《升庵诗话新笺证》卷三"庾信诗"条，中华书局，2008，第149页。
[4] （明）许学夷著，杜维沫校点《诗源辩体》卷十，人民文学出版社，1987，第132页。
[5] （明）许学夷著，杜维沫校点《诗源辩体》卷十，人民文学出版社，1987，第131页。

《出自蓟北门行》及《关山月》，庾如《别周尚书》，皆有似初唐。"① 又说："徐庾乐府七言，调多不纯。徐语尽绮艳，而庾则已近初唐矣。"② 庾信五言、七言诗声律渐开，故许学夷强调其唐体之先声的意义。许学夷认为徐陵诗与庾信诗风格相似，而成就上庾信胜于徐陵，其原因在于庾信才力胜于徐陵。《诗源辩体》云："庾信五言，句法、音调多似其父，而才力胜之，陈隋诸子皆所不及，杜子美亦屡称焉。"③ 又说："信实为工，而陵才有不逮。"④

总之，徐、庾二人作为宫体诗人代表，许学夷对其多有鄙薄。许学夷认为徐陵之诗多艳情之作，艺术风格偏于绮艳，形式上稍有新变，工于技巧，诗风偏于靡弱；庾信诗长于抒情，尽管格调较徐陵为高，却没能改变南陈诗风渐趋靡弱的事实。许学夷对徐陵、庾信虽有批评，但并未否定二人在诗体流变史中的地位，持论相对公允。

六　隋代诗人论

隋代未有成就斐然的诗人诞生，故许学夷论隋代诗歌的篇幅较少。从时代价值和优秀诗作数量考虑，卢思道、杨广、薛道衡作为隋朝杰出诗人的代表，成为许学夷着墨的重点。

写至隋朝，许学夷的古、律之辨也走向终点。许学夷评隋朝诗人主要从两方面着眼，一方面着眼于体裁上的古律之变，另一方面着眼于语言风格。许学夷指出：

卢思道、李德林、薛道衡五言，声尽入律，而卢则绮靡者尚多。⑤

乐府七言，思道《从军行》、道衡《豫章行》，皆已近初唐。⑥

---

① （明）许学夷著，杜维沫校点《诗源辩体》卷十，人民文学出版社，1987，第132页。
② （明）许学夷著，杜维沫校点《诗源辩体》卷十，人民文学出版社，1987，第132页。
③ （明）许学夷著，杜维沫校点《诗源辩体》卷十，人民文学出版社，1987，第132页。
④ （明）许学夷著，杜维沫校点《诗源辩体》卷十，人民文学出版社，1987，第131页。
⑤ （明）许学夷著，杜维沫校点《诗源辩体》卷十一，人民文学出版社，1987，第135页。
⑥ （明）许学夷著，杜维沫校点《诗源辩体》卷十一，人民文学出版社，1987，第135页。

炀帝七言八句，有《江都宫乐歌》，于律渐近。①

许学夷一贯强调古体尚汉魏，近体宗盛唐。而梁、陈已显诗体革新趋向，隋代诗人在这一基础上进一步改良诗歌体制，使其迈向律诗。其中卢思道等人的五言诗、乐府七言及杨广的七言诗已近唐体。在诗歌创作上他们以齐梁诗歌体制为范本，对诗歌加以改造，在声韵、形式上均有明显的规范性。

隋代诗歌格调渐降，声调渐趋律化，艺术风格偏绮艳柔弱。许学夷指出：

陈、隋无论其质，即文无足论者。②

梁陈以后，古体既失，而律体未成，两无所归，断乎不可为法。③

梁陈以后，体实相因，而格日益卑。④

许学夷认为隋朝诗作重绮靡，沿袭了六朝靡丽之气，因而体格渐降。事实上，隋炀帝的诗作有两大特点：一是结构上近于律诗，语言清新，可算格律诗中佳作；二是意境悠远，气势恢宏，包罗万象，情绪饱满，大有隋代边塞诗豪迈之风。许学夷认为隋炀帝诗歌偏绮靡，是一种偏颇的看法。许学夷说："齐梁以后之诗，不但失之绮靡，而支离丑恶，十居四五，以《诗纪》观之自见。……陈隋无论其质，即文无足论者。"⑤ 许学夷对隋诗的评判囿于其辨体系统，忽视了隋炀帝诗歌全貌。实际上，隋炀帝的诗

---

① （明）许学夷著，杜维沫校点《诗源辩体》卷十一，人民文学出版社，1987，第136页。
② （明）许学夷著，杜维沫校点《诗源辩体》卷十一，人民文学出版社，1987，第137页。
③ （明）许学夷著，杜维沫校点《诗源辩体》卷十一，人民文学出版社，1987，第137页。
④ （明）许学夷著，杜维沫校点《诗源辩体》卷十一，人民文学出版社，1987，第137页。
⑤ （明）许学夷著，杜维沫校点《诗源辩体》卷十一，人民文学出版社，1987，第137页。

歌在赓续传统的同时，又有所创新。他的诗歌力求融通南北文化，展现一种文化包容精神。其诗既有艳丽之作，也有表现豪情壮志的作品，后者涤荡了梁、陈限于艳情的萎靡、凋敝之习。

第二节 《诗源辩体》六朝诗歌创作论

关于诗歌创作，许学夷在《诗源辩体》中提出了自己的一套理论。他论诗按时代划分，针对不同时代提出了不同的创作要求，其中有共通性要求亦有差异性要求。许学夷认为六朝诗歌创作当以汉魏古诗为模板，并且从体裁、语言、性情等方面提出了具体的创作要求。总体上讲，他论诗主性情，倡正变。

一 六朝诗歌创作环节论

（一）体制为先

明代辨体风气盛行后，复古派内部渐渐强化了尊体、辨体意识，以七子派为代表的复古派主张辨诗体，考源流，明体制。吴讷、徐师曾等人的辨体批评已经涉及语言特征、文体规范、声律格调等诗学批评领域关键问题。"体制为先"的原则是明代辨体学派理论之基。许学夷认为作诗的首要原则就是"体制为先"，其中包含他对体与意、体与工拙、体与性情三者之间关系的辩证思考。

体制即体系制度，在文体中指文体的创作规范。其中包含对古诗创作结构、语言、声调等外在艺术形式的创作要求。刘勰的《文心雕龙》多次提到文体创作中体制先行的问题。"童子雕琢，必先雅制"①，"务先大体"②，可见刘勰已经意识到体制对于诗歌创作的重要性。至宋代，张戒《岁寒堂诗话》说："论诗当以文体为先，警策为后。"③ 刘克庄提出：

---

① （南朝梁）刘勰著，詹锳义证《文心雕龙义证》卷六，上海古籍出版社，1989，第1034页。
② （南朝梁）刘勰著，詹锳义证《文心雕龙义证》卷九，上海古籍出版社，1989，第1649页。
③ （宋）张戒撰《岁寒堂诗话》卷上"论诗当以文体为先"条，丁福保辑《历代诗话续编》，中华书局，1983，第459页。

"会粹百家句律之长，究极历代体制之变，搜猎奇书，穿穴异闻，作为古律，自成一家。"① 其后有严羽的"体制明辨"说，《沧浪诗话》云："作诗正须辨尽诸家体制，然后不为旁门所惑。今人作诗，差入门户者，正以体制莫辨也。"② 正是在这种辨体诗学观的引导下，明代辨体学著作逐渐丰富，包括《诗源辩体》在内的多种著作层出不穷，辨体方向也更为明确。明高棅提出："辩尽诸家，剖析毫芒。"③ 胡应麟提出："文章自有体裁，凡为某体，务须寻其本色，庶几当行。"④ 诸如此类观点，体现出明代辨体学取得了进一步发展。

明代后七子虽同为一派，但主张各有不同，李梦阳提倡取法汉魏盛唐之诗，而徐祯卿因受吴中文化影响，论诗提倡"因情立格"，主张诗人作诗当以情为本，因情作诗。徐祯卿提到的情便是一种性情与真情交融的情感。许学夷从辨体出发，提出："学汉魏而下，不先体制而先性情，所以去古日远耳。"⑤ 此说陷入了复古之格调中，但许学夷因体抒情，又符合诗歌创作的要求。许学夷明言论诗需先论体制，后谈性情，感情要在体制规范内有限度抒发。梁、陈诗人声律、语言与古体诗相比大不相同，可谓越体制而任性情，这种抒情方式不符合许学夷的创作要求。

许学夷的辨体学思想更具体系性。于六朝诗创作，许学夷云："梁陈以后，古体既失，而律体未成，两无所归，断乎不可为法。"⑥ 又云："梁陈以后，体实相因，而格日益卑。"⑦ 许学夷主张作诗第一步应明辨体制，古体诗创作当学汉魏，近体诗创作当学盛唐，而梁、陈诗处古体诗向近体诗过渡时期，变而不得其法，导致格韵渐降。

许学夷于《诗源辩体》开篇即言："此编以'辩体'为名，非辩意

---

① （宋）刘克庄著，辛更儒笺校《刘克庄集笺校》卷九五，中华书局，2011，第4023页。
② （宋）严羽著，郭绍虞释《沧浪诗话校释》，人民文学出版社，1961，第252页。
③ （明）高棅编纂，（明）汪宗尼校订，葛景春、胡永杰点校《唐诗品汇》，中华书局，2015，第8页。
④ （明）胡应麟撰《诗薮》，上海古籍出版社，1979，第21页。
⑤ （明）许学夷著，杜维沫校点《诗源辩体·后集纂要》卷一，人民文学出版社，1987，第393页。
⑥ （明）许学夷著，杜维沫校点《诗源辩体》卷十一，人民文学出版社，1987，第137页。
⑦ （明）许学夷著，杜维沫校点《诗源辩体》卷十一，人民文学出版社，1987，第137页。

也，辩意则近理学矣。"① "辩体不辩意"是许学夷"体制为先"诗学命题的首要原则。许学夷又言："夫体制、声调，诗之矩也，曰词与意，贵作者自运焉。"② 诗歌语言的琢磨与意境的营造在于作者自己的发挥，而遵守体制，按体制规范作诗是作好古诗的基本准则之一。这也就解释了许学夷主张"辩体不辩意"的原因。他的创作论是要给作诗者提供一条学诗之门径。许学夷论诗主论诗的格调、法度，对诗歌本身的内涵与境界不做细读，以此明辨体制。他认为作诗当"既先以体分，而又各以调相附，详其音切，正其讹谬"③，主张六朝自有六朝之诗体，论六朝诗当先辨六朝之体，至于工拙、性情放在其次。

诗人创作以"体制为先"首先表现为诗人创作以古为尊。"古体尊汉魏，近体尊盛唐"的创作原则对诗人创作形成了一种约束力，为此诗人应先定诗体，后论其工拙，按照古代优秀诗作在结构、语言、声律上的特点依体作诗。另外，许学夷在体制论中只是提出了某种创作标准，并未提出有效的创作方法，立范本意在明标准。六朝如陶渊明、谢灵运、鲍照之佳作即为诗歌典范，其中蕴含的法度技巧需要后世诗人自己体悟、学习。

实际上，先体制而后工拙已经成为明代辨体学派共识，诗人先按照体裁规范入门，在接下来的创作中需要注意情感表达与语言运用、体格品鉴以及创作规律总结。鉴于很多六朝诗人崇尚靡丽之风，树立诗歌创作规范在许学夷看来尤为必要。《诗源辩体》云："诗有本末。体气，本也；字句，末也。本可以兼末，末不可以兼本。"④ 诗歌创作中本末不可倒置，过分重视字句的雕琢，可能影响整首诗的和谐美。

许学夷认为"体制相悬"是诗产生差异的根本。他说："汉、魏、六朝，体制相悬。"⑤ 以辨体为目的，选诗自然要依据体裁，盲目选诗不符合诗学发展规律。他择诗首先择人，其次选诗，在选诗种类和数量上也有

---

① （明）许学夷著，杜维沫校点《诗源辩体·凡例》，人民文学出版社，1987，第1页。
② （明）许学夷著，杜维沫校点《诗源辩体·自序》，人民文学出版社，1987，第1页。
③ （明）许学夷著，杜维沫校点《诗源辩体·自序》，人民文学出版社，1987，第2页。
④ （明）许学夷著，杜维沫校点《诗源辩体》卷三十四，人民文学出版社，1987，第326页。
⑤ （明）许学夷著，杜维沫校点《诗源辩体》卷三十五，人民文学出版社，1987，第342页。

差别。《诗源辩体》云："予之论诗，多论代、论人，至论篇、论句者寡矣，况论字乎？各卷中虽多引篇摘句，实论一代之体，或一人之体也。"① 作诗应结合时代与人物，而不当耽于诗法、句法。论字、论句即耽于诗歌创作中的艺术技巧。许学夷认为六朝之诗质量较差的原因在于诗人技法未精，语句又有浊气，属于诗之末流。

许学夷辨体当以体制为先的原则是对明代辨体理论的进一步深化，其使辨体目的更为明确，体现了他强烈的文体意识。许学夷关于六朝诗歌体制特征的总结，大致勾勒出六朝不同诗体的艺术特征，给诗人提供了作诗之门径。遗憾的是，许学夷对诗歌的内在韵致缺乏关注，因而他论诗常常"辩体不辩意"，对六朝诗歌的价值没有做出客观而公平的评判。

（二）持"性情之正"

作诗持"性情之正"，是许学夷《诗源辩体》诗歌创作论的另一个阶段。"风人之诗，虽正变不同，而皆出乎性情之正"②，许学夷主张在"体制为先"的前提下先体制而后性情。作诗持"性情之正"是明代复古派诗学理论的核心主张。许学夷作为复古派一分子，标举复古，主张恢复儒家诗教传统，在《诗源辩体》中，对于六朝诗，他提出了作诗持"性情之正"的原则。其内涵主要包括以下两方面。

第一，在感情投入上，诗人欲创佳作，务必倾倒所有，将自己全部的才情投入方可创作出优秀的诗歌。《诗源辩体》云："靖节平生为诗，皆是倾倒所有，学者于此有得，斯知所以学靖节矣。"③ 这里的感情投入不是虚伪的恭维式的感情投入，而是一种真情的投入。许学夷言："'子建始为宏肆，多生情态'是也。学者于此能别，方可与论《十九首》矣。"④ 诗歌创作必须依赖真情，许学夷言性情，并不是要恢复古制，返回"诗言志"的传统，而是以一种纯艺术的眼光要求诗人遵循这一创作原则。

---

① （明）许学夷著，杜维沫校点《诗源辩体》卷三十四，人民文学出版社，1987，第326页。
② （明）许学夷著，杜维沫校点《诗源辩体》卷一，人民文学出版社，1987，第8页。
③ （明）许学夷著，杜维沫校点《诗源辩体》卷六，人民文学出版社，1987，第100～101页。
④ （明）许学夷著，杜维沫校点《诗源辩体》卷四，人民文学出版社，1987，第81页。

第二，对在创作中如何持"性情之正"，许学夷也提出了自己的看法。一是诗人应有格局意识，承源流之正。六朝诗人崇尚靡丽之风，缺少壮丽、豪迈之风。许学夷批评六朝诗人没有摒弃浮华、靡丽之风，缺乏以饱满的状态投入诗歌创作的态度。二是诗人创作优秀诗歌要有一种独特的才情。由许学夷推崇的六朝诗人来看，陶渊明、鲍照等无不具有才情，这种才情超越了诗歌本身，因此他们在创作中有独立的人格，在某种程度上摆脱了六朝靡丽之风的束缚。特别是陶诗将美寓于"平淡"，达到了一种新的美学高度。许学夷说："汉魏五言，委婉悠圆，虽本乎情，然亦非才高者不能，但有才而不露耳。"① 他认为诗人才情的培养并非一朝一夕可成，只有在生活中注意积累，借鉴前人诗歌创作经验，有基本的知识储备，再融入个人的天资，作诗才可融入"性情之正"。三是诗人创作应本于性情之真，作诗要保留诗之真趣。许学夷论诗以国风为正源，《诗源辩体》云："风人之诗既出乎性情之正，而复得于声气之和，故其言微婉而敦厚，优柔而不迫，为万古诗人之经。世之习举业者，牵于义理，狃于穿凿，于风人性情声气，了不可见，而诗之真趣泯矣。"② 又云："汉魏五言，为情而造文，故其体委婉而情深。颜谢五言，为文而造意，故其语雕刻而意冗。"③ 作诗当融入真情、真趣，颜延之、谢灵运的五言诗"为文而造意"，则不如汉魏五言诗人"为情而造文"。

许学夷"性情之正"说，是《诗源辩体》"正变"体系中的重要组成部分，这使他的创作论更趋完整，为诗人创作诗歌提供了理论借鉴。

（三）达乎通变

在"体制为先"的前提下，许学夷强调持正通变。"通变"，最早见于《易·系辞上》，《易》有时也称"变通"。《易·系辞下》云："刚柔者，立本者也；变通者，趣时者也。"这里所论之"时"指的是当时客观的形势、条件。为了更好地适应环境，人应学会变通，趋时而变。王世贞指出："六朝之末，衰飒甚矣。然其偶丽颇切，音响稍谐，一变而雄，遂

---

① （明）许学夷著，杜维沫校点《诗源辩体》卷三，人民文学出版社，1987，第45页。
② （明）许学夷著，杜维沫校点《诗源辩体》卷一，人民文学出版社，1987，第2页。
③ （明）许学夷著，杜维沫校点《诗源辩体》卷三，人民文学出版社，1987，第47页。

为唐始。再加整栗，便成沈、宋。"① 他认为中国古典诗歌的发展并非一成不变的，而是长期处于变通之中的。许学夷吸收前人的经验，主张为达到"入于神""入于圣"之目的，诗人需在持"性情之正"的前提下达乎通变。关于如何实现古诗创作之"通变"，许学夷又有自己的独特见解。

其一，许学夷主张先"通"而后"变"，即先了解古诗的源流体制，而后依体创作。所谓通，就是要通其体制，通其规范。诗人通其规范，才能在体制内创作出质量上乘的作品。许学夷论陶渊明诗称："非其识见超越、才力有余，不克至此。"② 陶渊明有识见，作品才卓越，因而在五言古诗中有所建树，独开一脉，后世虽争相效仿，却很少有人成功。诗人的才华是独立的，但精通体制是基础，因为"通变"要求诗人创作须在体制规范内。诗人运用才力对诗歌的外在体貌与精神内涵进行改造，实现诗歌创新，是诗人识得"通变"的表现之一。

其二，立达乎通变之范本，以为后世借鉴。许学夷举了六朝达乎通变的几个关键人物，以立规范。他先是举汉魏五言诗，定出"善变"的样本。他说："汉魏五言，委婉悠圆，于《国风》为近，此变之善者。"③ 他又列曹植之诗以明晰达于通变的体制及语言特色。他说："子建《赠白马王》诗，体既端庄，语复雅炼，尽见作者之功。"④ 六朝达乎通变的诗人中，许学夷列举了陶渊明、谢灵运、鲍照三人。许学夷言陶渊明"自为一源"，鲍照"步骤轶荡"，谢灵运"经纬绵密"。三人诗风各异，在诗歌创作领域的开拓上也各有优点。陶渊明长于田园诗，谢灵运长于山水诗，鲍照长于古体七言诗，三人创作力避模拟之弊，使自然景象与其才思、情感融合，形成佳作。

其三，明确达乎通变需本于才力。诗人的艺术天赋与后天努力都不可或缺，又以艺术天赋更重要些。所谓变，许学夷着眼于方法之变通，即诗

---

① （明）王世贞著，罗仲鼎校注《艺苑卮言校注》卷四"六朝之末"，齐鲁书社，1992，第175页。
② （明）许学夷著，杜维沫校点《诗源辩体》卷六，人民文学出版社，1987，第104页。
③ （明）许学夷著，杜维沫校点《诗源辩体》卷三，人民文学出版社，1987，第45页。
④ （明）许学夷著，杜维沫校点《诗源辩体》卷四，人民文学出版社，1987，第80页。

中的革新因素。诗人凭借其语言造诣可以灵活地驾驭词汇，但如果没有后天的创作实践，诗人可能无法把握诗中声韵与词汇的变化规律。谢灵运才力稍高，陆机才力稍逊，因此二人诗风便不同。

综上所述，许学夷所谓"通变"主要有两层含义。一是诗人作诗要先正后变，求变不能脱离原有的体制规范。二是诗人在诗歌风格上应学会创新。许学夷的"六朝通变论"看重的是诗人的才力和作诗的规范性。许学夷的"通变"说本质上是为复古服务的，是复古语境下的有限变通。

（四）承"理势之自然"

"六朝之风"与"六朝之势"是两个概念。"势"是动态的，代表的是规律化的趋向。许学夷所谓"顺乎其风"，"风"主要讲时代风气，学人可凭借"风"判定诗歌的价值。"势"与自然联系紧密，所谓"理势之自然"，既要"顺乎其风"，也要贴近自然。作诗者承理势之自然，更为重要的是遵循规律。为达此目的，许学夷认为诗人应重点把握以下几点。

其一，创新不等于崇尚怪奇、新奇。许学夷指出："《十九首》有'胡马依北风，越鸟巢南枝''青青河畔草，郁郁园中柳'，曹子建有'始出严霜结，今来白露晞''秋兰被长阪，朱华冒绿池'等句，皆文势偶然，非用意俳偶也。用意俳偶，自陆士衡始。"[1] 可见以拟古为目的，单纯追求结构上的俳偶不符合许学夷的创作原则。创作要在法度、规则内创新，顺应时代趋势。陶渊明所作的五言古诗在许学夷眼中是承"理势之自然"的，是创以新变的范本；沈约、萧纲的靡丽之诗则是反面教材。作诗当顺应文体发展之势，每一首诗都有合于自身发展的"势"，正是有"势"，诗歌才会有动态美，具有生命力。

其二，诗人要充分发挥识见和诗才，顺应时代发展趋势，以期新变。许学夷指出："学诗者，识贵高，见贵广。不上探《三百篇》、《楚骚》、汉、魏，则识不高；不遍观元和、晚唐、宋人，则见不广。识不高，不能究诗体之渊源；见不广，不能穷诗体之汗漫，上不能追蹑《风》《骚》，下不能兼收容众也。"[2] 所谓识见，即诗人独特的审美判断力。诗人有了

---

[1] （明）许学夷著，杜维沫校点《诗源辩体》卷五，人民文学出版社，1987，第88页。
[2] （明）许学夷著，杜维沫校点《诗源辩体》卷二十四，人民文学出版社，1987，第249页。

识见，才能辨别诗歌源流体制，才能预测诗歌未来发展方向，才能根据时代文风作出不同类型的诗歌。诗人只有阅历丰富，多见识诗歌作品，才能体会其中的作诗法度，融和才智，创以新变。

其三，在感情表达上，诗人需培养自己的感情表达技巧，不可快心露骨，过于直白。六朝是古体诗向近体诗过渡时期，许学夷认为古诗源于先秦《风》《雅》，汉魏古诗天然质朴，声韵和谐，已达到古诗之极，诗歌创作想要有进步，既要承袭古制，又要有所拓展。他说："物极则反，《易》'穷则变'，乃古今理势之自然。"① 六朝诗无法复制汉魏诗之浑融、高古，许学夷主张变以顺势，他说："古今好奇之士多不循古法，创为新变以自取异，然未尝敢以法古为非也。"② 陶渊明的"自为一源"、谢灵运的"琢磨之极，妙亦自然"都是诗人追求新变而形成的独特风格。

"理势"一词在明代诗论中使用频率颇高，理势之自然与自然之势又有所不同。理势涉及两种元素，一是时风，一是文体。诗歌创作趋时而更新，正是许学夷诗学观念通达的体现。理势偏重的是理性，诗人创作要以体制为限，遵循体制规范；作家的才力也要服务于复古，不可随意发挥。承"理势之自然"，是鼓舞诗人在古诗创作规律内创新，这种创新往往是"戴着镣铐跳舞"，诗人在"理势"下无法充分地表现真情实感。

二 六朝诗歌风格论

（一）六朝诗歌语言风格论

语言风格是判断诗作格调高低的重要依据之一，许学夷对六朝诗歌语言风格有以下三点认识。

其一，许学夷论六朝诗语以绮靡统论，分诗人定格。他论诗以古为尊，尚朴野。许学夷所言之古即汉魏之古体诗。《诗源辩体》云："汉魏之诗，语皆淳古。"③ 六朝诗语以绮丽、俊逸见长，少有浑成之语。"绮

---

① （明）许学夷著，杜维沫校点《诗源辩体》卷三十六，人民文学出版社，1987，第372页。
② （明）许学夷著，杜维沫校点《诗源辩体》卷三十六，人民文学出版社，1987，第372页。
③ （明）许学夷著，杜维沫校点《诗源辩体》卷十八，人民文学出版社，1987，第197页。

靡"是六朝诗歌语言主导风格,却不能概括全部六朝诗语风格。晋、宋、齐、梁、陈、隋,朝代不同,诗语特征也不同。许学夷指出:"然元嘉体虽尽入俳偶,语虽尽入雕刻,其声韵犹古。"① 谢灵运以才力入诗,语言以精致工巧著称;鲍照以天赋造凌厉之语。正是这些优秀的诗人诗作造就了六朝诗语缤纷之貌。

其二,许学夷认为不同时代应有不同时代的语言,诗语应求变。许学夷论述古诗语言之"变",表达了他心中一套比较理想的诗学体系。首先,对于六朝诗人而言,诗歌创作在语言上应继承汉魏之古朴、质野,而不是雕琢浮华。其次,诗人应重视语言在诗歌中起到的关键性作用,要学会根据诗歌的情感倾向确定诗歌整体语言风格。最后,一时有一时之风,从源流上分析,六朝诗源于汉魏,在语言风格上自然要承接正统,但在创新上要追求多样化,如语言上要繁简俱备,修辞上要呈现多样化趋势。

许学夷认为六朝诗语新变的典范有谢灵运、江淹等人。谢灵运山水诗善用山水自然意象营造独特意境,前人已有定论,此不赘述。许学夷认为江淹利用《离骚》华美之语营造新意境,屈原《离骚》中出现的意象如秋兰、杜衡等香草意象可在江淹五言诗中寻到。江淹诗的新变本于《离骚》,其诗语具有"调婉而词丽"的特点。

依许学夷所言,六朝诗人所创诗歌风貌各有千秋,但大部分诗人的作品并不完美,部分诗欲工而入拙,还有诗欲朴而入华,仅陶、谢、鲍、庾几位颇具才力,其佳作诗语渐有新变。陶渊明、鲍照、庾信同为六朝诗语革新之功臣,其淡、新、俊的语言风格在六朝傲立于世。

许学夷论六朝诗运用最多的术语是"绮靡"二字。六朝时期,很多诗人作诗与汉魏之浑朴背道而驰,崇尚绮丽之语,诗格因此而降。许学夷未全盘否定六朝诗语之"新",但他更推崇古朴、清新的语言。

其三,许学夷主张诗语"变而入精"。他概括六朝诗歌语言主要有两种类型,一为浑朴,一为绮靡。六朝诗语尚绮靡,轻朴野,已成一代风气,此为许学夷所贬。依许学夷所言,古体诗当以"朴"胜,近体诗当以"精"胜,此处之"精"当指语言锤炼之精与诗体规范之严谨。《诗源

---

① (明)许学夷著,杜维沫校点《诗源辩体》卷八,人民文学出版社,1987,第121页。

辩体》云："徐昌谷《谈艺录》，总论诗之大体与作诗大意，中间略涉《三百篇》、汉、魏而已，六朝以下弗论也。然矫枉太过，鲜有得中之论。"① 许学夷批评徐昌谷不论六朝，实际上反映出他对六朝诗歌相对公正的看法。

（二）六朝诗歌体裁风格论

许学夷《诗源辩体》在论述诗歌流变的过程中，又探讨了每一诗体的艺术风格特征。在许学夷之前，明代尚未有学者对六朝诗体风格做如此深入而持久的探讨。许学夷的诗体流变论，包含他对六朝诗艺术形式演变过程的探讨，其中五言诗、七言诗是他讨论的主要对象。

对于五言诗的流变，《诗源辩体》云："高廷礼云：'五言之兴，源于汉，注于魏，汪洋乎两晋，混浊乎梁陈，大雅之音，几于不振。'愚按：梁陈古、律混淆，迄于唐初亦然。"② 许学夷转引高棅《唐诗品汇》之语，概括了五言诗流变过程。高棅把六朝五言诗当作"格以代降"的样板，认为六朝古声尽亡而语入绮艳，其格与汉魏比自为"低格"。许学夷也指出梁、陈五言诗存在古、律混淆之弊，但他没有完全否定六朝五言诗，他解释道："古人佳句，五言为多，大抵五字摹写，而景色宛然在目，所以为难。"③

高棅《唐诗品汇》已基本确立五言古诗的时代价值，他指出："昔朱晦庵先生尝取汉魏五言，以尽乎郭景纯、陶渊明之作，以为古诗之根本准则。又取自晋宋颜、谢以下诸人，择其诗之近于古者，以为羽翼舆卫。余于是编，正宗既定，名家载列，根本立矣。"④ 在高棅的基础上，《诗源辩体》确立了陶诗五言之宗的地位。

许学夷认为六朝五言诗与五言乐府没有本质区别，都应以古体为尊，力求文质兼胜。他说："六朝乐府与诗，声体无甚分别。"⑤ 之后又详加论述："汉、魏、六朝，体制相悬，初、盛、中、晚，气格亦异，今不以代

---

① （明）许学夷著，杜维沫校点《诗源辩体》卷三十五，人民文学出版社，1987，第343~344页。
② （明）许学夷著，杜维沫校点《诗源辩体》卷十三，人民文学出版社，1987，第146页。
③ （明）许学夷著，杜维沫校点《诗源辩体》卷七，人民文学出版社，1987，第110页。
④ （明）高棅编纂，（明）汪宗尼校订，葛景春、胡永杰点校《唐诗品汇》，中华书局，2015，第139页。
⑤ （明）许学夷著，杜维沫校点《诗源辩体》卷十一，人民文学出版社，1987，第136页。

分，而以类相从，一惑也；乐府与诗，汉人虽有不同，然自子建、士衡，已甚失之，玄晖、元长、简文而下，乐府与诗略无少异。"①

《诗源辩体》对于七言诗的探讨，没有像对五言诗那般深耕。他论七言诗不再主性情、雅正，而是追求体制上的齐整，力求结构上的和谐。他说："五言古，七言歌行，其源流不同，境界亦异。五言古源于《国风》，其体贵正；七言歌行本乎《离骚》，其体尚奇。"②

七言歌行，靡非乐府，然自唐始畅。③

乐府七言，思道《从军行》、道衡《豫章行》，皆已近初唐。④

炀帝七言八句，有《江都宫乐歌》，于律渐近。⑤

梁简文以下乐府七言，调多不纯，语多绮艳，此七言之五变也。⑥

作诗者不同，诗风也必然不同；时代不同，诗风也不可能完全相同。许学夷对七言诗之流变及艺术风貌特征做了合理概括，认为七言诗结构上合于齐整，性情却未必合于雅正。许学夷论述六朝七言诗采取的手段是以"时"论变，他从时代角度对六朝七言诗做了简要梳理，认为梁代以后，诗歌声调、语言与古诗之风全然不同，七言诗声调运用有了严格规范，语言以清绮、艳丽见长；而隋朝的七言诗在声律、结构上已近于七言律诗。

许学夷对六朝诗歌的体裁风格论相比明代其他复古派学者更为详细，

---

① （明）许学夷著，杜维沫校点《诗源辩体》卷三十六，人民文学出版社，1987，第369页。
② （明）许学夷著，杜维沫校点《诗源辩体》卷十八，人民文学出版社，1987，第190页。
③ （明）王世贞著，罗仲鼎校注《艺苑卮言校注》卷一"七言歌行"条，齐鲁书社，1992，第26页。
④ （明）许学夷著，杜维沫校点《诗源辩体》卷十一，人民文学出版社，1987，第135页。
⑤ （明）许学夷著，杜维沫校点《诗源辩体》卷十一，人民文学出版社，1987，第136页。
⑥ （明）许学夷著，杜维沫校点《诗源辩体》卷九，人民文学出版社，1987，第129页。

总体上服务于格调说，且对六朝诗体流变的关注集中在古体诗与近体诗的转变机制上，对于古体诗本身具有的艺术审美特征缺乏更深入的探讨。

第三节 《诗源辩体》六朝诗歌术语论

一 "正变"

"正变"是许学夷讨论诗歌流变史的核心术语，《诗源辩体》中使用"正变"一词的频率最高，意在明晰不同时代诗歌的体制变化。在《诗源辩体》汉魏六朝编中，正变观主要用于讨论中国古代五言诗之流变。

严羽提出"辩家数如辩苍白，方可言诗"[1]，将正变与辩体紧密结合起来，明代诗评家多受其影响。明初高棅《唐诗品汇》就有"正变"一类。"因其时世之后先，审其声律之正变"[2]，"本乎始以达其终，审其变而归于正"[3]。许学夷的"正变"说较高棅更为细致，"正变"成为他分析诗歌源流的关键术语。例如：

> 张衡《四愁》、子桓《燕歌》，调出浑成，语皆淳古，其体为正。梁陈而下，调皆不纯，语多绮艳，其体为变。[4]

这是以汉魏诗为正，梁、陈诗为变，因前者调出浑成，语皆淳古，后者调皆不纯，语多绮艳。所谓"正"，主要指诗体源流之正，古诗以《诗经》为源，以汉、魏、六朝、唐为流，而支流之中，又分正变。他说：

> 统而论之，以《三百篇》为源，汉、魏、六朝、唐人为流，至元和而其派各出。析而论之：古诗以汉魏为正，太康、元嘉、永明为

---

[1] （宋）严羽著，郭绍虞校释《沧浪诗话校释》，人民文学出版社，1961，第136页。
[2] （明）高棅编纂，（明）汪宗尼校订，葛景春、胡永杰点校《唐诗品汇》，中华书局，2015，第4页。
[3] （明）高棅编纂，（明）汪宗尼校订，葛景春、胡永杰点校《唐诗品汇》，中华书局，2015，第9页。
[4] （明）许学夷著，杜维沫校点《诗源辩体》卷十八，人民文学出版社，1987，第193页。

变,至梁陈而古诗尽亡;律诗以初、盛唐为正,大历、元和、开成为变,至唐末而律诗尽敝。①

许学夷讲得很清楚,古诗以汉魏为正,以太康、元嘉、永明为变;律诗以初、盛唐为正,大历、元和、开成为变。

为什么古诗以汉魏为正呢?《诗源辩体》云:"汉魏五言,本乎情兴,故其体委婉而语悠圆,有天成之妙。五言古,惟是为正。"② 所谓"变",主要指当代与前代诗歌相比,体制、语言、声调上的变化。许学夷承认诗歌之"变"是一种合理的存在,他说"明于变而昧于正"③,他的正变说旨在崇正而达变。

许学夷的"正变"观承继七子派学人王世贞、胡应麟等又有所发展,但他没有迈出体制论、格调论的桎梏,其正变体系本质上是格调说的分支。

许学夷论"变"有明确界限,他以正诗为源,又根据变化的程度细分为"渐变""正变""新变"等。变与不变的依据在于体制声调是否有革新因素。"五言自汉魏至陈隋,自初盛至晚唐,其变有渐,正由风气渐衰,习染相因耳。"④ 他论六朝诗提出了"渐变"说,认为六朝诗语言渐入雕工,风格渐入绮靡,此为"渐变"。

六朝诗歌以"变"而著称,《诗源辩体》论六朝诗重在论其变。《诗源辩体》云:"太康五言,再流而为元嘉。然太康体虽渐入俳偶,语虽渐入雕刻,其古体犹有存者。"⑤ 六朝诗发生的变化在于辞藻渐丽,声韵平仄规则增加,营造意境的各种技巧也逐渐增多。

六朝诗人追求变出现了追求以正为宗之变以及追求新变两种趋势。至后期,以正为宗之变拘于时代而渐趋消散,于是诗歌革新成大势所趋,古朴之风尽散,雕琢之绮丽后来居上,因而六朝古诗在整体上偏于

---

① (明)许学夷著,杜维沫校点《诗源辩体》卷一,人民文学出版社,1987,第1页。
② (明)许学夷著,杜维沫校点《诗源辩体》卷三,人民文学出版社,1987,第45页。
③ (明)许学夷著,杜维沫校点《诗源辩体·后集纂要》卷一,人民文学出版社,1987,第377页。
④ (明)许学夷著,杜维沫校点《诗源辩体》卷五,人民文学出版社,1987,第87页。
⑤ (明)许学夷著,杜维沫校点《诗源辩体》卷七,人民文学出版社,1987,第108页。

靡丽之气。

> 玄晖休文五言，虽自汉魏远降，而一源流出，实为正变。①

> 玄晖休文五言平韵者，上句第五字多用仄，即休文八病中所忌"上尾"之说也。此变律之渐。②

> 玄晖五言四句，格韵较明远稍降，然未可谓变也。③

许学夷通过纵横比较，指出谢朓、沈约五言诗正变的特点如下：一是谢、沈五言诗源出汉魏，但相对于汉魏诗之正，谢、沈之诗属于变；二是谢朓五言诗与鲍照诗相比，格韵稍降，但不可谓其为变；三是谢、沈之诗与后世之诗相比，已属于"变律之渐"。

如何才能实现"变"呢？许学夷提出以"才"济"变"的方法。他以陆机、谢灵运二人为例说明诗人才力与正变之关系。他说："陆机为太康之英，谢客为元嘉之雄，非有才不足以济变也。"④ 陆机、谢灵运诗风不同，其诗各有新变，而其"变"皆本于才力。

许学夷还论述了六朝诗发生"变"的原因。即六朝文人所处的时代环境发生了变化，文化氛围也相应发生改变，因而作诗的方法、技巧也相应发生变化。造语、用韵方式的变化必然导致六朝诗与汉魏古诗艺术风貌之不同。《诗源辩体》云：

> 盖风气日衰，故代日益降，研究日深，故代日益精，亦理势之自然耳。⑤

---

① （明）许学夷著，杜维沫校点《诗源辩体》卷八，人民文学出版社，1987，第 121 页。
② （明）许学夷著，杜维沫校点《诗源辩体》卷八，人民文学出版社，1987，第 122 页。
③ （明）许学夷著，杜维沫校点《诗源辩体》卷八，人民文学出版社，1987，第 123 页。
④ （明）许学夷著，杜维沫校点《诗源辩体》卷四，人民文学出版社，1987，第 77 页。
⑤ （明）许学夷著，杜维沫校点《诗源辩体》卷三十五，人民文学出版社，1987，第 348 页。

> 至谢灵运诸公，则风气益漓，其习尽移，故其体尽俳偶，语尽雕刻，而古体遂亡矣。此五言之三变也。①

> 至玄晖休文则风气始衰，其习渐卑，故其声渐入律，语渐绮靡，而古声渐亡矣。此五言之四变也。②

许学夷之"正变"说涉及诗歌创作中格律、声韵、结构、情感等环节。六朝前期很多诗人或受汉魏诗人影响，其诗作保留了汉魏诗风；六朝后期大部分诗语以华丽见长，少有清新、俊逸之语，更谈不上中正平和、质朴典雅。六朝后期诗风正是明代复古派所轻鄙的，他们以雅为尊，把格调作为评判诗歌优劣的标准。

许学夷对六朝诗作在古诗转向律诗的过程中处于什么样的地位，发挥了什么样的作用，做了细致剖析。这种分析代表了许学夷对六朝诗正变的态度，同时表达了他对诗歌新变的渴望和复兴古诗的要求。总体上，许学夷的正变论承袭前代诗评家的格调论而又有所新变。他评述六朝诗人之得失，未必事事入理，却自有一番用心。

二 "天成"

"天成"一词是许学夷评述汉魏六朝诗歌的关键术语，集中体现了他的汉魏六朝诗学观。"天成"强调的是艺术创作合于自然。许学夷认为，汉诗浑然天成，自成一体；魏诗渐入雕琢，犹有浑成之气；六朝诗渐入绮靡，与汉魏诗风相距甚远。汉魏诗歌"文采备美，一皆本乎天成。大都随语成韵，随韵成趣，华藻自然，不假雕饰"③。"天成"这一艺术标准，包含了许学夷对诗歌创作中语言、韵律、结构以及情感多种元素的思考。许学夷概括出"天成"之诗有以下三个方面的表现。

其一，情与景融为一体。许学夷把"天成"之五言诗当作汉魏六朝五言诗的最高标准，将诗风艳丽的作品入于下流。要而言之，他提倡诗歌

---

① （明）许学夷著，杜维沫校点《诗源辩体》卷七，人民文学出版社，1987，第108页。
② （明）许学夷著，杜维沫校点《诗源辩体》卷八，人民文学出版社，1987，第121页。
③ （明）许学夷著，杜维沫校点《诗源辩体》卷三，人民文学出版社，1987，第58页。

创作重视诗歌与自然的关系，认为诗歌要取材于自然，自然之景要与诗人的情感相契合。

其二，本于真情且情意融合。在《诗源辩体》中，许学夷着重对汉魏六朝诗歌中情与意的关系做了探讨。许学夷言："汉魏五言，格不同而语同、语不同而意同者实多，予日夕讽咏，初不觉见，后见人一一检出，方尽知之。然不知九方相马，天机竟在何处。"又说："魏之于汉，同者十之三，异者十之七，同者为正，而异者始变矣。汉魏同者，情兴所至，以不意得之，故其体皆委婉，而语皆悠圆，有天成之妙。魏人异者，情兴未至，始着意为之，故其体多敷叙，而语多构结，渐见作用之迹。"① 由此可知，诗歌之"天机"，在于诗人体悟，诗歌创作当本于诗人的真情，且需要一定的悟性。许学夷认为魏诗之"情兴所至，以不意得之"者，具有"天成之妙"，这是与汉诗同者；而"情兴未至，始着意为之"的魏诗，则有"作用之迹"，不复天成，这是与汉诗异者。

其三，以诗人的艺术天赋为基础。许学夷认为诗人的才思是一篇佳作形成的必要条件，他引胡应麟语评《古诗十九首》"且结构天然，绝无痕迹，非大冶镕铸，何能至此"②，并指出明人学习陶渊明诗歌而未成功的原因在于"今人才力绵弱，不能自砺。辄自托于靖节，此非欺人，适自欺也"③。"天成"之作需要作者经年累月的文化积累，同时也要求诗人有较高的艺术天赋。如曹植与陶渊明等优秀诗人作诗天赋极高，加之情感丰富，因而盛产佳作。

"天成"说代表了许学夷诗学"正变"体系下汉魏六朝诗歌的最高审美标准，因此探究"天成"与"正变"的关系，可以深入了解许学夷的辨体诗学观。"天成"与"正变"的关系主要体现在许学夷关于汉魏六朝五言诗价值的体认与创作论的要求上。

从诗歌价值来看，许学夷举"天成"意在与不同时期诗歌对比，从而确立汉魏六朝诗歌的价值。《诗源辩体》云：

---

① （明）许学夷著，杜维沫校点《诗源辩体》卷四，人民文学出版社，1987，第71页。
② （明）胡应麟撰《诗薮》，上海古籍出版社，1979，第27页。
③ （明）许学夷著，杜维沫校点《诗源辩体》卷六，人民文学出版社，1987，第107页。

汉魏五言,由天成以变至作用,故编次先《十九首》,次苏、李、班婕妤,次魏人。①

　　晋宋而下,文胜质衰,绮靡不足观矣。②

　　盛唐诸公律诗,兴趣极远,虽未尝骋才华、炫葩藻,而冲融浑涵,得之有余。③

与"绮靡""作用"相比,"天成"更符合许学夷的审美理想。与"兴趣"相比,"天成"在声韵、语言上更为古朴、自然,在审美上更能给人带来愉悦感。"正变"论贯穿于《诗源辩体》全书,许学夷重在辨体,理清中国诗歌发展的基本脉络,为复古树立旗帜。许学夷这种明辨体制和以古为尊的"正变"观源于明代复古派的影响和其对明代变风的自觉认识。站在保守派立场上许学夷力证古诗为正源,"天成"一词主要代表了汉魏六朝最优秀诗歌的艺术特征。该词既融合了许学夷对于"正"的思考,又添加了他关于诗"变"的独创性见解。

　　从创作上分析,"天成"与"正变"明确了古体诗在结构、语言以及韵律上的创作规范,也约束了古体诗的创作。诗人欲达"天成",合乎正变,作诗首先要承其"正",即作诗须明辨体制,根据体裁要求创作,否则易陷入"怪变""奇变"中。"五言至灵运,雕刻极矣,遂生转想,反乎自然"④,极力雕刻所达到的艺术效果与"天成"相去甚远。另外,在正变论下,许学夷要求诗人运用才力对诗歌的外在体貌与精神内涵进行改造,实现诗歌的创新,进而达乎"天成"。"汉魏五言,委婉悠圆,于《国风》为近,此变之善者。"⑤"子建《赠白马王》诗,体既端庄,语复

---

① (明)许学夷著,杜维沫校点《诗源辩体》卷三,人民文学出版社,1987,第65页。
② (明)许学夷著,杜维沫校点《诗源辩体》卷三,人民文学出版社,1987,第68页。
③ (明)许学夷著,杜维沫校点《诗源辩体》卷十七,人民文学出版社,1987,第184页。
④ (明)许学夷著,杜维沫校点《诗源辩体》卷七,人民文学出版社,1987,第109页。
⑤ (明)许学夷著,杜维沫校点《诗源辩体》卷三,人民文学出版社,1987,第45页。

雅炼，尽见作者之功。"① "靖节诗，句法天成而语意透彻。"② 有大才者方可自由驾驭辞藻，改变诗的体格风貌，进而达乎"天成"。

综上，"天成"一词代表了许学夷一种自觉的审美追求，他认为合乎"天成"之诗在情与景、景与意以及诗体与才性三种关系处理上较为妥当。"天成"之诗美在古朴自然。作为诗歌正变之结果，六朝诗整体趋于绮靡，"天成"之作相对汉魏诗歌而言要少得多。

三 "作用"

"作用"指文学家着意地加工刻画，与"天成"相对。《诗源辩体》讨论汉魏六朝诗歌时多处用到"作用"一词。许学夷认为汉末诗人开始着意"作用"，六朝诗多"作用"而少"天成"。

许学夷将"作用"分为"作用之工"与"作用之迹"。所谓"作用之工"，指诗之精工细密，语言精美，达到体正、语工、韵和的效果。"作用之工"者甚至可以"偶合天成"，许学夷引王世贞语"琢磨之极，妙亦自然"③，并举谢灵运之"偶合天成"加以例证。所谓"作用之迹"，指人工之痕迹。诗人雕刻过分，就会留下"作用之迹"，正如许学夷所言："嗣宗《咏怀》，比喻太切，故不免有迹。"④ 他又说："《十九首》如'思君令人老'、'磊磊涧中石'、'同心而离居'、'秋草萋以绿'，与子建'高台多悲风'等，本乎天成，而无作用之迹，作者初不自知耳。"⑤ 汉魏诗歌中的天成之作都是"无作用之迹"的作品。作诗越是"有意"，越可见其作用之迹，所以许学夷说："情兴未至，始着意为之，故其体皆敷叙，而语多构结，渐见作用之迹。"⑥

汉诗的浑成之气已至极致，许学夷指出："汉魏五言，由天成以变至作用。"⑦ 其后，六朝诗歌创作以"作用"为主，将古诗之"天成"特征

---

① （明）许学夷著，杜维沫校点《诗源辩体》卷四，人民文学出版社，1987，第80页。
② （明）许学夷著，杜维沫校点《诗源辩体》卷六，人民文学出版社，1987，第100页。
③ （明）许学夷著，杜维沫校点《诗源辩体》卷七，人民文学出版社，1987，第109页。
④ （明）许学夷著，杜维沫校点《诗源辩体》卷四，人民文学出版社，1987，第86页。
⑤ （明）许学夷著，杜维沫校点《诗源辩体》卷三，人民文学出版社，1987，第47页。
⑥ （明）许学夷著，杜维沫校点《诗源辩体》卷四，人民文学出版社，1987，第71页。
⑦ （明）许学夷著，杜维沫校点《诗源辩体》卷四，人民文学出版社，1987，第73页。

渐渐消磨。六朝诗人重视诗歌语言的锤炼,旨在另辟蹊径,破除汉魏古诗朴野之束缚,结果是六朝诗道越来越背离汉魏古风。许学夷鉴赏六朝诗歌时赞"天成"而贬"作用",对于"天成"的过分推崇,导致他忽视了六朝诗中因精思而创作出的佳作。比如,对于谢灵运的名句"池塘生春草",他认为:"若康乐既极雕刻,而独以'池塘生春草'为佳句,斯可为悟,但谓之透彻之悟,则非矣。"① 这也显示出他对谢诗的苛责。

综上,许学夷的"作用"论与其"正变"论相比,显得有些偏颇。他对六朝诗或有偏见,他将区分诗歌优劣的标准设定为传统的格调论,客观上贬低了六朝诗歌在语言和声韵上的审美价值。六朝诗人"作用"于诗,其关键在于改变了汉魏以来的诗歌语言风格与声调规则。六朝诗歌的语言更为细致精微,整体上缺少汉魏古体诗那种浑厚、自然、古朴的语言风格。但六朝诗人偏于"作用"的意义在于,使诗歌语言由古朴转向瑰丽、柔媚;对格律的探讨为唐朝律诗奠定了基础;精工的艺术构思为后世诗歌创作提供了借鉴。

许学夷《诗源辩体》成书于崇祯年间,当时公安派、竟陵派思想大行于世,格调说的学术地位发生动摇,不能延续其活力。许学夷属于复古派,其诗学观仍以格调论为根底,但他肯定诗人之真情,提倡作诗直抒胸臆、不事雕琢,又融合了六朝派、公安派、竟陵派的部分思想。许学夷重点论述了六朝主要诗人的诗歌风格及诗体演变,尽管他以"绮靡"二字统论六朝诗仍显偏激,但其"辩体不辩意",支持六朝声律之变,肯定六朝诗人精工的艺术追求,对六朝诗人及其诗作价值的评述能有所判别,并不全盘否定,尤为可贵。

---

① (明)许学夷著,杜维沫校点《诗源辩体》卷四,人民文学出版社,1987,第73页。

第六章
袁宏道的六朝诗学观

袁宏道（1568~1610），字中郎，号石公，湖广公安人，明万历二十年（1592）进士，为公安派主将，是晚明文学革新的代表人物。他学识广博，见解独到。上自圣人思想，下讫其时文豪著述，批评深刻而颇具胆识。在诗歌、游记小品等领域著述丰硕，以文学创作积极响应其批评主张。以往研究复古派与革新派，多认为复古派尊唐，而革新派崇宋，少有关注六朝文学对晚明文坛的影响。本章对袁宏道六朝诗学观念进行研究，以期弥补明代唐宋之争导致的六朝诗学研究的不足。

第一节　袁宏道六朝诗人论

六朝诗歌绮丽藻饰，浮华柔靡，其形式主义诗风使"文""质"的理论失衡，因而饱受历代批评者诟病。袁宏道虽然对魏晋风流推崇备至，但对六朝诗歌大体持否定态度，认为其"骈丽叮饾""过在轻纤"[①]，甚至提出了"六朝无诗"之说。在六朝诗人中，袁宏道以诗歌艺术品论的仅陶渊明、谢灵运二人。《雪浪斋日记》云："陶、谢诗所以妙者，由其人品高。"[②] 袁宏道对陶、谢诗的品第正是基于对他们人品的评判。在历代诗评家的眼中，陶渊明是超然脱俗、安贫守节的高士，谢灵运则是"猖

---

① （明）袁宏道著，钱伯城笺校《袁宏道集笺校》卷十八《雪涛阁集序》，上海古籍出版社，2008，第710页。
② （宋）胡仔纂集，廖德明校点《苕溪渔隐丛话·前集》卷二《国风汉魏六朝下·雪浪斋日记》，人民文学出版社，1962，第8页。

猕不已，自致覆亡"①的玩世之才，而在袁宏道眼中，他们都是适性任情的真性灵之人。袁宏道由人品而及文品，展开对两家诗歌艺术的评骘。

一 陶诗乃真性灵之宗

明代文坛，复古派立足正统的批评话语系统，标举遒劲豪迈的汉魏、盛唐风骨，与平淡朴素的陶诗有审美隔阂，由此产生误读，认为其源狭、格偏、调弱。而革新派立足性灵、新变的理论视角，与开创田园诗派的陶渊明同气相求，遂激赏陶诗之"趣"与"淡"，将其奉为最高审美典范——"真性灵之宗"。

"趣"和"淡"作为袁宏道评论陶诗的重要诗学术语，可以反映出袁氏对陶诗品评的不同层次以及其前后思想的转变。学界大致以万历二十八年（1600）袁宏道隐居柳浪为界，将其诗学理论分为前后两期。前期特点表现为重个性、反理性，侧重"趣"的张扬，对陶诗的品评停留在体验式阅读阶段；后期显现出中和、稳实的特色，注重"淡"的追求，在澄思涵泳中领略陶诗平淡恬净之美。

（一）"陶公有诗趣"

万历二十七年，袁宏道在给李贽的信笺中谈及近日阅读心得，他说："仆尝谓六朝无诗，陶公有诗趣，谢公有诗料，余子碌碌，无足观者。"②袁氏对六朝诗歌颇有微词，于六朝诗人中，仅称赏陶、谢二人，将他们凌驾于六朝文学之上。在他心目中，陶诗实则不属于六朝诗歌体系，如江盈科所说："超然尘外，独辟一家。盖人非六朝之人，故诗亦非六朝之诗。"③袁宏道认为陶渊明诗极富"诗趣"，而"趣"又可谓其文学品评的最高标准。何以见得？在他游览名山胜水，至庐山观瀑布时，与同行之人有一段精彩的对话："诸客请貌其似。或曰：'此鲛人输绡图也。'余曰：'得其色，然死水也。'客曰：'青莲诗比苏公《白水佛迹》孰胜？'

---

① （唐）李延寿撰《南史·谢灵运传》，中华书局，1975，第546页。
② （明）袁宏道著，钱伯城笺校《袁宏道集笺校》卷二十一《与李龙湖》，上海古籍出版社，2008，第750页。
③ （明）江盈科纂，黄仁生辑校《雪涛阁四小书之四·诗评》，《江盈科集》，岳麓书社，2008，第705页。

余曰:'太白得其势,其貌肤;子瞻得其怒,其貌骨,然皆未及其趣也。'"① 此处应是在对比李白《望庐山瀑布》和苏轼《白水山佛迹岩》二诗。李诗"飞流直下三千尺,疑是银河落九天"②,尽显瀑布雄奇之势,而袁宏道认为李白仅描绘出瀑布表面之势;苏诗"奔雷溅玉雪,潭洞开水府"③,以玉雪形容瀑布泻入潭中之色与形,以奔雷描摹水之声势,刻画得极为生动,但仍未达袁氏之意。究其缘由,二者均未展现出瀑布之"趣"。此虽不是专门探讨诗论的文字,但从中可以看出袁宏道对"趣"的极力追求。从个人品质方面来讲,他仍以"趣"为要。"才气如疾风振落,枯朽自除;识趣如明月澄空,万象朗彻。"④ "识趣"是指一个人超然而有高韵,看似无意于当世,却能在旷远闲淡之中把握世间大势。才气会逐日消退,而识趣则是永久不散的品质。可见,袁宏道将"趣"视作超越"势""骨""才气"等要素的最高层次追求。对于诗歌而言,他更是讲究以趣为主,"陶公有诗趣"的评价高度自然也就不言而喻了。

何为"趣"呢?袁宏道所说的"趣"包含三个层面的意义。

其一,"趣"与"理"相对抗。"夫诗以趣为主,致多则理诎。"⑤ 理式与法度束缚个性真情的发展,导致诗歌内容迂腐、鄙俗,形式呆板、僵化,失去生机。入理越深,则去趣越远,理多而趣少,诗歌的审美特性就不复存在。因此他认为宋诗失于议论,诗中谈理,有理就有纷争,就会相互牵制,格局也就局促狭小,无法拥有广阔高远的意境。严羽《沧浪诗话》中也谈到过这个问题:"诗有别材,非关书也;诗有别趣,非关理也。"⑥ 诗歌之兴趣不能为道理见闻、博学强识所禁锢,吟咏情性才是诗

---

① (明)袁宏道著,钱伯城笺校《袁宏道集笺校》卷三十七《开先寺至黄岩寺观瀑记》,上海古籍出版社,2008,第1145页。
② 詹锳主编《李白全集校注汇释集评》卷十九《望庐山瀑布》,百花文艺出版社,1996,第3027页。
③ (清)王文诰辑注,孔凡礼点校《苏轼诗集》卷三十八《白水山佛迹岩》,中华书局,1982,第2080页。
④ (明)袁宏道著,钱伯城笺校《袁宏道集笺校》卷五十三《策·第五问》,上海古籍出版社,2008,第1517页。
⑤ (明)袁宏道著,钱伯城笺校《袁宏道集笺校》卷五十一《西京稿序》,上海古籍出版社,2008,第1485页。
⑥ (宋)严羽著,郭绍虞校释《沧浪诗话校释》之《诗辨》,人民文学出版社,1961,第26页。

之根本。严羽以此批评宋诗重用典、说理的掉书袋恶习。而明代中后期，诗坛在"文必秦汉，诗必盛唐"理论程式的影响下，诗歌创作陷入泥古不化的僵局，袁宏道针对这一弊病而提出了"趣"。"趣"是一种感性、灵动的超功利审美直觉，特点就在于自然而然，浑然天成。文学创作是一种艺术冲动，是用艺术妙悟去抒写性灵之真。陶渊明就是意不在诗，诗以寄其意之"趣"深者，因此袁宏道将他作为"趣"的代言人。正如晁补之《鸡肋集》引苏东坡语所云："采菊东篱下，悠然见南山，则本自采菊，无意望山，适举首而见之，故悠然忘情，趣闲而景远，此未可于文字精粗间求之。"①

其二，"趣"是自在之"我"与自然之"物"的完美契合，是文学性灵的根底。袁宏道的《叙陈正甫会心集》写于万历二十五年，全面深刻地阐释了"趣"的美学内涵：

> 世人所难得者唯趣。趣如山上之色，水中之味，花中之光，女中之态，虽善说者不能下一语，唯会心者知之。……夫趣得之自然者深，得之学问者浅。当其为童子也，不知有趣，然无往而非趣也。……山林之人，无拘无缚，得自在度日，故虽不求趣而趣近之。愚不肖之近趣也，以无品也，品愈卑故所求愈下，或为酒肉，或为声伎，率心而行，无所忌惮，自以为绝望于世，故举世非笑之不顾也，此又一趣也。②

在袁氏看来，"趣"是一种超越具体物象、景象、状态、感官而存在的审美特质，难见难得，唯有会心者才感知得到。"会心"即"应目会心"，创作者要与外物达成双向互动，外界物色映入眼帘，作家也要主动去与外物对话，既要"随物以宛转"，又要"与心而徘徊"。这要求创作主体摒弃自己的功利性目的，通过"养心"去求趣致，而不能刻意效仿、附庸

---

① （宋）胡仔纂集，廖德明校点《苕溪渔隐丛话·前集》卷第三《五柳先生上》，人民文学出版社，1962，第16页。
② （明）袁宏道著，钱伯城笺校《袁宏道集笺校》卷十《叙陈正甫会心集》，上海古籍出版社，2008，第463页。

风雅，为"趣"而趣，只能得其皮毛，与本质相距甚远。"趣"是人的自然属性，是人最自然本真的状态。袁宏道认为有三类人具备"趣"的特性：刚出生的婴孩、山林隐逸之士和适性自在之人。拥有赤子之心的孩童最具备"趣"的特性，后天道理见闻都会玷染"趣"，"稚子亦无心，无心故理无所托"①，这点与李贽的"童心说"颇似。而山林隐逸之士或适性自在之人，率性自然，无拘无束，形体自由，离趣则近。袁宏道的"趣"论对创作主体的要求非常高，陶渊明不愿为五斗米所役使，随性回归田园生活，用自然质朴的语言抒写真情实感，这显然最符合袁氏"趣"之要义。

其三，"趣"是文学创作与革新的重要纲领。"自有此一种流派，恬于趣而远于识。无蹊径可寻，辟则花光山色之自为工，而穷天下之绘不能点染也；无辙迹可守，辟则风之因激为力，因窍为响，而竭天下之智，不能扑捉也。"② 袁宏道理想的创作模式是"无蹊径可寻""无辙迹可守"，也就是无法可遵、无格可限。他追求"一语天然万古新，豪华落尽见真淳"③ 的自然之美，反对矫揉造作、雕琢粉饰的刻意之工。对于穷尽心思，字模句拟，拾人牙慧的复古派更是弃如敝屣。

明代复古派诗论家也十分推崇"趣"。谢榛《四溟诗话》有言："诗有四格：曰兴，曰趣，曰意，曰理。"④ 将趣与兴、意、理并举，都视为诗歌艺术的主要特质。屠隆则认为："古诗多在兴趣，微辞隐义，有足感人。"⑤ 这里的"趣"主要是指微言大义、含蓄深厚的美学风格。胡应麟《诗薮》云："至《十九首》及诸杂诗，随语成韵，随韵成趣，辞藻气骨，略无可寻，而兴象玲珑，意致深婉，真可以泣鬼神，动天地。"⑥ 胡氏将

---

① （明）袁宏道著，钱伯城笺校《袁宏道集笺校》卷五十四《寿存斋张公七十序》，上海古籍出版社，2008，第1542页。
② （明）袁宏道著，钱伯城笺校《袁宏道集笺校》卷五十三《策·第五问》，上海古籍出版社，2008，第1520页。
③ （金）元好问著，狄宝心校注《元好问诗编年校注》卷一《论诗三十首》，中华书局，2011，第48页。
④ （明）谢榛著，宛平校点《四溟诗话》卷二，人民文学出版社，1961，第45页。
⑤ （明）屠隆撰《由拳集》卷二十三《文论》，（台北）伟文图书出版社有限公司，1977，第1172页。
⑥ （明）胡应麟撰《诗薮》，上海古籍出版社，1979，第25页。

有无"趣"作为判断诗歌优劣的重要尺度。而袁宏道高倡的"趣"论，与时人迥异，它是文学性灵的根本，是诗学革新的关键，在晚明有独特的理论环境。张少康在《中国文学理论批评史教程》中对袁宏道的"趣"评价甚高，认为它是一种积极健康的审美趣味，有强烈的反理学、反传统的时代精神，符合当时思想解放、个性自由的新启蒙思潮的趋势。袁宏道直接将"趣"作为时代精神的体现，使它在文学论争中占有举足轻重的地位。

综上所论，"趣"是融合了自然外物与内在本性而形成的一种独特的审美感受，渗透在文学作品中便是性灵自然的艺术形象。陶渊明归隐田园后，于平常事物之中感悟趣，将自然生活诗意化，创作出恬淡简练的诗歌。如"采菊东篱下，悠然见南山。山气日夕佳，飞鸟相与还"①"欢然酌春酒，摘我园中蔬。微雨从东来，好风与之俱"②等。在"悠然""欢然"这种适性适意、自由自在的状态下，胸中丘壑便跃然纸上，故诗人不求趣而趣自来。袁宏道高倡"性灵"说，以抒写自然性情为旨趣，讲究本色独造之语。他认为凡真情流露之作，即便是疵处，也依然可贵。正因如此，他才能发掘陶诗之"趣"。而袁宏道对陶渊明的推尚，不仅因其个人审美选择，更与时代风气有密切关系。明代复古派不乏否定陶诗者，如何景明认为"诗弱于陶，谢力振之，然古诗之法亦亡于谢"③。胡应麟云："陶、孟、韦、柳之为古诗也，其源浅，其流狭，其调弱，其格偏。"④他们将汉魏、盛唐高古豪壮的格调奉为圭臬，平淡的陶诗自然就不符合他们的审美趣味了。陶诗自唐代受到关注，宋代因苏轼等人的推尚而声名大显，在明代复古派那里却得不到足够的重视，袁宏道给予陶诗极高的评价正是基于对复古派观点的反拨。

因极力批驳拟古习气，袁宏道前期诗论大都充满意气之争，有些甚至是前后矛盾的。他过于推崇趣与真，忽视读书、学问对于诗歌创作的重要

---

① 逯钦立校注《陶渊明集》卷三《饮酒二十首》，中华书局，1979，第89页。
② 逯钦立校注《陶渊明集》卷四《读山海经十三首》，中华书局，1979，第133页。
③ （明）何景明撰《大复集》卷三十二《与李空同论诗书》，《景印文渊阁四库全书》第1267册，（台北）台湾商务印书馆，1986，第291页。
④ （明）胡应麟撰《诗薮》，上海古籍出版社，1979，第28页。

性，其诗论不乏偏颇之处。"陶公有诗趣"便是建立在他对陶渊明人格魅力崇拜基础上，对其诗歌做的"六经注我"式的评价。袁氏很少从陶诗中研习诗艺，更多的是在诗歌中借陶渊明以明志，如"莲开白社来陶令，瓜熟青门谒故侯"①"不放陶潜去，空陈李密情"② 等。

（二）"唯淡不可造"

万历二十八年，袁宏道兄长宗道英年早逝，其后祖母又溘然长逝，接连的噩耗给予他强烈的精神打击，使他重新反思和评估人生的价值。自万历二十八年至万历三十四年，袁宏道在家乡柳浪度过了六年闲隐生活。在此期间，他的人生态度与诗学理论都有了很大的转变。在给好友李湘洲的书信中，他这样说道："弟往时亦有青娥之癖，近年以来，稍稍勘破此机，畅快无量。……回思往日孟浪之语最多，以寄为乐，不知寄之不可常。"③ 这与之前纵情声色、适性任真的价值观迥然不同，可见，袁宏道的生命观已经由重感性体验而向理性体悟转变。与此同时，其创作风格与诗学主张也更为收敛、稳实，如其弟中道所说："今底稿具存，数数改易，非信笔便成者。良工苦心，未易可测。"④ 他意识到自己前期诗歌过于信腕直寄，有刻露之弊，其后开始反复研读文学经典，梳理文学传统，从中学习诗艺，完成自我反思与自我超越。

袁宏道对陶渊明的品鉴也更加多层次、更加深入。陆九渊诗云："读书切戒在荒忙，涵泳工夫兴味长。"⑤ 山居生活使袁宏道静下心来，在反复吟咏中深入体会陶诗的言外之意、味外之旨。《偶成》（万历三十二年作）中说："渐老始知穷《本草》，多闲方喜读渊明。"⑥ 《桃花源记》中

---

① （明）袁宏道著，钱伯城笺校《袁宏道集笺校》卷二《送焦弱侯老师使梁，因之楚访李宏甫先生》，上海古籍出版社，2008，第58页。
② （明）袁宏道著，钱伯城笺校《袁宏道集笺校》卷三《乞归不得》，上海古籍出版社，2008，第118页。
③ （明）袁宏道著，钱伯城笺校《袁宏道集笺校》卷四十二《李湘洲编修》，上海古籍出版社，2008，第1233页。
④ （明）袁中道著，钱伯城点校《珂雪斋集》卷二十一《书雪照存中郎花源诗草册后》，上海古籍出版社，1989，第883页。
⑤ （宋）陆九渊著，钟哲点校《陆九渊集》卷三十四《语录上》，中华书局，1980，第408页。
⑥ （明）袁宏道著，钱伯城笺校《袁宏道集笺校》卷三十《偶成》，上海古籍出版社，2008，第992页。

陶渊明以武陵桃花源为乌托邦，袁宏道便携袁中道等人一同漫游桃源，寻觅理想圣地①，且创作和陶诗《桃花源和靖节韵》一首。在此期间他还写下大量题咏桃花源的诗作，如《题桃源县》、《入桃花源》四首、《桃花流水引》十首等。清人唐开韶、胡焞收集整理古今题咏桃花源的诗词文赋，辑为《桃花源志略》一书，其中袁宏道作品数量居首位，有 30 篇之多。明万历年间刻本《袁中郎十集》中收录袁宏道作品共十种，第五种为《桃源咏》一卷，大都是和江盈科等人的唱和之作，今已佚。曹蕃撰《桃源咏跋》大赞此卷之诗："出《桃源咏》四十余章示余，其诗语翩翩欲仙，大脱楚歌猛厉气习，令愁者读之而快，愤者读之而舒……与千年前离骚氏、《孤愤》语各占一奇，毋容觭重。"② 可见，袁宏道深入学习陶诗，并将其融入创作之中。袁中道说："盖自花源以后诗，字字鲜活，语语生动，新而老，奇而正，又进一格矣。"③

所谓"性灵"不应与读书明理全然割裂开来，而应将学问融会贯通，潜移默化地植入体内，变成一种能力，然后再自然而然地流露出来。正如王国维所说："诗人对宇宙人生，须入乎其内，又须出乎其外。入乎其内，故能写之。出乎其外，故能观之。入乎其内，故有生气。出乎其外，故有高致。"④ 袁宏道前期诗论跳过"入"的过程而大谈"出"，无筏就想登岸，使初学诗者一头雾水，有理论与创作脱节之弊，而后期诗论则能较好地处理"出""入"之间的关系。

静读涵泳之后，袁宏道体味到陶诗平淡素净之美，亦将"淡"标举到"真性灵"的批评高度。《叙咼氏家绳集》中有言：

苏子瞻酷嗜陶令诗，贵其淡而适也。凡物酿之得甘，炙之得苦，

---

① 自唐代起，人们就以湖南桃源县为陶渊明塑造的世外桃源，但经陈寅恪考证，桃花源应在北方的弘农或上洛。详见陈寅恪《桃花源记旁证》，《金明馆丛稿初编》，上海古籍出版社，1980，第 168~179 页。
② （明）袁宏道著，钱伯城笺校《袁宏道集笺校》附录三《桃源咏跋》，上海古籍出版社，2008，第 1698 页。
③ （明）袁宏道著，钱伯城笺校《袁宏道集笺校》附录二《吏部验封司郎中中郎先生行状》，上海古籍出版社，2008，第 1653 页。
④ 况周颐、王国维：《蕙风词话 人间词话》，人民文学出版社，1960，第 220 页。

惟淡也不可造；不可造，是文之真性灵也。浓者不复薄，甘者不复辛，惟淡也无不可造；无不可造，是文之真变态也。风值水而漪生，日薄山而岚出，虽有顾、吴，不能设色也，淡之至也。元亮以之。东野、长江欲以人力取淡，刻露之极，遂成寒瘦。香山之率也，玉局之放也，而一累于理，一累于学，故皆望岫焉而却，其才非不至也，非淡之本色也。①

从这段文字中，我们可以看出袁宏道对陶诗"淡"的认识来源于苏轼。其实，对陶诗"淡"的体认已是宋代诗论家的共识。在宋以前，陶诗"淡"的美学风格虽然对唐人创作产生过很大影响，如李白诗的"清水出芙蓉，天然去雕饰"②，王、孟田园诗派的清新淡雅，白居易闲适诗的恬淡自如等，但是唐代诗评中鲜有言及陶诗之"淡"的，这或许与其热情进取的时代风尚有关。而在宋人眼里，陶渊明被推举为"千古平淡之宗"。蔡绦云："陶渊明意趣真古清淡之宗。"③ 周紫芝言："士大夫学渊明作诗，往往故为平淡之语，而不知渊明制作之妙，已在其中矣。"④ 姜夔说："陶渊明天资既高，趣诣又远，故其诗散而庄、澹而腴，断不容作邯郸步也。"⑤ 苏轼创作了一百多首《和陶诗》，以创作实践大力推广陶诗之"淡"，袁宏道以"淡"论陶诗的看法虽源于苏轼，但将"淡"与"性灵"联系在一起则是他自己的新见。

袁宏道将"淡"的存在状态定义为"不可造"与"无不可造"。从创作主体立场来说，要求诗人具备超凡脱俗、淡泊名利的品质。袁宏道沿着这个路径探寻，将主客体结合起来。他认为"淡"非人力"酿""炙"

---

① （明）袁宏道著，钱伯城笺校《袁宏道集笺校》卷三十五《叙咼氏家绳集》，上海古籍出版社，2008，第1103页。
② 詹锳主编《李白全集校注汇释集评》卷十《经乱离后天恩流夜郎忆旧游书怀赠江夏韦太守良宰》，百花文艺出版社，1996，第1681页。
③ （宋）蔡绦：《西清诗话》，吴文治主编《宋诗话全编》，江苏古籍出版社，1998，第2489页。
④ （宋）周紫芝：《竹坡诗话》"士大夫学渊明作诗"条，（清）何文焕辑《历代诗话》，中华书局，1981，第340页。
⑤ （宋）姜夔：《白石道人诗说》"陶渊明天资既高"条，（清）何文焕辑《历代诗话》，中华书局，1981，第681页。

可得，而是自然天成的。但它又是一切味道的基础，可以调和其他味道，千变万化，有"无用之用"。"不可造"而真，"无不可造"而变。"风值水而漪生，日薄山而岚出"，让万物随其本性发展，这才是"淡"之本色，而作为创作主体的诗人应努力与审美客体契合，以自然性灵抒写真我、真情。在他看来，只有陶渊明能真正地将自我与外物兼容，达到"淡"的境界。陶诗如"山气日夕佳，飞鸟相与还""微雨从东来，好风与之俱"等，以白描的手法描写自然景物，轻描淡写，不加雕饰，看似平淡无奇，却营造出疏朗悠远的意境，令人回味无穷。而孟郊、贾岛以人力造平淡则不及平淡，反成寒瘦。白居易、苏轼受学识道理束缚则有损平淡之本色。值得注意的是，他否定白、苏的目的并不是要将"淡"与道理学问割裂开来，而是认为他们过分沉浸于道理学问，过犹不及，"入"得太深，而忽视了"出"的价值。"夫文以蓄入，以气出者也"①，袁宏道后期诗论十分看重"才""学"。他说："然诗文之工，决非以草率得者，望兄勿以信手为近道也。"② 这与前期主张"信心而出、信口而谈"相比有了很大的转变。"今之为诗者，才既绵薄，学复孤陋，中时论之毒，复深于彼，诗安得不愈卑哉。"③ 他认为复古派就是因为才学不足，缺乏独立思考的能力，所以才陷入拟古的樊篱。在《行素园存稿引》中他说："博学而详说，吾已大其蓄矣，然犹未能会诸心也。……一变而去辞，再变而去理，三变而吾为文之意忽尽，如水之极于澹，而芭蕉之极于空，机境偶触，文忽生焉。"④ 所谓"博学而详说"就是"入"的过程，即积蓄学识，而"去辞""去理"则是"出"的过程，即削减学识。平衡好"出"与"入"，以才学为资本锤炼诗句，使它朝着自然、本色的方向发展，这样就可达到"淡"的境界，如刘熙载所言："极炼如不炼，出

---

① （明）袁宏道著，钱伯城笺校《袁宏道集笺校》卷三十四《开先寺至黄岩寺观瀑记》，上海古籍出版社，2008，第1144页。
② （明）袁宏道著，钱伯城笺校《袁宏道集笺校》卷四十三《黄平倩》，上海古籍出版社，2008，第1259页。
③ （明）袁宏道著，钱伯城笺校《袁宏道集笺校》卷十八《叙姜陆二公同适稿》，上海古籍出版社，2008，第696页。
④ （明）袁宏道著，钱伯城笺校《袁宏道集笺校》卷五十四《行素园存稿引》，上海古籍出版社，2008，第1570、1571页。

色而本色，人籁悉归天籁矣。"①

无论是以"趣"论陶诗，还是以"淡"论陶诗，"性灵"说都贯穿于袁宏道诗学体系的始终。抒写性灵是他至高无上的审美理想，"趣"和"淡"是达到这一目标的手段和途径。袁宏道的价值判断随着其诗学观念发展不断转变，而陶渊明一直占据其审美体系的制高点。

（三）崇陶是否为崇苏的延续

现代研究者多认为公安派是"宗宋派"，且以苏轼为典范，而陶渊明文学价值的确立与苏轼大力推尚又有密切关系。受思维惯性的影响，他们认为公安派是由"崇苏"进而走向"崇陶"的，换言之，陶渊明是在二度接受下进入公安派视野的。那么，这一逻辑是否合理呢？我们首先对"宗宋"这个大前提加以辨析。

唐宋诗之争是明代复古派与革新派论争的焦点，前后七子以盛唐诗为准则，过分贬低宋诗，甚至提出"宋无诗"之说，而公安派打破前后七子之格套，将审美视角由盛唐扩展到整个唐朝，并且肯定宋诗的价值，试图达成一种批评的平衡。但是，多数学者认为七子派宗唐抑宋，理所当然地把看似为七子派对立面的公安派划分在宗宋抑唐的行列。其实，这种看法过于机械，有很大的商榷空间。

第一，我们应该用融通的眼光看待七子派诗论。后七子中如王世贞晚年诗学理论就有很大的转变，有明显的亲宋倾向。李维桢在《弇州集序》中明确指出："先生于唐好白乐天，于宋好苏子瞻。"② 胡应麟等人也表现出对宋诗的浓厚兴趣。将七子派直接视为"宗唐"派，似乎有些偏执，一个流派能引领文坛风向，不仅在于其理论的纲领性，还在于其理论前后的融通性。

第二，公安派为宋诗正名的根本目的不在于"立"，而在于"破"。打破七子派唯盛唐是举的格套，重新梳理文学传统才是他们的目标，而并没有"宗宋"之立论。袁宏道在梳理文学脉络过程中，以文学进化的眼光审视各朝代之文学，从中寻找取法的对象。他认为汉之司马迁，晋之陶

---

① （清）刘熙载撰，袁津琥校注《艺概注稿》卷四，中华书局，2009，第567页。
② （明）李维桢：《大泌山房集》卷十一，《四库全书存目丛书》集部第150册，齐鲁书社，1997，第526页。

渊明，唐之李白、杜甫，宋之苏轼、欧阳修都可称为其时代的翘楚。同时也指出了每个时代的弊病，如汉衰于意气，晋败于清虚，宋失于议论，观点深中肯綮。郭绍虞说："盖一是文学家评选的眼光，一是文学史家论流变的眼光。一则所取的标准严，一则所取的标准宽，所以各不相同。因此，格调派讲优劣，而公安派不讲优劣。"① 公安派虽取法乎众，但最终仍师法于心，重破不重立。

第三，公安派更无"抑唐"之论，且认为唐诗穷新极变，唐人抒写性灵之真使其能流传千古、历久弥新。袁宏道指出："唐人妙处，正在无法耳。如六朝、汉、魏者，唐人既以为不必法，沈、宋、李、杜者，唐之人虽慕之，亦决不肯法，此李唐所以度越千古也。"② 江盈科在《敝箧集引》中引袁宏道语曰："唐人之诗无论工不工，第取而读之，其色鲜妍，如旦晚脱笔研者。……夫唐人千岁而新，今人脱手而旧，岂非流自性灵与出自模拟者所从来异乎？"③ 七子派与公安派都承认唐诗的文学史地位，不同在于一以格调论唐诗，一以性灵论唐诗。何宗美在《明代文人结社与文学流派研究》一书中说袁宏道力排时流，唯宋元文学是崇，矫正时俗，是对前后七子"崇唐抑宋"态度的根本反拨。此说法较为草率，有失公允。何先生对袁宏道"宗宋抑唐"的误解或许源于其早期激进的文学主张。万历二十五年，袁宏道在给张幼于的信笺中高呼道："世人喜唐，仆则曰唐无诗；世人喜秦、汉，仆则曰秦、汉无文；世人卑宋黜元，仆则曰诗文在宋、元诸大家。"④ 言辞冲动而激烈，但解构经典并非他本意，这只是为矫枉而刻意采用的过正之辞。若利用其激愤之辞认为他对唐诗、秦汉文持蔑视与否定态度，那就大错特错了。袁宏道的极端之辞，只是其为达到穷新极变而采用的一个手段，目的是让复古派明白文学发展的演进规律。

---

① 郭绍虞：《中国文学批评史》（下），商务印书馆，2010，第 288 页。
② （明）袁宏道著，钱伯城笺校《袁宏道集笺校》卷二十一《答张东阿》，上海古籍出版社，2008，第 753 页。
③ （明）江盈科纂，黄仁生辑校《雪涛阁集》卷八《敝箧集引》，《江盈科集》，岳麓书社，2008，第 276 页。
④ （明）袁宏道著，钱伯城笺校《袁宏道集笺校》卷十一《张幼于》，上海古籍出版社，2008，第 501 页。

既然"宗宋"的大前提不成立,那么"崇陶"为"崇苏"延续之说就如无源之水、无本之木。况且,袁宏道对苏轼《拟陶诗》的评价并不高,如前所说,他认为苏轼为学问所累,未达陶诗淡之本色。他还举例说道:"苏子瞻泥于杀鸡一语,遂以为青城菊水之类,至韩退之、洪景卢,益不足道矣。甚矣夫,拘儒之陋也!"①苏轼在《和陶源诗序》中列举几项证据,怀疑桃花源的真实性,打破了人们将桃花源神秘化、仙化的想象。袁宏道认为这种做法大煞风景,是固执守旧的腐儒作风。袁宏道对陶渊明的尊尚自有其新意与理论体系,并非受苏轼影响。明人对陶渊明的追慕在明中叶就十分盛行。吴中四才子有很多书陶、画陶的作品,以书画的形式致敬陶渊明。还有很多诗人创作大量拟陶、和陶诗,有些甚至以陶渊明或陶诗中的元素命名其别号或斋园,如归有光家族世以"陶庵"命名其室,文徵明自号为"停云",斋园名"停云馆"等。"与宋代一部分处'江湖之远'的文士接受陶诗的情状不同,明代各阶层、各地域的文士普遍接受陶诗,盛况空前。"②袁宏道对陶渊明的崇尚可能受到了明代慕陶大氛围的影响。

(四) 崇陶的文学史意义

袁宏道对七子派的攻讦主要在于其拟古的创作方式,而不是其复古的诗学理想。同前后七子一样,袁宏道也有强烈的崇古心理,认为"古"具有权威性,不可超越,如"古之为文者,刊华而求质,敝精神而学之,唯恐真之不极也"③。在他看来,"古"是一种不可及的崇高理想,字模句拟是不可能达到古之境界的。既然复古的理想实现不了,那么学习古人求真尚质的精神即可。他虽厚古,但不薄今。在熟读古代经典、梳理文学传统的过程中,他往往能从中看出"性灵"二字,借古人为其文学革新张目。无论是出于自我的审美选择,还是文学革新的需要,陶渊明适情任真的人格与恬淡尚趣的诗风,都是袁宏道的不二之选。袁宏道"崇陶"

---

① (明)袁宏道著,钱伯城笺校《袁宏道集笺校》卷三十七《由渌罗山至桃源县记》,上海古籍出版社,2008,第1152页。
② 张清河:《明清之际江南陶诗接受与诗风流变》,《河南师范大学学报》(哲学社会科学版) 2013年第2期。
③ (明)袁宏道著,钱伯城笺校《袁宏道集笺校》卷五十四《行素园存稿引》,上海古籍出版社,2008,第1570页。

在晚明诗学中有重要的意义。因陶诗符合性灵的理论主张，故而给予袁宏道创作与理论的支持，进而为其文学革新助力。

当文坛在模拟盛唐诗的格套中挣扎之时，袁宏道推举陶渊明为"真性灵之宗"。一方面，他颠覆了七子派之传统，标榜性灵文学，使时人的审美目光从盛唐转向更为广阔的文学传统。他高度赞扬陶诗之"趣"与"淡"，肯定陶渊明率真自然的创作个性。他用"性灵"说巧妙地回答了在学习文学经典的同时如何发扬自我才情与个性这一问题，解决了人们的困惑。另一方面，他促进了陶诗的长久传播与发展。格调会因时代风气而变，而性灵则是诗歌创作通行的准则，那么，抒发自然性灵的陶诗在历史的长河中就不会消失殆尽，反而历久弥新，更富生命力。

值得注意的是，袁宏道"崇陶"并非完全的客体崇拜与文本崇拜，而是一种自我满足式的审美接受，一种基于其流派宗旨与诗学目标而进行的审美阐释。袁宏道对陶渊明的认识带有强烈的自我选择意识。袁宏道虽然"崇陶"，标榜陶诗天趣横生、自然平淡，但并未高倡以陶诗为模拟范式，这就是他与复古派的不同。复古派诗论具有盲目排外性与强制性，用统一的高标准去衡量个性化写作，禁锢文学的发展，而袁宏道则强调审美主体的平等性原则。如果说复古派阅读文学典范停留在力图恢复经典之原貌的"我注六经"阶段，那么革新派则已经进入以经典诠释时代生命力的"六经注我"阶段。

二 "谢公有诗料"

谢灵运以审美的眼光发掘山水之美，开创了山水诗派，使诗歌摆脱了"淡乎寡味"的玄言诗的笼罩。清新自然的谢诗在六朝文坛备受推崇。萧纲云："谢客吐言天拔，出于自然。"① 鲍照有言："谢五言如初发芙蓉，自然可爱。"② 钟嵘将谢诗列为上品，赞许其诗"如芙蓉出水"，称谢灵运为"元嘉之雄"③。袁宏道对鲍、钟的评语颇为认同，他说道："夫使

---

① （唐）姚思廉撰《梁书》卷四十九，中华书局，1973，第691页。
② （唐）李延寿撰《南史》卷三十四，中华书局，1975，第881页。
③ （南朝梁）钟嵘著，曹旭集注《诗品集注》（增订本），上海古籍出版社，2011，第351、34页。

穷而后工，曹氏父子当为伧夫，而谢客无芙蓉之什，昭明兄弟要以纨绮终也。"① 此处探讨的是物质生活基础与文学创作之关系，袁氏从侧面赞许谢灵运有"芙蓉"之诗篇，在他看来，充分的物质条件带给谢灵运从事艺术审美活动所需要的诗料，因此谢灵运能创作出如出水芙蓉一般的诗句。

中国古典诗评往往以具象、凝练、优美的语言来表达评论家的诗意与情感，"芙蓉"这个批评意象看似简单随意，但饱含诗评家的好恶。在南朝时期，"芙蓉"用以评鉴谢诗，主要有两层含义。一是形容其诗风的自然清丽、明艳华美。六朝时，芙蓉常被称为"丽草""灵草"，是清新华丽、自然明媚的象征。潘岳《莲花赋》言："华莫盛于芙蕖。"② 鲍照诗云："七彩芙蓉之羽帐。"③ 在"诗赋欲丽""诗缘情而绮靡"的时代风尚下，以"芙蓉"评谢诗主要是指其能于华美柔丽之中生发出自然生机，是一种不黏不滞的自然工巧，即叶梦得所言："初日芙蕖，非人力所能为，而精彩华丽之意，自然见于造化之外。"④ 二是指其创作方式上的"直寻"，谢灵运直接自然地摹写景物，抒发真情实感，与"错彩镂金""体裁明密"的颜延之高下立见。袁宏道的"芙蓉之什"正是源自对这两层含义的认识，"吴川自出机轴，气隽语快，博于取材而藻于属辞。比之遂溪，盖由淡而造于色态者，所谓秋水芙蓉也"⑤，与清冷枯槁的秋水芙蓉相比，刚出水之芙蓉则代表一种健康、清新的灵性之美，是一种自然巧致。基于此，袁宏道称赞"谢公有诗料"。这个评语看似平淡无奇，无任何褒贬色彩，实则蕴含了深厚的价值体认。一方面是对谢灵运山水题材开创性的强烈认同，另一方面是对其创作原则"情景交融"的深刻体悟。"谢公有诗料"离不开外在客体山水之景对创作构思的感召作用，更离不

---

① （明）袁宏道著，钱伯城笺校《袁宏道集笺校》卷三十五《谢于楚历山草引》，上海古籍出版社，2008，第1112页。
② （西晋）潘岳著，董志广校注《潘岳集校注》，天津古籍出版社，2005，第126页。
③ （南朝宋）鲍照著，丁福林、丛玲玲校注《鲍照集校注》卷八《拟行路难十八首》，中华书局，2012，第659页。
④ （宋）胡仔纂集，廖德明校点《苕溪渔隐丛话·前集》卷第三十八，人民文学出版社，1962，第259页。
⑤ （明）袁宏道著，钱伯城笺校《袁宏道集笺校》卷三十五《叙呙氏家绳集》，上海古籍出版社，2008，第1104页。

开主体以情役景，对山水题材选择上的匠心独运。它其实包含了主客体之间的双向交融。

（一）"诗料"之内涵

"诗料"，顾名思义就是作诗的材料，即诗歌素材。它是宋代才出现的诗学术语，与之类似的还有"诗材""诗本"等。宋代诗人明确地意识到外部的自然风景都是诗歌素材，因而他们认为诗歌创作是信笔而成、轻而易举的，如"诗料无穷满目前，只须拈出见成篇"①　"老夫不是寻诗句，诗句自来寻老夫"② 等，"拾得"诗歌现象便由此而来。明清时期，"诗料"一词使用得更为频繁，可见当时诗人对诗料追寻的理论自觉，清代还出现了大量供初学者作诗用的诗料分类工具书，如刘豹君撰《诗料英华》、黄锡蕃撰《醉经阁辑诗料》、巴承爵辑《新刻诗料裁对典故》、伴鹤居士辑释《诗料集锦详注》等。

袁宏道诗中多处提及"诗料"一词，如"开帙寻诗料""案牍皆诗料""贫邑多诗料"③ 等，理论上讲，先辈书画、官府文书、穷苦乡邑，凡留心处皆是觅得诗料的重要源泉。而在实际创作过程中，他更多的是从自然山水中获取诗料，诚如其所言，"山香处处诗""第不过欲遍游名胜，采烟霞入诗囊耳"④。像李贺一样，袁宏道也用诗囊盛装丰富的诗歌素材，记录性灵山水感召下的诗情与诗趣。山水不仅是诗料库，更是诗学理论的灵感源。袁宏道常常以山水拟文，从山水中领悟作文之用心，如"文心问水知""文心喻烟水"⑤ 等。在《文漪堂记》中，他认为文学创作与水态之变幻无穷质同而形异，"取迁、固、甫、白、愈、修、洵、轼诸公之编而读之，而水之变怪，无不毕陈于前者。或束而为峡，或回而为澜，或

---

① （宋）张镃撰《南湖集》卷九《暂归桂隐杂书四首》，《景印文渊阁四库全书》第 1164 册，台湾商务印书馆，1986，第 638 页。
② （宋）杨万里撰，辛更儒笺校《杨万里集笺校》卷二十九《晚寒题水仙花并湖山》，中华书局，2007，第 1484 页。
③ （明）袁宏道著，钱伯城笺校《袁宏道集笺校》卷一《病起独坐》、卷三《赠江进之》（其五）、卷十三《青县赠潘茂硕》，上海古籍出版社，2008，第 10、136、587 页。
④ （明）袁宏道著，钱伯城笺校《袁宏道集笺校》卷一《宿村中》、卷五《陈志寰》，上海古籍出版社，2008，第 40、226 页。
⑤ （明）袁宏道著，钱伯城笺校《袁宏道集笺校》卷九《宿落石台山房》、卷二十六《登平山阁同江浦诸友论文》，上海古籍出版社，2008，第 390、868 页。

鸣而为泉，或放而为海，或狂而为瀑，或汇而为泽。蜿蜒曲折，无之非水。故余所见之文，皆水也"①。山水至奇至变吸引着他以饱满的激情去探索无限诗料，前代文学家穷新极变的创作态度启发他跳出复古的樊篱，进行诗学革新。袁宏道对谢灵运的认识便立足于山水诗料这一层面，从其诗句中就可看出，如"谢氏青山入梦多""谢家江上九芙蓉""谢客已坚双屐齿""山水心情谢永嘉"②等。谢灵运喜欢游玩，《南史》载"寻山陟岭，必造幽峻，岩嶂数十重，莫不备尽"③，甚至倾其所有，决湖为田，扩建始宁别墅，用以欣赏山水奇美。"古之英雄，知此道者，晋有康乐。"④袁宏道对此颇为赞赏，在他看来，谢灵运既有迷恋世俗的热忱，又有超越世俗的通达，是特立独行的真性情之人。

袁宏道所谓"谢公有诗料"主要是肯定谢灵运山水诗有"谢朝华于已披，启夕秀于未振"⑤的独创精神。谢灵运是第一个赋予自然山水诗学审美的诗人，令人郁愤的人际遭遇及强烈的开拓意识使他发掘出山水的多层次美感，更新了传统诗歌的诗料宝库，如《雪浪斋日记》云："读谢灵运诗，知其揽尽山川秀气。"⑥谢氏能够冲破玄言清谈的"围城"，别开生面地将审美视野转向自然山水，使晋宋诗风为之一变，这种"敢为天下先"的创新精神给袁宏道文学革新之路提供了更多尝试的可能性。"且夫天下之物，孤行则必不可无，必不可无，虽欲废焉而不能；雷同则可以不有，可以不有，则虽欲存焉而不能。"⑦谢灵运就是孤行之人，正因此，后人论山水诗不可能绕过他，且不得不学习他，这便是其诗歌历久弥新之

---

① （明）袁宏道著，钱伯城笺校《袁宏道集笺校》卷十七《文漪堂记》，上海古籍出版社，2008，第686页。
② （明）袁宏道著，钱伯城笺校《袁宏道集笺校》卷三十《吴生甚贫，所遭辄奇，诗以送之》、卷四十六《丁未初度泊池阳，自寿，兼忆李安人》、卷三十三《长石过访，共宿二圣禅林，次日至柳浪，遂有三峡之约》、卷三十三《送君超兄还武陵》，上海古籍出版社，2008，第996、1364、1063、1076页。
③ （唐）李延寿撰《南史》卷十九，中华书局，1975，第540页。
④ （明）袁宏道著，钱伯城笺校《袁宏道集笺校》卷五《梅客生》，上海古籍出版社，2008，第230页。
⑤ （南朝梁）萧统编，（唐）李善注《文选》卷十七，上海古籍出版社，1986，第763页。
⑥ （宋）胡仔编纂集，廖德明校点《苕溪渔隐丛话·前集》卷二《雪浪斋日记》，人民文学出版社，1962，第8页。
⑦ （明）袁宏道著，钱伯城笺校《袁宏道集笺校》卷四《叙小修诗》，上海古籍出版社，2008，第188页。

要旨，而蹈袭古人之诗则必然会被文学史淘汰。复古派承续严羽的诗论，以汉魏、盛唐诗为"第一义"，因此李梦阳等人反对自立门户，以字字句句、尺尺寸寸效仿古人为作诗之法。而袁宏道以"各极其变，各穷其趣"的孤行之诗为"第一义"，提倡作诗自出机杼，发掘属于自己的独特诗料。谢灵运以山川为诗料，构建自己的诗歌王国，其穷新极变的创作实践给后学提供了宝贵借鉴。

"诗料"说主要是针对创作论而言的，不太涉及诗歌艺术特质的鉴赏。袁宏道虽不以优劣高下臧否诗歌，但内心深处仍有自己的审美倾向，即"尚质反华"。他认为真正的好作品应该"刊华而求质"，保持其纯粹本真的审美特质。他说："夫质者，道之干也，载于言则为文，表于世则为功，葆于身则为寿。"① 袁宏道将"质"视作"道"之主干，他所谓"道"是将儒家立言、立功的不朽观与道家至纯至简的自然观合而为一，而"质"也是儒家"绘事后素"与道家"朴素而天下莫能与之争美"的融合。从这个层面来看，与陶公之诗"趣"而"淡"相比，"谢公有诗料"的评语就比较客观中立。相比谢诗之清丽绮巧，袁宏道更欣赏陶诗之古质淳朴。袁宏道虽然没有明确的扬陶抑谢之辞，但从其弟的言辞中，我们可以窥探一二。袁中道在《程晋侯诗序》中说："诗文之道，绘素两者耳。三代而上，素即是绘；三代而后，绘素相参。盖至六朝，而绘极矣。颜延之十八为绘，十二为素。谢灵运十六为绘，十四为素。夫真能即素成绘者，其惟陶靖节乎？"② 在他看来，陶诗寓华美于质朴之中，寄深情于平淡之间，达到了"质而实绮，癯而实腴"的境界，而谢灵运则绘素分明，绘重于素，给人一种"隔"的感觉，没有陶诗圆融晓畅。袁宏道崇尚自然平淡的诗风，其后期诗论虽不废雕琢之法，但他认为雕琢锤炼的目的在于巧夺天工，最终仍归于自然，因此对"十六为绘"（作品十分之六为雕绘）的谢诗还是略有微词的，但又认为其开拓诗料的精神是值得嘉奖的。

---

① （明）袁宏道著，钱伯城笺校《袁宏道集笺校》卷五十四《行素园存稿引》，上海古籍出版社，2008，第1571页。
② （明）袁中道著，钱伯城点校《珂雪斋集》卷十《程晋侯诗序》，上海古籍出版社，1989，第470页。

复古派侧重从艺术特质与诗史角度品鉴谢诗，李梦阳认为谢诗承续了陆机绮靡的诗风，称其为"六朝之冠"。胡应麟云："康乐风神华畅，似得天授，而骈俪已极。"① 他认为颜延之等人诗歌典质有余，风神却不足，而谢诗清远绮丽，有兴象风神。王世贞在《艺苑卮言》中言："谢灵运天质奇丽，运思精凿，虽格体创变，是潘、陆之余法也。"② 王氏肯定谢灵运"天质"与"运思"的奇巧，接近袁宏道的"谢公有诗料"，两者均从创作主体出发，强调创作者的才思识见。复古派虽推举谢诗，但认为其源于陆机，而陆机又本于曹植，归根结底，仍尊汉魏为古诗之正体，而谢诗则是第二义的。李梦阳云："夫五言者，不祖汉则祖魏，固也。乃其下者，即当效陆、谢矣。所谓画鹄不成，尚类鹜者也。"③ 何景明言："诗弱于陶，谢力振之，然古诗之法亦亡于谢。"④ 王廷相曰："诗至三谢，当为诗变之极，可佳，亦可恨也。惟留意五言古者始知之。"⑤ 他们认为谢诗骈俪已极，不及汉魏古诗文质彬彬。

总的来说，复古派着眼于文本，将谢诗视为可资摹写的范型，对谢诗的品鉴也是出于文本细读后的技术考量。他们在品鉴谢诗时没有全盘接受，而实际创作中却模拟得不遗余力。其中大多数人游览山水的诗作多套用或拟袭谢诗的词句、章法、意境，缺乏个性与才情，往往类似古人。袁宏道以"诗料"论谢灵运，则关注其文本之外的创作个性与开拓精神，不为文学而文学，而以思想独立的变革来实现文学独立。"诗料"一词可谓微言大义，称赏其山水诗的开创性，对其诗歌清丽的艺术特质则有所保留，两者其实并不矛盾，只是袁宏道基于不同批评层面的标准有别。

（二）情景论与文学创作之关系

"诗料"说的实质是探讨山水之景与文学创作的关系，该术语名称虽

---

① （明）胡应麟撰《诗薮》，上海古籍出版社，1979，第29页。
② （明）王世贞著，罗仲鼎校注《艺苑卮言校注》，齐鲁书社，1992，第131页。
③ （明）李梦阳：《刻陆谢诗序》，吴文治主编《明诗话全编》，江苏古籍出版社，1997，第1975页。
④ （明）何景明撰《大复集》卷三十二《与李空同论诗书》，《景印文渊阁四库全书》1267册，（台北）台湾商务印书馆，1986，第291页。
⑤ （明）王廷相著，王孝鱼点校《王氏家藏集》卷二十七《答黄省曾秀才》，《王廷相集》，中华书局，1989，第479页。

源于宋代，但其理论内涵早在魏晋时期就已产生。西晋文学家陆机在《文赋》中指出："遵四时以叹逝，瞻万物而思纷。悲落叶于劲秋，喜柔条于芳春。"① 他讲创作构思之初要"伫中区以玄览"，在深入体察自然万物的过程中陶冶性灵、锻炼诗情。为草木凋零、生命消逝而悲叹，在杨柳依依中感受新生的欢喜，创作灵感便因感而至。南朝梁时著名批评家刘勰将陆机的观点深化，凝结为"江山之助"一说，《文心雕龙·物色》篇云："若乃山林皋壤，实文思之奥府……然屈平所以能洞监风骚之情者，抑亦江山之助乎！"② 他以伟大诗人屈原为论据，向时人昭示自然山水对文学创作的巨大助益作用。其论一出，遂成为后学探讨山水与文学创作关系的不二法则。

袁宏道"谢公有诗料"就是对"江山之助"这一命题的响应与发挥。他认为诗人应主动去游览江山胜景，增加生命体验，积累诗料，扩大诗境。在论及其弟小修诗时，他说："泛舟西陵，走马塞上，穷览燕、赵、齐、鲁、吴、越之地，足迹所至，几半天下，而诗文亦因之以日进。"③ 在《徐文长传》中他也这样写道："文长既已不得志于有司，遂乃放浪曲蘖，恣情山水，走齐、鲁、燕、赵之地，穷览朔漠，其所见山奔海立、沙起云行、风鸣树偃、幽谷大都、人物鱼鸟，一切可惊可愕之状，一一皆达之于诗。"④ 可见，游历生活是最好的诗料，有助于诗人提高审美感受力，培养性灵，完成诗风的蜕变。相反，闭门苦思，面对仅有的诗料为诗而诗，不仅会限制创作的思维，更会降低诗歌的格调。

将山水之景化为艺术之景，需要创作主体的诗才与诗情。"……江山之助。助才助性，无才不足见性，江山正不助庸人也。"⑤ 袁宏道对此早有感触，在《四楼咏引》中，他说："古今为诗者，于寻常景物，率尔下

---

① （南朝梁）萧统编，（唐）李善注《文选》卷十七，上海古籍出版社，1986，第762页。
② （南朝梁）刘勰著，詹锳义证《文心雕龙义证》卷十，上海古籍出版社，1989，第1759页。
③ （明）袁宏道著，钱伯城笺校《袁宏道集笺校》卷四《叙小修诗》，上海古籍出版社，2008，第187页。
④ （明）袁宏道著，钱伯城笺校《袁宏道集笺校》卷十九《徐文长传》，上海古籍出版社，2008，第716页。
⑤ （明）傅山著，劳柏林点校《霜红龛文》之《草草付》，岳麓书社，1986，第140页。

笔,颇多佳语;至于名山大川,立意构词,乃反失之。何则?物有以夺其气也。"① 岳阳楼、黄鹤楼、晴川阁等虽在目前,但自己却不能刻画出其雄奇之美。袁宏道虽说是因物夺其气,实则因才气不够,诗情未能与景色贴合。诗人不仅要有发现山水的慧心,还要有驾驭山水的才能与诗情。因此,他认为情、景同是创作诗歌的重要特质,情景交融是作诗的重要法则。谢灵运在游赏过程中与山水形成主客观照,将山水内化为诗料,达到主客交流、以情状物的境界,才写出像"池塘生春草,园柳变鸣禽"②"白云抱幽石,绿筱媚清涟"③ 这样天趣横生的诗句。可以说,谢灵运得江山之助,而江山亦得谢灵运之助。宗白华有言:"晋人向外发现了自然,向内发现了自己的深情。山水虚灵化了,也情致化了。"④ 晋人发现山水这块诗料,情随境迁,物我两忘,以新鲜的审美体验写出了清新明丽的诗篇。

复古派中后七子多从创作角度出发对情景加以探讨,谢榛对情景就有独到的见解,他认为:"作诗本乎情景,孤不自成,两不相背。……景乃诗之媒,情乃诗之胚,合而为诗。"⑤ 在他看来,景是作诗的媒介,而情是诗的胚胎。景物是诗歌的外在载体,而情是为诗的内在动力。虽然情、景都是作诗必备的特质,但谢氏更偏重情的作用,"凡作诗,须知道紧要下手处,便了当得快也。其法有三:曰事,曰情,曰景"⑥,他将情置于景先,认为万物之景相同,而个人才情有异,作诗用自己的真情摹写自然之景即可。他之所以重视情的作用,是因为想用其扭转复古派句比字栉的流弊。谢榛认为作诗不是以古人经典为诗料,刻意效仿其格调而得的,为

---

① (明)袁宏道著,钱伯城笺校《袁宏道集笺校》卷五十四《四楼咏引》,上海古籍出版社,2008,第1574页。
② (东晋)谢灵运著,顾绍柏校注《谢灵运集校注》之《登池上楼》,(台北)里仁书局,2009,第95页。
③ (东晋)谢灵运著,顾绍柏校注《谢灵运集校注》之《过始宁墅》,(台北)里仁书局,2009,第63页。
④ 宗白华:《美学散步》,上海人民出版社,1981,第183页。
⑤ (明)谢榛著,李庆立、孙慎之笺注《诗家直说笺注》卷三,齐鲁书社,1987,第330页。
⑥ (明)谢榛著,李庆立、孙慎之笺注《诗家直说笺注》卷四,齐鲁书社,1987,第435页。

景造情，则情伪而景失，应"情景适会，与造物同其妙，非沉思苦索而得之也"①。"末五子"之一的屠隆也强调情的重要性，他在《李山人诗集序》中说："诗不论才，而论性情……发为诗歌，力去雕饰，天然冲夷，语必与情冥，意必与境会，音必与格调，文必与质比，非独其材过人，盖根之性情者深哉，则其所得于丘壑之助不小也。"②他认为性情自然真实者必然会得江山之助，这种说法与袁宏道前期诗学思想并无二致。其实后七子在修正前七子弊病的过程中已开公安派性灵之先声。与袁宏道相同，他们都认为诗歌要抒写性情之真，使主观的生命情致与客观的山水景色对话交融。

（三）以"诗料"论谢之旨趣

明代复古派主张通过古体宗汉魏、近体宗盛唐的方式来恢复古典审美理想，其理论建设看似无可诟病，然实际创作过程中，低下者诗料匮乏，情感僵滞，甚至出现蹈袭、窃古的现象，使文坛陷入黄茅白苇弥望如一的尴尬局面。过于类型化的创作模式压抑了诗人个性，因此遭到革新派的责难。袁宏道认为"古有不尽之情，今无不写之景"③，自然之景常新，而今人缺乏发现并驾驭诗料的能力。他赞许闾巷间吟唱的拙朴自然的民歌，因为它们便是以日常所见为诗料而创作的，景真情切。从这个意义上来看，袁宏道肯定"谢公有诗料"，为同辈、后学指明了创作路径，即"师物不师人""师心不师道""师森罗万像，不师先辈"④，回归写诗的本真，在对自然世界的体认过程中把握诗歌艺术。自然山水是最本真、最原始的一手诗料，沉浸于自然之中，神与物游，物合于心，便会创造出自然有灵性的作品。而复古派以古人诗歌的意象、诗境为诗料，期许能点铁成金、翻陈出新，而忽视了"师心独造"的价值。

---

① （明）谢榛著，李庆立、孙慎之笺注《诗家直说笺注》卷二，齐鲁书社，1987，第290页。
② （明）屠隆撰《白榆集》文集卷三，《续修四库全书》第1359册，上海古籍出版社，2002，第568~569页。
③ （明）袁宏道著，钱伯城笺校《袁宏道集笺校》卷六《丘长孺》，上海古籍出版社，2008，第285页。
④ （明）袁宏道著，钱伯城笺校《袁宏道集笺校》卷十八《叙竹林集》，上海古籍出版社，2008，第700页。

袁氏以谢灵运为范型，主要是用以佐证自己"独抒性灵，不拘格套"的诗学观，增强其理论的阐释能力，为时人提供一个可供参照的风向标，以使自己的理论具有实践性。同时，他自身也善于开拓诗料，从民歌、通俗文学、自然山水及身边万事万物中获取诗料。他虽称赏"谢公有诗料"，却断然不以谢诗为诗料。《孟子·万章上》有言："说诗者不以文害辞，不以辞害志。以意逆志，是为得之。"① 不仅说诗者如此，学诗者更应如此。而复古派学习古诗者，依句模拟，刻意拼凑，以今人之心境抒写古人之情与事，牵强附会，未免有一种突兀之感。他们的《拟乐府诗》《拟古诗十九首》等都不能体会古人当时之情境，因此合辞者多，合意者寡。其实，袁宏道与复古派对于"古质"的审美追求是一致的，他们均认为谢诗文胜于质，但对谢诗诗史地位的认识则迥异，袁氏从"新"与"变"的角度出发，肯定其山水诗的开创性，复古派则看重"法"与"格"，强调其出于陆机的继承性，不同的理论旨趣使袁宏道与复古派分道扬镳。

第二节　袁宏道六朝诗史观

诗歌发展至宋代就已趋于完备，很难再别出新意。明人诗歌创作大多是在翻陈出新，立足"通"而求"变"，以复古来实现革新，因此，他们论诗往往带有强烈的文学史意识。无论是复古派还是革新派，他们都会不自觉地省察文学传统，梳理诗歌发展脉络，在此过程中思考时代、自我与传统的关系，以确定明诗的诗史地位。但在处理诗学传统与时代、个体的关系上，复古派持"体以代变""格以代降"② 的诗学观，侧重于对传统的学习与继承；革新派则认为"代有升降""法不相沿"③，倾向于表达自我性灵，抒写时代真诗。出于不同的文学价值观念，二者对文学史的认知各异。

---

① 杨伯峻译注《孟子译注》，中华书局，2015，第 199 页。
② （明）胡应麟撰《诗薮》，上海古籍出版社，1979，第 1 页。
③ （明）袁宏道著，钱伯城笺校《袁宏道集笺校》卷四《叙小修诗》，上海古籍出版社，2008，第 188 页。

美国批评家布鲁姆将前代文学传统带给后起诗人的心理焦灼感,命名为"影响的焦虑"。有学者指出中国古典诗论中也存在这种现象,明人宗法汉魏、六朝及盛唐等即出于此,他们以恢复和抬高传统经典来进行诗学革新,从而摆脱影响的焦虑。① 其实,贬低与抬高文学经典这两种现象在明代诗论中兼而有之,抑他人所扬与扬他人所抑是明代宗派树立其新理论时常用的手段。袁宏道的"六朝无诗"说与"乐府不相袭"论便是为了摆脱传统的影响而提出的,这两个命题绝非刻意地割裂和摒弃传统,而是基于诗史的整体认识提出的。在漫长的诗歌历史中,与唐宋诗之高峰相比,六朝确实处于诗歌发展的低谷期;乐府诗自魏晋就已诗、乐分离,丧失了其原貌,时运更迭,乐府不相袭是大势所趋。

一 "六朝无诗"说辨析

继复古派提出"唐无五言古诗"说与"宋无诗"说之后,革新派领袖袁宏道又提出了"六朝无诗"说。这类批评理论看起来非常激进、偏狭,带有很强的攻击性。明人似乎要将文学传统抹杀殆尽,六朝诗、唐五古、宋诗均成为其矢之的。郭绍虞认为明代这种"法西斯式"自以为是、目空一切的批评风格是融合宋代严肃、拘谨的理学学风与元代放纵、颓废的自然学风而形成的一种"心即是理"的批评风格,这种风格导致了明代诗坛互相指摘,空疏不学的现象。他还指出宗派应该有自己的立场,同时也要有包容异己的雅量。② 郭先生所言不无道理,但正是这种激进之论使明代诗学理论异彩纷呈,在斗争中走向繁荣。它们看似极端、武断,有失公允,但若将其置于评论者所在的批评语境、审美倾向及话语体系之内,结合多方因素辩证地考察、辨析其产生的理论环境、逻辑走向及诗史价值,而不是简单地判断该命题正确与否,是极有意义的。目前学界对"唐无五言古诗""宋无诗"说的衍变轨迹及诗学意义已经有较为清晰、

---

① 景献力:《复古与误读——以明清之际六朝诗的接受史为例》,《中国韵文学刊》2010 年第 1 期。

② 郭绍虞:《照隅室古典文学论集》,上海古籍出版社,2009,第 513~517 页。

完整的把握，而对"六朝无诗"说则鲜有涉足。① 因此，对袁宏道"六朝无诗"说这一论断做出合理阐释，展现其独特的理论价值，可以使明代诗学理论更为完善。

(一)"六朝无诗"说提出的理论环境

纵观明代六朝诗歌的接受历程，七子派主格调者提倡"古体宗汉魏，近体宗盛唐"，试图通过法度之"格"与高古之"调"来重建中国古典审美传统。他们尚风骨，反柔靡，视六朝诗歌为"第二义"，将其置于正统之外。前七子领袖李梦阳有言："说者谓文气与世运相盛衰，六朝偏安，故其文藻以弱，又谓六书之法，至晋遂亡。……大抵六朝之调凄宛，故其弊靡；其字俊逸，故其弊媚。"② 何景明云："晋逮六朝，作者益盛，而风益衰。其志流，其政倾，其俗放，靡靡乎不可止也。"③ 李、何均立足于"文变染乎世情，兴废系乎时序"的批评观念，对六朝世风及文风进行双重批驳，视六朝诗歌为靡靡之音。明代六朝派受地域风格传统的影响，推尚婉丽绮靡之风，肯定六朝诗歌的诗史价值。"乃知六代之作……实景云、垂拱之先驱，天宝、开元之滥觞也。"④ 杨慎反对七子派专师盛唐，提倡以六朝之自然清丽补救一味追求高古导致的程序化写作。杨氏着眼于整个诗歌发展的进程，认为六朝诗歌在格律、声韵、辞藻、用事等方面都有开创之功，为唐诗繁荣奠定了重要基础，是诗史演进过程中必不可少的一个环节。

袁宏道与复古派互相攻讦，但在六朝诗歌评鉴方面，态度却大体一致。袁氏向来不以优劣论诗，在给李贽的书信中却提出了一个较为反常的

---

① "唐无五言古诗"说相关论文有陈国球《试论李攀龙之选唐诗及"唐无五言古诗而有其古诗"说的意义及其影响》、陈颖聪《对李攀龙"唐无五言古诗"的再思考》等。"宋无诗"说相关论文有张丽华和王英志《论"宋无诗"说》、羊列荣《明代"宋无诗"说考论》、张鹤天的硕士学位论文《论"宋无诗"观念的产生与演变》等。目前学界尚无"六朝无诗"说的相关论文。
② （明）李梦阳撰《空同集》卷五十六《章园饯会诗引》，《景印文渊阁四库全书》第1262册，（台北）台湾商务印书馆，1986，第516页。
③ （明）何景明撰《大复集》卷三十二《汉魏诗集序》，《景印文渊阁四库全书》第1267册，（台北）台湾商务印书馆，1986，第595页。
④ （明）杨慎撰，王大厚笺证《升庵诗话新笺证》附录二《选诗外编序》，中华书局，2008，第1171页。

观念，"仆尝谓六朝无诗，陶公有诗趣，谢公有诗料，余子碌碌，无足观者"①，他对六朝诗歌采取突出个别而否定整体的态度，认为六朝诗道过于偏狭，其诗不足以观。在复古派与革新派领袖的共同推动下，六朝诗歌在明代诗学领域的地位微乎其微，六朝派的强烈推尚与拟作只是昙花一现。

袁宏道以"六朝无诗"之说否定了六朝诗歌的文学史地位及艺术特质，但这个命题绝非刻意地割裂和摒弃传统，而是基于诗史的整体认识与审美判断的相对体认。在漫长的诗歌历史长河中，唐宋是诗歌发展的高峰期，而六朝确实处于诗歌发展的低谷期；与唐诗之情韵深长、宋诗之思理透辟相比，六朝诗歌整体上辞藻堆垛、情理空泛，给后世带来不良影响，是属"恶诗"。但袁氏"六朝无诗"说颇具争议性，受到当时及后世的驳斥。"四十子"之一的邹迪光说：

> 抑吾闻之，士厌常好异。日有中郎氏者出，谓汉魏、六朝、三唐无诗，必俳优鄙谚之不废而诗，必腹虚无一物而诗。遂使年少时流，狂走附和，谓古可废，谓学可失，一时正始几至灭绝。②

在邹氏看来，袁宏道认为汉魏、六朝、三唐均无诗，这种观点是解构经典、废弃学识的异端做法；袁氏以民歌、俗谚入诗，好为俳谐、纤巧之辞，易将后继学诗者引入流俗浅薄的误区，致使文坛律度尽毁、俗陋不堪。且不论袁氏是否提过汉魏、三唐无诗，其所谓六朝无诗是显见的，所以邹氏的论断有一定的理论依据。清初诗论家陈祚明对此亦有独到见解，在《采菽堂古诗选》中，他说：

> 后人评览古诗，不详时代，妄欲一切相绳。如读六朝体，漫曰"此是五古"，遂欲以汉魏望之，此既不合；及见其渐类唐调，又欲

---

① （明）袁宏道著，钱伯城笺校《袁宏道集笺校》卷二十一《与李龙湖》，上海古籍出版社，2008，第750页。
② （明）邹迪光：《始青阁稿》卷十二《华闻修清睡阁集序》，《四库禁毁书丛刊》集部第103册，北京出版社，2000，第298页。

以初盛律拟之，彼又不伦。因妄曰"六朝无诗"，否亦曰六朝之诗自成一体可耳，概以为是卑靡者，未足与于风雅之列。不知时各有体，体各有妙，况六朝介于古、近体之间，风格相承，神爽变换，中有至理。不尽心于此，则作律不由古诗而入，自多俚率凡近，乏于温厚之音。故梁、陈之诗，不可不读。①

这段文字基本概括了明代复古派与革新派的种种弊病。陈祚明认为"时各有体，体各有妙"，六朝之诗"神爽变换"，介于古、近体之间，是古体的成熟期、近体的发轫期，在诗史上具有承上启下的作用。在他看来，袁宏道的"六朝无诗"说是无知妄说，公安派创作风格俚俗浅近，不够温柔敦厚。陈氏更是明确指出要多读梁、陈之诗，尤其是像阴铿这样李白、杜甫都推崇的大诗人。

由上述可知，袁宏道此说颇受诘难。"六朝无诗"说虽明确出于袁氏，但在其之前，历代评论者对于六朝诗歌的评骘都是毁多誉少。隋代李谔言："江左齐、梁，其弊弥甚，贵贱贤愚，唯务吟咏。遂复遗理存异，寻虚逐微，竞一韵之奇，争一字之巧。"② 唐陈子昂云："齐、梁间诗，彩丽竞繁，而兴寄都绝。"③ 宋张戒言："潘陆以后，专意咏物，雕镌刻镂之工日以增，而诗人之本旨扫地尽矣。"④ 明林鸿云："晋祖玄虚，宋尚条畅，齐梁以下，但务春华，殊欠秋实。"⑤ 他们认为六朝诗歌过于形式主义，批评其华丽绮靡，缺乏兴象风神，不够深婉沉练。此种贬抑之辞比比皆是，这些都为"六朝无诗"说提供了批评基础。前代诗评家对六朝诗歌的整体认知沉淀为一种文化传统和历史刻板印象，形成一种"前理解"，潜移默化地影响着后人的审美判断，即使才识过人如袁宏道，也很

---

① （清）陈祚明评选，李金松点校《采菽堂古诗选》卷二十九，上海古籍出版社，2008，第949页。
② （唐）魏徵等撰《隋书》卷六十六，中华书局，1973，第1544页。
③ （唐）陈子昂著，徐鹏校《陈子昂集》卷一《修竹篇并序》，中华书局，1960，第15页。
④ （宋）张戒撰《岁寒堂诗话》卷上"建安陶阮以前诗"条，丁福保辑《历代诗话续编》上册，中华书局，1983，第450页。
⑤ （明）高棅编纂，（明）汪宗尼校订，葛景春、胡永杰点校《唐诗品汇·凡例》，中华书局，2015，第17页。

难摆脱和克服这种"前理解"。

  明代诗论中所谓的"六朝"主要是指晋、宋、齐、梁、陈、隋。关于"六朝无诗"之说，早在钟嵘时期就已显露端倪，《诗品》有言："晋、宋之际，殆无诗乎？义熙中，以谢益寿、殷仲文为华绮之冠，殷不竞矣。"① 钟氏认为，晋宋时期，玄言诗充斥文坛，其时无诗可称，谢混、殷仲文以婉媚柔丽就之。此虽仅是对晋、宋间诗风的考量，但可视为"六朝无诗"说遥远的先声。明人胡缵宗在《杜诗批注后序》中说："汉魏有诗，梁、陈、隋无诗。唐有诗，宋、元无诗。梁、陈、隋非无诗，有诗不及汉魏耳。宋、元非无诗，有诗不及唐耳。不及唐，不可与言汉魏矣。不及汉魏，不可与言风雅矣。"② 胡应麟在《诗薮》中又云："东京后无诗矣，非无诗，诗之至弗与也。"③ 胡缵宗、胡应麟均持"诗以代降"的诗史观，认为汉魏诗最高古，是"诗之至"，从而认为六朝诗不入风雅之列。他们以汉魏诗为参照系来驳斥六朝之诗，但同时又指出六朝"非无诗"，只是不及汉魏，非正统审美趣味，不符合古典审美理想罢了，观点较为融通。袁宏道仅截取了这两人观点的前半部分"无诗"，而对其后半部分"非无诗"未置可否，看来他已认定六朝诗歌是不足取的。袁氏大抵是在此二人的基础上又向前迈了一步，他的参照对象不再拘于汉魏，而扩展至整个诗歌发展史，六朝处于"绘""华"的顶端，与其所倡"素""质"相去甚远，因此袁宏道将客观的诗史标准与主观的诗学取向结合起来，综合前人观点，提出了"六朝无诗"之说。复古派虽不太看好六朝诗，但他们仍认为六朝诗歌是"第二义"之诗，非无诗，且在实际创作过程中也不乏借鉴、拟习六朝诗歌的现象。而袁宏道果断地否定了六朝诗的地位，也断了自己的后路，在他看来，诗歌就应该本自性灵，本色独造，以"真"与"新"来抒写属于时代的内容。

  （二）"六朝无诗"说及其与袁氏诗学观的离合

  "六朝无诗"说见于《与李龙湖》，为方便论述，现将原文摘录如下：

---

① （南朝梁）钟嵘著，曹旭集注《诗品集注》（增订本），上海古籍出版社，2011，第524页。
② （明）胡缵宗撰《鸟鼠山人小集》卷十一，明嘉靖刻本。
③ （明）胡应麟撰《诗薮》，上海古籍出版社，1979，第2页。

> 近日最得意，无如批点欧、苏二公文集。欧公文之佳无论，其诗如倾江倒海，直欲伯仲少陵，宇宙间自有此一种奇观，但恨今人为先入恶诗所障难，不能虚心尽读耳。苏公诗高古不如老杜，而超脱变怪过之，有天地来，一人而已。仆尝谓六朝无诗，陶公有诗趣，谢公有诗料，余子碌碌，无足观者。至李、杜而诗道始大。韩、柳、元、白、欧，诗之圣也；苏，诗之神也。彼谓宋不如唐者，观场之见耳，岂直真知诗何物哉？①

这封尺牍作于万历二十七年，袁宏道着眼于诗史观念，对各代诗歌做出精简的判断与阐说，其主要目的是为宋诗正名，以驳正复古派"宋无诗"的偏颇论见。复古派尊唐，但袁氏并未因此贬低唐诗成就，反而以唐诗为基准评价宋诗。他认为欧阳修诗气势雄壮，与杜甫诗伯仲之间；苏轼诗奇变超脱，但不如杜甫诗高古遒劲。袁氏虽对宋诗赞誉有加，但也客观地指出了宋诗"以议论为诗"的弊病，批评其"长于格而短于韵"。② 可见，他对唐宋诗是兼收并取的，并没有扬此抑彼。值得注意的是，袁氏称"今人为先入恶诗所障难，不能虚心尽读耳"，其中"恶诗"的语义指向不明。若论"先入"，复古派理论上自然是以汉魏、盛唐诗为师法标准，但在实际创作过程中更倾向于从拟习六朝诗入手。袁宏道看穿了复古派的障眼法，指出"六朝无诗"，其所谓"先入恶诗"或是指六朝诗中的劣者。

复古派素来倡导古体师汉魏、近体法盛唐，但拟习六朝是由盛唐上溯汉魏过程中必不可少的环节。六朝架起了一座贯通汉魏与盛唐的桥梁，是复古派的必由之路，也是学古过程中的权宜之法，如李梦阳所说："夫五言者，不祖汉则祖魏，固也。乃其下者，即当效陆、谢矣。所谓画鹄不成，尚类鹜者也。"③ 六朝诗即所谓"鹜"，换言之，若实在把握不到汉魏诗的风骨气力，学习"第二义"的六朝诗也未尝不可。七子派对六朝

---

① （明）袁宏道著，钱伯城笺校《袁宏道集笺校》卷二十一《与李龙湖》，上海古籍出版社，2008，第750页。
② （明）袁宏道著，钱伯城笺校《袁宏道集笺校》卷二十一《答陶石篑》，上海古籍出版社，2008，第743页。
③ （明）李梦阳撰《空同集》卷五十《刻陆谢诗序》，《景印文渊阁四库全书》第1262册，（台北）台湾商务印书馆，1986，第465页。

诗歌的态度极为复杂、矛盾，他们从理论上批判六朝诗风绮靡之弊，而在创作实践中却不遗余力地效仿六朝诗，如杨慎评李梦阳古诗"缘情绮靡，有徐庾颜谢之韵"①，葛涧也称李梦阳"诗似三谢、二陆，用心刻苦，《文集》可观"②，钱谦益评徐祯卿诗"标格清妍，摛词婉约，绝不染中原伧夫槎牙奡兀之习，江左风流，故自在也"③。复古派的终极目标是恢复古典审美理想，使诗歌达到"风人之义"、文质彬彬的理想状态，因此高举汉魏、盛唐之古质雄迈，贬低六朝之轻柔浮靡是理论建设的需要，而现实创作中则采取一种迂回的方式，从学习六朝形式之美入手，以至文质合一。袁宏道认为此种表里不一的做法不符合性灵之真，遂大加鞭挞。

  六朝诗歌沦落至"恶诗"甚至"无诗"的境地，不仅出于袁氏对复古派理论与创作矛盾的驳斥，还在于其对六朝派的不满。六朝派是学习六朝诗歌的重要阵营，吴中诗人祝允明、黄省曾等都以六朝为师法对象。袁宏道虽对六朝派没有过多批评与责难，但不难看出，他对吴中诗风有明显的疏离感，"吴中诗画如林，山人如蚁，冠盖如云，而无一人解语"④，吴中有浓厚的六朝诗学传统，诗风婉丽柔绮，袁宏道对此略有微词。

  在七子派与六朝派的共同影响下，明中后期文坛弥漫着浮华藻饰之风，袁中道在《于少府诗序》中明确指出这一点："至六朝，绘极矣，而陶以素救之。近日文藻日繁，所少者非绘也，素也。"⑤ 针对这一现象，袁宏道斥六朝诗歌为"恶诗"，既否定了复古派以六朝诗为"第二义"的做法，又颠覆了六朝诗在六朝派眼中"第一义"的地位，廓清拟古习气，使文坛重焕生气，正如钱谦益所说："中郎之论出，王、李之云雾一扫，天下之文人才士始知疏瀹心灵，搜剔慧性，以荡涤摹拟涂泽之病，其功伟矣。"⑥

---

① （清）朱彝尊辑录《明诗综》卷二十九，中华书局，2007，第 1479 页。
② （明）吕柟撰，赵瑞民点校《泾野子内篇》卷二十二《乙未邵伯舟中语》，中华书局，1992，第 233 页。
③ （清）钱谦益：《列朝诗集小传》，上海古籍出版社，1983，第 301 页。
④ （明）袁宏道著，钱伯城笺校《袁宏道集笺校》卷五《王以明》，上海古籍出版社，2008，第 223 页。
⑤ （明）袁中道著，钱伯城笺校《珂雪斋集》卷十《于少府诗序》，上海古籍出版社，2007，第 471 页。
⑥ （清）钱谦益：《列朝诗集小传》，上海古籍出版社，1983，第 567 页。

《与李龙湖》是袁宏道与李贽交流读书心得而作，袁宏道视李贽为精神导师，李氏六朝诗学见解自然会给袁宏道一些启发。李贽《藏书》初刻于万历二十七年，其在《儒臣传》中评价杜甫时，引用了元稹《唐故工部员外郎杜君墓系铭》中的一段文字：

> 建安之后，天下文士遭罹兵战。曹氏父子鞍马间往往横槊赋诗，故其道文壮节，抑扬怨哀悲离之作，尤极于古。晋世风概稍存。齐宋之间，教失根本，士子以简慢、矫饰、舒徐相尚，文章以风容、色泽、放旷、精清为高，盖吟写性灵、流连光景之文也。意义格力，固无取焉。陵迟至于梁陈，淫艳、刻饰、佻巧、小碎之词剧，又宋齐之所不取也。①

元氏对汉魏六朝士风变迁与文风演进之关系分析得十分到位，其观点被李贽采纳且大段引用，或可看作李贽对汉魏六朝诗歌的整体看法。六朝士人喜尚清谈评议，而清谈是一种极讲究文采与修辞技巧的学术活动，必然会带来文学创作上的变革，致使六朝诗歌工于藻绘，缺乏气骨。李贽深谙此理，袁宏道对两晋士风亦不甚满意，"晋之衰也以清虚……清虚不已则为任诞，任诞不已则为弃蔑，是故有被发左衽之象焉"②，袁氏认为晋代衰败的关键就在于喜尚清谈、任性好诞，士风淫放、虚薄导致国家混乱，气衰则文弱。公安派江盈科也意识到这一点，他说："格调纤弱，骨气软脆。如深宫处女拈针刺绣，芙蓉鸳鸯，色色可人，终不是丈夫气慨（概）。"③ 袁宏道提出"六朝无诗"，却没有过多论述其缘由，江盈科之论可看作"六朝无诗"说的注脚之一。

引发袁宏道进行诗学革新的主要原因有二：一是江南地区受诗学传统影响而固有的绮丽风气，二是七子派、六朝派拟习六朝致使诗道寝弱的流

---

① （明）李贽：《藏书》卷三十九《儒臣传》，中华书局，1959，第666页。
② （明）袁宏道著，钱伯城笺校《袁宏道集笺校》卷五十三《策·第一问》，上海古籍出版社，2008，第1512页。
③ （明）江盈科纂，黄仁生辑校《雪涛阁四小书之四·诗评》，《江盈科集》，岳麓书社，2008，第718页。

弊。袁氏指斥六朝诗为"恶诗",提出"六朝无诗"之说,毫无保留地批判六朝诗歌,主要是想正本清源,从根源上否定六朝传统根基;革除时弊,试图改变一代之诗风。在文学传统与时代、自我的关系面前,他毫不犹豫地选择了时代与自我。从反抗拟古的理论环境来看,"六朝无诗"说无疑是有积极意义的,但若考察袁宏道的整个诗学体系,便会发现"六朝无诗"说与其诗学观是亦悖亦合的,由此可揭示袁氏诗学思想的理论困境与局限。

袁宏道处于革新的话语系统,溢美的学古或崇古言论有悖于其反拟古主张,以防授人口实,在对传统经典做审美批判时,袁氏往往以只言片语客观评价其优缺点,不太明确显露太多个人好恶。他虽提出"六朝无诗"说,但并未阐释缘由。若详细品读其诗论,便可明白其中隐含的好恶观。袁宏道诗学体系的核心要义是"独抒性灵,不拘格套",它从诗歌本质论、创作论、风格论等几方面展现了袁氏的诗学观念。

在对诗歌本质的认知上,袁氏强调诗歌必须吟咏情性、抒写性灵。他对"情"和"真"的追求已达到极致:"大概情至之语,自能感人,是谓真诗,可传也。而或者犹以太露病之,曾不知情随境变,字逐情生,但恐不达,何露之有?"[①] 境生情,情生诗,诗歌的本质即内心强烈情感的自然流露。先秦时期,《尚书·尧典》中提出"诗言志",汉代在"志"的基础上引入了"情",《毛诗序》云:"诗者,志之所之也,在心为志,发言为诗。情动于中而形于言。"[②] 六朝时,陆机又从"诗缘情"角度对诗歌这一文体本质加以规定。袁氏对诗歌本质的认识原本无可非议,但他对"情"的要求过于苛刻,超越了适度原则。在他看来,情必须"真",不掺杂一丝虚伪和矫揉造作;必须"达",能够将内心丰富的情感完满地表达出来,即便刻露也无所谓。袁氏强调的"真"是一种无所顾忌的自然之真,而非艺术之真,"情"更是毫不节制,抛弃了"发乎情,止乎礼义"的约束,违背了"哀而不伤"的美学原则。六朝诗歌拘忌太多,伤其真情,更伤其真美,内容过于轻浮,情感伪饰,不符合袁宏道对诗歌本

---

① (明)袁宏道著,钱伯城笺校《袁宏道集笺校》卷四《叙小修诗》,上海古籍出版社,2008,第188页。
② 李学勤主编《十三经注疏·毛诗正义》,北京大学出版社,1999,第6页。

质的要求，因此他提出"六朝无诗"说。这一论断否定了六朝诗歌的价值，更暴露了其诗学观的局限性。袁氏过分强调自然之真与刻露之情，批评拟古为拾人牙慧的赝品，主张从闾巷民歌中学习真声，语言宁今宁俗。而诗歌是一种美的艺术，是从生活之真中高度提炼出来的，作诗讲究含蓄、从容而忌直露、急躁。袁宏道将生活与艺术混淆，以真情伤真美，"六朝无诗"说产生于此不成熟之论中，不免有些偏颇。

从诗歌创作论角度来讲，袁宏道认为诗歌创作应该"信心而出，信口而谈""信心而言，寄口于腕"①。他多次提到作诗要信手而成，不拘格套，甚至说"至于诗，则不肖聊戏笔耳"②。这样做，是为了解救诗坛困于模拟，开拓出路艰难的困境，让创作氛围变得轻松适意一些，以抒写时代、抒写自我来实现文学革新，但同时也埋下了隐患，给后学以误导，如王夫之所说："于是以信笔扫抹为文字，而消含吐精微、锻炼高卓者为'咬姜呷醋'。故万历壬辰以后，文之俗陋，亘古未有。"③ 六朝是格律诗的发轫阶段，为近体诗的成熟奠定了重要基础，但瑜不掩瑕，偏重形式，忙于推敲声韵、格律，堆砌辞藻、典故的创作方式给后世带来了不良影响。为防此风气再次入侵，袁宏道决然地否定了六朝诗歌，并提出信口、信手的创作方法论。其实，只有像李白、杜甫、苏轼等天赋极高的诗人才能做到信口信手为诗。但即使是他们，也常常通过拟习六朝经典来提升诗艺，如李白"一生低首谢宣城"④，杜甫"掩颜、谢之孤高，杂徐、庾之流丽"⑤（元稹评语），苏轼更是创作大量和陶诗。六朝是近体诗发展的起步阶段，自有其他时代所不具备的优点，它所开拓的遣词造句、句式结构、修辞技巧、抒情方式、诗歌母题等创作模式都为后世所借鉴，而袁氏全盘否定六朝诗歌显得固执、僵化。

---

① （明）袁宏道著，钱伯城笺校《袁宏道集笺校》卷十一《张幼于》、卷十八《叙梅子马王程稿》，上海古籍出版社，2008，第501、699页。
② （明）袁宏道著，钱伯城笺校《袁宏道集笺校》卷十一《张幼于》，上海古籍出版社，2008，第501页。
③ （清）王夫之著，戴鸿森笺注《姜斋诗话笺注》，人民文学出版社，1981，第224页。
④ 张健：《王士禛论诗绝句三十二首笺证》卷三，（台北）文史哲出版社，1994，第50页。
⑤ （唐）元稹著，周相录校注《元稹集校注》卷五十六《唐故工部员外郎杜君墓系铭并序》，上海古籍出版社，2011，第1361页。

从袁宏道追求趣、淡、韵，尚质反华的美学风格来看，他对六朝繁缛华丽、绮错婉媚的诗风大加毁訾确在情理之中。事实上，六朝诗风一直为历代批评家所诟病，刘勰《文心雕龙·明诗》说："晋世群才，稍入轻绮，张、潘、左、陆，比肩诗衢，采缛于正始，力柔于建安，或析文以为妙，或流靡以自妍，此其大略也。"① 此说法奠定了后世评鉴六朝诗风的整体基调，袁氏"六朝无诗"说则又向前迈进了一步，将绮丽诗风推入深渊。

综合上述几个方面，袁宏道"六朝无诗"说及对诗歌本质论、创作论、风格论的规定都是围绕"性灵"的革新话语展开的，与其审美倾向大致契合，但若着眼于袁氏的诗史观，便会发现其与"六朝无诗"说的一些矛盾与对立。其《〈玉台新咏〉序》云：

> 夜宿陶周望所，楼头鼓动，竟未成眠。抽架上书读之，得《玉台新咏》，清新俊逸，妩媚艳冶，锦绮交错，色色逼真，使胜游携此，当不愧山灵矣。……汉魏六朝诸家先唐人著眼，其风格绝非三唐所及，况孝穆以钟情阑入者哉。读复叫，叫复读，何能已已。②

在这篇序中，他用"读复叫，叫复读"来描述初读《玉台新咏》时的精神状态，这种激动又难能可贵的阅读体验与他初读徐渭诗文集时的状态一致。袁宏道以"清新俊逸，妩媚艳冶，锦绮交错，色色逼真"来概括汉魏六朝诗歌的整体审美本质，既然如此，六朝无诗乎？本于诗歌发展史，他又认为"汉魏六朝诸家先唐人著眼，其风格绝非三唐所及"，六朝诗歌的确对唐诗有开启之功，但唐诗不及六朝乎？事实证明，唐人在风格尝试上远远超越汉魏六朝，唐诗成为中国诗歌的巅峰。此种论调与"六朝无诗"的偏执之论如出二人。这或许与作序的特殊语境有关，《玉台新咏》在晚明重新刊刻，请当时文坛的主导者作序，自然是为了使书籍流通更广

---

① （南朝齐）刘勰著，詹锳义证《文心雕龙义证》卷二，上海古籍出版社，1989，第203页。
② （南朝陈）徐陵编，（清）吴兆宜注，（清）程琰删补，穆克宏点校《玉台新咏笺注》附录《补序跋二十八篇》，中华书局，1985，第539页。

泛，因此，袁宏道在作序时多溢美之词也在情理之中，从中也可以看出袁氏肯定了六朝诗歌在诗歌史上的地位和价值。但相比为他集作序时的语调，与李贽书信时的语调更能让人信服。由此，我们也可以看出，"六朝无诗"说与袁氏整个诗学体系处于亦悖亦合状态，其诗论内部也有一些矛盾之处，一方面肯定"代有升降"，提倡多样化风格，另一方面则一味地否定六朝诗歌。批评理论产生矛盾，创作实践自然会陷入困境。

（三）"六朝无诗"说的意义与影响

"六朝无诗"说是袁宏道诗学革新发展至极端的产物，它产生于晚明性灵思潮的特殊语境之中，过于主观化造成论见偏颇，这是毋庸置疑的，但这种偏激之论中也隐含着独特的诗学价值，我们不应忽视其理论意义及对后世的影响。

六朝诗歌受误读由来已久，袁氏"六朝无诗"之说将误读发挥到极致，物极必反，其引发明末及清代批评家摒弃流派的意气之争，更为冷静、客观地审察六朝诗歌的审美价值及文学史地位。明代复古派以"古雅"为批评标准，批评六朝诗歌兴寄尽绝，徐祯卿云："降自桓灵废而礼乐崩，晋宋王而新声作，古风沉滞，盖已甚焉。"[1] 王廷相言："自魏晋以还，刻意藻饰，敦悦色泽，以故文士更相沿袭，摹纂往辙，遂使平淡凋伤，古雅沦陨，辞虽华绘，而天然之神凿矣。"[2] 他们批评六朝诗歌"古风沉滞""古雅沦陨"，抑六朝而扬汉魏。袁宏道则以缺乏"真"与"情"废六朝诗歌，且六朝诗歌本有模拟的弊病，如宋代诗评家叶梦得在《石林诗话》中所说："尝怪两汉间所作骚文，初未尝有新语，直是句句规模屈、宋，但换字不同耳。至晋、宋以后，诗人之辞，其敝亦然。若是虽工，亦何足道！盖当时祖习共以为然，故未有讥之者耳。"[3] 袁氏恐怕亦认识到了这一点，而拟古难为其所容，因此才对六朝诗歌进行彻底批判。

---

[1] （明）徐祯卿：《谈艺录》，（清）何文焕辑《历代诗话》，中华书局，2004，第771页。

[2] （明）王廷相著，王孝鱼点校《内台集》卷六《杜研冈集序》，《王廷相集》，中华书局，1989，第991页。

[3] （宋）叶梦得撰，逯铭昕校注《石林诗话校注》卷下，人民文学出版社，2011，第186~187页。

复古派与性灵派处于各自的话语系统,反对六朝诗歌,为其批评理论张目,难免认识偏激,矫枉过正。明末及清代评论家则去除复古与革新的脚镣,取两家之长,客观评定六朝诗歌的价值与地位。明末陆时雍从审美角度给予六朝诗歌极高的评价:"六朝气韵高迥,故不琢而工,不饰而丽。唐人专求物象,所以去之愈远。"① 他认为六朝诗本色天成,韵致爽朗。清初西泠派主将毛先舒说:"汉变而魏,魏变而晋,调渐入俳,法犹抗古。六代靡靡,气稍不振,矩度斯在。何者？俳者近拙,拙犹存古；藻者征实,实犹存古。"② 他既能看到六朝诗歌"俳"与"藻"的一面,又能看到其"拙"与"实"的一面。毛氏虽倡言复古,但批判地继承了性灵派的新变思想,对七子派所说的六朝诗歌古雅陨落进行了调整。清人陈祚明吸收了七子之古雅与袁宏道之性灵,对六朝诗歌的认识便更为通达："故因近体以溯梁、陈,因梁、陈以溯晋、宋,要其归于汉、魏,此诗之源也。今夫诗之不可废者,以其情与辞。辞则代降矣,情则千秋勿之有改已。悲欢得失,感时命物,合离慕怨之遇,中怦怦然动。己不自已而言之,且咏歌嗟叹之,如必上古,则《三百篇》四言足矣,何以有五言、七言？何以有歌行、律、绝？是晋、宋未为失,而陈、梁亦未可厚非也。"③ 陈氏认为辞以代降,而情则千秋不改,他虽重情,却摒弃了袁宏道的俗情与直露。在他看来,古质和华丽都可达到雅,都可抒发真情,两者应融会贯通。相比明前中期,明末以后的诗评家对六朝诗歌的评价更为客观,虽仍不能摆脱个人情性与偏好的影响,但其理论在调和复古派与六朝派论争的基础上更为圆融、通脱,减少了对六朝诗歌的误读,使六朝诗歌的接受趋于平衡。

由"六朝无诗"到"梁、陈之诗,不可不读",六朝诗歌的接受发生了历史性的转变。因袁宏道彻底否定六朝诗歌,基于反动的心理态势,明末及清代诗论家力图恢复六朝诗歌的文学史地位,陆时雍《古诗镜》、陈

---

① （明）陆时雍撰《古诗镜》卷十六,吴文治主编《明诗话全编》第十册,江苏古籍出版社,1997,第10692页。
② （清）毛先舒:《诗辩坻》卷一,郭绍虞编选,富寿荪校点《清诗话续编》,上海古籍出版社,1983,第9页。
③ （清）陈祚明评选,李金松点校《采菽堂古诗选》,上海古籍出版社,2008,"凡例"第2页。

祚明《采菽堂古诗选》、王夫之《古诗评选》、吴淇《六朝选诗定论》、王士禛《五言古诗选》等大量选六朝古诗，从诗歌艺术价值方面肯定六朝诗，这是之前少有的现象。前代评价六朝多采取否定的态度，即便是肯定，也仅是从律诗滥觞的诗史角度加以肯定，并未正面肯定六朝诗歌的价值。可以说，明末及清初是六朝诗歌正面接受的高峰期。究其深层原因，或得益于袁宏道的极度贬抑。袁氏虽贬斥六朝诗歌，但将"性灵""情"的观念传播开来，后人基于此，得以重新定位六朝诗。

二 "乐府不相袭"论考察

乐府本是秦汉时朝廷设立的用以管理音乐的官署，秦时设立，汉沿秦制。其最初职能是收集宗庙祭祀时庄重肃穆的宫廷雅乐，汉武帝时纳入"感于哀乐，缘事而发"的民歌俗乐。乐府伴随礼乐制度而生，诗乐一体，音乐为主，歌辞为辅，共同服务于"观风俗，知薄厚"的礼仪王制。时运交移，由于战争等因素，乐府曲调在传唱过程中逐渐亡佚，诗乐分离，乐府的音乐性慢慢消亡，歌辞不再作为音乐的附庸，而演变为一个独立的诗歌体类。

魏晋以来，曹氏父子、陆机、谢灵运、沈约等文人积极参与乐府诗创作，他们借乐府旧题写时事、抒发个体情感，"咏新曲于故声"[1]，给乐府增添了时代活力，完成了乐府诗史上一次历史性的变革。唐代诗人极富创新精神，李白、杜甫、白居易、元稹等人秉持"即事名篇，无复倚傍"[2]的乐府观，创作大量新题乐府，使乐府诗坛熠熠生辉。元末及明初、中之际，在复古思潮影响下，杨维桢、前后七子等致力于拟古乐府创作，掀起了一阵文人拟乐府热潮。

晚明袁宏道着眼于乐府发展演变史，提出"乐府不相袭"的论断。万历二十六年赴京途中，他系统地创作了《拟古乐府》组诗十七首，包括《饮马长城窟行》《长安有狭斜行》《结客少年场行》《有所思》等，

---

[1] （晋）陆机著，杨明校笺《陆机集校笺》卷二《遂志赋序》，上海古籍出版社，2016，第91页。
[2] （唐）元稹著，周相录校注《元稹集校注》卷二十三《乐府序》，上海古籍出版社，2011，第674页。

诗题下有序言："乐府之不相袭也，自魏、晋已然。今之作者，无异拾唾，使李、杜、元、白见之，不知何等呵笑也。舟中无事，漫拟数篇，词虽不工，庶不失作者之意。具眼者辨之。"① 此序表明了袁氏乐府观的三个方面：一是对魏晋以来乐府新变的接受与认可；二是对复古派拟古乐府艺术性缺失的不满与批评；三是以切身的创作实践践行其"不失作者之意"的乐府认识观。

（一）魏晋乐府的变体意识

袁宏道对魏晋乐府的基本认识是"不相袭"，即不拘泥于汉乐府的创作路径，能够趋时而变。《诸大家时文序》中云："其体无沿袭，其词必极才之所至，其调年变而月不同，手眼各出，机轴亦异。"② 在袁氏看来，文体形态永远处于变化不居的状态，应依时、因势而不断改造、创新，任何文体都不能被模式化、固定化，打破僵化的体制程序，作家才能各逞其才，独创制奇。

乐府诗兴于汉代，由题名、本事、曲调、体式、风格五要素组合而成，叙事性、音乐性、群体性、娱乐性是其主要艺术特色，其语言生动活泼、浅近自然，宛如一幅幅汉代社会生活的"浮世绘"。《文心雕龙·乐府》云："乐府者，'声依永，律和声'也。"③ 乐府的本质首先是一种音乐语言，其次才是文学语言。然而"汉自东京大乱，绝无金石之乐，乐章亡缺，不可复知"④，战乱摧毁了乐府的体制传统，汉乐府的音乐性、群体性、娱乐性等特质不断被消解，逐渐向文学化、文人化、高雅化靠拢。魏晋乐府无法沿袭汉乐府的文体形态，时势使然，所谓"文变染乎世情，兴废系乎时序"，世积乱离是文体变异的客观因素，其主观因素则是文人追求新变的变体意识，正如曹植所说"古曲甚多谬误，异代之文，

---

① （明）袁宏道著，钱伯城笺校《袁宏道集笺校》卷十三《拟古乐府》，上海古籍出版社，2008，第577页。
② （明）袁宏道著，钱伯城笺校《袁宏道集笺校》卷四《诸大家时文序》，上海古籍出版社，2008，第185页。
③ （南朝梁）刘勰著，詹锳义证《文心雕龙义证》卷二，上海古籍出版社，1989，第220页。
④ （唐）房玄龄等撰《晋书》卷二十二，中华书局，1974，第679页。

未必相袭，故依前曲作新歌"①。他们清醒地认识到文体不必陈陈相因的道理，于是在乐府的旧瓶中装入新酒，更有甚者，直接打破旧瓶而另制新瓶，文人乐府由此而兴。

魏晋乐府之"变"符合袁宏道穷新极变的诗学观，亦契合其文学进化论的诗史观，遂得到袁氏的肯定。而在魏晋时人的眼中，这种变异则染上背离传统的"乖调"色彩，刘勰在《乐府》篇说："子建士衡，咸有佳篇，并无诏伶人，故事谢丝管，俗称乖调，盖未思也。"②"乖"即违背、不合之意。李曰刚《文心雕龙斠诠》言："诗不论自立新题或袭用乐府古题，苟不依声应乐者，俗皆谓之乖调。"③ 曹植、陆机的乐府诗脱离音乐的鞍辔，纵横驰骋于谋篇布局、意象选取、情感体验、辞藻修饰、语言锤炼的文学疆场，世人对这种诗乐分离的文人乐府流露出诧异与不满情绪，责其为"乖调"。这显然没有把握住曹、陆二人乐府诗歌的主要特质，更未看清乐府演变的大体趋势，因此刘勰斥责时人"未思"，而赞赏曹、陆"咸有佳篇"，是为真知灼见。袁宏道站在文学史的高度，看准魏晋乐府的"乖调"特质，而得出了"乐府之不相袭也，自魏、晋已然"的论断。

与袁氏同时代的于慎行亦认识到了这一点，《谷山笔麈》曰："汉《铙歌》二十二曲，盖骑吹也，其中多言登降山陂、弋射鸟兽之事，而其词旨所寓，又多感遇伤时之叹。魏、晋以降，不能传其声谱而拟其曲数以修鼓吹。齐、梁以来，又不能拟其篇数，而取其篇名以模《乐府》。总之其体绝矣。"④ 他以鼓吹曲为例，认为魏晋以来汉乐府在曲调、本事、体制等方面都已不相承传，因此乐府之体陷入穷途末路。于氏与袁氏都看到了文学发展的规律与趋势，不同的是，于氏持一种消极的文学史观，认为古胜于今，乐府创作一代不如一代，乐府之法荡然无存，仅看到穷，未看到变，而袁氏则认识到穷极必变之理。

---

① （唐）房玄龄等撰《晋书》卷二十三，中华书局，1974，第710页。
② （南朝梁）刘勰著，詹锳义证《文心雕龙义证》卷二，上海古籍出版社，1989，第259~260页。
③ （南朝梁）刘勰著，詹锳义证《文心雕龙义证》卷二，上海古籍出版社，1989，第262页。
④ （明）王锜、（明）于慎行撰，张德信、吕景琳点校《寓圃杂记 谷山笔麈》卷八《诗文》，中华书局，1984，第89页。

"不相袭"的变体意识是袁宏道对魏晋乐府的整体印象,观点较为笼统,主要是基于一个文学史家的眼光,泛泛而谈,未提及具体的作家作品,亦没有细致的诗艺分析,他看重的是魏晋乐府敢于新变的创作意识及抒写时事的创作精神。至于对魏晋乐府艺术高下的评判,袁宏道尚未提及,或可参照公安派江盈科的乐府观。江氏以为古乐府"皆就其时事构词,因以名篇,自然妙绝",李、杜乐府"皆因时因事命题名篇,自是高古奇绝,所以为诗中豪杰"。① 魏晋乐府本着实录精神,描绘社会现实,抒发强烈的个体情感。如曹操《薤露行》《蒿里行》用乐府旧题抒写时事,记述汉末大动乱带给人民苦难的史实,"白骨露于野,千里无鸡鸣。生民百遗一,念之断人肠"体现忧民的悲痛情思与生命关怀,方东树对其尤为称赏:"此用乐府题,叙汉末时事。所以然者,以所咏丧亡之哀,足当挽歌也。"② 曹植《浮萍篇》《野田黄雀行》等自立新题,表达身世沉浮、去国离京的悲戚,以"高树多悲风,海水扬其波"描绘险恶的处境及忧惧的心态,辞美情实,文质相称,钟嵘褒扬其"骨气奇高,词彩华茂。情兼雅怨,体被文质"③。陆机乐府符合其"诗缘情而绮靡"的诗学观,描写贵族生活或坎坷仕途皆着陆氏色彩,清人刘熙载对其评价甚高:"士衡乐府,金石之音,风云之气,能令读者惊心动魄。虽子建诸乐府,且不得专美于前,他何论焉!"④ 魏晋文人因时事触动,下笔自有真情、真我,不经意间已是创新,或许因其"鄙直如俚语"⑤ "敷旨浅庸"⑥而为人诟病,但尚今宁俗的袁宏道极喜这种本色独造的"疵处""秽杂",江盈科亦云:"然则此等制作,未免俚俗,而才料取诸眼前,句调得诸口

---

① (明)江盈科纂,黄仁生辑校《雪涛阁四小书之四·诗评》,《江盈科集》,岳麓书社,2008,第 700 页。
② (清)方东树著,汪绍楹校点《昭昧詹言》卷二"魏武帝《薤露》"条,人民文学出版社,1961,第 67 页。
③ (南朝梁)钟嵘著,曹旭集注《诗品集注》(增订本),上海古籍出版社,2011,第 117 页。
④ (清)刘熙载撰,袁津琥校注《艺概注稿》卷二,中华书局,2009,第 247 页。
⑤ (南朝梁)钟嵘著,曹旭集注《诗品集注》(增订本),上海古籍出版社,2011,第 256 页。
⑥ (清)陈祚明评选,李金松点校《采菽堂古诗选》卷十,上海古籍出版社,2008,第 293 页。

头，朗诵一过，殊足解颐。其视匠心学古，艰难苦涩者，真不啻哙哀家梨也。"① 魏晋乐府为情造文，依时而变，袁宏道以魏晋乐府不相拟袭的特征为依傍，道出乐府发展的必然规律，以警示拟古、学古者。

当然，袁宏道所说的"不相袭"并非全然割裂传统，而是有所因承。无论如何变化，汉乐府的基本文体形态和缘事而发的现实主义精神一直绵延不息，这已成为历代创作者与批评者的共识。三曹父子以乐府旧题抒写时事，白居易的新乐府运动倡"因事立题""歌诗合为事而作"，江盈科主张"因时因事命题名篇"等，皆践行了乐府的叙事传统，王世贞因李东阳的拟古乐府议论过多而大加批评，也就不难理解了。继承是新变的起点，在体制规范的枷锁内有所发挥，彰显时代风貌与个性风格，是无可非议的。晚唐诗人皮日休曰："今之所谓乐府者，唯以魏、晋之侈丽，陈、梁之浮艳，谓之乐府诗，真不然矣！"② 他因风格特色而病魏、晋、陈、梁乐府，殊不知这正是变化所在，魏、晋、陈、梁乐府没有盲目拟袭汉乐府，强作高古质朴之辞，而加入艳丽、浮靡等色彩，正是其可贵之处。

（二）对复古派拟古乐府的评议

《明史·乐志》曰："稽明代之制作，大抵集汉、唐、宋、元人之旧，而稍更易其名。"明人丧失了制礼作乐的热情，其成就乏善可陈，"惟务明达易晓，非能如汉、晋间诗歌，铿锵雅健，可录而诵也"③。乐府作为音乐机构及音乐活动的影响力已经大不如前，其观王政盛衰的职能亦失去。而作为汉魏时期独具特色的诗歌体式，乐府诗却备受明代文人的青睐，其接受及经典化过程在明中期达到一个新高峰。

前后七子在"古体宗汉魏"的经典崇拜及格调主义影响下，创作了大量拟古乐府，且从理论批评角度确立了汉乐府的经典地位。从乐府接受美学视野来看，明代复古派的重要贡献是从理论高度确立汉乐府的美学价值，如胡应麟将汉乐府与《诗经》之《国风》并举，称其为"天地元

---

① （明）江盈科纂，黄仁生辑校《雪涛阁四小书之四·诗评》，《江盈科集》第二册，岳麓书社，2008，第722页。
② （唐）皮日休著，萧涤非、郑庆笃整理《皮子文薮》卷十《正乐府十篇并序》，上海古籍出版社，2017，第126页。
③ （清）张廷玉等撰《明史》卷六一，中华书局，1974，第1500、1507页。

声",且认为《诗经》有法可循,文采斐然,"惟汉乐府歌谣,采摭闾阎,非由润色。然质而不俚,浅而能深,近而能远,天下至文,靡以过之。后世言诗,断自两汉,宜也"①。他们将汉乐府视作古体诗的最高典范,试图以创作实践去还原、重现汉乐府的审美风貌。但明人与汉乐府的美学特质及创作系统之间存在难以逾越的鸿沟,其所谓的"还原"也只是邯郸学步式的模仿,以至被后人讥讽为剽贼,"文极奇而体则谬"②,遂以失败告终。

真正把握汉乐府内在艺术特质和审美心理,以创作实践成功地将汉乐府发扬光大的是唐代文人。唐人亦有"将复古道,非我而谁"③的复古理想,他们学习汉乐府缘事而发、即事名篇的创作传统,杜甫、白居易等又创作大量新题乐府美刺时政,抒发现实感慨,将传承与独创完美融合起来。复古重在复其"神",而不在拟其"形",形式只是虚有其表的空壳子,精神才是内蕴所在。明代复古派通常以文字游戏的心态创作乐府诗,为达到训练诗艺的目的,往往调换字句,近乎剽窃,与其复古的初衷背道而驰。白居易在《寄唐生》中说:"非求宫律高,不务文字奇。惟歌生民病,愿得天子知。"④复古派一味追求"宫律高""文字奇",陷入形式主义的误区,而新乐府运动旨在反映民瘼,裨补时病,继承了汉乐府的现实主义精神。擅长乐府诗创作的于慎行对此深以为然,他说:"唐人不为古乐府,是知古乐府也。辞声相杂,即无从辨,音节未会,又难于歌,故不为尔。然不效其体,而时假其名,以达所欲出,斯慕古而托焉者乎。近世一二名家,至乃逐句形模,以追遗响,则唐人所吐弃矣。"⑤在他看来,刻意拟古者没有通晓乐府诗乐分离的根本状态。汉乐府率真自然、古朴浑厚,是一种音乐语言,从民众口中自然生发出来,浑然天成,是"煮成

---

① (明)胡应麟撰《诗薮》,上海古籍出版社,1979,第3页。
② (清)钱良择:《唐音审体·古题乐府论》,丁福保辑《清诗话》,上海古籍出版社,2015,第808页。
③ (唐)孟启撰,董希平等评注《本事诗·高逸第三·李太白论诗》,中华书局,2014,第103页。
④ (唐)白居易著,朱金城笺校《白居易集笺校》卷一《寄唐生》,上海古籍出版社,1988,第43页。
⑤ (明)于慎行撰《谷城山馆诗集》卷一,《景印文渊阁四库全书》第1291册,(台北)台湾商务印书馆,1986,第4页。

之药",味道醇香。明人以作诗的技巧、规范、经验去模仿汉乐府,是"合成之药",甘苦分明,自然难得乐府之真谛。袁宏道的"乐府不相袭"论说的就是这个道理,他对袭古做法嗤之以鼻。袁氏批判道:"今之作者,无异拾唾,使李、杜、元、白见之,不知何等呵笑也。"江盈科的看法更是透彻:"我朝词人,乃取其题目,各拟一首,名曰复古。夫彼有其时,有其事,然后有其情,有其词;我从而拟之,非其时矣,非其事矣,情安从生?强而命词,纵使工致,譬诸巧工能匠,塑泥刻木,俨然肖人,全无人气,何足为贵?夫肖者且不足贵,况不肖者乎?"① 有"时""事""情",才有"词",而拟袭者仅有"词",完全违背了乐府诗的基本创作精神,遂为时人及后辈诟病。于慎行批评李攀龙、王世贞等人嗜古钓奇,拟乐府创作模拟拾掇,不能自成一家。清人钱良择云:"李于鳞以割截字句为拟乐府,几于有辞而无义。"②

复古派以汉乐府为第一义,主张拟乐府创作要似汉调,追求将作品置于汉乐府之中而不露痕迹的境界,实则已丧失时代与自我特色。袁宏道谈古,从古中得出变之理,立足今而革新;复古派谈古,以古为标准,袭古以求至古,遂将古今混为一谈。

虽然七子派拟古乐府存在这样或那样的弊病,但其在汉乐府经典化过程中的理论贡献是不容置疑的。伴随对汉乐府经典价值的体认,七子派挖掘出当代民歌的情感特质,如李梦阳提出"真诗乃在民间"③ 的口号,影响了明中后期民间文学发展的基本走向。其后"嘉靖八子"之一的李开先高倡"真诗只在民间"④,革新派领袖袁宏道标举"当代无文字,闾巷有真诗"⑤,俗文学爱好者冯梦龙采集并编撰了一部民间歌谣集《山歌》,文学"吟咏情性"的抒情特质被逐渐放大。七子派动摇了以台阁体为代

---

① (明)江盈科纂,黄仁生辑校《雪涛阁四小书之四·诗评》,《江盈科集》,岳麓书社,2008,第700页。
② (清)钱良择:《唐音审体·古题乐府论》,丁福保辑《清诗话》,上海古籍出版社,2015,第808页。
③ 郭绍虞主编《中国历代文论选》(第三册),上海古籍出版社,2004,第55页。
④ 郭绍虞主编《中国历代文论选》(第三册),上海古籍出版社,2004,第85页。
⑤ (明)袁宏道著,钱伯城笺校《袁宏道集笺校》卷二《答李子髯》(其二),上海古籍出版社,2008,第81页。

表的宫廷文学的根基，推动了文学民间化。其因求真而复古，遂陷入摹古的创作困境，理论与实践脱节，但我们不能忘记其求真的初衷，评价时理应客观公允。

(三) 袁宏道的拟古乐府创作

相比魏、晋乐府之"不相袭"，后代拟古乐府则"或重袭故常，或无复本义，支离散漫，莫知适归"①。针对拟古乐府诗歌创作的种种弊病，袁宏道系统地创作了17首拟古乐府来阐明其"不失作者之意"的乐府观，以期矫正当时乐府诗坛的创作乱象。

"不失作者之意"是指后代文人在进行拟古乐府创作时要遵循本事，即在题材、主题、本义、曲调上要与乐府古辞大体保持一致。本事是汉乐府长期积淀下来的文化传统，是具有传承性的文化母题，表现了人类共通的情感体验。创作者只有深入理解本事，才能体会到古辞中蕴含的深厚情感，进而与古人对话，创作出"不失作者之意"的作品。明代拟古乐府创作中存在两个严重问题：一是重袭故常，创作者严格依照本事本辞，进行文字游戏式的仿写、拼凑，落入袭古、赝古的窠臼；二是无复本义，古题乐府创作不睹本事，断章取义，混乱不堪，这使乐府本事不相传承，后人更无所取宗。

袁宏道试图将"复"与"变"结合起来，在维护乐府本事传统的基础上叙述时事，加入个人理解与情感。他特别喜爱乐府这一文体，青年时期就创作了不少乐府诗歌，收录于早期作品集《敝箧集》中，有《采桑度》《雀劳利歌》《从军行》《折杨柳》《紫骝马》等，大都自然有灵性，自我色彩鲜明。试看其二十四岁所作的《紫骝马》："紫骝马，行且嘶，愿为分背交颈之逸足，不愿为追风绝景之霜蹄。霜蹄灭没边城道，朔风一夜霜花老。纵使踏破天山云，谁似华阴一寸草。紫骝马，听我歌，壮心耗不尽，奈尔四蹄何！"②《紫骝马》属乐府横吹曲辞，据《乐府诗集》所载："《古今乐录》曰：'《紫骝马》古辞云：十五从军征，八十始得归。

---

① (明) 李东阳著，周寅宾点校《李东阳集·诗稿》卷一《拟古乐府引》，岳麓书社，2008，第3页。
② (明) 袁宏道著，钱伯城笺校《袁宏道集笺校》卷二《紫骝马》，上海古籍出版社，2008，第55、56页。

道逢乡里人,家中有阿谁?'……盖从军久戍,怀归而作也。"① 乐府本辞表现了汉末大动乱下士兵的悲惨遭遇和归乡情切,李白的《紫骝马》借乐府古题表现出盛唐人豪迈、进取的时代精神,"挥鞭万里去,安得念春闺"一句描写出即将离开亲人征战沙场的豪情与豁达。袁宏道借鉴了李白拟乐府诗的创作精神,一面向戍边之苦的主题靠拢,一面又融入适性好逸,看重个体生命价值的晚明精神风貌,复其意而不袭其辞。

袁氏早期的拟乐府创作并未刻意寄托其诗学观念,大都是兴之所至,畅意而抒。"夜深歌起碧油幢,部部争先那肯降。阅尽龟兹诸乐府,却翻新谱按南腔。"② 这首诗可视为袁氏乐府创作境况的真实写照。当他正式步入诗坛进行诗学革新时,便有意识地向乐府民歌学习,挖掘乐府民歌鄙直、纯真的情感特质,为正统言志诗歌谋寻出路,且乐府民歌与其倡导的"真""趣""宁今宁俗"等诗学理念十分契合,因此袁宏道系统地创作拟古乐府组诗来宣扬自己的诗学观,以补救七子派拟古之失,扭转明诗之颓势。他对这组拟作颇为自得,称其"不失作者之意"。其中有《饮马长城窟行》《长安有狭斜行》《有所思》《善哉行》等拟古之作,在本事、创作风格、情感基调上与古辞形神俱合。亦有感时叙事之作,如《猛虎行》:"甲虫蠹太平,搜利及丘空。板卒附中官,钻簇如蜂踊。抚按不敢问,州县被呵斥。榷掠及平人,千里旱沙赤。兵卫与邮传,供亿不知几。即使沙沙金,官支已倍蓰。矿徒多剧盗,嗜利深无底,一不酬所欲,忿决如狼豕。三河及两浙,在在竭膏髓。焉知疥癣忧,不延为疮痏。"③ 此属乐府相和歌辞,乐府古辞云:"饥不从猛虎食,暮不从野雀栖。野雀安无巢,游子为谁骄。"《乐府题解》言:"从远役,犹耿介,不以艰险改节也。"④ 古辞本义是指君子不因行役艰苦而变更气节,袁氏所作看似与本

---

① (宋)郭茂倩编《乐府诗集》卷二十四《横吹曲四·紫骝马》,中华书局,1998,第352页。
② (明)袁宏道著,钱伯城笺校《袁宏道集笺校》卷一《夜饮邹金吾家》,上海古籍出版社,2008,第49页。
③ (明)袁宏道著,钱伯城笺校《袁宏道集笺校》卷十三《猛虎行》,上海古籍出版社,2008,第581页。
④ (宋)郭茂倩编《乐府诗集》卷三十一《相和歌辞·平调曲》之《猛虎行》,中华书局,1998,第462~463页。

辞不相干,实则以反讽的语气揭露出万历年间矿监、税使嗜利急欲的恶行,与古辞之君子形成鲜明对比,可看作对古辞的活学化用。袁宏道在袭旧的基础上有所新变,确实做到了其所谓的"不失作者之意"且又"不相袭"。

总的来说,明代拟古乐府的昌盛期是在明初、中期,代表诗人有高启、李东阳、李梦阳、李攀龙、王世贞等,作家辈起,作品众多,与其相比,袁宏道的拟古乐府创作寥寥可数。当七子派以汉乐府为创作理想,标榜汉乐府的经典价值时,袁宏道肯定魏晋乐府的新变特征,且毫不避讳地创作拟古乐府来反对七子派的模拟之习。在他看来,求新求变的复古是可取的,而抄袭剽窃的复古是为人唾弃的。复古是袁氏文学革新的途径之一,却是复古派的终极美学目标,这是二者的本质区别。

第三节　袁宏道对六朝诗学术语的接受与发展

"术语"是批评家认识文学现象、把握文学客观规律的纽结,它指引着文学创作和文学理论发展的基本方向。术语在长期的创作与批评实践中得以生成,又随着时代语境的变迁而不断更新、置换、重构,因此,它不仅具有历史承续性,而且彰显出强烈的时代变异性。

六朝与晚明时期同是正统思想压制下的反抗期与释放期,其诗学观念内部有一定的共鸣与承续。两汉时期,在经学的束缚下,"诗言志"已演化成诗歌必须抒发"无邪""温柔敦厚""止乎礼义"等符合传统道德礼教规范之志,这严重压抑了文学情感性与个体性的表达。六朝时期,以玄学、佛学对抗经学,以"性灵""诗缘情"等对抗群体统一之志,实现了文学自觉与个体自由。明初文化高压与程朱理学禁锢文学发展已久,明中叶的复古运动又将文学创作圈进标准化的"围城",晚明以心学、禅学对抗理学,以文学革新对抗拟古固化,使得人性释放、文学活泼。面临相似的文学困境,如何突破重围,引导文学走上健康发展的道路,是六朝与晚明需要解决的共同难题,六朝自然对晚明有一定的借鉴作用。且六朝是文学批评系统的建构阶段,是批评术语的积累期与活跃期,其繁花硕果难免被后代批评家采撷、品尝。袁宏道力挽明代复古末流拾陈蹈故、拼凑抄袭以至诗道寝弱的颓势，吸纳、借鉴六朝诗学术语中的可用因子，根据自己的思维认知和文化心理结构加以改造，给予这些术语时代锋芒与发展活力。

袁宏道诗论中与六朝相关的术语有"趣""淡""奇""韵""真""性灵""通变"等，其中"趣"与"淡"是其对六朝著名诗人陶渊明诗歌特质的评点，第一节已详谈，其他术语在行文间亦有涉及，兹不赘述。本节选取袁氏对文学本质"性灵"及文学发展"通变"两个主要术语的认识，揭橥其革新文学观，并与同期复古派进行对比，考察六朝诗学术语在跨时空对话中显现的理论共性及时代特质。

一 诗歌本质论："性灵"说

"性灵"说是最具晚明特色的批评概念，是公安派批评体系的核心纲领，它出自袁宏道《叙小修诗》中"独抒性灵，不拘格套，非从自己胸臆流出，不肯下笔"[①] 一句，成为袁氏万历二十四年步入文坛时对抗拟古思想的理论武器。但"性灵"一词并非袁氏首创，早在六朝时期就被普遍使用，成为重要的批评术语，王利器云："性灵为六朝新起之文艺思潮。"[②] 唐宋虽沿用，但它一直潜伏于中国传统诗论的汪洋深海之中，直到明代被频繁使用，才激起大片水花，成为中国特色诗论之一。袁宏道"性灵"说源于文学批评系统内部，有一定的承续性与贯通性，须从六朝批评理论源头探寻，并在与复古派"性灵"思想的对读中，界定"性灵"的概念内涵以及其在晚明语境下的审美特性。

（一）"性灵"的六朝溯源

"性灵"一词有两种含义：一是指天性灵智，一是泛指思想、情感、精神等内心的感受。"性灵"是一个组合词，最早出现于六朝时期，在此之前，"性"与"灵"常分开使用。《说文解字》曰："性，人之阳气性善者也。从心，生声。"[③]《荀子·正名》云："生之所以然者谓之性。"[④]

[①] （明）袁宏道著，钱伯城笺校《袁宏道集笺校》卷四《叙小修诗》，上海古籍出版社，2008，第187页。

[②] 王利器撰《颜氏家训集解》（增补本），中华书局，1993，第240页。

[③] （汉）许慎撰，（清）段玉裁注《说文解字注》，上海古籍出版社，1981，第502页。

[④] （清）王先谦撰，沈啸寰、王星贤整理《荀子集解》卷十六《正名篇第二十二》，中华书局，2012，第412页。

董仲舒云："性之名非生与？如其生之自然之资谓之性。性者质也。"①"性"指人的自然本性，是一种质朴、不伪饰、不雕琢的天然存在状态。《说文解字》曰："灵，巫也。以玉事神。从玉，霝声。"②"灵"本指跳舞祈祷的巫者，具有显现、昭明事物本性的能力。"性""灵"二字在六朝组合使用，或是玄学与佛学双重影响的结果。玄学与佛学都关注、探究世界、人生的本体问题，"性灵"即指要具备使自我本性回归到自然本真的能力，"性灵"之"性"便是一颗真诚无畏的赤子之心。

据笔者粗略统计，"性灵"一词在六朝出现有36次，分别见于佛教文集《弘明集》（7次），志怪小说集《拾遗记》（1次），史学著作《春秋左传正义》（1次）、《后汉书》（1次）、《宋书》（2次）、《魏书》（1次），陆机（1次）、江淹（1次）、陶弘景（2次）、何逊（2次）、庾信（8次）的诗文集，《诗品》（1次）、《文心雕龙》（5次）、《颜氏家训》（2次）、《辨命论》（1次）等著作中，在哲学思辨、文学创作、审美批评等领域都被广泛使用，可见六朝时人对该词并不陌生，且已形成一种使用习惯和风尚。其中，谢灵运、颜延之、钟嵘、刘勰、颜之推等人的看法最具代表性，从中可窥见"性灵"在六朝时期的语意指向。

最早使用"性灵"一词的应是南朝刘宋时期的一批崇佛文士，如谢灵运、颜延之等人。何尚之在《答宋文皇帝赞扬佛教事》一文中说道："范泰、谢灵运每云：'六经典文，本在济俗为治耳。必求性灵真奥，岂得不以佛经为指南耶！'"③ 在范、谢看来，儒、释各有其价值功用，儒家典籍蕴含温柔纯朴的道德伦理，可用来教化世俗、治理国家，而佛经不像儒家经典那样偏重社会性，它直指个人心性，侧重对个体内心本真的观照。汉代大一统时期，董仲舒"罢黜百家，独尊儒术"，儒学在维护中央集权方面做出了很大贡献；而在战乱频仍、政权更迭之际，宋文帝则希望用佛法统治民众，使人察其性灵，返归本性，虚静无为，少生事端。在"白骨露于野，千里无鸡鸣"的血腥与惨淡之中，佛教谓"物有佛性，其

---

① （汉）董仲舒撰，（清）凌曙注《春秋繁露》，中华书局，1975，第362页。
② （汉）许慎撰，（清）段玉裁注《说文解字注》，上海古籍出版社，1981，第19页。
③ 刘立夫、魏建中、胡勇译注《弘明集》卷十一《答宋文皇帝赞扬佛教事》，中华书局，2013，第715页。

道有归",宣扬佛性论及彼岸极乐世界,给予人们不少精神慰藉。"性灵"主要指向佛教心性论,意在探求心灵深处的先验本体。颜延之在《庭诰》中云:"若立履之方,规览之明,已列通人之规,不复续论。今所载咸其素畜,本乎性灵,而致之心用……含生之氓,同祖一气,等级相倾,遂成差品,遂使业习移其天识,世服没其性灵。"① 颜氏认为其《庭诰》一文与"通人之规"有别,它是"本乎性灵"的文字,全然是自己日常所感的积累,不含任何道德规劝之意,仅"致之心用"而已。"性灵"是与生俱来的、人人皆有的自然天性、本性,而后天的"业习""世服"会使"性灵"湮灭。谢灵运、颜延之所说的"性灵"应是在佛教直接影响下产生的术语,它是一种内向型的心灵体悟,直指个体生命本原,如普慧所说,性灵"既是指一切众生(有情)内在具有的恒常不变的精神体和强大无比的神秘力量,又是指充盈宇宙、泯灭差别的根源能量"②。值得注意的是,虽然"性灵"是刘宋文人在佛教启发下所创,但性灵之精神早在老庄"虚静说""婴儿说"中就已生根,经屈原、阮籍等诗人赤子之心的创作实践得以发芽,南朝时,在异域佛教的刺激下正式生成。因此,不能片面地将"性灵"说的产生全然归于佛教。

在谢、颜那里,"性灵"说本不关涉文学创作与审美自由,但因二人不仅是崇佛名士,更是元嘉时著名的大诗人,"性灵"思想既体现在其佛论著作中,也潜移默化地渗透其诗歌创作中。世间万物皆有性灵,作家个体与山水自然平等对话,交融相通。自然是以一种被尊重、被喜爱的姿态进入诗歌的,因此才有"昏旦变气候,山水含清晖""朝搴苑中兰,畏彼霜下歇"③ 这样生趣活泼的诗句。"性灵"自然而然地就从哲学领域过渡到审美领域,且被频繁应用于诗歌创作与诗学批评。南北朝很多文人都喜用"性灵"一词,如"冥析义象,该洽性灵"④(江淹)、"性灵昔既肇,

---

① (清)严可均校辑《全上古三代秦汉三国六朝文·全宋文》卷三十六,中华书局,1958,第2634页。
② 普慧:《佛教思想与文学性灵说》,《文学评论》2012年第2期。
③ (晋)谢灵运著,顾绍柏校注《谢灵运集校注》,(台北)里仁书局,2009,第165、269页。
④ (明)胡之骥注,李长路、赵威点校《江文通集汇注》卷二《知己赋》,中华书局,1984,第89页。

缘业久相因"①（陶弘景）、"暂喧耳目外，还保性灵中"②（何逊）、"年发已秋，性灵久竭"③（庾信）等，他们用"性灵"来阐明创作主体的原动力及审美活动中独特的心灵感受。文学创作现象必然会对文学批评活动产生一定的影响，"性灵"一词经钟嵘、刘勰等批评家的关注而成为一个寓意深厚的诗学术语，揭示了文学创作活动的内向性、非功利性、个体性、抒情性、审美性等特征。

以"性灵"论诗，始于钟嵘。清刘熙载《诗概》有言："钟嵘谓阮步兵诗'可以陶写性灵'，此为以性灵论诗者所本。"④《诗品》评阮籍诗曰：

> 其源出于《小雅》。无雕虫之功，而《咏怀》之作，可以陶性灵，发幽思。言在耳目之内，情寄八荒之表。洋洋乎会于《风》、《雅》，使人忘其鄙近，自致远大。颇多感慨之词。厥旨渊放，归趣难求。⑤

钟嵘十分赞赏阮籍之诗，将其列为上品。在他看来，阮诗与《诗经·小雅》在审美风格与情感表现方面极其相似，都是兴至情来、随情宛转、自然而然，毫无雕琢堆砌之迹。阮籍的八十二首《咏怀》诗用幽愤、郁结、悲戚、孤独的情绪道出个体生命的虚妄、无奈与不自由。在昏暗、压抑的社会现实面前，个体理想与自由无法实现；在永恒、无际的宇宙面前，短暂、缥缈的人生如何自处，生命价值又如何体现？他将对生命本质的思考上升到整个人类的普遍性高度，引发跨越时空界限的强烈共鸣。因此其诗言近旨远，情思遥深，可以陶冶最真挚、纯粹的本性，启发内心最

---

① （南朝梁）陶弘景著，王京州校注《陶弘景集校注·告逝篇》，上海古籍出版社，2009，第 53 页。
② （南朝梁）何逊：《何逊集》卷二《早朝车中听望》，中华书局，1980，第 28 页。
③ （北周）庾信撰，（清）倪璠注，许逸民校点《庾子山集注》卷八《答赵王启》，中华书局，1980，第 562 页。
④ （清）刘熙载撰，袁津琥校注《艺概注稿》卷二，中华书局，2009，第 402 页。
⑤ （南朝梁）钟嵘著，曹旭集注《诗品集注》（增订本），上海古籍出版社，2011，第 150 页。

幽微的情思。张伯伟说:"他把人生问题上升到哲学的高度思考,因而诗歌的视野极为广阔,诗歌的境界极为高远。因为他的忧时伤世,不限于个人的哀乐,所以在在流露出一种伟大的孤独。"① 钟嵘所谓的"性灵"主要是指以"直寻"的方式去探寻和挖掘创作主体内心深处最真切的情感,他认为诗歌的本质是缘情而发,吟咏情性,只有抒发本真、质朴的情志,才能创作出有性灵的文学作品。这一点对袁宏道的影响非常大,袁氏提倡"独抒性灵"的情本观或可追溯于此。

体大虑周的《文心雕龙》中有五处谈及"性灵"一词,集中体现了"性灵"作为六朝新兴批评术语的多层次内涵。刘勰在《文心雕龙》的开篇《原道》一文中就说:

> 仰观吐曜,俯察含章,高卑定位,故两仪既生矣;惟人参之,性灵所钟,是谓三才。为五行之秀,实天地之心。心生而言立,言立而文明,自然之道也。②

刘勰开宗明义,将"性灵"置于天地之心、五行之秀的至高地位,认为它是与"道"同生的生命本体。"性灵"感天地之精华而终聚集于人,人有性灵之心,就会产生语言,语言形成,文章自然就会显明。刘勰还指出:"人禀七情,应物斯感,感物吟志,莫非自然。"(《明诗》)他所说"性灵"之心是文质均衡、情采并重的,既包含自然之文采,又包含自然之情志。在此"自然之道"的指导下,刘氏强调实际文学创作要"综述性灵,敷写器象"(《情采》),做到形文、声文、情文合一,而汇聚天、地、人于一体的儒家经典可以"洞性灵之奥区,极文章之骨髓"(《宗经》),是刘勰心目中最典型的性灵之作。五经"象天地,效鬼神,参物序,制人纪"(《宗经》),包罗万象,宇宙之道、鬼神之事、自然之序、人伦之理,莫不涵盖于内,它是"性灵镕匠,文章奥府"(《宗经》)。因此,儒家经典也可以像佛经一样洞察性灵的真奥,培养创作主体的性

---

① 张伯伟:《钟嵘诗品研究》,南京大学出版社,1999,第155页。
② (南朝梁)刘勰著,詹锳义证《文心雕龙义证》卷一,上海古籍出版社,1989,第4页。

灵。在《文心雕龙》末篇《序志》中，刘勰说："岁月飘忽，性灵不居；腾声飞实，制作而已。"他意识到人的生命、情感不能恒久地存在于世间，唯有著书立说才能流传于世。此说法承司马迁"成一家之言"的著书说、曹丕的"文章不朽说"而来。魏晋之际，人的自觉与文学自觉是同步发展的，人们意识到人生短暂，生命无常，受现实政治的制约，"立德""立功"已是难事，便借"立言"来实现生命价值的永恒。他们倡导的是立一家之言，立性灵之言，只有具有独特性和创新性的作品才会成为经典，恒久流传。相较钟嵘，刘勰"性灵"的涵盖面更为广泛，内涵也更加丰富，"性灵"体现于文学本质、创作过程、作家主体、文学价值，融佛、儒、玄思想于一体，既能洞察生命之真奥，又可"济俗"，既指向先验性的个体本原，又被描述为创作心理活动的一般经验性感受。

　　钟嵘、刘勰之后，由南入北的颜之推也论及"性灵"。南朝文艺侧重文学抒情的审美特质，北朝文艺强调文学致用的社会功能，颜氏则融合南北朝文论的特性，形成了自己的文学价值取向。《颜氏家训·文章》有言："至于陶冶性灵，从容讽谏，入其滋味，亦乐事也。行有余力，则可习之。……文章之体，标举兴会，发引性灵，使人矜伐，故忽于持操，果于进取。"① 在钟嵘、刘勰的影响下，颜之推认识到文学抒发个体自然兴致、本真性灵的审美本质，但这也导致了文人强烈表现自我，张扬个性，从而疏于修持，品性不端。他列举屈原、司马相如、曹植、阮籍、嵇康、谢灵运等36位陷入轻薄的文人，说明"发引性灵"的负面效应。颜氏本于正统儒家观念，将"敷显仁义""发明功德"之文放在首位，而将"陶冶性灵"之文置于其次，这并不代表他否认或轻视性灵文学的价值意义，而只是出于家训训诫世俗的教化作用的现实考量才如此排序。

　　"性灵"从哲学思辨到审美创造，从探寻人"心"到阐明文"心"，在六朝创作实践与理论批评共同作用下，成为一个独特的批评术语。它体现了审美主体在历史环境与人生际遇中获得的强大心灵体悟，在内心与外物的强烈交感下形成的独特的审美知觉力、创造力和感受力。

　　"性灵"说对中国文论有深远的影响，随着历史语境、艺术场域的变

---

① 王利器撰《颜氏家训集解》（增补本），中华书局，1993，第237~238页。

迁，其内涵也不断更新。作为"性灵"说的滥觞，六朝"性灵"说指引着文学发展的基本方向。"唐宋以后，随着文以载道思想的流行，文学批评中性灵一词遂不多见"①，"性灵"诗论在唐宋时期的话语权较微弱，仅是只言片语，如杜甫云："陶冶性灵存底物，新诗改罢自长吟。孰知二谢将能事，颇学阴何苦用心。"② 他认为写诗要将先天才情、性灵与后天锤炼、苦吟相结合，在师心的基础上借鉴诗学传统，转益多师。袁枚在《随园诗话》中说："杨诚斋曰：'从来天分低拙之人，好谈格调，而不解风趣。何也？格调是空架子，有腔口易描；风趣专写性灵，非天才不办。'余深爱其言。"③ 杨万里更注重天赋、才气，主张通过"悟"来感受生命灵趣。唐宋性灵诗论虽不彰显，但性灵思想早已潜移默化地渗透进诗人的意识，如唐宋出现了像李白、杜甫、李贺、李商隐、柳永、苏轼、杨万里、辛弃疾等抒写性灵之作的大诗人。至晚明，"性灵"说才大放异彩，成为作诗的重要指导纲领。袁宏道的"独抒性灵，不拘格套"与六朝"性灵"说一脉相承，且在明代复杂的诗学场域产生了新的话语意义。"性灵"说是袁氏与复古派进行斗争的资本与武器，它在晚明显现出强大的反抗性与攻击性。

（二）"独抒性灵"对六朝"性灵"说的承续与发展

六朝"性灵"说揭示了文学"发引性灵"的本质特征，在此基础上，袁宏道进一步阐释了审美主体应如何去表现性灵。他提出的"独抒性灵，不拘格套"可从两方面来探讨：一是张扬个性，表现真实的、感性的自我，关键在于"独"与"真"；二是对格调这种刻板程序的反抗，提倡多样性书写，关键在于"不拘"与"变"。尚真求变是袁氏性灵文学的核心要义。

袁宏道认为，"性灵"即发现自我，尊重个性。他对自己的人生定位是做"最天下不紧要""世间大自在"的"适世"之人，适世之人"于

---

① 袁震宇、刘明今：《明代文学批评史》，上海古籍出版社，1991，第 455 页。
② （唐）杜甫著，（清）仇兆鳌注《杜诗详注》卷十七《解闷十二首》，中华书局，1979，第 1515 页。
③ （清）袁枚著，顾学颉校点《随园诗话》，人民文学出版社，1982，第 2 页。

业不擅一能，于世不堪一务"①，无能故无为，无执故无碍，不紧要故自在。然而，他所谓的"适世"并不是全然地释放"本我"，遵循"快乐原则"去满足一切欲求，而是将"自我"从"超我"的规范制约中解脱出来，按照"现实原则"合理地去实现自我的人生追求。"适世"是他调节"本我"与"超我"矛盾的方式，当官场的樊笼强烈禁锢个体自由时，他渴望能享受放浪形骸般的自由与快乐，但同时，他又意识到这样的生活是极端且无趣的，它会使人陷于紧张与焦虑，而不能做到真正的从容适世。他说："每见无寄之人，终日忙忙，如有所失，无事而忧，对景不乐，即自家亦不知是何缘故，这便是一座活地狱，更说甚么铁床铜柱刀山剑树也。可怜，可怜！"② 他反对虚度光阴，认为情要有所寄托，寄于弈、色、技、诗、文等皆可，这样人生才富有趣致。袁宏道还认为人要有与众不同的癖好，"世人但有殊癖，终身不易，便是名士。如和靖之梅，元章之石，使有一物易其所好，便不成家"③。北宋林逋痴迷梅花，有"梅妻鹤子"之美谈，曾写下"疏影横斜水清浅，暗香浮动月黄昏"的咏梅名句。米芾醉心于赏玩石头，甚至向奇石行跪拜之礼，"米芾拜石"被传为佳话。因有殊癖，才有执着到近乎癫狂的追求，才有免于流俗的个性与真情。袁氏所倡导的"有所寄"与"殊癖"是"独"与"真"的直接表现，是一种自适自得、自我满足的自然心理状态，是一种思考自我存在意义与价值的生命哲学。

张扬自我的同时，也要尊重他人的个性。袁氏并不以自我的价值选择去束缚甚至压迫他人的个性，他认为"适世"的关键在于"适己"。"两者不相肖也，亦不相笑也，各任其性耳。性之所安，殆不可强，率性而行，是谓真人。"④ 放达、慎密都是个体的自然天性，强行使放达之人变

---

① （明）袁宏道著，钱伯城笺校《袁宏道集笺校》卷五《徐汉明》，上海古籍出版社，2008，第218页。
② （明）袁宏道著，钱伯城笺校《袁宏道集笺校》卷五《李子髯》，上海古籍出版社，2008，第241页。
③ （明）袁宏道著，钱伯城笺校《袁宏道集笺校》卷五十五《与潘景升》，上海古籍出版社，2008，第1597页。
④ （明）袁宏道著，钱伯城笺校《袁宏道集笺校》卷四《识张幼于箴铭后》，上海古籍出版社，2008，第193页。

得慎密，或强行让慎密之人变得放达，都违背了个体本性。袁氏推崇陶渊明的恬淡与自适，但并未将其奉为统一的普遍性法则，他认为"淡而适"应是源自本心本性的，并非刻意效仿可得，真正的"淡"应该是"淡"中有我，而非"陶"。因此他高度评价遂溪公呙文光之人品与诗品，谓其"大约似陶令，而诗文之淡亦似之。非似陶令也，公自似也"①。呙氏之"淡"包含陶式之"淡"，更重要的是包含自身本心之"淡"，因他"以身为陶，故信心而言"；而刻意学陶者，盲目模仿，不仅不得陶之韵致，反会失去自己的个性。统一性法则是普遍存在的，人处于其中，不免受其影响，而真实的多元个性是与单一共性抗衡的强大武器。表现在诗歌创作领域，就是传统的审美法则不断地压制、束缚当时的艺术创造，而诗人需要显露自我的个性本真，不拘格套，以新变去对抗传统。

在个性品格方面，袁宏道以殊癖、癫狂为美；在诗歌创作方面，袁氏以"戏笔""宁今宁俗"为诗法；在诗歌品鉴方面，袁氏则极喜"疵处"与"秽杂"。张扬个性、追求自适等在一定程度上影响着袁宏道诗歌的创作原则、内容选择、审美风格。袁氏认为应该将诗歌创作视作一场自由自在、随心畅意的游戏，在无比舒适、放松、灵动的心理状态下，性灵的文字自然会从心中流出。"非从自己胸臆流出，不肯下笔。有时情与境会，顷刻千言，如水东注，令人夺魂。"②"文章新奇，无定格式，只要发人所不能发，句法字法调法，一一从自己胸中流出，此真新奇也。"③"流"是一种自然而然、扼制不住的创作趋势，看似随意，却充满力量，是作家灵感最充沛的状态。作家有无拘无束的创作心态才能创造新奇、多样化的作品。"信心而出，信口而谈"不是轻视诗歌，而是恰恰体现出一种创作自信。在与其兄伯修的书信中，他颇为自得地说："近来诗学大进，诗集大饶，诗肠大宽，诗眼大阔。世人以诗为诗，未免为诗苦，弟以《打枣

---

① （明）袁宏道著，钱伯城笺校《袁宏道集笺校》卷三十五《叙呙氏家绳集》，上海古籍出版社，2008，第1103页。
② （明）袁宏道著，钱伯城笺校《袁宏道集笺校》卷四《叙小修诗》，上海古籍出版社，2008，第187页。
③ （明）袁宏道著，钱伯城笺校《袁宏道集笺校》卷二十二《答李元善》，上海古籍出版社，2008，第786页。

竿》、《劈破玉》为诗,故足乐也。"① 正统诗人以严肃、拘谨的创作态度,在严格、标准的诗法指导下进行创作。沉溺于诗学传统者,常常笼罩在前辈、权威所创的辉煌的阴影下;沉溺于固有诗法者,往往因锤炼苦吟而沦为"诗奴"或"诗囚"。袁宏道在诗为戏笔的心理暗示下,以诗为乐,任心而发,自得其乐。他摒弃阳春白雪式高深、典雅的严肃题材,选择向《打枣竿》《劈破玉》等"通于人之喜怒哀乐嗜好情欲"的通俗文艺借力,以此纠正正统文人陷入格调的弊病。在审美鉴赏上,袁宏道选择了成熟完美之外的一种率真、质朴、自然的美学特质。在评其弟小修诗时,他说:"其间有佳处,亦有疵处,佳处自不必言,即疵处亦多本色独造语。然予则极喜其疵处;而所谓佳者,尚不能不以粉饰蹈袭为恨,以为未能尽脱近代文人气习故也。"② 他认为其弟小修诗自心而发,率性而作,本色独造,相比拘于诗格章法的诗人,多一份活力与生气,人力之巧难以超越天然之美。友人张幼于评价袁宏道诗风极似唐人风骨,而袁氏却认为"仆似唐之诗,非仆得意诗也"③。唐诗是中国诗歌艺术的巅峰,是最高的美学典范,袁宏道没有被这样的赞语冲昏头脑,虚荣自满,而是能冷静地认识自己,"近日湖上诸作,尤觉秽杂,去唐愈远,然愈自得意"④,他最得意的仍是那些看似杂乱污浊,却倾注了自己情感与心力的诗作,因为那是他自有之诗,不似任何人,完完整整地属于自己。袁宏道还提倡文人要蓄养本心以激发审美创作活力与动力,认为养气能使人远离喧嚣与名利,变得通脱、活泼,在生命自在无恃的状态下,灵感、妙悟、神思自然而至。对当下士习文风,他深感忧虑,在《陕西乡试录序》中,他谈道:"士无蓄而藻缋日工,民愈耗而淫巧奇丽之作日甚。薄平淡而乐深隐,其

---

① (明)袁宏道著,钱伯城笺校《袁宏道集笺校》卷十一《伯修》,上海古籍出版社,2008,第492页。
② (明)袁宏道著,钱伯城笺校《袁宏道集笺校》卷四《叙小修诗》,上海古籍出版社,2008,第187~188页。
③ (明)袁宏道著,钱伯城笺校《袁宏道集笺校》卷十一《张幼于》,上海古籍出版社,2008,第502页。
④ (明)袁宏道著,钱伯城笺校《袁宏道集笺校》卷十一《张幼于》,上海古籍出版社,2008,第502页。

颇僻同也；师新异而骛径捷，其跳越同也。"① 时下文人追逐奇巧，故作深奥，而忽视自我本心的涵养，盲目标新立异，实则遮蔽本体性灵，丧失艺术创造活力。刘勰《文心雕龙·养气》云："清和其心，调畅其气。"② 韩愈在《答李翊书》中言："将蕲至于古之立言者，则无望其速成，无诱于势利，养其根而俟其实，加其膏而希其光。根之茂者其实遂，膏之沃者其光晔。"③ 著书立言之人要常常调和身心，涵养生命活力，使本心澄净、明朗，与自然万物和谐交感，这样才有充沛的情感和创作冲动，能创作出根情苗言的作品。

六朝"性灵"说强调挖掘个体内在情感，明确文学的抒情特质，但魏晋士人在徘徊与挣扎中寻找自我，常处于焦躁、郁愤、不安的极端心理状态，并没有获得真正意义上的个体解放与精神自由，而六朝诗歌侧重的是一种华美斐丽的自然英旨，是看起来毫无痕迹的藻饰之工。袁宏道"性灵"说表现的是真实的自我个性，是"适世"更"适己"的自然本心，摒除外界环境带来的压抑与紧张，内心变得更随性适意、从容自在，其诗歌创作更是强调自然地抒发内心最充沛、直露的情感，直率坦荡，不受传统思想与传统诗法的约束，做到内容与形式的双重自由。在他看来，性灵即真实、个性与自然，因此他反对模拟和过度运用格调技巧。无论是人生追求还是文学创作，袁宏道的"性灵"说都在六朝"性灵"说的基础上有很大的发展，赋予"性灵"更强烈的反叛性与革新性，甚至带有一些激进性。相较而言，六朝"性灵"说在玄学思辨的影响下，更注重探索个体生存的问题，思考的是如何超越有限，将生命历程延展至无限，是一种具有理性思辨精神的性灵观；而晚明"性灵"说在阳明心学的影响下，更侧重自我感性情欲的刺激，是一种世俗化、平民化的审美欲求，在张扬自我，表现"我"之精神欲求方面，比六朝更明显、突出。

---

① （明）袁宏道著，钱伯城笺校《袁宏道集笺校》卷五十四《陕西乡试录序》，上海古籍出版社，2008，第1530页。
② （南朝梁）刘勰著，詹锳义证《文心雕龙义证》卷九，上海古籍出版社，1989，第1581页。
③ （唐）韩愈撰，马其昶校注，马茂元整理《韩昌黎文集校注》，上海古籍出版社，1986，第169页。

(三) 袁宏道与复古派"性灵"说的异同

寻绎晚明性灵文学思潮的发展脉络可以发现，在晚明诗学场域，首倡"性灵"说的并非袁宏道，在他之前，七子派的王世贞、屠隆等人早已频繁使用"性灵"一词，且从多角度阐释其深刻内涵；而真正将"性灵"说发扬光大的亦非袁宏道，在他之后，竟陵派的钟惺、谭元春修正和完善"性灵"说，使其盛行于世，如钱谦益所说，"钟、谭一出，海内始知'性灵'二字"①。据文献稽考，王世贞文集中有17处提及"性灵"一词，屠隆文集中有27处提及"性灵"一词，而袁宏道文集中则仅3处谈到"性灵"，此外，袁中道10处，钟惺5处，谭元春6处。从使用频次清楚可见，晚明大规模且系统化以"性灵"论文学的非屠隆莫属。七子派后期在对格调与拟古的反思与转变中，形成了"发抒性灵"的审美知觉，引发了袁宏道"独抒性灵"的诗学变异。从"发抒性灵"到"独抒性灵"是一个渐进的审美感知过程。因双方处于不同的艺术场域，其"性灵"观也处于博弈、调和、交换与抗衡之中，比较两者之异同，可明晰性灵文学精神在晚明语境中的演变轨迹及特殊意义。

文学复古运动发展至高潮阶段，格调论的弊端日渐显现，复古派内部悄然形成了一股性灵思想的潜流。何景明反对"刻意古范，铸型宿镆，而独守尺寸"的拟古不化，他指出拟古要"富于材积，领会神情，临景构结，不仿形迹"。②作诗始于学古，而终于自成一家，诗人要懂得及时舍筏登岸。徐祯卿继而主张"因情立格"③，"情"是诗歌之根底、灵魂，"格"是诗歌之枝叶、形式，构建了一种"以情为本"④的格调之说。谢榛言"诗文以气格为主"⑤，王世贞、屠隆等大谈"性灵"，胡应麟倡"兴象风神"⑥说，这股潜流在挣扎中涌出水面，复古派在自我反省与修正中呈现出向性灵派过渡的态势。

---

① （清）钱谦益：《列朝诗集小传》，上海古籍出版社，1983，第572页。
② （明）何景明撰《大复集》卷三十二《与李空同论诗书》，《景印文渊阁四库全书》第1267册，（台北）台湾商务印书馆，1986，第291页。
③ （明）徐祯卿：《谈艺录》，（清）何文焕辑《历代诗话》，中华书局，2004，第767页。
④ 袁震宇、刘明今：《明代文学批评史》，上海古籍出版社，1991，第171页。
⑤ （明）谢榛：《四溟诗话》卷一，人民文学出版社，1961，第4页。
⑥ （明）胡应麟撰《诗薮》，上海古籍出版社，1979，第100页。

王世贞的"性灵"说大都集中于其晚年所作的《弇州续稿》,他提出诗歌创作"必匠心缔而发性灵"①,"搜刓心腑,冥通于性灵"②,这意味着复古派从法度、格调的禁锢中挣脱开来,开始重视诗歌抒发个体性灵的情感特质。复古派以"心缔""心腑"为创作的动力源泉,向内索寻,涤除了拟古主义的嚣尘。具体到实际的创作构思阶段,就是要"发乎兴,止乎事,触境而生,意尽而止,毋凿空,无角险,以求胜人,而刓损吾性灵"③。文学创作的触发点应是"感兴",创作主体与自然万物接触之后,产生强烈的创作冲动,调动自己的艺术想象与审美情感,创造出融事、境、意于一体的作品,这个作品必著我之色彩,含我之性灵。若一味地沉溺于字法、句法、章法的锤炼,凿空角险,与他人较量诗艺,执着于文字游戏,性灵、真我就会有所损伤;相反,若情感、性灵毫无节制、不受约束地宣泄,则会陷入自我主义的误区,作品的艺术性就会下降。基于此,王世贞强调在作诗的基本规范上应达成共识:"至于诗,古体用古韵,近体必用沈韵。下字欲妥,使事欲稳,四声欲调,情实欲称,敷率规矩定,而后取机于性灵,取则于盛唐,取材于献吉、于鳞辈。"④ 诗各有体,要遵守诗歌文体形态的基本规范与法则,而后才能抒发性灵。值得注意的是,王世贞在强调诗歌自身的基本法则之后,先言"取机于性灵",后紧接着说"取则于盛唐,取材于献吉、于鳞辈",虽已不像其早年那样偏执于格调,但盛唐的光芒仍未退散,权威崇拜的心理仍在。

明"末五子"之一的屠隆批判性地承继了复古派的理论思想,公允中肯地评价了后七子诗学主张的得失,其"性灵"诗论表现出向革新派高度倾斜的趋势。他将"性灵"视为文学之根,表现出对"性灵"的极

---

① (明) 王世贞撰《弇州续稿》卷三十五《封侍御若虚甘先生六十序》,《景印文渊阁四库全书》第1282册,(台北) 台湾商务印书馆,1986,第467页。
② (明) 王世贞撰《弇州续稿》卷五十二《余德甫先生诗集序》,《景印文渊阁四库全书》第1282册,(台北) 台湾商务印书馆,1986,第679页。
③ (明) 王世贞撰《弇州续稿》卷四十六《湖西草堂诗集序》,《景印文渊阁四库全书》第1282册,(台北) 台湾商务印书馆,1986,第607页。
④ (明) 王世贞撰《弇州续稿》卷一百八十二《颜廷愉》,《景印文渊阁四库全书》第1284册,(台北) 台湾商务印书馆,1986,第604页。

度推崇。"夫文者华也，有根焉，则性灵是也。"①"根"是文学创作的生发机制，作家要涵养性灵，根固才能花茂，无性灵之作则如枯萎的花朵，毫无生气。前人之所以能创作出大量经典名作，在于其"各极才品，各写性灵。意致虽殊，妙境则一"②，以个体才情表现内心深处的真情、性灵，这样的作品既具独特性，又具多样性。他对为文造情、矫揉造作、崇古僵化的行为极其反对，"今之人无其事而亦言之，故辞虽肖而情非真也"③。他认为作诗是一个自然而然地抒发自我胸臆与怀抱的过程，讲求真实自然，随心畅意，悠然自得，而复古派的弊病在于盲目拟袭，过分注重雕琢与工巧，自我性灵反受蒙蔽。他对时下诗坛弊病有清醒的认知："至我明之诗则不患其不雅而患其太袭，不患其无辞采而患其鲜自得也。"④他追求的舒适创作状态与理想艺术创作是"语必与情冥，意必与境会，音必与格调，文必与质比"⑤，当创作主体处于一种适意自得、不黏不滞的境况时，其创作的作品自然是文质彬彬、格调与性灵和谐相称的。屠隆切中时弊，倡扬"性灵"说，明晰文学的本质特征，对格调派进行改良，做到"写性灵而不弃古法，尚格调而不执一是，于规矩中见灵动，使师古与师心得到了统一"⑥。

王世贞、屠隆大谈"性灵"说，成为袁宏道文学革新的先驱力量。虽然袁氏文集中仅3次提及"性灵"一词，但历来将"性灵"说的倡导之功归于袁氏，关键在于其理论的反抗性、极端性与偏激性。出于对自身学派理论缺陷的弥补，王、屠二人的"性灵"论中仍保留着"格调"因子，他们采取调和折中的方式对拟袭成风的时弊进行改良，诗学理论虽逐

---

① （明）屠隆撰《鸿苞集》卷十七《文章》，《四库全书存目丛书》子部第89册，齐鲁书社，1995，第231页。
② （明）屠隆撰《鸿苞集》卷十七《论诗文》，《四库全书存目丛书》子部第89册，齐鲁书社，1995，第247页。
③ （明）屠隆撰《白榆集》文集卷一《皇明名公翰藻序》，《续修四库全书》第1359册，上海古籍出版社，2002，第544页。
④ （明）屠隆撰《鸿苞集》卷十七《论诗文》，《四库全书存目丛书》子部第89册，齐鲁书社，1995，第248页。
⑤ （明）屠隆撰《白榆集》文集卷三《李山人诗集序》，《续修四库全书》第1359册，上海古籍出版社，2002，第568页。
⑥ 周群：《屠隆的文学思想及其"性灵"论的学术渊源》，《南京师大学报》（社会科学版）2000年第6期。

渐完善，然模拟的痼疾影响诗坛已久，柔和的改良已治标不治本，需一剂猛药才可。袁宏道提出"独抒性灵，不拘格套"，将"性灵"作为诗歌的唯一本质，剔除格调与法度，主张以"无法为法"，反对依傍古人，彻底否定拟古做法，怒骂其是"粪里嚼查，顺口接屁，倚势欺良"①，比复古派"性灵"说更为彻底，在自由性与反抗性等方面，袁宏道都更胜一筹。可以说，王世贞、屠隆多次谈"性灵"，完成了量的变化，而袁宏道则实现了质的飞跃，使拟古风气荡然无存。然袁氏"性灵"说亦存在种种新的弊病，在批评七子派僵化于法度的同时，也暴露出自身彰显真实性灵时"以无法为法"，缺乏艺术锻炼而带来的弊病。他自己早已认识到这一点，在同好友张幼于探讨诗论时，他就说："不肖恶之深，所以立言亦自有矫枉之过。"② 以钟惺为首的竟陵派对其"性灵"说做了适当的调和与修正，钟惺主张"物有孤而为奇"，与袁宏道张扬个性如出一辙，但他不认同作诗为"戏笔"。他指出："诗，清物也。其体好逸，劳则否；其地喜净，秽则否；其境取幽，杂则否；其味宜澹，浓则否；其游止贵旷，拘则否。"③ 他认为诗歌是闲逸、明净、幽深、恬淡、旷远的，忌劳、秽、杂、浓、拘，侧重创作主体精神自由之后的精神修为，要求抒发自然个性之后锤炼艺术个性，以幽深孤峭、"厚"与"灵"修正了袁宏道"性灵"说中浅俗直露、无所顾忌的弊病。钟惺"性灵"说在袁宏道的基础上又向前迈了一步。文学发展的规律正是如此，文学观念在反抗与修正中一步步向前迈进。

二 文学发展观："通变"论

"通变"是关乎文学发展规律及如何发展的问题。明中后期，诗道陷入褊狭、穷困的局面，穷极必变，袁宏道高举"通变"的旗帜向复古派宣战。袁氏"通变"论虽是针对复古之流弊提出的，但其涉及文学发展

---

① （明）袁宏道著，钱伯城笺校《袁宏道集笺校》卷十一《张幼于》，上海古籍出版社，2008，第502页。
② （明）袁宏道著，钱伯城笺校《袁宏道集笺校》卷十一《张幼于》，上海古籍出版社，2008，第502页。
③ （明）钟惺著，李先耕、崔重庆标校《隐秀轩集》卷十七《简远堂近诗序》，上海古籍出版社，1992，第249页。

的一般性规律，因此，袁氏的六朝诗学通变观亦囊括其中。袁氏之论与南朝梁代诗论家刘勰的"通变"思想在理论上是一脉相承的。

（一）"通变"的六朝溯源

"通变"之理最早见于先秦哲学著作《周易》。《周易·系辞下传》云："穷则变，变则通，通则久。"① 世间万物的运行法则是，当事情发展至极点，就须适时调整变化，调整变化则能通达晓畅，通达晓畅才会长久流传下去。"变"是事物生成、发展、延续的根本途径，天地间的文采就产生于反复错综的变化之中，如《系辞上传》所言："参伍以变，错综其数；通其变，遂成天地之文。"② 掌握并运用变化的规律，就会变得通达，通于变，变则通。"通变"的关键在于把握适当的时机，"变通配四时"③，"变通者，趣时者也"④，变通之道是与四时运行规律配合发展的，因此要趋时以变，因势而变。

《周易》的"通变"哲学观是刘勰"通变"文学观的理论源泉。《文心雕龙·通变》云："文律运周，日新其业。变则堪久，通则不乏。趋时必果，乘机无怯。望今制奇，参古定法。"⑤ 此句是对刘勰"通变"论核心思想的概括与总结。刘勰对文学发展变化的规律是认可的，文学的海洋永远处于周而复始、永不停息的运转状态，大浪时时淘沙，江河处处汇入，在冲洗与置换中永葆活力。魏晋以来，诗风代变。建安诗歌慷慨多气，志深笔长；正始诗风浮浅、遥深相杂，仍留邺下遗风；晋代文学渐入轻绮，力柔气少；刘宋诗歌则追求"情必极貌以写物，辞必穷力而追新"⑥的形式之美。对于这种风骨渐少、华靡日增的趋势，刘勰持客观公允的态度，认为文学创作扎根于社会现实的土壤，与时代运势密切相关，

---

① 黄寿祺、张善文撰《周易译注》，上海古籍出版社，2001，第572页。
② 黄寿祺、张善文撰《周易译注》，上海古籍出版社，2001，第553页。
③ 黄寿祺、张善文撰《周易译注》，上海古籍出版社，2001，第541页。
④ 黄寿祺、张善文撰《周易译注》，上海古籍出版社，2001，第569页。
⑤ （南朝梁）刘勰著，詹锳义证《文心雕龙义证》卷六，上海古籍出版社，1989，第1106页。
⑥ （南朝梁）刘勰著，詹锳义证《文心雕龙义证》卷二，上海古籍出版社，1989，第208页。

所谓"文变染乎世情，兴废系乎时序"①，文质迭变是文学发展的客观规律，一味求质或一味逐华都会使诗坛变得枯燥乏味，所以文与质不可偏废。刘勰提出要正确认识和处理"通""变"之间的关系。他认为"设文之体有常，变文之数无方"②，任何文体都有其独特的文体形态与写作规范，在创作时要通于"有常"之体，落实到具体的文辞运用与艺术构思上则千变万化，需作家的匠心独运，变于"无方"之数，使创造个性与传统规范水乳交融。"通变"的一般原则是"望今制奇，参古定法"，既要"采故实于前代"，又要"观通变于当今"，在继承传统的基础上创新独造。刘勰说："若夫熔铸经典之范，翔集子史之术，洞晓情变，曲昭文体，然后能莩甲新意，雕画奇辞。昭体故意新而不乱，晓变故辞奇而不黩。若骨采未圆，风辞未练，而跨略旧规，驰骛新作，虽获巧意，危败亦多。岂空结奇字，纰缪而成经矣！"③宗经是革新的前提和基础，要以经书为创作典范，从诸子及史传典籍中学习创作之法，先"昭体"后"晓变"。同时，他还认识到变化时"度"的重要性，要做到"意新而不乱""辞奇而不黩"，不能因穷新求奇而盲目地逾规越矩。变化的基本法则是"凭情以会通，负气以适变"，依照自我的情志、气质会通适变，才能不落窠臼，创造出"物色尽而情有余"的作品。在创作时要详细斟酌、考量作品是否能够达到文质彬彬、雅俗共赏的境界。

可以说，刘勰的"通变"论是比较中和稳妥的，其对后世有深远的影响。明代复古派吸收其复古宗经的一面，遂以秦汉文、盛唐诗为模拟之法；革新派吸收其因情适变的一面，遂摒弃六艺，穷新极变。

（二）"穷新极变"对六朝"通变"论的承续与发展

袁宏道论"变"主要着眼于"时"和"势"，认为趋时、明势才能掌握通变之道。

时代变迁是诗变的先决条件。时代风气发生变化，诗歌的体制形态也

---

① （南朝梁）刘勰著，詹锳义证《文心雕龙义证》卷九，上海古籍出版社，1989，第1713页。
② （南朝梁）刘勰著，詹锳义证《文心雕龙义证》卷六，上海古籍出版社，1989，第1079页。
③ （南朝梁）刘勰著，詹锳义证《文心雕龙义证》卷六，上海古籍出版社，1989，第1066~1069页。

随之变化。"《骚》之不袭《雅》也,《雅》之体穷于怨,不《骚》不足以寄也。"① 时代风气有别,旧的诗体形态已经难以表达出诗人的情感状态,诗体就需有所新变。《诗经》多为四言,形式拘谨,节奏短促,容量也有限,不能抒发怨愤郁结的情感,于是产生了形式自由、节奏舒缓、以"兮"字增强情感语势的骚体诗,由此诗人缠绵悲怆的情感才方便抒发。袁氏认为,作家要向屈原这种识时之士学习,"堤其隙而通其所必变"②,而不要一直机械地沿袭古人之制。时代习尚变更,诗歌的美学风格也因之而变。李贺的幽僻奇诡、李商隐的绮丽瑰妍与其所处的时代语境有关,袁氏认为古今时异,今之时代就算李白、杜甫复生,也不会创造出辉煌的成就。作家要认清现实情境,创造具有自己时代风格的作品,不能以古之时之景之情来作今之诗。"不时则不隽,不穷新而极变,则不时。"③ 趋时而变、穷新极变的作品才能流传于世。

"势"是不以个体意志为转移的文学发展必然规律,文学由古而今,由势主导。"物始繁者终必简,始晦者终必明,始乱者终必整,始艰者终必流丽痛快。"④ 由繁乱艰深至工整简明,这是文学发展的大势所趋。今之文学已经趋于"流丽痛快",又何必逆势而行,刻意模仿古人作佶屈聱牙之辞?文学发展的基本趋势自然是一代比一代更工巧成熟,更臻于妙境。袁宏道持一种积极的文学进化观,不厚古薄今、崇古卑今,与古人平等对话,以今时写今情。

在"识时""明势"通变观的引导下,袁宏道主张"代有升降,而法不相沿,各极其变,各穷其趣,所以可贵,原不可以优劣论也"⑤。各代作家只要极其变、穷其趣,创作出"调无前""意常新"的作品,就可以

---

① (明)袁宏道著,钱伯城笺校《袁宏道集笺校》卷十八《雪涛阁集序》,上海古籍出版社,2008,第709页。
② (明)袁宏道著,钱伯城笺校《袁宏道集笺校》卷十八《雪涛阁集序》,上海古籍出版社,2008,第709页。
③ (明)袁宏道著,钱伯城笺校《袁宏道集笺校》卷十八《时文叙》,上海古籍出版社,2008,第703页。
④ (明)袁宏道著,钱伯城笺校《袁宏道集笺校》卷十一《江进之》,上海古籍出版社,2008,第515页。
⑤ (明)袁宏道著,钱伯城笺校《袁宏道集笺校》卷四《叙小修诗》,上海古籍出版社,2008,第188页。

独立于诗林。这样做推翻了古今对立、扬古抑今的狭隘诗史观，也是对复古派以汉魏、盛唐为高格的超越。

刘勰的"通变"论中含有明显的复古因子，这一点被袁宏道剔除了，这也是其诗备受争议的原因之一，《四库全书总目》言辞犀利地批评袁宏道"惟恃聪明""矜其小慧"，破坏律度，表面上是为了革七子拟古之弊，实际上将诗歌发展带入一个更为糟糕的境地。纪昀云："齐梁间风气绮靡，转相神圣，文士所作，如出一手，故彦和以通变立论。然求新于俗尚之中，则小智师心，转成纤仄，明之竟陵、公安，是其明征。"[1] 他认为公安派、竟陵派对刘勰的通变观做了误读，刘勰以复古宗经来整顿文坛绮靡的乱象，而公安派则从俗尚中求新，师法于心，缺乏大智慧，最终使文风纤弱不堪。

（三）袁宏道与复古派论"变"的异同

明代复古派论"变"大都持一种文学退化的历史观，他们虽认同"文随世变""体以代变"，但却认为文学发展"格以代降""代不如前"。这显然是崇古卑今思想在作祟，亦是刘勰"宗经"思想的余绪。

谢榛在《四溟诗话》中说："《三百篇》直写性情，靡不高古，虽其逸诗，汉人尚不可及。今学之者，务去声律，以为高古；殊不知文随世变，且有六朝、唐、宋影子，有意于古，而终非古也。"[2] 表面上点明了文学随时运推移而不断变化，实际上却以《诗经》为高标，以高古为高格，认为后代文学发展是走下坡路的，以消极眼光看待今之变化，这本质上是一种退化论的文学观。

胡应麟则认为："诗至于唐而格备，至于绝而体穷。故宋人不得不变而之词，元人不得不变而之曲。词胜而诗亡矣，曲胜而词亦亡矣。明不致工于作，而致工于述；不求多于专门，而求多于具体，所以度越元、宋，苞综汉、唐也。"[3] 在他看来，宋词、元曲产生于唐诗体穷之时，其变是

---

[1] 转引自（南朝梁）刘勰著，詹锳义证《文心雕龙义证》卷六，上海古籍出版社，1989，第1077页。
[2] （明）谢榛著，宛平校点《四溟诗话》卷一"《三百篇》直写性情"条，人民文学出版社，1961，第3页。
[3] （明）胡应麟撰《诗薮》，上海古籍出版社，1979，第1页。

因处于"不得不"为之的被动境况。他主张在"述而不作"的基础上"以述为作",这是一种典型的崇古心理,认为明诗应该致力于总结前人成果,做好的归纳者,而不是开拓者。胡氏窥探到了宋元文学变的外部表象,但没有理解时变而文变的内在本质,因此,在诗歌创作方法论上,他仍持以不变应万变的原则。

王世贞则以风气论变,认为"诗之变古而近也,则风气使之"①,时代风气、地域文学风貌都是导致诗风嬗变的重要原因,观点比胡应麟更深入一些。"四言诗须本《风》、《雅》,间及韦、曹,然勿相杂也。世有白首铅椠,以训故求之,不解作诗坛赤帜。亦有专习潘、陆,忘其鼻祖。"②王世贞反对缺乏主观情致,立足于诗歌文本自足基础上的"训故",亦不赞成专习个别而忽视诗歌发展源流的忘祖行为。他主张从历时性视角探寻诗歌发展的源流,这是一种"通"的观念,但他这样做的目的不是以"通"为"变",而是在"通"的基础上学习诗歌法度与规范。唐代皎然在《诗式》"复古通变体"一则曰:"作者须知复、变之道,反古曰复,不滞曰变。"③ 如何在复古中做到不黏滞,是前后七子关注而未最终解决的问题。

从上述内容可以看出,复古派承认诗歌之"变"存在的合理性,这点与革新派一致,但在对"变"的认知与处理上,不及革新派深刻、直接。复古派对"变"的处理是十分矛盾的。一方面,他们在对历代诗学传统的梳理中,看到了文学变化的客观规律和基本路径,从而认识到固守法格带来的文学流弊;另一方面,他们难以放弃古典传统诗学中的高格,遂加入一些时代精神因子,对其稍加改造。相比革新派冲破一切论"变",复古派则显得较为保守。

---

① (明)王世贞撰《弇州四部稿》卷六十五《徐汝思诗集序》,《景印文渊阁四库全书》第 1280 册,(台北)台湾商务印书馆,1986,第 135 页。
② (明)王世贞著,罗仲鼎校注《艺苑卮言校注》卷一"四言诗须本《风》、《雅》"条,齐鲁书社,1992,第 22 页。
③ (唐)皎然著,李壮鹰校注《诗式校注》卷五"复古通变体"条,人民文学出版社,2003,第 330 页。

参考文献

（汉）董仲舒撰，（清）凌曙注《春秋繁露》，中华书局，1975。

（汉）许慎撰，（清）段玉裁注《说文解字注》，上海古籍出版社，1981。

（晋）陈寿撰，（南朝宋）裴松之注《三国志》，中华书局，1959。

（晋）陆机著，杨明校笺《陆机集校笺》，上海古籍出版社，2016。

（晋）潘岳著，董志广校注《潘岳集校注》，天津古籍出版社，2005。

（晋）谢灵运著，顾绍柏校注《谢灵运集校注》，（台北）里仁书局，2009。

（南朝宋）鲍照著，丁福林、丛玲玲校注《鲍照集校注》，中华书局，2012。

（南朝梁）何逊：《何逊集》，中华书局，1980。

（南朝梁）刘勰著，詹锳义证《文心雕龙义证》，上海古籍出版社，1989。

（南朝梁）沈约撰《宋书》，中华书局，1974。

（南朝梁）陶弘景著，王京州校注《陶弘景集校注》，上海古籍出版社，2009。

（南朝梁）萧统编，（唐）李善注《文选》，上海古籍出版社，1986。

（南朝梁）萧子显撰《南齐书》，中华书局，1972。

（南朝梁）钟嵘著，曹旭集注《诗品集注》（增订本），上海古籍出版社，2011。

（南朝陈）徐陵编，（清）吴兆宜注，（清）程琰删补，穆克宏点校《玉台新咏笺注》，中华书局，2017。

（北周）庾信撰，（清）倪璠注，许逸民校点《庾子山集注》，中华书局，1980。

（唐）白居易著，朱金城笺校《白居易集笺校》，上海古籍出版社，1988。

（唐）陈子昂著，徐鹏校《陈子昂集》，中华书局，1960。

（唐）杜甫著，（清）仇兆鳌注《杜诗详注》，中华书局，1979。

（唐）房玄龄等撰《晋书》，中华书局，1974。

（唐）皎然著，李壮鹰校注《诗式校注》，人民文学出版社，2003。

（唐）李延寿撰《南史》，中华书局，1975。

（唐）孟启撰，董希平等评注《本事诗》，中华书局，2014。

（唐）皮日休著，萧涤非、郑庆笃整理《皮子文薮》，上海古籍出版社，2017。

（唐）魏徵等撰《隋书》，中华书局，1973。

（唐）姚思廉撰《梁书》，中华书局，1973。

（唐）元稹著，周相录校注《元稹集校注》，上海古籍出版社，2011。

（宋）郭茂倩编《乐府诗集》，中华书局，1998。

（宋）洪兴祖撰，白化文等点校《楚辞补注》，中华书局，1983。

（宋）胡仔纂集，廖德明校点《苕溪渔隐丛话·前集》，人民文学出版社，1962。

（宋）李昉等撰《太平御览》，中华书局，1960。

（宋）刘克庄著，辛更儒笺校《刘克庄集笺校》，中华书局，2011。

（宋）陆九渊著，钟哲点校《陆九渊集》，中华书局，1980。

（宋）严羽著，郭绍虞校释《沧浪诗话校释》，人民文学出版社，1983。

（宋）杨万里撰，辛更儒笺校《杨万里集笺校》，中华书局，2007。

（宋）叶梦得撰，逯铭昕校注《石林诗话校注》，人民文学出版社，2011。

（宋）张镃撰《南湖集》，《景印文渊阁四库全书》第1164册，（台北）台湾商务印书馆，1986。

（宋）朱熹：《晦庵先生朱文公文集》，朱杰人主编《朱子全书》第23册，上海古籍出版社、安徽教育出版社，2002。

（金）刘祁撰，崔文印点校《归潜志》，中华书局，1983。

（金）元好问著，狄宝心校注《元好问诗编年校注》，中华书局，2011。

（元）脱脱等撰《宋史》，中华书局，1977。

（明）傅山著，劳柏林点校《霜红龛文》，岳麓书社，1986。

（明）高棅编纂，（明）汪宗尼校订，葛景春、胡永杰点校《唐诗品汇》，中华书局，2015。

（明）高启著，（清）金檀辑注《高青丘集》，上海古籍出版社，2013。

（明）何良俊撰《四友斋丛说》，中华书局，1959。

（明）贺复征编《文章辨体汇选》，《景印文渊阁四库全书》第1402~1410册，（台北）台湾商务印书馆，1986。

（明）胡应麟撰《诗薮》，上海古籍出版社，1979。

（明）胡应麟撰《少室山房集》，《景印文渊阁四库全书》第1290册，（台北）台湾商务印书馆，1986。

（明）胡缵宗撰《鸟鼠山人小集》，明嘉靖刻本。

（明）胡之骥注，李长路、赵威点校《江文通集汇注》，中华书局，1984。

（明）江盈科纂，黄仁生辑校《江盈科集》，岳麓书社，2008。

（明）李东阳著，李庆立校释《怀麓堂诗话校释》，人民文学出版社，2009。

（明）李东阳撰，周寅宾校点《李东阳集》，岳麓书社，2008。

（明）李梦阳撰《空同集》，《景印文渊阁四库全书》第1262册，（台北）台湾商务印书馆，1986。

（明）李攀龙著，包敬第标校《沧溟先生集》，上海古籍出版社，2014。

（明）李贽：《藏书》，中华书局，1959。

（明）屠隆撰《由拳集》，（台北）伟文图书出版社有限公司，1977。

（明）屠隆撰《白榆集》，《续修四库全书》第1359册，上海古籍出版社，2002。

（明）屠隆撰《鸿苞集》，《四库全书存目丛书》子部第89册，齐鲁书社，1995。

（明）王骥德著，陈多、叶长海注释《曲律注释》，上海古籍出版社，2012。

（明）王世贞撰《弇州四部稿》，《景印文渊阁四库全书》第1279~1281册，（台北）台湾商务印书馆，1986。

（明）王世贞撰《弇州续稿》，《景印文渊阁四库全书》第1282~1284册，（台北）台湾商务印书馆，1986。

（明）王世贞著，罗仲鼎校注《艺苑卮言校注》，齐鲁书社，1992。

（明）王廷相著，王孝鱼点校《王廷相集》，中华书局，1989。

（明）谢榛著，李庆立、孙慎之笺注《诗家直说笺注》，齐鲁书社，1987。

（明）谢榛原著，李庆立校笺《谢榛全集校笺》，江苏古籍出版社，2003。

（明）谢榛、（清）王夫之著，宛平、舒芜校点《四溟诗话 姜斋诗话》，人民文学出版社，1961。

（明）许学夷著，杜维沫校点《诗源辩体》，人民文学出版社，1987。

（明）杨慎著，王文才、万光治主编《杨升庵丛书》，天地出版社，2002。

（明）杨慎撰，王大厚笺证《升庵诗话新笺证》，中华书局，2008。

（明）王锜、（明）于慎行撰，张德信、吕景琳点校《寓圃杂记 谷山笔麈》，中华书局，1984。

（明）袁宏道著，钱伯城笺校《袁宏道集笺校》，上海古籍出版社，2008。

（明）袁中道著，钱伯城点校《珂雪斋集》，上海古籍出版社，1989。

（明）钟惺著，李先耕、崔重庆标校《隐秀轩集》，上海古籍出版社，1992。

（明）邹迪光：《始青阁稿》，《四库禁毁书丛刊》集部第 103 册，北京出版社，2000。

（清）钱谦益：《列朝诗集小传》，上海古籍出版社，1983。

（清）顾炎武著，陈垣校注《日知录校注》，安徽大学出版社，2007。

（清）陈祚明评选，李金松点校《采菽堂古诗选》，上海古籍出版社，2008。

（清）方东树著，汪绍楹校点《昭昧詹言》，人民文学出版社，1961。

（清）何文焕辑《历代诗话》，中华书局，1981。

（清）蒋士铨著，邵海清校，李梦生笺《忠雅堂集校笺》，上海古籍出版社，1993。

（清）李调元著，詹杭伦、沈时蓉校正《雨村诗话校正》，巴蜀书社，2006。

（清）刘熙载撰，袁津琥校注《艺概注稿》，中华书局，2009。

（清）沈德潜选《古诗源》，中华书局，1963。

（清）汪琬撰《尧峰文钞》，《景印文渊阁四库全书》第 1315 册，（台北）台湾商务印书馆，1986。

（清）王夫之：《读通鉴论》，《船山全书》第 10 册，岳麓书社，1996。

（清）王夫之：《古诗评选》，《船山全书》第 14 册，岳麓书社，1996。

（清）王夫之：《明诗评选》，《船山全书》第 14 册，岳麓书社，1996。

（清）王先谦撰，沈啸寰、王星贤整理《荀子集解》，中华书局，2012。

（清）严可均校辑《全上古三代秦汉三国六朝文》，中华书局，1958。

（清）永瑢、纪昀等编《四库全书总目》，中华书局，1965。

（清）袁枚著，顾学颉校点《随园诗话》，人民文学出版社，1982。

（清）张廷玉等撰《明史》，中华书局，1974。

（清）朱彝尊辑录《明诗综》，中华书局，2007。

（清）朱彝尊著，姚祖恩编，黄君坦点校《静志居诗话》，人民文学出版社，1990。

陈斌：《明代中古诗歌接受与批评研究》，上海三联书店，2009。

丁福保辑《历代诗话续编》，中华书局，1983。

丁福保辑《清诗话》，上海古籍出版社，2015。

丁福林：《东晋南朝谢氏文学集团研究》，世界图书出版西安有限公司，2014。

葛晓音：《八代诗史》，陕西人民出版社，1989。

顾实编纂《中国文学史大纲》，商务印书馆，1926。

郭绍虞：《照隅室古典文学论集》，上海古籍出版社，1983。

郭绍虞：《中国文学批评史》，商务印书馆，2010。

郭绍虞编选，富寿荪点校《清诗话续编》，上海古籍出版社，1983。

何宗美：《明代文人结社与文学流派研究》，人民出版社，2015。

霍松林主编《中国诗论史》，黄山书社，2007。

况周颐、王国维：《蕙风词话 人间词话》，人民文学出版社，1960。

李壮鹰：《中国诗学六论》，齐鲁书社，1989。

廖可斌：《复古派与明代文学思潮》，文津出版社，1994。

廖可斌：《明代文学思潮史》，人民文学出版社，2016。

刘立夫、魏建中、胡勇译注《弘明集》，中华书局，2013。

刘师培：《中国中古文学史讲义》，人民文学出版社，1957。

逯钦立辑校《先秦汉魏晋南北朝诗》，中华书局，1983。

逯钦立校注《陶渊明集》，中华书局，1979。

上海文献丛书编委会编《陈子龙文集》，华东师范大学出版社，1988。

王利器撰《颜氏家训集解》（增补本），中华书局，1993。

王先霈、王又平主编《文学批评术语词典》，上海文艺出版社，1999。

王瑶：《中古文学史论》（典藏版），北京大学出版社，2014。

吴调公：《神韵论》，人民文学出版社，1991。

吴功正：《六朝美学史》，江苏美术出版社，1994。

吴文治主编《明诗话全编》，江苏古籍出版社，1997。

吴文治主编《宋诗话全编》，江苏古籍出版社，1998。

叶嘉莹：《王国维及其文学批评》，北京大学出版社，2008。

于海洲、于雪棠：《诗赋词曲读写例话》，中国文史出版社，2007。

袁济喜：《六朝美学》，北京大学出版社，1999。

袁震宇、刘明今：《明代文学批评史》，上海古籍出版社，1991。

詹福瑞：《汉魏六朝文学论集》，河北大学出版社，2001。

詹福瑞：《中古文学理论范畴》，河北大学出版社，1997。

詹锳主编《李白全集校注汇释集评》，百花文艺出版社，1996。

张伯伟：《钟嵘诗品研究》，南京大学出版社，2000。

张志烈等校注《苏轼全集校注》，河北人民出版社，2010。

赵伯陶：《义理与考据》，北京时代华文书局，2016。

郑永晓整理《黄庭坚全集辑校编年》，江西人民出版社，2011。

朱光潜：《诗论》，上海古籍出版社，2001。

宗白华：《美学散步》，上海人民出版社，1981。

宗白华：《艺境》，商务印书馆，2011。

后　记

"明代诗学的中古接受研究"是一个值得深入研究的论题，存在较大的研究空间。六年前，我开始指导学生往这个方向选题，迄今已有四届学生完成六篇专题性的硕士学位论文，且均顺利通过答辩。这六位学生或考上博士研究生，或进入机关事业单位，或任职于国企，均有不错的前程。由于他们的选题具有相关性，因此在撰写论文的过程中，他们如切如磋，如琢如磨，在相互参酌、分工合作中形成了良好的团队意识。因此，我不仅把这部书稿视为视角相对独特的学术著作，也将之视为研究生教育之成果及师生学谊之见证。

本书由我策划选题，拟定框架，撰写前言，修订全文。全书共六章，按先后顺序分别由王梦月、冯梦茜、杨森旺、陈璇、严志波、岳佳撰写各章。硕士研究生王丽君、周晓琴、孙晓哲、赵聪竹、王炜、姚世平参与了核校书稿。除必要的删节、修正，本书基本保持了各章原貌，故而书中难免存在不足之处，敬请读者指正。

本书得到河北大学燕赵文化高等研究院经费的资助。编辑杜文婕博士、程丽霞女士为本书的出版提供了细心的帮助，在此一并致谢！

两年前，我作《鹧鸪天》赠别严志波、岳佳两位学棣，今亦以之作结，词曰：

新拔流苏契意同。三年灯影换高红。往来细辨六朝句，归去闲携万历风。

闻折柳，踏飞鸿。豪情化酒筑霓虹。高天朗月长相照，还履坤舆再遇逢。

陈玉强
2021 年 3 月

图书在版编目（CIP）数据

轨范与心源：明代诗学的中古接受研究 / 陈玉强主编 . -- 北京：社会科学文献出版社，2021.6
ISBN 978-7-5201-8583-7

Ⅰ.①轨⋯ Ⅱ.①陈⋯ Ⅲ.①诗学-研究-中国-明代 Ⅳ.①I207.2

中国版本图书馆 CIP 数据核字（2021）第 116632 号

轨范与心源：明代诗学的中古接受研究

主　　编 / 陈玉强

出 版 人 / 王利民
责任编辑 / 杜文婕
文稿编辑 / 程丽霞

出　　版 / 社会科学文献出版社
　　　　　　地址：北京市北三环中路甲 29 号院华龙大厦　邮编：100029
　　　　　　网址：www.ssap.com.cn
发　　行 / 市场营销中心（010）59367081　59367083
印　　装 / 三河市龙林印务有限公司

规　　格 / 开　本：787mm×1092mm　1/16
　　　　　　印　张：20.75　字　数：330 千字
版　　次 / 2021 年 6 月第 1 版　2021 年 6 月第 1 次印刷
书　　号 / ISBN 978-7-5201-8583-7
定　　价 / 98.00 元

本书如有印装质量问题，请与读者服务中心（010-59367028）联系

版权所有 翻印必究